MW01634923

成长

王海鸰

著

作家出版社

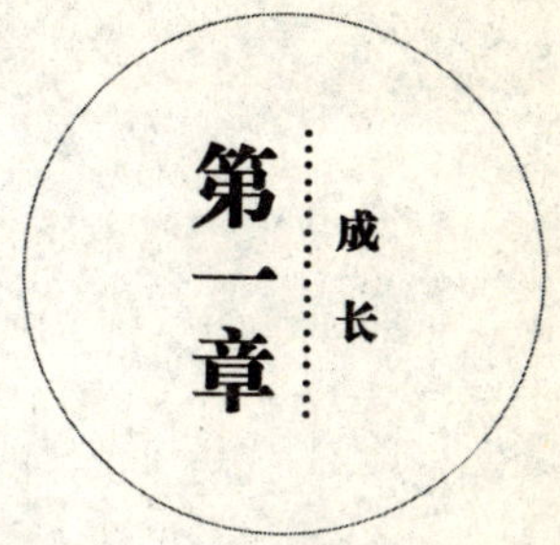

第一章

成长

　　有这样一种家庭纠纷：起因微不足道，微不足道到吵了骂了打了，偃旗息鼓之后，即使交战双方愿意坐在一块儿同心同德一点一点往前捋，都回忆不出这场交恶的起因是为了什么，只见乱麻纠缠一团，找不到头儿。找不到头儿就是一种头儿，那头儿就是，家庭成员矛盾的根深蒂固。

　　父子不睦已久，动手是头一回。

　　最初的一秒，田海云都没能认出同丈夫彭湘江对峙的那人是她儿子：个头比一米八的湘江还要猛，双手死死攥住湘江的手腕使两双手臂在两人头上方弯成了弓，两道眉毛紧拧，两颗血管状若爬虫，两颊咬肌线条生硬，分明是一个男人一条汉子，叫海云的心头一紧，一懔。

　　那个浑身奶香的小男孩儿好像就在昨天：急急忙忙跑了来，小脸跑得通红，上气不接下气地对海云道：妈妈，你说，红螃蟹跑得快还是白螃蟹跑得快？不等你说他就又说：白螃蟹跑得快，因为红的已经死了。那段日子他常会诌来这么些愚蠢的幽默，不辞辛苦，献宝似的。海云忍着笑不动声色：那你说，红脸娃娃跑得快还是白脸娃娃跑得快？儿子盯住她的眼睛：红脸的快！海云说：错。白脸的快。你想啊，红脸娃娃脸都跑红了，都快累死了，哪还有劲儿再跑？儿子觉着海云顺口胡诌出来的这个东西可笑极了，咯咯笑得喘不上气，一张小脸越发地红，小嘴唇更红，红樱桃般鲜红欲滴。那一年，他五岁。

　　儿子第一次遗精是十三岁零八个月。夜里，海云正睡着，被一只手推醒，同时听到了儿子急促惶恐的小声儿：妈妈，我遗精了。海云脑子里第一个念头是，天亮他就得去小升初的军训，不能让他惺惺了，得保证睡眠。当下用睡意正浓加点儿不耐的语调说：正常现象赶紧睡觉把内裤脱了光着屁股睡。儿子早就知道男孩儿长大了会遗精，海云对他进行过关于男孩儿女孩儿男人女人的扫盲科普教育。早饭后，海云用自行车驮着军训所需物品送他去集合地，分手时他叫住海云小声地道：妈妈，帮我把内裤洗了别让爸爸看见。那次军训是他第一次离家，集体生活让他眼界大开心得颇多，回家后告诉海云："大家一块儿洗澡，比谁的××大，孔明宇的最大，我的小，特没面子。孔明宇看过黄色录像，看黄色录像容易勃起，就撑大了。走正步时，走着走着他的就硬了，把裤子撑起来老高，我们就说他喜欢教官，他都急了。"海云边听边在心里笑叹：这些小男孩儿啊。男人，都是这样长成的吗？

那一年他十五岁。那天，海云从中医院抓药回来，在家院门口看到四个半大小子围殴一男孩儿，旁边还有个二十多岁的年轻人双臂抱胸指挥。海云忍不住上前劝说，不料被那个挨打的男孩儿一把抓住当稻草当盟军再也不肯放手，直把她拖入混战。混乱中，几双手在身上推来搡去，中药挤掉地上瞬成一片垃圾，左挡右突不得脱身，慌惶间，一个正卖力推搡她的小子突然莫名其妙趔趄着向后退去，与此同时她被人用力拉开挡在了身后。隔着那人和自己的衣裳海云仍感到了对方身体发散出的腾腾热气，事后想，这就是热血沸腾了。那人是她的儿子。四个小打手眨眼工夫站到了年轻人左右，仿佛狗依傍着主人，齐刷刷的。儿子手握他自行车上的铁链子锁伫立，一个人与一群人对垒：年轻人抱在胸前的胳膊拿下来了，儿子垂在腿侧的铁链子锁提上来了，年轻人刚向前轻移半步，儿子像听到了冲锋号的士兵猛然蹿出毫不迟疑挥起粗重的铁链子锁炕啷作响……年轻人在打击抵达之前头微微一摆，率先转身离开，几个小打手忙跟在他屁股后头走走得头也不回。那一刻，海云见识了什么叫软的怕硬的，硬的怕横的，横的怕不要命的；见识了从小到大没跟人动过手打过架的儿子，如此凶悍的一面。

拉起扔倒路边的自行车，把书包在自行车后座上夹好，母子回家。弄清事情原委后儿子说，妈以后碰上这种事你千万不要瞎掺和！海云说他们一帮孩子不能把我怎么着。儿子嚷起来：不能把你怎么着？！这么大的孩子什么事都干得出来你根本就不懂——话没说完猝然止住把脸别向一边，生气，激动，委屈，他眼圈红了。海云仰头望望夕阳金辉里儿子线条圆润的侧脸——那一年他长了十二公分，一米七八，个子是成人了模样还是孩子，细脖子上挑着个没有棱角的圆乎脸——想，要是妈妈真的没了这小孩儿会不会哭死？

那次动手最终未遂得算是没有动手，后来他也没再跟谁动过手，怎么也想不到有一天，他会把他的第一次动手对准自己的父亲。

父子动手时海云在厨房洗碗，听到客厅一再传来电话铃声却没人去接，心下奇怪：家中明明是有人的嘛。先是喊了声"接电话啊"，没听到回应，便关上水龙头向外走。

客厅两个男人如两头狂怒的公牛胶着，不做声，只听得呼呼的喘息和鞋底蹭地的擦擦。父亲正当盛年，儿子业已长大；父亲背水一战，儿子破釜沉舟。胜负未见分晓结果已定：谁胜谁负都是痛，父子相争，哪有赢家？海云冲了上去，拼尽全力左撕右拽，想把他们分开，根本就是弱柳拂水蚍蜉撼树。她叫："飞飞！撒手！他是你的父亲！"儿子叫："是父亲就能随便打人？！"湘江叫："你是找打！"儿子叫："你打一个试试！打啊！你打啊！"

儿子的叫嚣使湘江意识到，目前局面是箭在弦上不得不发。此前他一直谨记妻子告诫，儿大三分客，打不得了。因之即便在怒火万丈中仍给对方留着余地，显然这给了他错觉。这次如果不把他的气焰打压下去让他继续错觉，贻害无穷。遂下定决心给予痛击，以能让他终生铭记。屏息、运气、凝定，而后，将力量意念全部集中上了臂膀，一鼓作气猛然出拳——

儿子剧烈摇晃了一下，然迅速稳住，两只钳制父亲手腕的手却无一丝松动，湘江出拳未果当下惊骇：已经长这么大了吗，在他的眼皮子底下？曾经，他揍他时，再生气也得保持理智生怕真伤着他，他太不经打，稍不小心，一巴掌就能让他屁股肿起老高，轻轻一推就能让他连连倒退跌翻在地；现在，他竟连碰都碰不到他了。更让人难以忍受的是那眼神，那眼神明白无误地在说：我感到了你的竭尽全力，我顶住了，你不是我的对手！

狂暴中湘江未失军人冷静，常识提醒他：一鼓作气，再而衰，三而竭，这时不能轻举妄动不宜再作进攻。否则，当着那个他们共同挚爱的女人的面，他失掉的不光是战争，还有风度。儿子却无丁点体恤，手似铁箍目如霜剑，令湘江在感到力不从心的同时，悲愤激涌：小狼崽子长大了，要蹬窝了……一股咸涩热流不期然袭来，堵住他的鼻腔直冲眼窝，眼睛顿时模糊。

叭，一声脆响，彭飞的手应声松开，吃惊地向妈妈看去。是海云，她出手了，抽了儿子一记耳光。

"看我干什么！"海云嘴抖得像案板剁肉，"这样对待你爸爸你好意思吗，啊？你还懂不懂起码的老幼尊卑了，啊？你长大了翅膀硬了是不是，啊？我平常就是这样教育的你吗，啊？"

在母亲一连串"啊"声中彭飞泪水一点一点洇出，他用力张大眼睛含住，渐聚成两颗很大的水滴，在水滴盈盈欲坠之时，他抽身离去。

客厅剩下夫妻两人，湘江对妻子说了事情经过：彭飞没去理发。不仅如此，还当着父亲的面在电话里跟同学大谈爱情，用词极轻浮放肆，知道你反感这些就是要说给你听，这已然不是无视，是公然挑衅。这时做父亲的怎么办？不管不问装聋作哑？肯定不行，等于助长了歪风邪气。于是，他按死了他们的电话。没想到他会跳起来质问："你干吗?!"彼时湘江态度尚好，问："为什么没去理发？"他反问："你为什么按我的电话？"湘江火了："你先回答问题！"他更火："你先回答！"于是湘江说："好，行，我先回答。因为这个电话，是部队根据我的职务根据工作需要配备给我的，换句话说，是属于我的电话，我的电话我做主，我可以让你打，也可以不让你打！我回答完了，该你了。"他说："好，我回答。因为我的头发长在我头上，套用你的说法就是，它属于我的头发。我的头发我做主，我想理就理，不想理就不理！"恰在这时电话响了，不消说，是彭飞同学又打过来的。于是湘江不再说话，不必说，不屑说，只用行动说：右手食指轻按电话压簧，面带微笑乜斜儿子。电话铃在他手底下响，一响再响，尖锐刺耳如同好事者惟恐天下不乱的鼓噪。年轻的彭飞终于忍受不住，开始动手，动手去拿父亲那只按着电话的手，于是，不可避免地，手碰到了手。正是这触碰突破了湘江的底线，给了他教训他的理由，他抬手打去，不料手被对方一把攥住，他迅速挥起另一只手，也被攥住。就这样。

晚风从南北通透的家中穿堂而过，带进一阵植物、泥土的清香。下了一天的春雨傍晚前停了，树干被浸成了黑色，空气被洗刷得干干净净，天气好极了。本来，湘江没回家前，海云和儿子说好，今晚不学习了，彻底放松！出去玩儿！顺便，把头理了。为备战高考的"一模"，一个多月了，儿子吃了晚饭就闷屋里学习，一学到夜里一两点，天天天天，头发长得像堆乱草，没时间理；"一模"完后，成绩没出来前，没心情理，一直拖到今日。今天"一模"成绩出来，早晨儿子上学走后海云在家心慌了一天，比起学习一直好的孩子，儿子情况很不稳定，关键时刻，看出了靠突击上来的和一直稳扎稳打的之间，有着不小差距。当得知儿子考了678分、班排名第二、年级排名第三时，她冲上去一把握住儿子的手，蹦出俩字："祝贺！"儿子也不含糊，立马再加上一只手回了俩字："同贺！"言罢母子同声大笑，这分数，上哪个大学都没问题，初战告捷。

母子吃饭。晚饭是蛋炒饭，凉拌的西红柿和绿豆芽，另有紫菜丝瓜汤，冰箱里冰镇的哈密瓜作为餐后水果。本想烙馅饼的，猪肉大葱馅，或牛肉洋葱馅，金黄，松软，入口即化，高高地摞在儿子手边，一张一张迅速消失。是考虑到晚饭不宜吃得过油过饱，方才作罢。儿子坐对面大口吃饭大口喝汤，家中有着这样一个忠实能干的食客真让厨师喜欢，海云忍不住伸手去摸儿子的脸，指尖滑过下巴时痒酥酥的，那里已然钻出了几根有着一定硬度的小胡茬儿。

"妈妈，你猜，"儿子冲她一笑，"我们学校体检，哪一项最痛苦？"仍像小时候，碰到什么他认为有趣的事，必得回家跟妈妈说。海云想了想，想不出："给个提示——外科内科？""外科。""肛门？""没查那个。"海云猜不出了，儿子说："查脚畸不畸形！进门一律脱袜子脱鞋，屋里头的脚丫子味想都能想出来。负责查这项目的那哥们儿脸都绿了，真难为他了——我进去五分钟都差点熏死，他一呆就是一上午！"海云放声大笑，儿子也笑，母子脸对脸笑得前仰后合，这个时候，湘江到家。

在家门刚被推开父亲脸还没露出来时，彭飞的笑容就嗖一下消失；待得父亲进来，他客气地打了个起码的招呼后，埋头吃饭再也不吭。为掩饰儿子的冷淡，海云不得不格外夸张地张罗："吃了没有？……回来也不说声儿！幸亏我做饭时多抓了两把米！"就要去厨房盛饭，被湘江一把按住："你吃你的。"命令儿子："飞飞，盛饭去！"这没错，至少表面看冠冕堂皇让人说不出什么，他错在他加的那句后缀："都这么大了什么什么活儿不干，像什么样子！"好在儿子没吭，忍了。知道了儿子的"一模"分数后他明明高兴得要命，嘴上却是："这小子，关键时刻还能冲得上去啊，平时吊儿郎当不怎么样！"儿子仍没吭，又忍了。再一再二不能再三，湘江却是没完没了："飞飞，头该理了啊，今晚上就理，吃了饭就去。"说到这就行了，不行，还要说："好男不顶重发，这么长的头发，像什么样子！"直让儿子忍无可忍呼地立起，甩出一句："你对我除了挑毛病还能干什么！"椅子一推，走；咣，从家里消失。湘江两个月没有回家刚进门便遭此礼遇，心情可以想见，气得说不出话，伸着个指头点着家门一迭声对海云道："你看看你这儿子！你看看你看看你看看！"

海云清楚，湘江对儿子百般挑剔是因为儿子的冷淡，说又没法说，"冷淡"是感觉性的东西；咽不下这口气，就用没事找事的方式显示他的存在表达他的不满。这样说似乎是儿子错在先，但是且慢，儿子为什么会对父亲冷淡？先有的鸡还是先有的蛋？一团乱麻，找不到头儿。况且现在也不是找头儿的时候，不是论是非对错的时候，眼下最要紧的是，家中无战事。

"高考压力大，青春期，"海云为儿子解释，同时也是对丈夫安抚，"这时候的孩子个个都跟刺猬似的—— "湘江把手一摆："不能说不能碰了？我专为他抽空回来，想看看他'一模'成绩怎么样，再根据情况跟他谈谈，他倒一抬腿，走了！上哪儿了？说都不说一声，他眼里还有父母吗？还有还有，晚上不学习了？这才刚刚过了个模拟考试，就刀枪入库马放南山了？"海云说："他理发去了。你不说他头发长嘛。"见湘江脸色好看些了，乘机又说："难得你在，我还有个人商量帮着把志愿给他定下来。学校很快就要。"

湘江脸色更好看了些。海云清楚他的心理，他现在很愿意对儿子有些具体用处。做父亲的容易在孩子小时忽略他们，因为忙，也因为觉得提供了物质保障就算尽到了父亲责任，无暇或不屑跟孩子沟通，如此，在孩子渐渐强大起来时，他就会感到某种危机。不过他们大多不愿承认这点，对自己都不愿意，包括湘江。

夫妻二人翻看高考报考资料，湘江边认真看边犹自嘴硬："报个志愿也得家长忙活，现在的孩子啊。你说咱们那时候，谁管咱了？什么不都是靠自己？"海云并不戳穿他，只就事论事："不能这么比。咱们那时候是，都不管；现在是，都管。都管的情况下你不管，你的孩子就会比别人少了一分竞争力。""管也得有个限度，不能面面俱到事事包办。你看彭飞现在这样儿，活儿、活儿不干，礼貌、礼貌不懂，像什么样子。"

公平说，说这话时湘江没有丝毫针对海云的意思——要有这个意思他就不说了，起码不会此刻说，四面树敌乃兵家大忌——他完全是按照适才的思路，借挑剔儿子以发泄；百忙中为他专程回来，热脸贴了个冷屁股，能不火？一火就忘记了投鼠忌器。

海云脸沉了下来，对儿子的否定就是对她的否定。知道湘江是无心，无心也不行。日后，总有一天，她得跟他把这些说说清楚。现在不是时候。现在这个家的最高原则是，高考。为防胸中郁积的千言万语冲口而出，她紧紧闭上了嘴巴，两颊因之微陷，唇边两道法令纹如同一个重重的括弧。年轻时她属丰满的，生孩子后一路瘦了下来再没胖过。

没听到动静，湘江从资料上抬起头："怎么不说话了？"海云脱口道："说话可以，要实事求是。"湘江自然听出了话中的话来："谁不实事求是了，我吗？什么事上不实事求是了，彭飞吗？我对他的批评不实事求是？今天从我进家他一系列的表现看——"海云截断他的振振有词："从你进家他一系列的表现看——你才进家多长时间？孩子从小到大，你跟他在一块儿呆了才多长时间？你对他几乎是一无所知，彭参谋长！"

　　湘江是空军空降师的参谋长。高二时空军招飞被选中，在学校在当地轰动一时，都以为他这就算是飞行员了；孰料在飞行预校就惨遭淘汰，改行，飞机都没能摸着。他家和海云家在同一个部队大院，彼此并不熟悉，军校毕业回家探亲，被海云父母相中。两家老人先达成了共识，后安排他和暑期在家的海云接触，两个年轻人一见钟情。能不一见钟情吗？男的俊朗潇洒，女的明媚清纯，都青春年少，都前程远大——至少当时看上去是这样；都出身"豪门"——军队高干家庭是那个年代公认的豪门。接触后彼此感觉更好，都正直，都聪明，都上进。恋爱结婚顺风顺水顺理成章，婚后也不错，直到有了孩子。细想，孩子似乎是他们夫妻生活的一道分水岭、分界线。诸多问题、困难、矛盾、变故都是出现在有了孩子之后。

　　面对海云的诘责湘江反唇相讥："说话要实事求是啊。"海云亦不示弱："我不实事求是了吗？那好，你说说你了解他些什么。""总体上还是不错的……""不要含糊其词大而化之，说具体的！他有什么爱好？有哪些朋友？班主任是男是女姓甚名谁？"湘江一一回答不出。"不了解情况就没有发言权！彭参谋长，你没时间管儿子我没意见，但请不要伤害他。"湘江生气了："我怎么伤害他了！""怎么伤害他了？儿子'一模'取得了这么好的成绩你一句鼓励的话没有，没有没有吧，进家伊始，张口像什么样子闭口像什么样子，这不是伤害是什么？""批评两句就成伤害了，那他也太脆弱了。""如果你回来就是专为批评他的，那你就不要回来，至少高考前不要回来，现在是高考的冲刺阶段，我想让我儿子有个好心情。" 湘江气得大叫起来："田、海、云！你不是不知道我马上要参加空地协同演习，明天二团进入演习集结地，师长在国防大学学习，我是我们师参演部队的总指挥。我那边的工作千头万绪，为了彭飞——""就是想到这点，我才一直忍着没有说你。但是，别人理解你体谅你你也要理解体谅别人！""你要真的理解体谅我你就不会这么说！""彼此彼此！"……

　　幸亏来电话了，否则这车轱辘架不知得吵到什么时候、什么程度。都不愿吵，都觉得烦，烦对方，更烦自己；海云还额外要担心儿子会随时回来，不能让儿子看到父母吵架，不想让儿子为任何事分心。但又都不肯先闭嘴，仿佛谁先闭嘴谁就理亏。因此电话铃一响，夫妻默契地步调一致同时收声。海云去厨房洗碗，湘江去接电话。电话找彭飞，湘江这才想起儿子理发去了，心头热了一热。不管态度上怎么样，行动上，儿子照他的话去做了。这就够了。十九岁了，成人了，自己对他是要注意一下方式方法了。恰好这时听到彭飞进家，于是格外和气地对电话说"请稍等"，说完将和颜悦色的一张脸转了过去叫儿子接电话，充分显示出父亲的胸怀父亲认识处理问题的高度。刚才跟妻子争吵是惯性是逞口舌之快，心里，他何尝不想息事宁人化干戈为玉帛共创和谐从我做起？就在这时，他注意到了儿子的头：走时什么样，现在还什么样，乱草一堆，他没去理发！他过来接电话，他闪开了他的手。"不说理发去了吗？""谁说的？""那你干吗去了？""有事。""什么事？"彭飞不再回答，径直把电话从他手中抽了过去，然后窝进沙发，两腿向前平伸，后脑勺冲父亲，对着电话高谈阔论爱情，终把父亲激怒。

……

儿子房门紧闭，海云站在门外几次举手欲敲几次放下。那么多话要说，拿不准先说哪句。她反身去了厨房，将冰箱里的哈密瓜取出，削皮，切块，在盘子里码好，端着去儿子房间，去送水果。先说水果。

儿子坐在书桌前，桌上堆满摊开的书本资料，台灯在上面投下一个明黄的光圈，儿子的脸隐在光圈之外。海云把果盘放到他手边桌上："吃水果吧。"

"……谢谢。"停了一秒，他说，尽管眼仍盯着桌面。

海云心轻松了一点："对不起。"她又说。

"为什么事？"儿子抬起眼睛。那眼睛的眼白本来是蓝色的，天蓝纯净无一丝杂质，此刻，织满血丝。

"……我不该打你。"

"妈妈，从小到大，你打我打得还少吗？慢说你打得一点都不疼，就是疼，我也无所谓，我觉着你有这个权利，我觉着能有个妈妈时不时打一打你，还挺好。妈妈，你错在不该当着他的面，打我。"

　　谈话又触上死结，海云无声叹息，伸手去摸那蓬乱的头，转移话题："为什么没去理发？"

　　儿子一闪躲开了那手，生硬道："去了。都坐下了围上围脖了，忽然想起他让我理发的事来，就说忘带钱了，不理了。"停停补充说明，"免得他感觉错误。"

　　"飞飞！"海云万分难过，"他是你父亲！他心里头是关心你的！"

　　"对对对！心'里'头！'里'到我根本感觉不到！"

　　"从对你的关心上，你爸是不如我，但我不是没工作吗？不是有时间吗？你爸他太忙！人的精力是有限的！知不知道，今天他是专为你回来的，工作这么忙你'一模'成绩今天出来的事儿他都没忘，一直记在心上……"

　　"行了妈，你当我是三岁两岁的孩子啊！"

　　海云哑然。尽管她所言句句属实，这种情况下说，怎么说都像是假的，是言不由衷，是和稀泥，而且，属水平较低的那种。

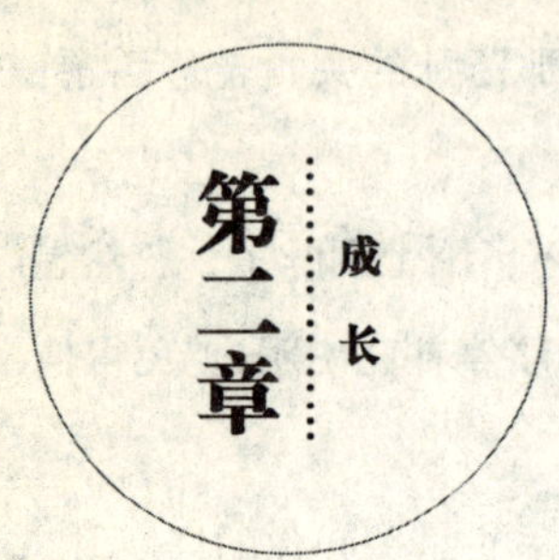

第二章

成长

　　太阳拉开了复出前的辉煌序幕，天边一片酡红，把尚未退下的一钩残月衬得分外惨淡。厨房里，海云拖着沉重的身体准备早餐，她近乎一夜没睡。馏上馒头煮好奶，煎鸡蛋；煎蛋的工夫，洗水果切水果，把橙子切四瓣放盘子里。平时一个橙子就可以了，湘江在家，得准备双份。

　　儿子进来，拿个馒头从侧面掰开，再去取平锅里还在嗞嗞作响的煎蛋，打算夹进馒头自制汉堡。这时一个声音响起："我们去餐桌吃好不好哇？大家一块儿。我来收拾！"是湘江，态度极和蔼。昨晚父子对抗的关键时刻，妻子出手相助旗帜鲜明，使他大度。闻声，彭飞捏在两指头间的煎蛋"叭"掉回锅里，热油溅上手腕，针刺般辣疼，他一声没出丢下馒头闪身离开厨房，一阵风去房间拿了书包，拉开家门，走了。

　　海云立于碗池前有一会儿没动：丈夫的表现无可批评，儿子的反应合情合理，怒火淤堵胸腹，没有出口。湘江好心安慰："不吃不饿，不用管他。"一句话点着了沉默的爆竹，海云道："不用管他？孩子说话就要高考，学习负担那么重不吃饭不用管他？这是当父亲的说的话吗？"湘江屈背弓腰站她对面一声不出眼神羊羔般温顺，恭顺。二十年的夫妻了，海云能读不出这恭顺的意思？那意思就是：你说你说，早说快说说完，说完我好走。他今天得赶到二团参加跳伞训练，九点前到，路上需一个小时。海云闭上了嘴巴。

　　儿子走了，丈夫走了，门外时而传来噔噔噔的脚步下楼声，渐渐地，脚步声稀了，少了，没了，上学的上班的都走了，整个楼静下来了。太阳出来了，由东南移，在地板上印上一块块阳光，微尘在阳光中飘浮……来电话了。海云反应了几秒才反应过来是来电话了。去接电话，拿起话筒习惯地"喂"时，竟没能张得开嘴，闭得过久过紧，嘴唇粘住了。电话是大学同学林子燕打来的，张罗同学聚会，被她以"儿子高考没时间"拒绝。

儿子的学习成绩一直不理想。不如海云期望的理想。

小学还好，能保持在中上游水平；上初中后迷上了球，进入初三更是迷得忘乎所以，天天放了学打球到天黑，作业有时间做没时间不做，学习成了副业，成绩直线下滑。还不能提，谁提学习谁俗。母子无话不谈的亲密不复存在，中考学生的家长和孩子不能谈学习，再谈什么都是敷衍。久之，敷衍催生陌生，越陌生越得敷衍，成恶性循环。曾委婉不委婉地跟儿子谈过，气急败坏时直接问："你到底在想什么！"他的回答直接让你语噎："没想什么。"令海云焦虑的同时，还惶恐，觉得自己要失去或正在失去这个孩子。

早听说过所谓青春期，没想到会来得这么突然莫名其妙不可理喻无章可循。海云向湘江求助，湘江除了说些原则大话，谈不出一点可行性意见。海云退而求其次，让湘江回忆自己十六七岁的心态，湘江说他十七岁时已当兵了。一代人有一代人的路，所谓"每一代人都有自己的精神气质，每一代人都有自己的独特命运"。即使同一代人，同样的症状不一定是同样的病；同样的病同样的药方，对这个人管用对那个人不一定管用。

孩子的问题根子在家长，海云感到了人生挫败。夜里睡不着一遍遍反思，自己到底错在了哪步？适逢学校通知初三年级开会，学生和家长的对话会，要求事先背靠背给对方写信，在会上公开宣读。大概想借助公众力量营造出坦诚氛围和勇气让双方说出心里话，以化解双方矛盾，形成对双方的监督，看来家家都有难处。海云的心里话只一句：好好学习。却不能直说，直说等于没说，甚或更糟。那信写得真是艰难，三百字——要求控制在三百字——她写了几天。想把被人说滥的真理说出不俗的新意说得磅礴大气令人信服，是门专业。对话在教室进行，课桌全部撤了出去摞在走廊墙边，从初二年级搬来些椅子在教室围成一圈，家长和孩子分开坐各占半边。

　　孩子们信写得都还认真，具备了自以为的诚恳，这就够了。不是只要想，就能够正视内心、尊重直觉并准确表达传递的，那需要能力。二十多个孩子念了过去，路数大致相同：先感谢父母的付出，再说自己的不足，之后是对父母的意见，最后表决心。遣词造句都相仿佛，诸如"热气腾腾的饭菜"、"殷殷希望的目光"。海云不知道儿子会怎么写，但知道他不会这么写。那不是他的风格。他的位置在她斜对面，背后是窗，窗外大叶杨将大块阳光筛成一片斑驳，他在摇曳的斑驳中沉思。偶会被惊醒般做出若无其事的样子东瞧西看，却就是不朝妈妈那儿看，他肯定是要说些什么，一些海云不知道的什么。随着时间推移，海云越来越好奇，除担心他为炫耀为哗众取宠故作惊人语外——这是这个年龄的男孩儿的通病——她只是好奇。总算轮到他了，他站起来了，一直期待这一刻的海云突然感到紧张，没容她再想，他开口了。

　　他说："妈妈，从前我们是无话不谈的，但有些东西不是想说就能说出口的，比如，我对我们关系的看法。"

　　头一句既出，嘈杂的教室"夸嚓"静下来，静极。他吓了一跳，停住，抬头环视四周，想知道发生了什么事儿，目光不期然同海云碰上，当即迅速滑开，兀自垂下眼睛，念，带着点不管不顾的决然。

　　"你对我一直像对大人一样，用平等的态度和我闲聊一切，可我们真的完全平等吗？其实不然。至少，我们付出的感情类型是不同的。因为我爸完全不能顾家，你三十岁就没再工作成了全职家属，而你当年是北京大学西语专业的高材生，理想是做外交官的，为我你失去了那一切。你对我的爱是完全无私的。我呢，却无法问心无愧地说，你是我的一切。我还有未来，还会有很多朋友，还会有老婆，让我全心全意爱你，或许是做不到的。说实话，这种不公让我压力很大。所以，现在请你真的好好为自己活着，别再管我了，我会管好我自己的，我已经长大了。"

　　海云呆住。事先做了千般揣测万种猜想，没想到这。他怎么会有这种想法——"为我你失去了那一切"——哪儿来的？

　　她三十岁时他三岁，断不会有自己的记忆，他知道的都是她说的。她跟湘江结婚后分居两地，开始是为工作，后来是为孩子。做全职家属是为孩子。她三十岁就成家庭妇女对父母是个沉重打击。海云姊妹七个，父母之所以一生再生十年生了七个，是想生儿子。父亲是军区司令部参谋长，母亲是军区总院内科军医，衣食住行生老病死都有组织负责，他们这种人要儿子不为"养口体"，是为"养心志"，成大事还得男孩子。所幸女儿们生逢"男女都一样"的年代，给了他们宽慰和希望，更所幸女儿们个个出色，人皆说长女海云开了个好头：长得好，品质好，学习好，是全省有史以来第一个考取北大的学生。得知海云被录取的那段日子，家中的客人和电话在说正事前，无不先要感叹一番这样的意思：谁说女儿不如男？

　　海云的事令母亲痛心，母亲说我七个孩子都带了工作一点没耽误，你怎么就做不到呢？海云说七个孩子组织上给你们配两个保姆还有公务员炊事员，我们跟你们能比？母亲说，你们也请保姆啊，湘江那么高工资，你也有收入。当时湘江是营长，月工资五十八元，海云二十一元，加起来得算是同龄家庭中的高收入。海云说我请过保姆，但总不能把孩子全交给保姆吧。母亲说：怎么不能？工作重要还是家庭重要？你根本就是价值观有问题。

　　母亲一语中的。

　　海云大学毕业赶上"文革"，下放至某省炼油厂锻炼，最终分配去向得视表现决定。她扑下身子埋头苦干，很快，入党。出身好加表现好，很快，离开工厂进省外事部门，向理想迈出了实质性一步，她的理想是北京，外交部；这时她意外怀孕，刚到新单位就怀孕对进步不利，她犹豫要不要这个孩子，湘江意见是她定，权衡后她决定要。湘江一年才回来一次，何时回来得由部队根据工作安排，其他因素，比如配偶排卵期之类，不在、也不可能在考虑之列，故他们这种长年分居的夫妻，怀孕不易。而结婚总得要孩子，这关女人总得过，头胎流产还可能不好。至于不利影响，可通过努力尽量消弭，孕期不过九个月，怎么就过不去？事在人为。决定之后，海云身体力行，从妊娠反应起到孩子出生，坚持上班没请过一分钟假风雨无阻。她在工作岗位上剧烈呕吐直到吐血的画面，她挺着大肚子在办公室走廊奔波的身影，给领导和同志们的印象如此强烈鲜明，竟至让她脱颖而出，成为单位"一心扑在工作上"先进人物中的新星。本只希望消除不利影响，却意外收获硕果，海云窃喜之余分外努力，直到分娩阵痛袭来，她还走在下班的路上。

那天，她只身直接去了最近的省立医院，妇产科没床位了，经检查她的情况刻不容缓，院方将她和另外一个产妇安排到了一张床上。那是一个有着十一张床位的大病房，十二个产妇十一个陪人，海云没人陪。预产期是一周后，她让湘江尽可能晚回来以有效利用假期，产后比产前更需要人。考虑到提前生的可能，打出了四天富余，就是说，湘江三天后到。父母公婆远在异省，妹妹们分布五湖四海，单位尚不知她入院。只身一人前来她却丝毫没有只身一人的无助凄凉：医院是产妇分娩的最佳归宿，身边有着专业的医生护士，"无助"何来？"凄凉"更谈不上，放眼俯视一屋的芸芸众生，充溢她心中的是自豪优越：她和爱人为革命工作分居两地，她最后一刻还坚持在工作岗位上。即使宫缩剧痛排山倒海袭来，一个念头也始终在脑中萦回闪亮：这一切，难道不是给她"一心扑在工作上"的先进事迹添的最生动有力的一笔？

精神上的痛苦和幸福是种感觉，感觉是比出来的，不同年代不同处境有着不同的评比标准。只是和另一个人同睡一床着实不便，尽管一人睡一头儿，但九十公分的床宽完全无法避免两个身体触碰，尤其中段。若隔着衣服还好，产妇产后，至少有一天须赤裸下身。于是一不小心，光着的屁股碰着另一个光屁股，便是一身的鸡皮疙瘩。这个可以忽略，真让海云崩溃的，是每天两次的会阴清洗。海云怀的龙凤胎，先出来的是儿子，还算顺；到女儿时却怎么都不行了，生累了没劲了，最后医生不得不将她的会阴剪开，同时辅以几双手在她腹部擀面似的往下擀，女儿才得以娩出。剪开的会阴缝了五针，为防感染医嘱每天清洗两次，仰卧在病房病床上将蜷曲的双腿抬起分开，由护士执行。病房陪人多为男性，同睡一床那位产妇的丈夫更是近在咫尺。湘江在，会为她遮挡，身体精神上都是遮挡。湘江不在。

湘江三十天假期，三十天瘦了一圈，谈体会说伺候月子比带兵累，带兵起码能睡囫囵觉，月子里他夜夜得起。白天很难补觉，采购，炖煮，尿布屎布……偶有闲暇，可能恰遇婴儿啼哭，这个哭了那个哭，要不两个一齐哭，两支小喇叭似的，他们只有一间屋。湘江走前为家中储备了两冬也吃不完的白菜萝卜，床底堆满了煤球，弄个铁架子围在火炉旁用来烤尿布……你想到的他想到了，你没想到的他也想到了。归队的列车是晚上，月黑风高，他们在家中告别。湘江千般不放心万般不舍得，左手抱儿子右手抱女儿，亲完这个亲那个。一件小事说八遍，嘱咐完了又嘱咐，从不曾见过他这么啰嗦。最后，把儿女送回床上时，他眼睛湿了。饶是如此，当他提着提包转身向外走的那一刻，海云仍强烈感受到了他的如释重负。

湘江走的第三天老五来了，由部队回家探亲，途中拐了个弯先来看望大姐，上午到，下午走。妹妹来时两个婴儿都睡了，海云叠尿布，保姆熬鸡汤，汤锅在火炉上咕嘟嘟飘着肉香的氤氲，明亮的火星时而从炉底扑落发出冰裂的脆响……屋外北风呼号，更显屋内祥和温馨。二十岁的妹妹站在床头，脸蛋饱满光滑被红领章映得像两枚上等苹果。她给产妇提来的是二斤月饼，她夸小外甥小外甥女："真可爱啊！"她问大姐："当了母亲很幸福吧？"此时海云皲裂的乳头正阵阵刺痛，严重缺觉导致全身绵软，心中焦虑着奶水的减少、婴儿的便秘、家中的吃喝洗涮柴米油盐……面对妹妹，却只是微笑、点头，一字不提。慢说她心身俱疲，就算她新鲜精神得如早晨八九点钟的太阳，也没必要对牛弹琴。有些事情，这件事情，非阅历不可。别说才二十岁的妹妹，即使她自己，不也是在天真中一再错觉？

怀孕初期反应很重，想等过了三个月就好了；三个月后，渐大的胎儿使身体笨重活动不便，又想等孩子生下来就好了；分娩的剧痛、众目睽睽下敞露私处的难堪，眼一闭心一横，也过去了。是在带着两个孩子回到家中的那一刻大彻大悟，从此后，她是母亲了。此前听过来人说，女人只要有了孩子，这辈子就算被套上了，孩子小时候有小时候的事，大了有大了的事，没有没事的时候。彼时觉得那些妇女婆婆妈妈的无聊俗气；此时方知，字字珠玑句句真理。

五十六天产假结束海云上班。早晨走时孩子们通常没醒，中午匆匆跑回来一趟，他们可能正在午睡，晚上下班到家，没过多久他们就又该睡了，即使星期天，单位也很少没事的时候。这样算来，孩子们清醒时百分之九十以上的时间里，得跟着保姆。

保姆是老保姆，五十出头，人很老实。突出特点是，寡语。寡语到这个程度：你让她去把锅端下来，她就一声不吭把锅端下来，不说话，用行动说，刚开始海云为此庆幸。保姆来自湘江父母老家山东乳山，说一口地道胶东方言，"吃饭"是"起凡"，"人民"是"印敏"，"肉"是"由"，"北风"是"跛凤"。海云则说普通话。她很担心到孩子们学说话时，跟着家中这样两个操不同汉语的大人，小脑瓜里得乱了套。是在后来，在孩子们一岁八个月、同龄孩子都能说出双音节的词、她的女儿却刚能叫妈妈而儿子连妈妈都不叫时，意识到保姆寡语的问题严重。

那是一个细雨霏霏的秋日，气温骤降。中午，她冒雨骑车回家看保姆有没有给孩子们添衣服。到家推门，看到这样的情景：女儿睡了，保姆坐小板凳上择韭菜，两颊下坠的皮抵住中式夹袄衣领，眼睑麻木，面无表情；儿子坐她对面的小车里吃手，两颊下坠的肉抵住毛衣外套衣领——衣服倒是添了——眼神空洞，面无表情。海云不是第一次看到这情景，但是第一次惊觉：这一老一小一男一女竟如此仿佛！她给湘江写信说这事，湘江说她自寻烦恼，说这么大的孩子还不能算人，充其量是个小动物，吃饱穿暖就没问题；一岁八个月不说话也不是问题，贵人语迟。湘江不是在安慰她而是真这样认为，那时还没有"早教"一说。但母亲的本能和体验告诉海云，事情没这么简单。产假中她带孩子，他们那时还是小婴儿眼神儿都比现在生动。从那天起，海云再也做不到"一心扑在工作上"了，做不到有事没事地"加班加点"，下班后赶紧往家跑，家里有事能请假请假。先进人物不复先进，令领导痛心。

和领导矛盾的高潮爆发是孩子们三岁生日那天。

那天下午是政治学习，学两报一刊社论，自学。她想早走一会儿带孩子们去趟动物园，要不等到她下班，动物们也下班了，在走廊碰到领导时就顺嘴说了一下。领导说计划变了下午机关全体去省委听英雄事迹报告不得请假，海云马上说那就算啦。她本来也没抱什么希望，纯属有枣没枣打一杆子。

万想不到中午幼儿园来电话说她儿子右眼磕了送医院了让她立刻上医院会合，问具体磕右眼哪儿了什么程度伤没伤着眼球，对方一概说不清楚。海云火速请假，领导嘴上说着表示关心的话眼睛分明表达着另一层意思，简言之，如同著名寓言"狼来了"，他不相信她。不怪领导多疑，依照她平时表现加上先前的请假垫底，这时的请假委实巧合。海云耐住性子说是真的您可以给幼儿园打电话核实；领导说我没说不是真的但孩子已经送医院了，老师在医生在，你去了也没有实际意义是不是呀？海云叫起来：我儿子磕的是眼睛！领导脸沉下来：你嚷嚷什么！这时海云理智尚存，马上放低身段乞求：我去医院看看如果孩子没事我马上回来听报告？领导说如果回不来呢？海云说我补课自学！英雄的长篇通讯大报小报上都有：房屋失火他去救火，千钧一发之际先把邻居的孩子救了出来自己的孩子因之葬身火中。其中一段描写海云印象深刻：儿子向英雄伸出小手哭叫："爸爸救我！"英雄含泪看儿子一眼，毅然越过儿子先去救别人的孩子，当他回头救自己儿子时，儿子已永远地闭上了眼睛……领导说光学不行得落实到行动上，看看人家什么境界，我们什么境界？这就习惯性地说了开去，如闸门放水哗哗哗哗，望不到头。想到儿子情况不明可能残疾尚不知有无生命危险，海云耳朵开始失聪，最终情绪失控，精神错乱般大喊大叫："我不想学他学不了！都是孩子，生命是平等的，哪个离得近先救哪个，如此舍近求远不是高尚是沽名钓誉自私阴暗到了令人发指！"喊罢就走，请不下假来不请假。

儿子没事，眼皮外伤，缝了三针。因年纪小，医生说疤都不会留。海云却因此失去了机关工作，失去的仅仅是机关工作还要得益于她的领导事实上宅心仁厚，否则依当时的环境背景，他说她散布反动言论都恰切。

　　她被处理到炼油厂打回原点。搁从前海云完全能做到"雄关漫道真如铁，而今迈步从头越"，从前的她身无背累是一只向着理想自由飞翔的鸟儿，现在这鸟儿有了幼雏。炼油厂在郊区离家远极，且三天一个夜班。不是没想过学先进赶先进：把孩子锁家里，拴桌腿上，带着上夜班……细想这些方法，偶尔为之，行；作为有着两个孩子事实上的单身母亲，长此以往，难。去炼油厂报到前她先带孩子们去湘江部队探了次亲，一为休养身心，更为同湘江当面商量一下最近发生的事情。湘江的意见是让她干脆带着孩子随军过来，工作的事等孩子们大点再说，被海云拒绝。最终，经过咨询，考察，求证，她决定把孩子送全托，或，再请保姆，寡言老保姆在孩子们入托后走了。一句话，工作、孩子她都要。决定了后马上行动，联系全托的同时找保姆，双管齐下。这时，一个意外打乱了她的计划。

　　半夜，儿子突然腹痛，海云带他去医院。本想两个孩子都带上，像平时那样，一辆自行车，前面坐一个后面坐一个。但看儿子痛得小脸苍白，哪里还能够坐并且是坐自行车呢？只能背着走。背也得把腰弯成九十度以让他的腹部能平贴背上，她腰稍一直他便痛得连声尖叫。为防熟睡的女儿从床上摔下来，走前海云把被子枕头全部堵在了女儿身边，仍不放心；家里是水泥地，摔下来、万一摔着后脑，可不是闹着玩的。于是又找根粗背包带松松揽住女儿的小胖肚子——她还没有腰——另一头拴床掌上，灯开着。安排好女儿，海云背着裹成棉花垛的儿子钻进冬夜，北风如墙迎头撞来，她眯眼抿嘴弓腰狂走，负重二十公斤两公里路仅用一刻钟。不想到医院后儿子肚子突然好了，检查也没事，医生说可能是肠套叠。"肠套叠"顾名思义是一段肠管套入了相连的肠管腔内，轻则梗阻坏死穿孔重则危及生命，是婴幼儿急腹症中最常见的一种，男孩发病率高于女孩三倍之多。其实不光肠套叠了，就海云的体会，男孩就是比女孩爱生病，即使生同样的病，也比女孩重。比如感冒发烧，女儿吃点小药三五天就好，儿子呢，动辄发展成支气管炎肺炎，动辄打针输液。难怪老百姓说女孩命贱，好养活。以前还认为是重男轻女，现在方知是经验之说，女儿的皮实一直令海云心存感激。在医院观察了二十分钟医生说没事了可以走了，分析原因可能这一路颠簸不知哪一下子把套叠的肠管给颠开、复了位。确定儿子没事海云方感腰痛难忍，因惦着女儿，强忍，一手牵儿子一手扶腰，回家。

女儿死了。背包带勒住了脖子窒息而死。海云怎么也想不通：背包带是拴在肚子上的，松松的，松到她若醒来完全可自行脱出自由活动。当时惟一的担心是她醒来害怕，但问题也不是太大，之前她有过跟妈妈陪哥哥半夜上医院的经历，那次海云就跟她打预防针说，有时会只带哥哥去看病，留她一人在家，带着他们两个妈妈太累，妈妈走前会把门锁好，开着灯。女儿显然不很愿意，但还是点了头，她一向很乖很听话。

接到电报湘江昼夜兼程赶回，部队给了二十天假。假期快到时，海云仍只能平卧床上动弹不得。负重弓腰奔走加上冻，重度腰肌劳损。湘江就又续假十天。一个月里除了接送儿子上幼儿园，做家务，就坐在海云病榻边，握着她的一只手，跟她说话。说得最多的是，我们还年轻，还可以再生，再生一个女儿。

海云很想跟他说，再生十个也不是那一个，生命不可复制。没说。出了这种事湘江也不好受，刚提营长他工作上压力也大，说了有用还值得说说，明知没用何必要说？感情再好的夫妻也是两个人，很难心心相印成一个人，囿于性别，经历，兴趣，视野，际遇，甚至基因，等等吧。他不曾孕育，他跟孩子相处太少，他做了父亲却并不懂得孩子。

海云决定带儿子随军。

事后反省，做出那个决定除一时的冲动软弱，还有逃避。她感到自己的某些思想行为——母亲说话是"价值观"——与周围环境无法调和的冲突。没孩子前，她的——价值观吧——与当时倡导的主流价值观完全一致：个人的事再大也是小事，集体的事再小也是大事。看到诸如革命前辈为了新中国转战南北、生下一个孩子扔掉一个的史实也曾让她感动到热血沸腾，是在自己有了孩子之后，她变了。孩子使她张开了另一双眼睛，再看这个世界时不一样了。从前，看到报上说哪哪的孩子挨饿受穷，她顶多唏嘘感慨一番，带着事不关己的超然，生了孩子后再看到这样的报道，她会流泪。孩子被动地来到这个世界，无选择无保留无抵抗地依赖着成人，这依赖让海云沉醉，更让她沉重，沉重到无以逃遁。她拼命张开双臂左右遮挡，想让孩子在自己的卫护下安然成长直到羽翼丰满，却时时感到掣肘感到力不从心。工作的重创、女儿的夭折使她清醒看到，在现实世界面前个人力量的微薄。

海云带儿子随湘江来到部队。当时湘江部队驻山沟没幼儿园，海云担负起了儿子的学前教育。儿子上小学湘江升到团里，团部驻县城，县城有正规小学，儿子算没耽误。儿子上初中前湘江升到师里，师部驻省城，教育环境比之前又好了一大步令海云欣慰。随军做家属后，她的注意力逐步全部转移到了儿子身上，外交官的理想渐行渐远，远到后来偶尔想起，仿佛是个梦，一个因年轻而生的梦。

这过程海云跟彭飞说过，她总得对自己为什么是家庭妇女向儿子有个交代，只要可能，没有哪个母亲愿被自己的孩子瞧不起。但她只是陈述事实，并没说过他信中的那种话，什么她是为他失去了自己的一切之类。相反，她一向认为家长如果对孩子这样说，是大言不惭是丑表功是讹诈，情感讹诈，迟早得被孩子识破。不期然有一天她竟从自己儿子的话中嗅到了这层意思，他的话直译过来不就是，你不要再为我活着了，我也不想再为你的意愿而活？

阳光从大叶杨的叶片中漏过，亮点无声无息飘洒，儿子念完信后按程序该海云念了，但她清楚她的那信不能再念——信中竭尽委婉，说的仍是好好学习——硬要照本宣科徒然辱没双方，更会加深已有的误解。

信不能念，话得说；说，说什么？儿子坐下海云机械站起，一屋子人包括儿子开始等待，没有惯常交头接耳的嗡嗡，没有椅子拖挪的吱啦，甚至没有扭动身体时的织物摩挲，所有人屏息凝定，仿佛在看一出演至高潮的好戏怎么往下进行。海云只身站在舞台当中，齐刷刷的目光聚射一起仿佛一束追光把她罩住，使她的孤独分外醒目。如果高潮戏的情节台词了然于心成竹在胸，那孤独就是"看我一枝独秀"，反之，就是"肠断与谁同倚"了。海云默默嘱咐自己镇定，不要分神，集中精力，想。有时似是在脑子里瞥到一丝线索，待到思维追过去想捉住它敷衍成章，它却在倏忽间消失，令海云顿生一身毛汗，于是越急，越急脑子里越发空无什物，当下恼怒，把目光转向儿子，索性问问他这些话为什么不能在家里说非要拿到这里，一不做二不休，豁出去了！

她看到了她熟悉的目光：坦率，警觉，期待，当然还有自以为是的咄咄逼人。这目光一下子使海云无可依傍的心踏实下来。在家中，从小到大，母子间有过多少次这样的——什么呢？聊天，谈话，角力，交锋？那是母与子的精神触摸，点点滴滴寸寸缕缕，将生命的成长过程洞开。没承想有一天他会通知都不通知，就在自己面前竖起了一块透明玻璃，让你见得着看得清，再也触摸不到。此时他主动撤去玻璃敞开心扉，这不正是你所渴望的你还等什么？想明白这点海云骤然间兴奋，而只要她真正兴奋起来，大脑就会格外清楚，该说的话脱口而出，不该说的只字没有。她看着他的眼睛，那眼睛里稍有不安，事后他解释这是因为是当众怕她万一说得不好丢他的脸。他觉着自己说得很好——炫耀的成分还是有的——说出了很多同学的心里话：我们长大了，不想再什么都听你们的了！这是孩子们成长的宣言，是孩子与家长的较量，是孩子对家长的信任。看着儿子的眼睛，海云开口说话，只对儿子说，目无他人。

"彭飞，先说明一下，你所谓的无私并不存在，过于主观。举个例子，很多母亲能为她的孩子去死，都说这是母爱的无私，作为母亲我的体会，那只是在丧生和丧子之间两害相权取其轻的本能选择。同理，在你和工作之间，在二者没法两全时，我选择了你，看着你一天天成长我感到充实快乐，我的付出已经得到了回报，这是我的人生。你当然要有你的人生，你说话：你的未来，你的朋友，你的老婆，要你没有那些我才得急死。"

她说的全部是实话，但是没说出全部的实话。有的实话不能够说。屋里响起一片会心的笑声，孩子们纷纷扭头看儿子。儿子也笑，脸红红的带点赧然，更多的是为母亲自豪，这自豪越发令海云兴奋，表达越发如行云流水。

"总之，各有各的人生，你不必对我的人生有压力，你的人生对我却有压力，为什么？因为，我的人生我负责，你的人生目前来说，得我和你一起负责。你才十六岁就要求我不管你为时过早，我必须管你，最低限，到法律规定的十八岁！"

　　轻松活跃的屋子再次静了下来，再次静极。极静中海云把在一个个不眠之夜里想得很细很具体却没敢往信中写的话一口气说了出来，她要求儿子放学后没特殊情况几点前必须到家，几点吃饭，几点写作业，以及成绩渐次提高的幅度，达到每个目标高度的时间要求。

　　从前，儿子初一时，给她讲过这样一件事：体育课，老师说跑完了步马上坐下对健康不利，但没有哪个孩子听得进去。于是老师换了说法，说具体到女生，跑完步马上坐下会变成大屁股，具体到男生，跑完步马上坐下会性功能障碍，从此全体男生女生跑完步都会原地放松好一会儿才敢坐。偶有哪个粗心男孩儿忘了，只要老师食指朝他一点，嘴里说声"障碍了啊障碍了"，那男孩儿便会马上跳起。当时海云只觉这老师真有办法没深想，是在那一个个不眠之夜里突然悟出，那老师之所以有办法是因为他了解孩子：孩子和大人生活在完全不同的感觉世界里。就说对时间的感觉，小孩子的一个月可能会长过老年人的一年。跟十二三岁的孩子说健康实在早了，健康的重要性抽象遥远到完全跟他无关。同理，学习的目的和重要大人一目了然感受深刻，孩子不然。小时候，他们也许会为家长为老师好好学习，当独立意识渐渐觉醒，只要有可能，他便想尝试按照自己的意愿去做，比如，打球而不写作业。这时他需要的不是道理——成人最善于把道理讲成耳旁风——是具体的纠正和管理。海云的最大问题是，重视交流疏于管理。平等不等于不管，民主也需要集中，仅有交流远远不够，大人尚且需用法律纪律规章制度约束，何况孩子？

　　海云没敢往信里写这些是怕，他小的时候你都没管，他都这么大了你却要管，会不会激起更强烈的反感？是儿子信中显示出的思想深度使她感到，只要她的道理能得到他的认可信服——他们各有各的人生，他不是也不必为家长学习——那么其他诸事，她完全可以跟他坦诚相见。果然，儿子听完她的具体要求后点点头说：好。并且说到做到，经过不到两学期的努力，考入省实验中学高一普通班，又努力一年，高二时考入重点班；这次高考"一模"，再次在原基础上向前跨出了很大一步。

儿子能走到今天实在不易。不错，湘江百忙中回来看望是关心是好意，可惜是好心帮倒忙。幸亏及时他下了部队，等他演习完回来，高考差不多结束了。昨天夜里海云睡不着时提醒自己早晨起来一定记着把这层意思跟湘江强调一下，让他高考前不要再回来的意思——此时的海云心情如走钢丝，距终点仅几步之遥了上帝保佑不要出什么岔子——没想早晨起来她什么都没来得及说呢，父子已经不欢而散，准备好的早餐谁都没有吃。湘江说是来不及了到部队去吃，他是首长到哪里都不会缺吃的，儿子呢，上哪里吃？吃了没有？没吃，饿不饿？吃了，吃的什么？

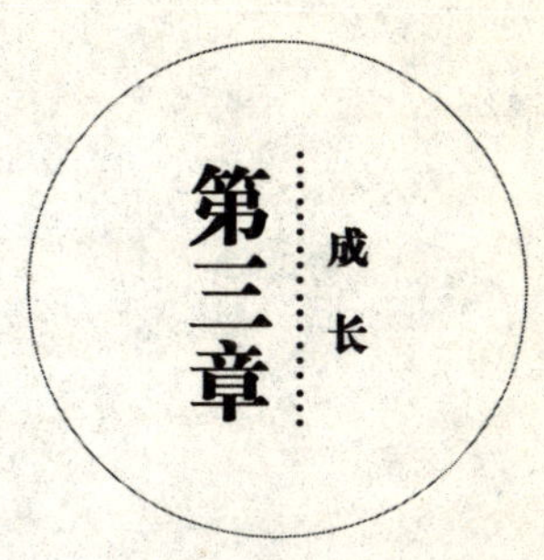

成 长
第三章

　　营区响起悠长的下班号，海云讶然一惊，都中午了？早餐在厨房还原封没动，锅里的馒头都捂囊了。海云吃早餐，热都懒得热。并没觉得饿，但得吃，吃营养。不睡再不吃，身体顶不住，这个时候她可病不起，儿子下午五点放学六点到家到家就得吃小饿狼似的。中午她必须躺会儿，那么，采购洗做只剩三小时左右。本都是上午采购，上午菜也新鲜，结果她一上午光顾坐那里发呆，把时间蹭过去了。晚饭做什么呢？烙馅饼吧，牛肉洋葱馅。很麻烦，心情体力好时还行，这会儿她心身倦怠，那也得干。女人一旦有了孩子，就算有了一个身不由己必须执行的时刻表。儿子早晨没吃，吃了也不会吃好，晚饭得给他补上，现在是非常时期。

　　采买回来快四点了，到家气都顾不上喘一头扎进厨房。先把牛肉的筋膜剔净剁成肉糜，加淀粉料酒香油拌匀，静置，至少半小时；这工夫把面烫好和好醒着，切洋葱，切时提前把脑袋歪向一边眯细眼睛，仍被辣得双泪长流。馅饼在锅里烙着的时候洗黄瓜西红柿，生吃，不另做菜了……馅饼一张一张在盘子里摞起，黄瓜西红柿水灵灵的，趁儿子没回来赶紧再做了个紫菜汤，有荤有素有干有稀，这样看上去比较全面。

　　直等到金乌西坠玉兔东升，不见儿子踪影。海云给学校打电话，给知道的同学家打电话。学校按时放的学，他不在同学家。无数次到北窗口向儿子回来的方向张望，没有。越等越急，越急想像力越丰富。中学生骑车，尤其男孩子，绝对自我，有缝就钻有空就插滋溜溜像条鱼，汽车飞驰着他也敢从前头横穿过去，活得不耐烦了似的。一个个血淋淋的画面从海云脑子里滑过，细节都想到了：儿子身上有没有能证明他身份的东西？别他那边出了事，家长学校都不知道！抓起电话打122，问有没有交通事故。有；没有伤人死人的。放下电话又拨110，仍无收获。那他到底去哪儿了？进入高考冲刺阶段他天天到点回家，吃了饭学习，从来没有这样过……咔嗒，钥匙捅门的声音，回来了！海云急急向外走，心里漾着失而复得般喜悦，当然，还生气，很生气，这么晚才回来，干吗去了！质问的话即冲口而出，方看到回来的不是儿子，是湘江。他怎么回来了，不是说从二团直接去演习集结地吗？回说是他们的演习推后了。海云从喜悦的高端跌入更深的恐慌。湘江不以为然，这么大的男孩子，不过晚点回家，就122、110的小题大做，太夸张了。但他没说，说了没用徒然矛盾，回一句"放心吧他不会有事的"，就去卫生间洗手。海云登时火了——她当然感觉到了他的反感，她反感甚至是憎恶他的这种反感——她跟在他屁股后头追到了卫生间。

"怎么知道不会有事？夜里没睡好早晨没吃饭！跟你这么着说吧彭湘江，早晨打儿子走了后，我这心就一直提溜着没有放下！"

湘江的忍耐到了极限。不就一顿早饭没吃吗，多大点儿的事儿？是是是，昨晚她还打了他一巴掌，大概就为这，她一夜没睡，在床上烙饼似的翻腾，弄得他也没能睡好。他无所谓，一夜不睡没什么。她不行，她心脏不好。当然当然，为了儿子她愿意，但也不能这么没有原则不分是非不着边际。十九岁了，一米八的汉子了，看看部队的那些兵，十八九岁时要面对要承受要承担的是些什么！彭飞呢？饭来张口衣来伸手吃个水果都要人洗了切了码在盘子里端过去就差嚼嚼喂了！过多的关注关心导致他眼里心中没有别人只有他自己。这些想法也曾婉转跟海云交流过，她要么充耳不闻要么一笑置之，固执己见刚愎自用不可理喻越走越远，发展到现在，眼里头只剩下了她那个儿子，不仅没有她自己，连丈夫都没有。现成的例子：刚才，他告诉她演习推迟了，她也知道这是部队准备了很久的一次重要演习，却根本就想不到问问为什么推迟。就算她问了他也不会告诉她，他不愿她为他担心，但她连问都不问就不能不让他心寒。

今天二团进行的是八百米低空跳伞训练。空降兵是以伞降或机降方式投入地面作战的兵种，是一支具有空中快速机动和超越地理障碍能力的突击力量。实战要求低空跳伞，实战中空降兵伤亡最大的是在离机后的空中，这时他们没有任何防御能力。二次大战美军八十二空降师初战西西里岛，第一次登陆损失的上千人，基本是在空中遭到的攻击。因此尽量减低跳伞高度，缩短空中坠落时间，是空降作战的重要课题，一直以来的训练重点之一。低空跳伞的难度在于，伞兵在空中时间只有数秒，如果不能在数秒内、离地五十米前打开伞包，必伞毁人亡。一切得保证万无一失，因你没有时间处理特情。越难越得练，只有平时"死"练，战时才可能活，活着才能有战斗力。

下午，二团最后一个架次训练，因强气流影响，一个兵连人带伞被冲向左下方那个兵降落伞的排气孔上，两伞缠在一起，落地后两人一死一伤。死的那个，腿骨从腹腔一直插进胸腔；伤的那个被送进医院抢救到目前还没有脱离危险。鉴于一死一伤的重大事故，上级决定演习推迟，作为军事主官，湘江身上的压力可想而知。把两件事拿出来，一边是没吃早饭，一边是两条生命和军事演习，比一比，让任何一个人说，轻重高低立见伯仲。

湘江打肥皂洗手，极力让声音平和："该打的电话都打了都问了你还担心什么？"说到这应该打住，终是忍不住，她不关心他，可以；但彭飞一有事就迁怒于他，不可以！她随军这么多年了不是不了解部队工作意味着什么，在部队工作又意味着什么！那需要不停歇的竞争与最严酷的检验，需要有超群的意志、智力和体魄。一个师一万多人一万多条精壮汉子，训练管理演习哪一点你都得想到不敢有丝毫懈怠，师长不在的这段日子他更是睡觉都睁着一只眼睛醒着半拉脑子，以保证如有情况，能迅速进入状态。他知道她为他为这个家付出了很多，他尽力去体会去关心了，但她不能总这样得寸进尺，他不是垃圾桶不是钢铁做成的他也是血肉之躯，他的承受力是有限度的。带兵的经验告诉他，宽容不等于纵容，有恩更得有威。对老婆不说恩威，软硬兼施是必须的。不当示好示弱，是火上浇油助纣为虐，适时遏制当头棒喝，方会令对方冷静自省。想到这他扭开水龙头冲手上的肥皂沫，让哗哗的流水声壮着胆，对妻子说："你担心他会为昨天晚上的事——自杀？要是他为这点事就寻死觅活的话，我看也罢。"

这是人说的话吗?! 海云身子向前一蹿手一伸关上龙头直逼丈夫脸前："'也罢'是什么意思，啊？什么意思！合着这孩子不是你的是不是？对对对，他不是你的，他只在理论上属于你，从小到大你根本就没有管过他，他好他赖他死他活跟你全没关系——"

湘江不胜其烦到了极点："田海云！总说这些车轱辘话，有意思吗?!"海云眼睛开始放亮，左颊血管渐渐充盈，嘴角耷拉了下来，正是她发作的前兆。湘江一下子泄了气，老婆就是老婆，不是兵，带兵的那套在家里行不通。"湘江。"海云呼唤他，声音格外柔和，恰表明她的愤怒到了极点，那柔和波涛下是可怕的暗涌。湘江头皮开始发麻，决定抢在暴风雨到来之前将其平息。他伸手握住妻子的双肩——她真瘦啊，肩膀薄成了两片，心立时软了下来——握住妻子的肩膀他真诚道："要不这么着海云，你在家等他，我出去找他？我给司机打电话叫车马上过来。"说罢出卫生间向客厅走，海云完全没想到，情绪一时扭不过来，不知说什么好，下意识跟着走。夫妻二人走到过厅，咔嗒一声，家门响了；吱扭一声，家门开了：彭飞回来了，背着书包毫发无损全须全尾地回来了。

湘江一个立定，站住，目光如锥，直捅儿子，令海云放下心来的同时马上有了新的担心，这个家这个时候无论如何不能再出乱子了，直觉告诉她，眼下先得安抚的是丈夫。她一下子插到丈夫和儿子之间，脸冲丈夫堆起了笑……电话铃响了，这电话来得及时来得好；趁着湘江去接电话，海云赶紧推儿子走，让他马上放下书包洗手吃饭，吃了饭马上学习。

电话是作训科参谋打来的，报告说那个受伤的兵目前情况趋于稳定，湘江沉甸甸的心轻松了许多，紧绷的注意力随之放松，于是，餐厅母子的对话飘进了耳朵。"他最近得一直在家呆着不下部队了？"儿子说。"别'他、他、他'的！你放学后干吗去了？"妻子说。"啥也没干。就是想到他在家，就不想回来。"湘江心头火突突冒，今天就不该回来，不演习也不回来，回来就是没事找事自作多情就是他妈的犯贱！自以为关心儿子妻子关心家，孰料你的关心在人家那里分文不值，不仅分文不值，还是个负数！真该利用这个机会就事论事跟他们好好理论一番，但他知道现在不行，现在谈只能谈崩。放下电话后他在原地又站了好一会儿，直待心情平静到觉得面对儿子可以控制住自己时才转过身去，向餐厅走。

餐桌边没人。彭飞听到父亲挂上电话马上端着饭起身去了自己房间并关了门；海云在厨房下面，事先湘江没说回来，她只做了一个人的饭。现成的西红柿，切切扔锅里，打个蛋花撒点葱末，很快。馅饼父子俩一人一半，面条也是。把面条给儿子送进房间，一秒钟都没耽搁回到餐桌边坐下，陪丈夫吃饭。湘江问她为什么不吃，她说中午吃得多了点。湘江又问她吃的什么——纯粹是没话找话，找一些无关痛痒的和平话。既然她率先表现出歉意，他姿态就一定要相应放低。夫妻关系如同压跷跷板，你高我低你低我高方能玩得下去。一方永远高高在上，这游戏就做不成了——海云当然明白，也就没以为意，顺嘴回答"早晨剩的"，闻此，湘江已基本平息的心头之火"腾"一下又蹿了起来："为什么不能给自己做一点？没睡好，不想动，没心情，是不是？"用筷子重重一点盛馅饼的盘子，点得馅饼跳了起来，"——给他做饭倒不惜下这么大功夫！"海云心里头那个悔呀，直恨自己说话不过脑子，没等她想出应对的话来，湘江已"啪"地把筷子拍到了桌上："不行，这样下去不行，这样下去你非得给他拖垮了不可！不能说他一人高考，全家受难，我一定得跟他谈谈！"起身就走，被海云一把按住。

"你跟他谈——谈什么？"

"别的今天可以不谈，放了学为什么不按时回来得谈！好，就算你彭飞烦你爹不想见他，你妈呢？你妈身体状况你不是不知道，你们母子感情也好，但到关键时刻，他就能任性而为不顾他人包括你的感受！为什么？根子在哪里？"

"这事我跟他谈，好不好？我跟他谈！"

"为什么我就不能跟他谈？我总还是他父亲吧！"

　　海云心说：你是他父亲。可，是父亲就有了天然的教育资格教育能力并且终身拥有？这真是一个大大的误解。做家长也需要能力，如同你当领导需要能力。没有能力的家长不如干脆放弃自以为是的教育资格，朴朴素素做单纯的衣食父母，那样至少，可使孩子免受干扰或者误导。当然这些话只能在心里说，真说，徒然激化矛盾殃及儿子，父子关系本就脆弱得不堪一击。她的那些想法不是没想过跟湘江一点一点渗透，可渗透需要在事情的进行过程中需要机缘，他整天不在家百分之九十五的时间精力放在工作上，孩子却是一天天不可遏制地长大，他错过了他的成长。等高考完了，高考完了说，现在不是从头说起的时候。她抓起筷子塞湘江手里："吃饭吃饭。谈是一定要谈的，这孩子问题很多，不过，等高考完了再说？……不在乎这几个月。"

　　湘江接过筷子，吃饭。他不可能感受不到妻子夹在他和儿子中间的难受，他不愿为难她雪上加霜，但与彭飞谈话的决心是定了的。解决问题不过夜，这是他对下级军官的要求，是队伍稳定的重要方法。家庭也需要稳定，此刻更需要。海云这种得过且过的做法，有害无益。好比一个已经熟透了的疖子，你不把它切开把脓液及时引流出来，一味捂着盖着，它终会发展成痈疽成败血症。

　　饭后彭飞学习，湘江被一个电话叫到办公室看传真，海云放心地去卫生科拿药，硝酸甘油。硝酸甘油昨天就没了，没顾上拿，今天胸闷得厉害。如果湘江在，她仍不会去，会在家严防死守：不能让父子单独相处，不能让湘江跟儿子去谈什么话。到卫生科后医生摸了她的脉，建议她做心电图。心电图显示冠状动脉严重供血不足，ST段下移，T波倒置。医生嘱咐她近几天务必抽时间去医院做进一步检查，以调整治疗方案。她说好。

　　如果她不做这个心电图拿了药就走就回家，可能会赶在湘江之前到家，但当时医生态度严肃，加之她自己感觉也不好，就做了。最重要的，依据她对湘江的了解，他若晚上去办公室，通常得吹了熄灯号后才能回家。处理完事情，他愿意顺便到各个办公室转转看看，同加班的下属军官们说说聊聊。都是从底层一步一步干上来的，他对下属心理了如指掌：下属不会在意你领导加班不加班，可是在意他加班的时候你领导能够看到。转一圈费不了多少劲，效果好，真正事半功倍——此乃他对晚回家的解释。海云相信这解释，但更相信，湘江喜欢办公室喜欢部队远胜过家。呆家里他能干什么？看完新闻后看天气预报，看完天气预报就没啥可看的了，除非有足球。就是足球在家也得压抑着看，家中有一个高考的学生，电视声不能大，更不能随心所欲大呼小叫，那样看球还看个什么劲？随军这么多年夫妻这么多年海云太了解湘江了解男人了，深知湘江之于军队如同某歌里唱的：鱼儿离不开水呀瓜儿离不开秧。女人的精神或可从孩子从圆满的家中得到滋养，男人不成。再圆满的家也不可能使他的精神真正得到满足，他们渴望更广阔的世界更社会化的成功，那才是他们生命活力和生气的原动力。海云富于自我牺牲精神，且性别角色意识分明，因此，不管多么艰难多么痛苦，她都没动过让湘江转业回家的念头。作为知识女性，相比有些嫁鸡随鸡没文化的军嫂们的盲目盲从，她的牺牲清醒冷静。

海云去过湘江办公室，不大，十二三平方米，放上一排柜子一张办公桌，就没什么空地了。柜子被书、军事期刊、各种资料挤得满满当当。还有一些放不下，被摞在柜子顶上。饶是如此，他仍要腾出一间专门放个人用品的柜子，里头从军装、作训服、解放鞋、文件包、洗漱袋到内裤袜子一应俱全，绝对能做到一个命令下来家都不用回，直接出发，尽管从办公室到家不过十数分钟路。他说话：有时，一分钟可决定一个战役成败，一个战役成败可决定一场战争成败，一场战争成败可决定一个国家成万上亿人的命运——备战打仗已经渗透到了他身体的每一个细胞里。以致海云常常替他遗憾，这人怎么没早生二三十年没生在苏联哪怕英、法、美，以能够参加二次世界大战、那次人类有史以来投入兵力武器最多规模最大的战争？说起二次世界大战这人如数家珍，每一次战役，每一位将领，每一件轶事都刻在他的脑中。海云的同学熟人妹妹反映湘江严肃，不爱说话不好接触，海云说你们只要跟他说第二次世界大战就好。此话题能使此人顷刻间通了电似的两眼放光口若悬河，这时根本就不用你说话，只听他说就行，不想听也可不听，时不时"嗯啊"两声表示个在听的意思就行，他能滔滔不绝一直独白下去，到口角冒沫。

海云拿着硝酸甘油和心电图往家走，全没想到，这一次湘江破例没有"顺便到各办公室转转看看"，看完传真直接回了家。

湘江到家直奔彭飞房间。房间门照例关着，扭开门一推冒出一股子饭味儿，吃过的碗盘摞在桌子一角，他妈妈回来自会替他收走洗了。是是是，你要高考时间很紧，可这仨盘俩碗能用你几分钟，怎么就不能自己送到厨房顺手刷了？这孩子给惯坏了，这样的人学习再好也没用，高分低能一事无成。在部队里，他这样的，能扳过来，是好兵，扳不过来，是废物，还不抵老实肯干的文盲，文盲还能做饭养猪。不料，还没等他发话呢，他先开口了。身体往椅子背上一靠，笔往桌子上一扔，眼睛看着脸前的墙壁道："以后进来请敲门。"

湘江本想心平气和好好谈的，可这哪里由得了他了？"用不着，这是我的家，我的房子。我问你，晚上你放学后上哪儿去了？"

"跟你无关。"

"跟我无关？你吃我的喝我的穿我的住我的，跟我无关？"

"我吃你的喝你的穿你的住你的，是我的权利是你的义务是法律的规定！"

"是嘛是嘛是嘛，法律规定——法律规定我只养你到十八岁！彭飞同志，请问你今年贵庚多少哇？"彭飞蓦然怔住，语噎。由于门敞着空气得以对流，风儿吹进，吹得书桌上的纸页沙啦啦响。湘江一字字替他回答："——十九！到大学毕业，四年，二十三！"言毕冷眼相看，彭飞的脸一点点涨红，红到发紫微微痉挛。"算了算了，没意思的话不说了，"湘江缓和了口气，他懂得适可而止，"咱们说正事——"

彭飞扭过脸来："为什么不说？要说。我觉着你这些话很有意思，很有道理。"湘江眨眨眼睛不明白，彭飞直视他："我决定了，不上大学了。"

湘江没有想到："不上大学了——那你干什么？"

"能干什么干什么。扫马路，拾破烂，总之，不花你的钱就是了。"

海云这个时候到的家，到家就听到父子俩在说话，说的什么没听清，这不重要，重要的是得赶紧把两人分开，她鞋都没顾上换急急向屋里走。

"湘江！不是说好了嘛，有什么话，以后说，高考完了说。"

"你儿子说他不上大学了。这可怎么办呀海云？吓死我了！"

彭飞乜斜父亲，心中冷冷地浮出两个字：小丑。客厅电话铃传来，湘江一笑，抽身去接电话；父亲一出门彭飞便动手收拾桌上的书本资料，同时简单把事情跟妈妈说了。海云厉声道："飞飞！现在不是赌气的时候！"

"我不是赌气。"

彭飞沉声道。从未有过的语调让海云陌生，她凝视儿子。依然是那双眼睛，浅蓝眼白里两颗黑亮的眸子，但是，眼神如同他刚才的声音，让海云陌生：金属般冰冷，金属般坚硬，全然成年人的！海云打了个冷战，骤然发作："你必须上！"

声音是如此高亢尖锐突兀，彭飞吓一大跳，呆问："为什么？"从没见过、没想到母亲还会有这样的一面，这一面只有一词可准确形容：泼蛮。

"为我！"海云说。

这就是儿子初三时的家长学生对话会上，海云没有说出的实话。这个受过高等教育曾胸怀理想充满激情的睿智女子，如今只剩下这个儿子。

随军后，她没有按湘江说的，再生个女儿。她不认为那会减轻伤痛，更重要的，认为为忘记女儿再生一个是对女儿的背叛，尽管她曾一心一意想要女儿，如果只有一个孩子她宁愿是女儿。以她做女儿的体会，女儿是妈妈的贴身小棉袄；以她有过女儿的体会，女儿是她的贴身小棉袄。那个小女孩儿细腻温柔体贴得呀，能把你的心化掉。有一次幼儿园午饭吃红烧五花肉，一个小朋友分两块儿，时值1970年中国人吃肉得要肉票的年代。晚上从幼儿园把孩子们接出来，女儿松开一直紧拽袖口的小手，把另一只小手伸进去，掏出藏在里头的一块肉——温热的，她小身体的体温——说：妈妈吃肉。"肉"字吐得清清楚楚，那时她不满三岁，那时她哥哥说"肉"还是"又"。那天晚上孩子们睡后海云洗衣服，仔细搓了好久也没能把女儿小衬衫袖子上的油渍洗掉。

女儿叫盈。盈与飞可相呼应，轻盈才好飞嘛。先给儿子起的名，湘江起的，大概为纪念他夭折的理想。盈也有理想——"理想"是海云的说法——盈的说法是，我长大了要跳舞。

盈生前最后一次跟妈妈去部队探亲，看到了她有生以来惟一一台真正的歌舞表演，空政歌舞团的歌舞。演出在二十里地外的团部，部队步行去，湘江带着海云娘仨乘车去，营里有台吉普。那台演出使盈确立了她的理想。节目里有一个舞蹈，主题是军民鱼水情，表现方式是一群女孩儿一人挎个小篮子去部队给官兵们送红枣。女孩儿们身着质地轻盈的绿衣裤从后台顺序飘出——如曳地长裙般的肥大裤子及细碎舞步，制造出的效果的确是"飘"而不是走——绿衣红枣乌发雪白的脸蛋标致的身材还有青春，使女孩儿们看上去一个个宛如仙子。那是个"不爱红装爱武装"，全国流行灰、蓝、白，女性夏季都不穿裙子的年代，文艺工作者煞费苦心为"美"披上革命外衣，使"美"得以绽放，盈心有灵犀。盈是个十足的小女孩儿对美有着天然"趋光性"，舞蹈刚结束便迫不及待跟妈妈说：我长大了要跳舞！海云笑说，你这么胖怎么跳舞？盈是个小胖丫头，脸蛋像个小冬瓜，小胳膊像藕瓜，小胖腿上尽是酒窝。盈坚定地回答：我长大了就会变瘦！

盈至死没能变瘦。盈死后海云一次次问自己说：你怎么就想不到背包带会滑到脖子上呢？如同祥林嫂一次次对他人说：我单知道冬天有狼。与祥林嫂的不同是，海云只对自己说不跟他人说。不愿把女儿和对女儿的思念放嘴里嚼来嚼去，更不愿让别人嚼来嚼去。自己的苦痛与他人无关，无关到都影响不了人家一顿饭的食欲。她惟有把对盈无法释怀的思念和母爱，放到儿子身上。是的，在那次对话会上她没有说出全部的实话：她希望儿子好好学习成绩出色不仅是为儿子，也是为她。作为一个没事业没工作的家庭妇女，她能拿出去跟别人比的，除了丈夫，只有孩子。

彭飞是海云的骄傲。部队子女尤其野战部队子女，与父亲同居一处的，得随父亲不断调动不断转学；与父亲分居两地的，母亲要工作要顾家难有余力辅导监督他们的学习，因此他们学习成绩大都一般。考不上大学只得考军校，军校有照顾政策，人曰"子承父业"，岂知这里头有着多少无奈。彭飞刚考入省实验中学时，人们羡慕归羡慕可能还会想：撞上的。

一年后彭飞又考入了实验中学的重点班，人们就不得不收起自慰正视现实：父亲大致都差不多，差得多的是母亲。当年部队随军家属初中毕业的就是高学历，彭飞的母亲北大毕业。人们终于由儿子的出色注意到了他那看似与常人无二的母亲，知晓了那母亲曾经的辉煌，也是一种母以子贵。

春节，一家三口回了趟海云父母家。之所以在儿子高考前的紧张时刻仍要回去，是因为海云姊妹早有约定，到父亲从岗位上退下来后的春节，只要天没塌，人人都得回家，回家与父母共渡难关，尤其是父亲退下来后的第一个春节。时值1986年，1986年的春节中国仍保留上门拜年的习俗，上至达官贵人下至平民百姓。对平民百姓来说"拜年"无外乎人情往来集体乐和，而对达官贵人，情形复杂得多。你地位越高，无利益工作关系的人际往来越少；因此，身居高位时你享受了繁华，身无官职时就得承受寂寥，也算能量守恒，与个人品质处事方法关系不大。曾经，老五探家时陪父亲拜过一次年，事后牙疼似的嗟呀。那是那年的大年初三，父亲去看望军区老司令员。官场上职务前面的"老"字跟年龄无关，你才二十多岁，也可能是"老排长"。这个"老"的准确含意是：曾经的，或，退下来的。老司令员是退下来的，刚退；战争年代，他还曾是海云父亲的"老连长"。到时快十点了，院子左侧的接待室空无一人，秘书都不在；一台轿车一台越野吉普，静静停在车库，二层小楼也静静的，仿佛没人。警卫说首长在家，但不知道起没起床，他去看看。海云父亲当然明白：如果来的人老司令员不想见，就是"首长没起床"。结果，老司令员不仅"起床了"，还携夫人亲自迎了出来。他们的孩子们都回来了，有的还带来了孙辈，家里头子孙满堂，但仍难驱掩弥漫家中每个角落的苍凉凄清。须知从前春节，不，去年春节，这里还是完全相反的另一番景象：从年头到年尾，车水马龙宾客如云，接待室的人排队得排到屋外，"拜年"是人们觐见司令员的最好机会和理由。接待室有年轻军官专门负责登记来访人的姓名身份，按先后顺序向里放人，如同医院的挂号门诊。与医院门诊不同的是，秘书会对每个即将受召见的人伸出一个巴掌叮嘱："五分钟啊！五分钟！"口气或命令的，或通知的，或恳请的，全视对方身份而定。轮番轰炸式的拜望会令人疲惫，却是多么充实的疲惫，这个境界的疲惫令多少人前赴后继心神向往。忆往昔，看今朝，想未来，能不叫人齿冷？

今年是父亲退下来的第一个春节，海云姊妹七个携夫带子齐装满员严阵以待，结果，虚惊一场。从年头到年尾，家中访客往来不断。各路人马以给老人拜年为由，前来觐见老人的女儿或女婿。海云大妹夫是市委副书记，老三本人在中国银行任要职，老四夫妇自创民企资产百万，老五是部队小有名气的作家曾上过《新闻联播》，老六老七尚年轻但已然小荷露出了尖尖角——在父辈退出历史舞台之际孩子们及时成长了起来，光宗耀祖续写家族繁华，这里头却没有老大海云的份儿。固然湘江才四十四岁已副师四年，是同行同龄人中的佼佼者，但这在将校成群的军区大院里，抑或在一般人们眼里，算什么？与他人的利益有什么关系？海云本人更不值一提，不，最好不提。因之每有客人到来，海云要么躲在楼上，要么帮公务员洗水果泡茶，着妹妹妹夫们端出去。她不出去，不想让父母为难。父母什么都没说过，用不着说。客人来时，每提到某个妹妹妹夫，父母便会高声招呼他们前来一起待客，从没叫过她。当然首先是没有客人提到她，但撇开客人的因素单说父母，他们乐意主动跟人说我们的大女儿是家庭妇女吗？不怪她敏感多疑，她也已为人母。作为母亲，她希望她的孩子能给她增光添彩她的父母也是；亲情淡泊，也势利。如果这世上有什么完全相反的品质能够并存不悖于一体的话，那么，亲情便是。

湘江因战备值班初三就走了，海云和彭飞过完了初五走的。家中那样嘈杂繁乱的环境，彭飞仍坚持天天学习只在大年三十休息了半日，惹得妹妹们一个个指着"飞飞哥哥"教导自己的孩子，让他们看看什么叫做一分耕耘一分收获。在那次温暖伤感的家族团聚中，儿子的出色是海云的最大安慰。

他们乘飞机回去的，当时乘飞机的不是公款就是大款，老四给他们出的机票钱。坐火车得一天一夜，飞机一小时就够。老四说飞飞马上高考没必要把时间浪费在路上，时间不是金钱是生命。飞机是波音737，他们坐机舱后部靠过道的两个位子，靠窗是位与海云年纪差不多的女士。起飞时间快到时前排座位上来了五个男乘客，五人拖着四个箱包，行李舱满了只塞进去三个，于是他们火了。按规定一个人可带一件随身行李他们五人应带五件才只带了四件都没地儿放，怎能不火？当即责令对方解决。空姐说给他们拿到乘务间她负责看管？——不行，箱子里有贵重物品必须搁在他们目光所能及的行李舱！按规定来！空姐去请示了一番回来又说，可以把一间洗手间铺上报纸，把箱子放进去锁上门并把钥匙交给他们？——不行！按规定来！叫你们机长来！空姐急得要哭，但她越是好言软语对方越是高腔大嗓——礼貌于懂礼貌的人是尊重，于不懂礼貌的人是软弱可欺——所有人都感觉到那几位已然不是在争取合法权利，而是在享受颐指气使高人一等的快活。过起飞时间了，靠窗的女士开始嘟囔表示不满，同样不满的海云马上呼应，声音稍高到前边那几个男人刚好听到，但他们像是没有听到。是啊是啊，满飞机的男人都没个敢伸头的，他们何惧一两个老娘们的哼哼唧唧？

　　这时，一个洪亮的粗重男声訇地响起："够了吧！一飞机的人等着哪！"几个男人应声蔫掉。飞机轰鸣着滑行，起飞，融入苍穹。空姐快步来到海云身边，一伸胳膊，隔着海云把一包干果塞到彭飞手上同时说："先生，谢谢您刚才帮我们说话！"说完像来时一样迅捷，从海云身边消失。海云扭过脸去看儿子，看到"先生"的脸红了。情不自禁，她伸手握住了儿子的手，如同握住自己生命的希望和意义。

成长

第四章

　　父亲接电话的声音由客厅隐隐传来，彭飞走去把房间门关上。妈妈对他怎么发作都行，不能让父亲看到。海云意识到自己的过分，声音放低些："十几年了，我把全部精力用在了这个家和你身上，为你能有一个温暖的家一个好的前程，飞飞，你上不上大学不是你个人的事情，它还是我的事情，知道吗，我的事情！"本想说盈，没敢。提盈她会哭，她怕情绪再度失控，刚才她泼妇般尊容已经够瞧的了。

　　这番话她藏心里头一直没说。从前不说是对的，现在说也是对的。凭着母亲的本能她知道，道理的对错与说出的时机很有关系。比如你要求孩子生活自理对不对？对。但是，多大的孩子自理到什么程度得区别对待不能笼而统之，你就不可能要求婴儿自己吃饭穿衣。孩子的身体成长需要过程，同样，心智成长也需要。他十六岁你跟他说为家长好好学习可能对他会有不良影响，他十九岁时说就是恰如其分：你成年了，你必须懂得你于父母于他人是有责任的。

　　彭飞紧紧盯着母亲，海云同样紧紧盯住他，目光与目光较量，彭飞意识到他必须服从，意识到这点后感到的竟是如释重负：他当然想上大学，但同样当然，不能向父亲淫威屈服，在利益和尊严只能选一时，母亲的意志使二者得以兼顾。

　　客厅里湘江放下了电话，电话是师长从国防大学从北京打来的，询问伤员、部队情况。这时他看到妻子步履轻盈走来，禁不住面露讥讽，刚要发表意见，电话又响，只得先接电话。电话中作训参谋汇报说伤员情况不好，湘江心嗵地一跳，面上却格外平静。放了电话淡淡对妻子说他去趟医院看个伤员，让她先睡不要等他。湘江一直在医院待到伤员转危为安，到家时快一点了。海云没睡，躺床上看书，见他进来第一句话就是："部队出什么事了吗？"目光炯炯。显然她一直在等他，什么事想瞒她很难。有时候，比如这时候，你会觉得老婆还是笨一点、文化水平低一点比较好。湘江只好承认事是出了点，但不大，训练时一个兵受了伤，现在没事了，脱离危险了。海云不信，没出大事能把参谋长深更半夜叫了去？湘江说受伤不是大事，死亡就是大事，现在抢救过来了，就不是大事了。这解释是合理的，海云松口气：别这边家里头儿子高考，他那边部队上再出事，两头夹击。海云从前，一直为湘江的安全担心，后来，现在，除了为他还得为他的部队担心。作为资深并受过高等教育的随军家属，她太知道空降兵是多么危险的兵种，国内国外概莫能外。不仅打仗时死亡率高——二次大战最成功的空降作战伤亡率也超过了百分之七十——即使平时演习，也被允许有千分之三的死亡率。换句话说就是，每千人里死三个，是正常的。见妻子得以释虑，湘江赶紧转移话题，头朝儿子房间方向一摆："你还不叫他睡？"海云一摆手："他你别管。学习上他有他的安排。"湘江笑起来："不说不上大学了吗？"海云沉下脸来："行啦，还没完啦！跟你说啊，儿子十九了，成人了，有自尊心了。"湘江很想说：放心，他才不会为了什么自尊心就放弃自己的利益和前途。明智地没说。经验告诉他，要想结束夫妻纷争，就让对方说最后一句话。饶是如此，妻子还没即刻闭嘴，还要叮上一句："明天早上对儿子态度好点，主动一点。"

湘江惟有点头。湘江十七岁当兵，深谙服从命令乃军人之天职。在单位，服从领导命令；在家中，海云是他的领导。理解的执行，不理解的只要他答应了的，保证说到做说。因此，次日晨与儿子不可避免碰面时，他对他态度很好，很主动。

当时彭飞正在跟妈妈商量高考报志愿的事，老师让今天就把高考志愿表交了，彭飞第一专业是新闻传播，新闻传播人大比清华好，他割舍不下清华，海云让他自己定，最后他定："就清华吧。"正合海云意。当年海云学西班牙语也曾在北外和北大间犹豫，上大学固然为求知，如果说"求知"

是根本好比"里子"，那么大学牌子就是"面子"。买东西讲究性价比，上大学讲究"里""面"比。综合比，清华比人大好，如同北大比北外好。湘江就是这时候过来的，接着儿子的话说："当然得是清华。清华北大是所有母亲的梦想。"貌似打趣妻子，实是向儿子示好。彭飞一听父亲动静，马上起身同时收志愿表，海云让他不要急着收把二志愿三志愿也看看，他不看，说他要是沦落到得上二志愿三志愿的地步，不如上高四。学生们管复读叫高四，复读一年再考的意思，此言一出湘江胸中的那座火山一下子有了喷发缺口，合情合理吼将起来："复读一年再考？说得轻巧！一个高三就能把全家人折腾死，再来个高四，还让不让人活了?!"彭飞按部就班把志愿表放进书包，扣好书包盖，将书包背上肩，父亲的示好示威、父亲这个人于他如同空气。海云赶忙地对湘江道："飞飞的意思不是说要复读，是一定要考上第一志愿。"湘江推开妻子，正面正式命令儿子，"把二、三志愿看看，我们费劲巴拉地给你弄了，你就得看，现在看!"彭飞背书包走，没能动得了，他挣了一下，挣不动，身后书包在父亲手里。湘江手拽书包双腿如钉钉在地上，那腿是伞兵的腿，练过的。

"湘江！撒手！到上学时间了!"海云叫。"海云！不是我说你!"湘江一字一顿拽住书包用力下拉，"这个孩子真是给惯得没样子了！真不能再这样下去了!""知道知道！但我们现在得抓重点！现在的重点是高考!"

趁父亲跟母亲说话分神，彭飞猛劲一甩身子向前一冲，湘江没防备，给拽趴到了地上，手仍抓住书包没放，被拖着在地上滑行了一段，狼狈越令他恼怒，勃然大怒，对妻子叫："他不说他不上大学了吗？不上大学还高什么考?!"抓着书包站起来，"扫马路！拾破烂！不花老子的钱！男子汉大丈夫，说话当放屁吗？屁都不如!"话音刚落猛然趔趄着向后倒去，他拼命挣扎想保持住身体重心，却在连连倒退几步后，一个屁股蹲儿重重跌坐地上。事后意识到，在他用力拉拽书包时彭飞把双臂从书包的背带里抽了出去，单方面放弃，湘江跌倒于自身的力。用力越大，跌得越狠。他用力很大。海云惊叫着去查看搀扶，这工夫，彭飞从家中消失。

彭飞骑车走。向学校方向走，下意识走，他没必要再去学校。有人在后面叫他，他双脚撑地捏闸站住回头，是罗天阳。站在辆二八男车上，一扭一踩地骑过来。罗天阳身高不足一米六五，二八男车对他是有些高了，就这还是看在他高考的分上，他父亲借给他的。罗天阳的第一志愿是参加空军招飞。

从前罗天阳和彭飞关系一般，不好不坏。同学之间关系好坏除性格爱好，物理距离也很重要。罗天阳因个头原因一直坐教室前面几排，彭飞因同样原因坐在后面。决定参加招飞后罗天阳主动接近彭飞，并不讳言动机：招飞身高要求最低一米六五他不够，可他才十九岁还会长，彭飞父亲是空军，他希望能帮忙把这话说说。他父母不管他的事，不是不想管是没能力，二老连什么是高考志愿什么是高考专业都分不清，他的一切都由、只能由他自己定。他学习成绩一般，考好大学，难；考不上好大学，想改变命运，难。两难之际空军在学校门口张贴了招飞宣传画：蓝天，歼击机，戴头盔的歼击机飞行员。下面还有一行字：你想拥有一架自己的战机吗？请加入空军吧！足够吸引足够刺激，当场令很多同学激情澎湃跃跃欲试，罗天阳的决定却是冷静思考后的选择：一、空军招飞因身体、政审方面格外严，文化分相应放得比较低；二、当飞行员不失为一条好的出路，于虚荣于实惠都是。

彭飞回绝了罗天阳的请求：典型老百姓思路！空军大了，在空军做饭的也是空军，管什么用？好，他父亲不是做饭的是师领导，慢说才是师领导，他就是军委领导也没用！如果说别的事情上托托人找找关系还能行，这事，想都别想。招飞是干什么？是挑飞行员，是要把价值数亿的战斗机和你的小命交到你手上，在这种事上开后门，谁敢？忙没帮上，道理说得令人信服明显不是推托，二人关系经过了这么一番后，比从前近了些许。

从彭飞没带书包，得知了彭飞不考大学的决定，罗天阳非常不以为然。如果他是彭飞，绝对计划不变。回到家，该吃吃，该喝喝，考上了大学，对不起，您既然自称是老子您就得供我。不就是碍于，啊，尊严吗？在生存面前，尊严算个屁！这些个条件优越的干部子弟啊，完完全全不懂事。懂事的没条件，有条件的不懂事，世界也许就是以这样的方式平衡着？罗天阳在心中感慨着默默骑车，一个想法突然蹦出，未加琢磨脱口说了："哎，要不你也参加招飞？军校不光不交钱，还发钱！"彭飞的回答斩钉截铁："绝不当兵！看他那样儿，我就够了！"罗天阳不吭了。但越琢磨，越觉这想法好。尽管彭飞父亲不在飞行部队，但总在空军，还是一级领导。不像他父亲，小工人一个，不光跟空军，跟整个解放军都完完全全地够不着。招飞这事儿也许不是有人说句话就能成的事，但彭飞他爹绝不会一点用没有。如果彭飞能参与进来，他罗天阳就好比在道路不明情况不明的艰苦跋涉中，有了个强有力的同行者。招飞是够条件就要，谁对谁都不会形成竞争。

罗天阳父母是棉麻厂的工人，父母的父亲，也是工人。他生在胡同长在胡同，一家五口住四合院的东屋。屋里冬天太阳不肯光临像个冰窖，夏天过午不久太阳就热情洋溢驾到金灿灿地直射东墙如蒸如烤。厕所，胡同里的人叫茅房，在院里，一个茅坑全院近二十口子男女共用。小学时，罗天阳觉着学校厕所真好，水泥的，下多大雨都不怕，家里厕所是泥坑，有次一女的下雨时去，一滑，一条腿插进坑里，正值做饭时分家家户户用水——院里只一个水龙头——她在那里刷洗换下的臭裤子臭鞋一弄半小时。中学厕所又进了一步，随时可用水冲。中学因是重点中学，同学不像小学似的都来自附近胡同。有一个叫大熊的同学家在市政府，他去过，大熊家茅坑是坐着的，白瓷的，厕所里有专门的洗脸池，白瓷的，这种厕所他只在电影中见过。那次他进去后什么都没干又出来了，直到离开大熊家方把憋着的那泡尿撒进了路边的冬青树丛——他不知道大熊家那厕所用完了该怎么冲水！那不是他家的茅坑小学的旱厕，不用冲；也不是中学的厕所，水箱旁边有根绳一拉就行。不会用不问，宁肯叫尿憋死。

他没去过彭飞家。放学与彭飞同行路过几次，严格说路过的不是彭飞家仅是他家所在的那座大院：进门一条永远整洁的柏油大道，道两边两排笔直的参天大树，从院外看去，视野的尽头是树。树后边是什么？应该是房子。什么样的房子？房子里什么样？不知道。很想知道，绝不问，小心翼翼掩饰局限自己探索，在彭飞进院后借着目送远远向院里眺望。不敢离得太近驻足太久，有一次他因此被门口哨兵注意到了，幸亏在对方欲走过来查问前，他骑上车逃走。大熊家已让他感到震撼了，都远没有这个程度。视野局限会导致人的想像力贫乏，也会导致无限放大——也许二者压根就是一回事情——放大的不仅是诸如厕所之类的具体事物，更是这具体事物背后的地位及权力。

罗天阳对彭飞苦口婆心："再不花你父亲一分钱——你说你在他面前吃口饭都嫌噎得慌——是你的原则喽?"彭飞点头，罗天阳也点头，接着说："上军校当兵，也不愿意?"彭飞再点头，罗天阳也再点头，加重语气接着说："扫大街拾破烂，得算是赌气吧?"这次彭飞没马上点头或摇头。面对罗天阳的冷静诚恳，他不能不也冷静诚恳。罗天阳注视他等待回答，片刻后，他点了头。罗天阳轻嘘口气——该同学还没不懂事到不食人间烟火的程度——说："好! 那你只能参加空军招飞，它基本符合你的所有原则。你看啊，"单手掌把，腾出只手伸出一个指头，"不用花你爸的钱。"伸出第二个指头，"不能说穿上军装就是兵，飞行员算什么兵? 这你比我清楚!"伸出第三个指头，"从前途的角度说，飞行员是一条不错的路。"彭飞沉吟，罗天阳进一步道："先报个名，想去、去，不想去、不去，两个选择；名都不报，想去也去不了，没有选择!"

最后这句话彻底打动了彭飞，对，先报上名再说，马上! 罗天阳本想利用中午时间去的，见状，当即决定，舍命陪君子，不上学了，一起去!

他们来到报名处，负责报名的小军官给他们一人一张表，让拿回去找家长签字，父亲母亲都得签，少谁都不行，说完便低头看他的报纸。彭飞沉着地用商榷的口吻道："报上名先参加体检是不是更合理一些? 你们体检很严，身体不合格直接PASS，省得我们白跟家长啰嗦。"想法很简单，不到非惊动妈妈时不惊动她。小军官从正看的小报上抬起头来，注意地看彭飞一眼：身条挺拔五官端正毛色乌亮着装整洁，不像一般老百姓家的孩子，一般老百姓家的孩子也不会这样说话——人家都是双手接了表格答应着走二话没有——你牛什么牛? 想显摆也得分地方! 自我中心自以为是不知天有多高地有多厚，这种人就是欠呲儿! 小军官复低头看报，看着报慢悠悠道："先参加体检后再跟家长说，我们怎么就没想到呢，还得麻烦你们多跑一趟腿儿？我们只想我们这边了，只想，招飞体检呢，是个系统工程，初步体检过了，得集中起来住，复检，复检三天，市里查完了省里查，从头到尾查下来，要费很大的劲儿得花很大一笔钱。我们担心给你体检完了，你身体合格了，你家长不同意，所以想一定得先让家长签名同意才行。你看啊，一边是你们得多跑一趟腿，一边是我们可能白给你体检一次，都是成本，怎么做，用你的话说，才能'更合理一些'呢？"彭飞不说话了。罗天阳始终不说话，一来自己视野局限慎言为好，二来有事由彭飞出面能者多劳。小军官没听到回答，这才抬起头，微笑着："你要也想不出更合理的办法，就照规定，先去找家长签字。"说完看报再也不看他们，只一只手放在脸前，手心朝里向外摆，如轰苍蝇。

　　彭飞对小军官的讥讽全没感觉，令对方白费了工夫。他骑上车扭头就走直奔父亲单位急不可待，一路上，一个画面在脑海反复闪现：进门，把招飞表格拍他办公桌上，签字！罗天阳看得极准，扫马路拾破烂得算是气话，真不考大学下步怎么办他真还没想，真想真没辙。空军招飞宣传画他是看到了的，没往心里去。"绝不当兵"是心里话，却是"城门失火殃及池鱼"的偏见所致，兵和兵是不一样的。连罗天阳都知道，飞行员算什么兵？就算是兵，也是兵中的贵族！当年，父亲想当飞行员没能当上，那么如今，他当给他看！政审和文化没问题，就剩身体，身体目前也没发现问题，妈妈一直说他身体方面遗传了父亲，一流的基因。对了，当年父亲为什么被飞行学院淘汰了这事他没说他向来只说自己光辉的一面，彭飞也没问过，没兴趣。像他那么优秀——私下里，某些方面，彭飞不得不承认父亲的优秀——都会被淘汰，因为什么？这事儿得想着问问妈妈，好引以为戒。……思路畅通思绪飞扬，扬眉吐气的快感在全身鼓动，一下一下用力快速蹬车，将一个一个骑车人甩在后头，费劲踩着二八男车的罗天阳更是不知何时不见了踪影。嗖嗖地骑着车彭飞又想，有的时候，很多时候，其实就是个思路问题，思路通了一通百通。

　　湘江在办公室接电话。海云的。海云轻易不会在上班时间打他办公室电话，显见得这个电话对她的重要。电话中她这样开的头："你最近下部队不下？"湘江说不下。她就说了："你看啊湘江，飞飞还有几个月高考，这个阶段我得重点保障他，家里头多个人多个事儿，我想，如果你实在下不了部队得留在师里，能不能去招待所住一段时间？"湘江万万没有想到，身体一挺，忘记了受伤的臀部，一阵剧痛让他差点没能"哎呀"出声，手扶桌子费力起来，站着接电话："听你这意思是，我现在在家里不仅帮不了你，还成了你的负担？"她说："你不是负担，飞飞也不是。但你们俩在一块，就是。我总怕你们俩一句话不合，就戗戗起来，一天到晚提着个心。父子关系本来就不好处，你们俩在一起时间又太少，这种情况下，有一点误会，就容易形成碰撞。他小的时候还不要紧，闹完了，他顶多哭两声，你呢，也不会真往心里头去。现在不一样，现在他成年了，两个成年人闹起来，对两个人都会是很深的伤害，我夹在你们俩中间的那个滋味……我这人脆弱，担不得事，受不了家里头那种剑拔弩张的气氛，更担心会因为这影响到你的工作和他的学习。"湘江苦笑："你更担心的，还是怕影响到他的学习吧？"电话那头海云的声音充满苦恼："湘江！通情达理一点好不好？现在，儿子高考是这个家里的重点。当然当然，这都不应该成为他顶撞父亲的理由！湘江你批评得对，我对孩子的教育是有问题，过分周到过分关照过分呵护，"这时门外传来一声"报告"，显然海云在那边听到了，急急忙忙抢说："我再有几句话就完——飞飞自身也有问题问题很多很大！十八九岁正是青春期叛逆期这些事我理论上知道但也没想到会这么严重，这两天发生的事儿我也很意外没想到他竟能这样！这孩子是不像话太不像话很不像话要不那天我也不会打他！这些问题高考完了我会跟他总起来谈算总账，但是现在湘江，还是那句话，抓重点！"门外的人再次"报告"，而电话那头的海云如果得不到明确回答显然就无法安心，湘江长叹着说句："我今天就去住招待所。"挂了电话，对着门外说："进！"

　　是军务科参谋，报告说二团死的那个战士的父母来师里了。湘江怔住，那战士的父亲来过了，各方面都谈妥了，怎么又来了？参谋强调说这次是父母亲一块儿来的，当时母亲受打击太大动不了，一能动就来了，她想让她儿子评上烈士，政委已去招待所看他们了。

　　湘江沉重叹息，参谋走后他一屁股坐下又"哎呀"一声站起，早晨那一家伙着实摔得不轻，别是尾骨骨折了就好，现在他已然内外交困。他决定马上去招待所看望牺牲战士的父母顺便跟政委请假去趟医院拍个片子，刚要走时，彭飞到了，把一张招飞表格放到了他的面前。

　　湘江难以置信。知道儿子问题很大，没想到会这么大。就因为说了他两句就要改变自己的人生方向？就他这么脆弱冲动鲁莽不计后果心胸狭窄，别说飞行员了，干什么也别想干好！"报告！"门外传来喊声，湘江没马上说"进来"，而是先看彭飞，意思明确：我要工作了。同时把面前的招飞表一推，自觉是"轻轻一推"，可那纸儿显然太轻薄了，滑过桌面飘拂落地。彭飞弯腰拾起，掸一下上面的尘土，重新放到了父亲面前。"你到底想干什么！"湘江低吼。"除了飞行学院，别的大学我不上。"彭飞回答。"滚！！！"湘江完全说不出别的话来。彭飞一笑，退出。

　　彭飞骑车走，信马由缰，沿着林荫大道进家属区，路过军人服务社，师部卫生科，士兵食堂……风儿迎面吹来，真正是"兜风"呢，痛快极了。下班的军号声响了，把他从遐想中拽回现实：中午了？车把向右一扭，回家，拿书包，上学。上午没上课下午不能再耽误，他还得高考。听到门响，海云以为是湘江，待看到回来的是彭飞，喜忧交加。喜不必说，早晨儿子在那种情况下离开的家，她当然担心；忧也不必说，担心父子碰面。彭飞跟妈妈解释说他回来拿书包——平时午饭在学校吃——海云让他吃了饭走，他便听话地去卫生间洗手。母子在餐桌边坐下，海云细看儿子脸色，没看出不快的阴影，心里颇感安慰：到底还是孩子。用筷子把清蒸草鱼的中段分割揭下夹到儿子碗里，他一向不愿吃鱼，嫌吐刺麻烦，这次却什么没说，乖乖吃，海云哪里想得到这顺从是由于歉意和内疚了？心情越发轻松了些，一轻松就忍不住絮叨："吃了饭就走别耽误下午的课……按原计划高考不要受你爸干扰……你爸态度不好不是冲你，部队上一个战士跳伞受伤幸好没死要不又得算事故……"想在丈夫回来前做好儿子工作防患于未然，这时，电话响了。

彭飞去接电话。电话找他，父亲的，只说一句就挂了，说的是："你来招待所找我先不要跟你妈说！"彭飞心猛地一紧，他又要干什么？但随即镇定：任尔东西南北风，我自岿然不动。放下电话跟妈妈说同学找他在大院门口他去去就来，就走了。

湘江在招待所房间等儿子，面前茶几上放着那张招飞表格，"父亲"一栏的后头，已填上"彭湘江"三字。他得尽快跟儿子谈一次，高考在即不容耽搁。他感到了儿子的决心，他得搞清楚这决心的性质和程度。噔、噔，两下轻重得当的敲门声，带着点示威示范性质的礼貌礼节——当然也可能是湘江多心——得到允许后，彭飞扭门进来，高高大大，猛一看，不细看，还真就是一个男人一条汉子，但愿不是徒有其表。湘江伸出右手，用中间三个指头把表格往前推推："拿去吧。我签了。"他注意到儿子明显一愣，马上按住表格拖回原处。

"能不能请你说说到底为什么要参加招飞，就因为我说的那几句话吗？"

"不说这些了。您只要签了字就成。"

湘江叮嘱自己冷静。现在不是老子对儿子，是一个成年人对另一个成年人。近几日与儿子的频繁接触和连续交锋，他明显感觉到了他身上的某种变化，海云上午的电话进一步帮他厘清了这感觉：儿子成年了。他希望是真的如此，他怕他半生不熟却自认为成熟，怕他倚仗青春有恃无恐。青春是什么？是造物主送的个大礼包，人人有份，包装炫目华丽充满魅惑很易令人昏头，以为只要拥有了它便可无极无敌。及至一层层包装拆将开来，很多人，绝大部分人，得到的是失望，自然还有清醒，只可惜人生经验获得的同时就意味着作废。十九岁的他杵在面前，投放出偌大的一块身影，屋里光线都因之暗了许多。湘江对他说："坐。我想还是先把事情跟你说清楚，说清楚了你再做最后决定。"他拣一张单人沙发坐下，坐得尽可能离父亲远些，目光是拒人千里之外的高度警惕。待他坐定，湘江语气平和道："先说说你对飞行员了解多少。"他只回了句"体检很严"就卡住就说不下去了。湘江不想为难他，这次谈话的目的是解决问题，他点点头道："不错，体检很严，但是，你要是能在体检阶段就被淘汰了，还好了呢，倒什么都不耽误了呢，你还可以接着参加你的高考。怕就怕你体检过了，被招走了，一两年后再被淘汰下来——"

"怎么见得我就得被淘汰下来？"

"基于我对你的了解。受不了委屈，经不起挫折，缺少基本的独立生活能力，严重的骄娇二气——"

彭飞粗鲁打断父亲毫无新意的老调："这些您不说我都知道，我在您眼里头一无是处我知道。"

湘江毫不介意——叫儿子来前他下决心平心静气——径自说下去："而选拔培养飞行员的过程，是一个不断淘汰的过程。体检，第一关，淘汰率就不说了，一个城市挑不出一个来是常事；第一关过了，空军飞行预备学校，简称，预校，一年零八个月。一年八个月两个内容，体能，文化。文化你没问题；体能——短跑长跑单双杠跟全军一样，预校还要加上，旋梯、滚轮和跳伞。这里的难度现在跟你说也白说，不亲身经历的人很难体会，简单说，淘汰率，一半；剩下的一半进航校正式学习飞行，先飞初教机，即，初级教练机，十个月，淘汰率还是一半；而后，高教机，高级教练机，也是十个月，淘汰率又是一半；即使从航校毕业到了部队，还会有被淘汰的可能！以色列空军做过一个统计，从进预校到成熟飞行员，其淘汰率在95%，以上！"这些话在彭飞听来，新鲜也不新鲜。新鲜的是，具体内容和数据；不新鲜的是，他知道真正能上天飞，很难，他父亲都是被淘汰的。"还要向你强调一点的是，这个过程中充满了危险，远的不说，前不久我们部队刚出了事——"

彭飞再次打断父亲："这个我听我妈说了！"他不想在他面前多呆一分钟。

"你妈知道什么？一个战士跳伞受了伤？事实是，两个战士一死一伤，死的那个，腿骨从腹腔一直插进了胸腔！"彭飞微微震了一震，这一震没能逃得过湘江的眼睛，他盯着儿子说："而跳伞，是飞行员的必须课目。你觉得你能行吗？"

问话中语调里带有侮辱性质的小觑毫不含糊，彭飞身体挺得笔直，一仰下颌反问："哪方面？跳伞吗？你不是一直在跳吗？"

"你自已觉着，"他轻轻一笑，"你能跟我比吗？"

"你觉着自已很了不起吗？"

"我不觉着我了不起我能做到的我的部队都能做到——"

"——但是我做不到！"

湘江不说话了，默认。于是彭飞也不再说话，一伸手，抓起茶几上父亲签了字的招飞表格，起身就走。

儿子走后湘江坐原处有一会儿没动。公务员送饭来了，米饭，两个菜一荤一素，一个蛋花汤，把饭菜放下要走时被参谋长叫住。"小孙啊，帮我往家里打个电话叫你阿姨来一趟。现在。"公务员点头，静等，首长还得给出为什么不亲自打电话的理由，阿姨会问的。果然，参谋长沉吟几秒后道："你就说，我这里跟人谈事正忙。让她……拿个热水袋来！我早晨把屁股摔了一家伙她知道，告诉她上医院查过了，骨头没事就是软组织挫伤，得上热敷。"公务员答应着离去。湘江不能亲自打这个电话是不能在电话中跟妻子说什么，这事必得面谈，而且必得让妻子过来谈，儿子在家。

湘江吃饭，食而不知其味。彭飞一出门他就反思，不是想平心静气好好谈吗？怎么到头来又搞成了针尖对麦芒搞成了激将？眼看这事要成事实妻子浑然不知，他得在儿子之前跟她把这事说了。下步方案，视她态度而定。公务员来汇报说电话打过了阿姨马上过来，湘江点点头让他把剩饭端走。公务员走后湘江打开窗子，点上支烟吸着，窗外红碧桃开得正旺燃烧一般，他视而不见。一股青烟由他口鼻喷出，轻盈上升着扩散消融，未等融于无形，又一股青烟。

湘江烟抽得厉害，控制最严时一天一包半。在部队，基层干上来的，不抽烟的少，现在他不抽烟都无法思考。抽着烟他检视内心，不得不对自己承认，他之所以针尖对麦芒火上浇油，不是控制不住自己是成心：遭将不如激将，他想让儿子参加招飞！

海云的第一反应在他意料之中："不行！这事说下大天来，也不行！"湘江循序渐进实话实说，绝不推诿抵赖，比如，推说是彭飞自己的主意他也没有办法云云。海云冰雪聪明，面对聪明人——除非你比他聪明——以诚相见是解决问题的最好途径。

"海云，听我说，当飞行员没什么不好，人家那么多孩子都报名了！"

"他们有他们的原因，要么，不了解情况；要么，学习成绩不理想！"

"也有很多成绩优秀的孩子报名招飞！"

"那是他们有那个理想，蓝天呀白云呀什么的，一个因为不了解真实情况产生的理想。我儿子的理想是，清华北大！"腾、腾、腾走到电话机旁，拿起拨了家的号码，电话响一声就有人接了。

彭飞没走，没打算走，在家等，等结果。他当然知道父亲叫妈妈去是为了什么，那一瞬他是感激的，感激父亲把这个难题揽了过去。他怕妈妈，有多爱就有多怕。妈妈在电话里也是只有一句话："来招待所，马上！"彭飞慢吞吞穿鞋，出门，下楼。下楼想起忘拿自行车钥匙了，正好，不骑车，走着去。行为像一个觉悟很低甚或是卑鄙的援兵，知道此去凶多吉少，那么，能拖一刻是一刻，让别人先在前方顶着。

湘江对海云诚恳地道："海云，飞飞来前我们先拿出一个意见来好不好？我知道在孩子的事情上我有很多问题。从小没管过他，长大了管，他又不听了。我不怪他，怪我。怪我没打好做父亲的基础。因为身边没有父亲，你对他格外心疼照顾，为他提供所能提供的最好的物质条件在他身上付出了你的全部……"

海云烦透了，手一摆打断聒噪："够了！现在不是我们俩论是非对错的时候！"

湘江坚持说下去："不错，他是个好孩子，可作为男孩子，他缺一点应有的独立精神和顽强，受不得委屈吃不得苦，"说到这儿，他顿了一顿，下决心说，"所以我觉得能去军队院校，对他来说不是坏事，如果这次他能够坚持到底，我会为此欣慰。"

"坚持到底——坚持到底什么，参加招飞？"

"对，你不说他有自尊心吗？如果这事他能坚持到底，就证明了他真有自尊心。人有没有自尊心至关重要，自尊心是一个人不断进步的基本动力，没有自尊心的人不会有出息！"

海云明白了，眼睛睁圆了，嘴角耷拉下来了，左额血管开始充盈……湘江深深吸口气，以逸待劳。突然，窗外传来女人哭声，哭声哀恸发自肺腑没有丝毫挟哭泣以令什么的意思，绝望的心碎。海云走到窗前张望，没看到什么，回过头询问地看湘江。湘江不得不如实相告——海云若得不到合理答案会马上出去打听，师招待所就这么大，能瞒得住什么？——他告诉她，一个战士牺牲了他母亲找来想让儿子评烈士，可总部有规定，平常训练一般情况下的牺牲不能评烈士，哭的女人就是那位母亲，边说边去关上窗子，屋里静下来了。

海云有好一会儿没吭声，后抬起头来："是不是还得算事故？……如果算事故，你就得负主要领导责任——这么大事，为什么一直没告诉我？"

"没必要。没意义。"

"有必要，有意义！至少我可以知道这些天你为什么情绪不高为什么对儿子鼻子不是鼻子脸不是脸！"

"两码事！这事跟飞飞，完全没关系！"

"这事跟飞飞，有关系！你给我听着彭湘江，我绝不会让我儿子去参加什么招飞。就算能平平安安训练出来，能当上飞行员，每年，每500个空军飞行员里就得死一个！人在天上有多危险，作为你们空军的家属，我太太太知道了！"

"空军飞行员每年每500人里就得死一个？你听谁说的？我怎么不知道？"

海云不理睬他的装腔作势，半自语："怪不得！怪不得坚持给儿子起名叫'飞'，自己飞不了，就让儿子飞，让儿子实现自己的梦，太自私了，太自私了！"

这叫什么话？这么说他简直成了阴谋家！这点必须澄清原则问题上不能含糊！他正要开口，噔、噔，两下轻重得当的敲门声，彭飞到了。海云霍地一个转身："飞飞，计划不变，一志愿清华！"彭飞一时没说话，不知说什么。海云拉上他走，"走，回家。拿上你的书包，上学去。"

彭飞由妈妈拉着走，刹那间他想：要不就这样吧，不折腾了。

儿子的心理活动湘江看得雪亮，心中比鄙夷更强烈的情绪是失望是难过：敢做却不敢当，关键时刻阳痿，这种人还能干得成什么？！"清华可不是保险箱哦，哪里都会出垃圾。"他在母子俩身后说，严格说，对彭飞说，口气中充满了轻蔑。海云扭脸对湘江怒："清华当然会出垃圾，但是，比例呢？和招飞淘汰的比例，能比吗？""不管比例多少，落到个人身上，都是百分之百。""没工夫跟你玩这些文字游戏！我可以保证，我儿子不会是清华的垃圾。你能保证，他一定能成为飞行员吗？你不能保证。当年，连你都被淘汰了，凭什么保证你这个浑身是毛病的儿子一定能成？"

彭飞开口了："哎妈，这事我一直想问呢一直懒得问，他这么优秀的人当年为什么也被淘汰了？"不光轻蔑，更有挑衅。湘江冷冷一笑："因为我不优秀，或者说，优秀得还不够。而你呢，连我都不如。所以，按原计划，考清华吧。"彭飞亦冷笑："激将法吗？对不起，本人不吃这一套！"湘江摆手："别给自己找借口了，谁都有说话不算的时候。所以你放心，好好学习好好考，不论考到哪里，老子都会供你一分钱不少！"海云怒到极点："彭湘江！不找事你会死吗？跟他你计较什么他还是个孩子！""他已经不是孩子了。不不不，他是孩子，心理上没长大的孩子！完全没有一个成人应该有的思维方法和目标，你让他考清华他就考清华，一赌气说不考就放弃，再一赌气能马上又改变主意。没有自己的人生定位，视人生如同儿戏——"这时海云扭头对儿子说："这点你爸说得对，从对待报志愿这事儿的态度上看你很幼稚很不成熟。明天上学把高考志愿表交给老师，一志愿清华！"

彭飞一字一顿道："我参加招飞。"湘江浓眉一挑："哈！又变了！""不会再变！""飞行学院淘汰率很高！""你被淘汰了我就一定也得被淘汰？""差不多。""走着瞧！"一句紧接一句中间连个顿号都没有，海云强插进去："飞飞！不能拿这么重要的事情赌气！""这次不是赌气，人的尊严不能被一再践踏！自食其力不再花他一分钱就是我的人生定位！""你是想自食其力还是不想花你爸的钱？""有什么不同吗？""是不想花你爸的钱，是吧？"彭飞不明白，海云不解释，径对湘江："那好，湘江，咱们俩离婚！"父子俩同时一愣。海云这才对儿子："离了婚，家里财产我和你爸各一半，我用我的这一半供你上学，不用你花你爸的一分钱！""妈！您别逼我！""逼你？如果说为你的前途着想叫逼你，那我就逼你了！你才多大点儿对社会才知道多少你懂什么！你现在给我说，高考报志愿意味着什么？……意味着一个人职业生涯的开始！选对了，一路顺风；选错了，万劫不复！飞飞，你现在还是我儿子我还是你的监护人吧？那你就得听我的！明天把高考志愿表交给老师，一志愿清华，这事就这么定了！"

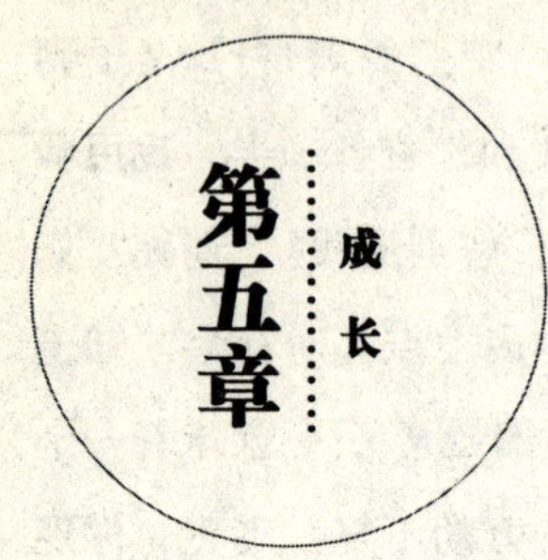
成长
第五章

　　下课铃响了，陈老师充耳不闻还在说，男人一旦当了老师，就会变得跟女人一样啰嗦。彭飞同桌杨小眉开始动作幅度很大地收拾书包弄出很大响动，以示提醒。她妈今天生日，她得回去操办生日晚宴。杨小眉酷爱烹饪，一心想报厨艺专业，家里头坚决不让，她第一专业报的是经济管理。"最后一件事，"陈老师提高嗓门儿，"明天下午两点，家长会！"教室里顿时嗡声四起。"又开家长会！陈老师，您跟他们哪有那么多可说的呀！"说话的是大熊。陈老师不动声色："我跟他们可说的多啦，你们希望我跟他们说些什么？"罗天阳立刻举手："拣好的说！不好的别说！"陈老师马上道："什么是'好的'，你给界定一下。"罗天阳也不含糊："只要别引起家庭暴力的就行！"都笑了。"这都什么时候了，你父母还跟你搞家庭暴力？"陈老师也笑，咧开了两片厚嘟嘟的唇。这种唇安在女人脸上是性感，安在男人脸上是憨厚，陈老师大致表里如一，除了批卷子时，该扣1.5分不扣1分哪怕你就差这0.5分就及格，相当血腥。学生们对他又怕又爱，当怕时怕，当爱时爱，现在，此刻，没人怕他。罗天阳说："搞！而且经常是，男女双打！"陈老师笑眯眯地："放心吧，明天家长会不说学习，只说报志愿的事，家长学生一块儿。同时来坐不开，分两拨，两点一拨，四点一拨。"用手在中间一劈，"以此为界，这边的同学，两点；这边的，四点！下课！"彭飞是两点。

　　学生们得大赦令，提着、夹着、背着、抱着、顶着书包，一窝蜂往外拥，教室噪音鼎沸。彭飞慢吞吞收拾书包，没一点同学们的急切。他至今没交高考志愿表，陈老师催几次了。他非飞行学院不考，不能跟妈妈说；

而只要妈妈不签字，他就考不了。明日复明日地拖啊拖，直拖到现在，明天家长会意味着摊牌，他在想，是今天跟妈妈说还是等明天？最后决定不说，车真到了山前再说，这样至少，还能有今天一个晚上的安宁。

次日和妈妈到学校开会，到时陈老师还没到，课桌上放着发下来的数学卷子，彭飞99分。得知满分100时海云的满意溢于言表，却故作平静，指着卷子上扣分处："这里为什么扣了一分？"彭飞伸头看看："'跳步'了。"不愿妈妈太得意，补充一句："单元小测验。说明不了什么。"海云情绪毫不受影响，有意无意把卷子举了起来，看，嘴里言不由衷："这一分你丢得就不应该！数学该得满分的！你说说你，'跳步'干什么，这就是偷懒的结果！"声音也不由自主地放大，大到周围人都能听见。

杨小眉母女坐他们后面，卷子被她妈扣在了桌上，41分，见不得人。杨小眉靠窗坐着脸朝窗，她妈脸板着盯着桌子，气鼓鼓的谁也不理谁。听到海云的话杨小眉妈妈抬眼伸头看，一眼就看到了前方卷子右上方大红色的"99"，她再也没法控制自己，扭脸责问女儿："你不说题难吗？题难怎么人家考99？你的题和别人不一样？啊？说话！"杨小眉只好说话，再不说她怕妈妈会嚷起来。她很小声说，也是提醒妈妈小点声："我不喜欢数学。"她妈更火："这是你喜欢不喜欢的事吗？你不喜欢数学——我还不喜欢上班不喜欢做饭不喜欢伺候你们呢！"杨小眉嘟囔："那你别干呗，谁逼你了？"她妈怒极："你！考成这样了你还好意思顶嘴！杨小眉，打你上高中以来，全家人没什么对不住你的地方吧？你要喝稀的全家人不敢吃干的，你要写作业全家大气不敢喘，结果呢？结果你是一步一步给我往下出溜！这眼瞅着高考了，还不说抓紧时间努力迎头赶上——""你怎么知道我没抓紧时间努力？""抓紧时间努力你就不会考这点分！"把卷子翻过来，啪，拍在了桌上，杨小眉尽量若无其事把卷子翻回去，嘴唇翕动着小声道："我抓紧时间了，我努力了，可惜我天生脑子笨智商低，没办法，遗传。"妈妈气得声儿都哆嗦："你这个不要脸的东西！我上辈子造了什么孽生出你这么个东西来！好赖不知没脸没皮没一点毅力！以后你的事随便你，拾破烂要饭端盘子，随便你！"声音越来越大如入无人之境，杨小眉真急了："你小点声！"恨——恨铁不成钢的恨——让母亲的心变得恶毒，怕什么给你什么，越发放开了喉咙："现在怕丢脸了？早干什么去了？怕丢脸早努力啊！不努力，放了学不说赶紧回家学习，满大街乱窜，问还不承认，还撒谎，这么大姑娘了——"杨小眉感到目光从四面八方射来在身上脸上灼烤，她眼睛紧紧盯住妈妈不敢有丝毫移动，手朝身边窗户一指："你再说——你再说我就从这楼上跳下去！"她妈头一点一点："跳！你跳！有种你跳！"声音尖锐到刺耳。海云想该出面劝劝这母女了，于是回头，就在这一瞬，看到杨小眉踏上椅子迈上桌子蹬上窗台，从敞开的窗子一跃而出，动作之快让近在身旁的她母亲都来不及反应，屋里顿时一片惊呼……

　　海云切芹菜时把指头切了，按说不该，又不是切丝儿。当即捏住，血还是冒了出来，切得不浅。彭飞闻声过来，张张罗罗拿创可贴，撕，帮妈妈包。海云犹自恨恨："那个杨小眉，太自私了！她怎么一点不替她妈想？"她刚才切菜根本就是视而不见，满心满脑子都是下午那惊心动魄的一幕。彭飞理解妈妈，但为杨小眉不平："她妈也没替她想呀。""她妈不过是话说得有些过分——""话说得再过分都没关系，得分场合。在教室里，当着那么多同学家长的面大叫大嚷，你让人杨小眉把脸往哪里搁！孩子也是人，也有自尊心！就没见过她妈那样的，整个一泼妇！""她妈是泼妇，她呢？为了这么点事就寻死觅活，比她妈强不到哪儿去——还不如她妈！这孩子，做事太狠、太绝！""那也是她妈给逼的！人考试没考好心里就够难受的了，您说那些话，除了自己泄泄火痛快痛快，有什么意思吗？有什么意义吗？纯粹是火上浇油！纯粹是往人家的伤口上撒盐！根本就是自私，嫌给她丢脸了呗！噢，等真出了事您又后悔了伤心了——晚了！"正预备重新切菜的海云闻此，啪，把菜刀拍到案板上："你们觉着痛快了是不是？觉着这下子可把家长给治住了是不是?!"眼睛都红了，彭飞这才没敢再吭。

　　杨小眉死了。本来都觉应该没事，三楼，楼层不高，没摔着头，被急救车拉走前后始终清醒，却就是死了。得知死讯一直等在急救室外的妈妈冲进去紧紧抱住女儿："小眉！小眉！小眉咱不考大学了不考了！是妈不对！妈对不起你！妈跟你道歉！妈跟你道歉还不行吗？小眉，好孩子，没了你妈妈可怎么活啊——"暗哑的绝望撕碎夜幕钻进科室病房直刺人心，闻者，无不垂泪。

陈老师站黑板前讲话："很抱歉今天又把家长们请来，因为杨小眉同学的事情前天会没有开成，报志愿的事又必须要跟家长们交流一次，所以，只好再占用大家一些时间。"这次家长会没叫学生，家长们得以各自坐在自己孩子的座位上，每个座前桌上照例摆了试卷，英语。海云身边没人。陈老师讲话时她悄悄把旁边那卷子拉过来看，96分，卷面干净字迹秀丽，字如其人。彭飞90分，不及杨小眉。

陈老师在说话："……目前还有三个同学的高考志愿表没交，熊志伟，李评，彭飞。"听到"彭飞"海云一下子抬起头来，他没交高考志愿表？怎么回事？她开始注意听，陈老师却转了话题："孩子们现在压力非常大，像绷到了极限的钢丝，像一触即发的炸弹，稍有外力，就走极端，比如，杨小眉。"他哽住，不得不停了停，"在这里我不想指责谁，我只是恳请家长同志们包括我自己牢牢记住，善待孩子——精神上——善待孩子！"泪珠滚下，在厚唇上方停驻，陈老师毫无感觉："当然我理解家长同志们压力也很大，所谓，更年期遇上了青春期吧，但是毕竟，我们比他们岁数大，应该比他们更有能力克制，自制。不要不切实际地给孩子加压，不能说自己大学没上过非要孩子上北大！要正视、跟上孩子的成长，要认识到他们已不是当年你膝下的那个小娃娃，作为另一个有着独立意志的成年人，他们需要来自家长的充分理解和尊重！"

海云择其要向儿子传达了家长会内容，这"要"就是，交高考志愿表。想"交"先得"填"，怎么填，她不说，把球踢给儿子：你定。儿子也不说，背抵书桌站着脸朝一边，"不说"即是"说"。强烈冲动电流般从海云体内通过：朝那张脸上猛击一掌当头棒喝让他清醒！心身俱颤，手心出汗，发凉，她将十指交叉紧紧扣住。她说："招飞表格呢？"他转过脸来："妈您放心我不是杨小眉。"他不是什么都不明白，杨小眉的死对他不是没有震动，但这震动远没达到应有的程度——家长要理解子女，子女也要理解家长！海云别无选择。她说："别废话。"儿子拿来表格，海云接过，坐下，看。头发垂落，儿子伸手替她撩在耳后："妈您有白头发了。"海云右手摸过笔来："有的是，才发现?"儿子辩解："以前没有!"海云刷刷刷签上名字："谁以前都没有。"起身快步走开。表格放在桌上，"彭湘江"下头是"田海云"，彭飞看着，心中感觉奇特：沉重。如释重负。

　　空军招飞体检的头一天就显出了它的与众不同。查完基本的身高体重视力等项目后，开始了一系列普通人经验之外的检查。彭飞们被带到一间房门外，十人一组进去，进去干什么不知道，一个个被宰的羔羊似的等，罗天阳紧挨彭飞站着。

　　自决定参加招飞，罗天阳土法上马，没事就去学校操场单杠上吊着，回家后找棵树吊着，时不时还让人抓住他的脚踝往下拽，决心体检时把差的零点几公分抻出来。无效。关键时刻他苦苦央求："我还不到十九岁我还会长! 我们家人个子都长得晚，我爸四十岁时还长了呢!"说得医生扑哧笑出了声，四十岁还长，往横里长! 但有的男孩子个子长得晚确是事实，"到了二十五还能鼓一鼓"的并不罕见。最终他们允许罗天阳继续查体，没在身高阶段刷他下去。

　　第一批进去的十人出来，表情各异，有的面色通红有的铁青有的满是微汗，罗天阳沉不住气，抓住一个面带笑容的少白头打听——心情不好的碰都不要去碰——里头到底查些什么? 少白头带着过来人的轻松和优越告诉他们，做广播体操，顿了一顿后才又道，光着身子做。"全裸?""一丝不挂。""跳跃运动也做?""做!"其实没有，就做了扩胸运动和体侧运动，不过，免费为他们做咨询给自己找点乐子那是必须的。眼看诸公一个个被吓得目瞪口呆小脸煞白，少白头打心眼里痛快。片刻后罗天阳叫："为什么?!"少白头郑重道："为了看你身体的协调功能。""我是说为什么要一丝不挂!"少白头耸耸肩，标准西式肢体语言：不知道。罗天阳却在瞬间自己悟了出来："明白了! 这是心理测试的一部分，看你的脸皮够不够厚!"他从彭飞那儿借了不少有关空军招飞的杂志书籍，比常人多知三四。此言一出，在场人皆笑，只两人不笑，一个是罗天阳自己。"笑什么?"他说，"脸皮厚的学术解释是，处事不乱，宠辱不惊，飞行员需要的基本素质!"

另一个没笑的人叫宋启良，来自县城中学家在农村，由于深知自己弱点，事事留意处处小心，谁说话就盯着谁看，眼耳并用把对方每个字吃进心里。彭飞笑着摆手："瞎说什么呀，人家一方面看你身体协调功能，同时看你身体表面有没有问题，一举两得，省时间。"罗天阳转看少白头，这才是此时的权威人士。权威人士若有所思："可能。我前头那哥们儿因为屁股上有块疤就没通过。"罗天阳说："是文身吧？"书说，凡文身的部队一律不要，陆军都不要，别说空军。少白头肯定地道："疤。小时候摔的。"比划一个比五分硬币大的圈，"这么大。""为块小疤就淘汰？"少白头点头。全体瞬时沉默，一个个用心检视自己身体，一寸一寸，看有疤没有，这么大男孩子，身上有块疤是常有的事。一个人调头离开了体检队伍，大概有疤，而且不小。主动离开是明智的，既然肯定过不了，何必白遭受那番一丝不挂做跳跃运动的摧残？看着离去的人罗天阳心中庆幸，他的身上除了肚脐眼儿外，光滑无痕。

彭飞、罗天阳、宋启良等一组十人被叫了进去。很大的一个房间，大概是为做操时动作能够做彻底，窗前一溜站十多个航医——比被检的人还多——眼睛一眨不眨盯着你把衣服一件件脱光。由于事先有思想准备学生们衣服都脱得毫不迟疑，只宋启良稍犹豫一下。他里头穿的他姐姐的裤衩，花的。他平时不穿裤衩，忘了今天是穿着的。犹豫间他做了决定，裤子裤衩一块儿脱，这样别人就看不到他姐姐的花裤衩了。随着他扒下裤子的动作，一股浓重浑厚、绝不仅是臭的复杂体味登时四溢，他左右两人同时捂住口鼻。航医们显然也有所闻，当然显然，也见怪不怪。相互对视一下，皱眉轻笑一下，后不约而同看中间的老医生。老医生回头看外面，外面天是阴的，他回过头来："不能开窗。天儿凉。"

　　……

一轮初检下来，全省报名的5000刷下去4600，实验中学81刷下去78，淘汰率高过平均值，实验中学好学生多，好学生近视眼多，彭飞和罗天阳涉险过关，那个叫宋启良的也过了。体检学生中很多人记住了宋启良，不为他的着装和体味——那些非他独有——为他的虔诚，一种沉默、坚定、奋不顾身的虔诚。拍X光片，负责拍片的是年轻女医生，宋启良进去时她正看表格，没抬头说句"把衣服脱了"，宋启良听命二话不说当即褪掉上下里外的全部衣服包括花裤衩，女医生抬头一看又惊又气："让你脱衣服谁让你脱裤子的！"宋启良二话不说把裤子穿上，如同脱时一样，服从，再服从，不问不分辩。

　　复检三天，集中起来住，距家再近也不得回去，离开一步都须请假，罗天阳博学多识："住这里是为了看看你有没有夜游症！"这次没人反驳他，没人有这心情，包括彭飞，如此高的淘汰率让他们人人自危。复检第一天又刷下去一半，剩下的一半站在呈几何级迅速萎缩的队伍里噤若寒蝉，全不知明日此时的自己身在何处。接下来便是传说中的心理品质测试，心品测试又分非智能结构和智能结构两大部分，非智能结构又分四部分11小部分，智能结构分得更多更细。笔试，面试，机试，图试……花样翻新层出不穷，大有不把你淘汰下去绝不罢休的意思。对此严苛人家却有着相当诗意的解释：俺们挑的是飞行员啊，"飞行员的勇猛顽强如下山猛虎，机警敏捷如俯冲的老鹰，沉着冷静如大漠的骆驼，认真细致如绣花的姑娘"，学术概括就是，胆大机敏心细安详。复检幸存15，高考文化考试还得淘汰几个，先按三分之一算，如此，一个省挑出10个，相当的成功。

　　彭飞、罗天阳提着提包乘公交车回家，正是下班放学时分，车窗外的熙攘庸常恍若隔世。良久，罗天阳扭脸问彭飞一句："咱们这就算是过了？"彭飞做了肯定答复。罗天阳喃喃："跟做梦一样……我爸妈肯定得乐疯了……高考前，在剩下的日子里，我将一天学习四十八个小时！"

　　太阳从西边消失，天地间仍留有它的余光，透明的淡蓝。彭飞骑车漫游，一股烤地瓜的甜香，他捏闸站住，抽动鼻子判断香味的方位，他饿了，回家后没吃饭就又从家里出来了，妈妈在家与父亲吵架，为他。

　　二团一死一亡一事最终定为非责任事故，演习重新启动，演习前有两次实跳，一次夜间跳，一次800米跳，湘江在下午800米跳中左小腿腓骨裂隙性骨折。伞兵不受伤的少，湘江毫发无损的记录却保持长达二十一年，一世英名毁于一旦，心比腿痛，致使他忽略掉了本该想到的连锁反应。看到他打着石膏架着双拐出现家中，妻子当即宣布，我儿子不去飞行学院！湘江说这时候了再说不去恐怕不行。招飞这事是这样，只要你报了名，体检过了，分数够了，那就是，不去也得去了；你不去，别的学校也不准收你，你就是考够了清华北大的分儿，都不行。海云说她不管，这件事谁惹的谁解决，必须！彭飞聚精会神一言不发听，没料父亲突然扭过了脸来，看他，似是要他表态，他避开那眼睛，编个理由离开了家。

彭飞买烤地瓜时遇到了罗天阳。竟也是没吃饭，也是从家里跑出来的，也是因为爸妈吵架！得知罗天阳体检过关父母高兴了五分钟后就开始吵，疯吵；他们一吵罗天阳弟、妹就趁火打劫，不写作业，疯闹。巴掌大点儿个家，五口人四个疯子，让罗天阳如何、上哪里"一天学习四十八小时"？至于他爸妈为什么吵，罗天阳的回答是："没什么为什么那就是他们的生活方式。在厂子里受了气，吵；买东西多花了几毛钱，吵；菜咸了淡了，吵。什么叫贫贱夫妻百事哀？这就是！不知道此刻那二位老的吵累了没有，二位小的闹够了没有，别我好不容易体检过了，让文化分给刷下来。唉，要是有一天能离开这个家，我能上午走绝不下午走！"扔了地瓜皮，抹把嘴，把黏糊糊的指头在裤子上捻捻，对彭飞道："走？"

彭飞让罗天阳先走。他拿不准这时父母意见统一了没有，他不想参与。这事，让父母定，谁更拗他听谁的。直觉，最终结果，得按妈妈的意见办。父亲二十多年跳伞生涯的第一次骨折让妈妈惊骇，彭飞亦然。尽管比这惨烈的死伤他们耳闻多次，但发生在别人身上和自己的亲人身上，效果绝不一样。他不怕骨折甚至不是怕死，却怕被中途淘汰。父亲骨折刀落血溅般证明着他之前所言属实。如此，要真的两年预校都上完了，或说两年航校都上下来了，再或说都到部队上后再被淘汰，岂不是蹉跎岁月枉费人生？

关键时刻彭飞抽身离去的暧昧让湘江彻底看清楚了他的这个儿子：懦弱虚荣外强中干，还虚伪，根本当不了飞行员！随着"吭"的关门声落下，他对妻子道："我想办法解决，放心。"饭后，海云去厨房洗碗，他给北京孙秘书打了电话，他当团长时孙秘书是他手下的参谋。孙秘书在加班，回说首长也在办公室他待会儿就去请示。湘江本还想跟对方详细探讨一下操作方法和余地，家门响，彭飞回来，他当即道了谢放下电话。不是不想当着儿子面说这事——恰恰相反他很想当着他的面说——他只是突然想到，他对儿子的判断会不会有失主观？

彭飞在他身边的单人沙发上坐下，他晃一下架在茶几上缠裹得雪白的伤腿，说："我和你妈商量了，你按原计划，考清华。"

"能行吗？不是说现在只能按规定服从体检结果吗？"

他说，直接同他探讨细节，好像什么事都没有发生，一个人脸皮怎么可以这样的厚！湘江没办法控制自己的鄙视，一个男人对另一个男人的鄙视。这情绪如此强烈令他刻薄："先不管规定，先说你的想法！说清楚，亲口说！别老躲在你妈背后拿你妈当挡箭牌！"

"说了没用说它干吗？"

还兜圈子！老子今天就不能让你得这个逞！就得让你明白，人可以没本事，但不能不老实！湘江开口了："我可以想办法。我可以为你找人帮忙。但是，前提是，你得先有个准话。别我这头刚忙活完你那边又变主意，你说这些天你变了多少次了？就是天王老子也不能这么个变法，一会儿一个令，让人想围着你转都无所适从！"

他明摆着找事，他就是个乘人之危的浅薄小人！愤怒在彭飞心中狂叫：站起来！走人！身体却没动。他不能拿前途赌气，人在屋檐下，大丈夫能屈能伸，不跟小人一般见识……匆促间找不到适合的话说，只能接着对方的话咕噜："我什么时候让人围着我转了？"

"什么时候？从有了你你妈就一直围着你转一直到今天还是，现在又拖上了我跟着她一块儿你还好意思问'什么时候'！说吧，你的想法！一家人没什么不好意思的！是不是看我骨折了就害怕了想打退堂鼓了？你妈是这样的，如果你也是，就说出来！勇敢点！丑话说前头：不准再变！老子忙得很没那么多闲工夫伺候！"到最后他几乎是吼。儿子的服软让他痛快，让他不快，不快远远多过痛快。

海云闻声从厨房里跑了过来，扎煞着两只湿手一连串问怎么回事，彭飞躲开了妈妈直视父亲："我没变！""什么意思？""我用不着你帮忙我就上飞行学院！""趁早拉倒！你不行！""根据什么？""根据我对飞行学院的了解和对你的了解！"彭飞冷笑一声，站起来，走人，留给对方了一个豪阔背影。终于如愿以偿，如愿以偿的滋味真好，人在什么情况下也不能无限低头，他还年轻，他有青春做赌！

海云气急交加，湘江为自己辩解同时安慰妻子："你总得让我说说他，不说他这口气我出不来，你不能光想着他不管我，你就不怕我憋出毛病来呀！"男人尤其强悍男人，适时适度向爱人撒撒娇是必要的。"至于事儿，肯定照你的意见办。其实我也一直矛盾，一方面觉得他非常需要到部队锻炼一下，一方面又觉得他非常不适合部队。这样也好，等于帮我下了个决心。"

孙秘书来电话了，说首长说先让孩子参加高考，考得好，就把孩子档案从招飞组抽出来，万一没考好上不了地方本科，还有飞行学院接着——想得比家长还细还周到——首长是飞行员出身，理解空军家属并了解海云的情况。跟妻子转达完电话内容，湘江脸朝并不存在的儿子冷笑："知道这招叫什么吗？釜底抽薪！空军不要你，你再蹦跶也没用！想跟老子斗，喊！"

八月的太阳爆出炫目的白炽，无数的蝉儿在不同地方同声鸣叫，天热得人坐着不动都一身身淌汗；屋子里，桌子、椅子、墙，摸哪儿哪儿烫；一帮高考完的男孩子在裸露于阳光下的营区篮球场上奔跑，青春无极限。彭飞球到手，三人扑上来拦截，他右臂高举过头手腕一抖，掌中篮球沿着他的设定划了一个优美弧线，从球筐中间穿进笔直坠下，完美的三分球，惹得队友对手同声喝彩。"彭飞！"一个女声在叫。是海云，站在球场边。没打伞没戴帽子，平日焦黄的脸儿通红通红，她寻寻觅觅跑了不少地方才找到这来。今天的《空军报》登出了空军飞行基础学院的录取名单，有彭飞，名字后头有考生号，不是重名。湘江演习还没回来，走前把孙秘书电话给了她，让她有情况直接同他联系，她没同他联系。报上公示的彭飞高考分数是415，上地方大专够了，他们没报大专。于是就成现在局面，要么上飞行学院，要么没有学上。海云放下报纸从家里跑了出来，找儿子——不是想兴师问罪，她没那么蠢——她觉得孤单。身体里一直绷着的某根弦突然断掉，不再紧张，但沉沉的发软。她需要跟人在一起，还不能是人就成，这人必得与她休戚与共。这人应是湘江，但湘江此刻不知在深山老林的哪个旮旯里，她只好退而求其次，来找儿子。

阳光下，儿子应声跑来，两条长腿如同踩着弹簧一蹿一蹦，头发亮晶晶的汗湿成一撮一簇，龇着白牙冲妈妈笑浑然不知，海云眼前顿时模糊……

"妈妈，你说，要是我长大了考上了清华也考上了北大，上哪个学好？"

"要不我上完一个学，再上另一个学？"

"可是，等我成功了算是哪个大学里培养出来的？"

稚嫩的童声犹在耳边，当年的喜悦已成痛楚；她把自己和儿子的人生希望都押到儿子身上背水一战义无反顾，却落得个烟灭灰飞梦幻泡影。总以为自己、以为自己的儿子与众不同，到头来不过是芸芸众生。儿子渐跑渐近，海云勉力打起精神，她的人生已是"明日黄花"尽可"休休"，儿子不成。此刻的她好比一个冷到极点的人，还得想办法去温暖一个比她更冷的人。

"回家吧小心中暑。"她对儿子说，带出点淡淡的笑。可惜这"淡淡的笑"只是她的理想。在对方眼里，那种相关肌肉皮肤的生硬牵拉不自然到欲盖弥彰。

彭飞马上明白，他一直等待一直害怕的一刻到来了。他半个月前就知道了高考结果，从学校教务处那里。没告诉妈妈，能拖一天是一天，苦读寒窗十二载难得彻底放松一回。结果当然是自欺欺人，他不仅没有一刻的放松，反一天比一天沉重。高考时再紧张他都是头挨枕头就着，这几天却夜夜在床上烙饼似的折腾。白天除了吃饭不敢跟家呆，找不到人玩儿就自个儿满世界溜达。母爱也是把双刃剑，爱越深，刃越利。

母子回家，两人的影子在阳光底下短短长长。他没说话，她也没说，都没想好怎么说。看到了儿子海云没着没落的心有了点依靠，思考功能渐渐恢复：放平心态才会放低期望，放低期望才鲜有痛苦。对她如此，对儿子也同样。到家，到家说。到家让他先喝水，再冲澡。家里还有西瓜吗？有，有半个，在冰箱里。正好，吃着冰镇西瓜，坐下细说。大不了复读一年，没什么。

湘江演习回来了，风餐露宿日晒雨淋一个多月回到家中，家中无人。没提前下通知是想给海云个惊喜，而今只能自食其果。自己倒水喝，找换洗衣裳，洗澡，样样得自己。总算大致消停，去厨房试着打开冰箱，惊喜地看到了半个西瓜。左手托西瓜右手拿匙去了客厅，把电扇扭到最高挡打开，踏踏实实坐下，好好享受。这两个月除了跳伞，还有野外生存训练，野外生存是伞兵的重要课目。从天上跳下去不论下到哪儿，荒郊野外深山峡谷江河湖海，你首要的目标是先得让自己活着，吃蛇鼠舔露水也得活。作为师参谋长这课目对湘江当然是过去时了，他不必参与个体实施但得负责部队实施，在大山的帐篷里一住两月，演习成功获军里好评。湘江身心舒坦吃冰镇西瓜，用匙子挖一大块送嘴里，嚼都不嚼籽都不吐，顺着喉咙直接滑入腹中。同时进去的，是从里到外的爽快。茶几上摊着份《空军报》，异常的排版和字体引起了他的注意，细看，是空军所属院校学员的录取名单，他跳过别的学院挑出飞行基础学院看，饶有兴趣情有独钟，因为曾经，他也是其中一员。一行行看下来，目光在"彭飞"二字上卡住，虽然名字后头有考生号，可他不知道他们家那个彭飞的考生号。但有一点知道，直到他演习走前，他们家彭飞学习一直抓得相当紧，"二模"考试681分跃居全校第二，报纸上这个彭飞才415分，重名喽。但心里总不能够完全踏实，抬头看钟，快到开饭时间了，这个海云，上哪儿、干吗去了？门响，回来了。同她一块儿回来的，是彭飞，看到他在家他们同时一愣。

湘江冲海云做个"稍等"的手势，劈头问儿子："你考了多少分？""415。"不是重名！看一看他的背心球鞋浑身汗污，湘江沉声又问："你刚才干吗去了？""打球。"理直气壮毫无愧色湘江再也沉不住气，左手把西瓜往茶几上一蹾，右手握匙当当击打着桌面："就考这么点分你还好意思玩儿?!"海云冲过来叫："湘江!"她顾不上细想别的先得把丈夫按住。站在他面前，用目光哀求警告满面焦虑，腮边的发丝枯若干草。湘江生生往下咽气，梗得喉咙都疼，但话得说，换种口气也得说，用慈父口气："好好总结一下这次高考失利的教训，你以后的路还长，别的不多说了，有一条牢牢记住，骄兵必败。"

彭飞怕妈妈不怕父亲，不独不怕，在此时刻，简直是欢喜，如同见到救兵的困兽。他可以不必单独面对妈妈，更重要的，他可以用最简单的方式给妈妈以交代。他走过去，用手握住妈妈的肩——妈妈真瘦啊，那肩薄成了两片——轻轻推妈妈坐下，而后，转身面对父亲沉静道："我报了空军飞行学院，如愿以偿考上，'败'从何来?""幸亏你报了空军飞行学院，要不，就你这点分数，连学都没的上!""您为什么不想想我平时成绩很好越来越好高考只考了415分?"湘江哼一声："太紧张了? 没发挥好? 行了彭飞，我认为那统统都是借口，你的根本问题是——""骄兵必败! 爸爸，您总说我自以为是，我如果真有您所谓的自以为是，那也是遗传，您才是自以为是的经典! 告诉您我为什么只考了415，就为了上飞行学院!"父母同时愣住，彭飞眼睛只看父亲，字字如剑："我用不着您帮忙! 我说到就得做到! 在这里，有一点我想跟您说明一下：对学生来说，想考多少分就能考多少分，比起考高分来，更需要实力!"说罢扭头去了自己屋，把妈妈交给了父亲。

湘江眨巴着眼，半张着嘴，一时没词儿，海云也是。夫妻不约而同对望，无言交流感受。海云在感到轻松的同时，还惊惧。轻松当然是为儿子的学习，英雄以成败论，学生以学习论，学习不好对学生和家长都是致命打击，儿子学习很好打击便不存在。惊惧是儿子的行为方式。真敢干啊，真有主意了啊，他就不怕万一把握不好没有学上吗? 湘江的感受则单纯得多：刮目相看。于是海云明白，大局已定大势已去，现在她能做的，惟有放手，放儿子走。

彭飞走前，父亲说要跟他谈谈。他不想跟他谈。谈什么? 无非大道理。做儿子做学生这么多年，最不缺大道理。潜意识里还有，对父亲自以为是的反感：作为一个被飞行学院淘汰下来的失败者，你跟我谈，凭什么？

彭飞来到客厅。纵使家中窗子大敞穿堂风阵阵，客厅仍缭绕着一片轻烟薄雾。茶几上烟缸里塞满烟灰烟蒂，湘江只用了一次打火机。第一根烟点着后就是不灭的火种，一接二二接三，再没断过。儿子坐定后，湘江开口了。

"部队，包括部队院校，服从命令听指挥是第一条。"彭飞眼睛看着自己的鞋尖，点了点头。"得能吃苦。"彭飞如前，再次点头，顺从驯服，就要走了，何妨把儿子角色扮演到底？"不要抽烟。"闻此，彭飞诧异，抬头看，看对方表情。同样的话，语气或表情会赋予它不同的含意。湘江深吸口烟，吐出一长串烟圈，隔着烟圈眯眼看儿子："你肯定在想，你抽烟这么凶，却要求我不抽——"彭飞连忙摆手表示不是。真的不是，父母做不到的事情却要求孩子做到，或者说，越是他们想做做不到的，越希望孩子做到，把孩子当做实现自己未竟理想的工具，太常态了。他解释："我只是不明白您为什么要单拎出这事儿来说。"湘江吸口烟："部队，尤其刚进部队，你会觉得很艰苦，很单调很枯燥很紧张，睁眼闭眼，一帮清一色的小伙子，从早到晚，除了学习就是训练，这种情况下，人很容易就抽上烟了。"彭飞神情开始专注，湘江瞥他一眼："想不想知道当年我为什么被淘汰？"彭飞神情越发专注，湘江在心中一笑："鼻炎。感冒引起的。"彭飞脱口而出："就因为鼻炎？"湘江毫不介意，他理解他的质疑，他也曾像他一样因年轻而无畏："就因为鼻炎。鼻炎会引起呼吸不畅，在高空中呼吸不畅可能会导致耳鼓膜穿孔，直至，耳聋。"彭飞镇定听，心却禁不住颤了一颤。

该走了。海云说要去火车站送，湘江张罗着打电话叫车，彭飞坚决不让，他甚至不让他们下楼。出门前搂住妈妈用脸贴一贴她松垂的面颊，说句"送君千里终有一别咱们就在这里'别'了吧"，松开妈妈对父亲点点头，就提着包开门走了出去。这时是傍晚，漫天晚霞大红大蓝，一群信鸽扑啦啦飞进融入，如一帧动态的剪影。夫妻俩站在窗口看儿子在视野里出现，又从视野里消失，海云流泪，湘江轻叱："你看你！他以前又不是没离开过家。""不一样。从前他离开家，是暂时的。""这次也不是永远的，总还要回来。""这次是永远的！再回来……是暂时的……"湘江无语。是的，真是这样的。当年，他，海云，还有无数无数的孩子，长大了离开家，都是这样的一去不回。

第六章

成长

到空军飞行学院正值出操时间，操场上一队学员在跑一万米，汗衫军裤解放鞋，头发短极，要不因为色黑，远看就是光头。他们显然跑了有一段时间了，队伍拉得很长，跑在前面的步履还算矫健，落在后面的个个气端吁吁，终于有一位跑不动，开始走，只两臂端在腰间。一个人"嗖"地骑车而至，手拿小竹竿一戳他背，吼："跑起来！"

这一幕被乘大巴路过的彭飞们尽收眼底，彭飞忍不住对身边罗天阳道："他怎么可以这样对待他们！"罗天阳忙以食指按唇做了个嘘声动作，同时伸长脖子看坐前面的两个接站干部，见他们似没听到，方才放心地收回身体。

彭飞和罗天阳坐一趟火车来的。与彭飞的单枪匹马相反，罗天阳全家出动。妈妈妹妹弟弟都哭了，罗天阳和他爸眼圈也红了。一家人尽情哭泣，悲伤，幸福。父亲哑着嗓子嘱咐儿子，到那儿记着照张穿军装开飞机的相片寄家来。该上车了，妹妹哇地哭出声来，罗天阳从提包里摸出个手巾包塞给妹妹让她和弟弟一人俩，里头是四个煮鸡蛋，妈妈给他带路上吃的。妹妹不要。罗天阳说他睡一夜就到，到了那边有人接用不着吃，坚决让妹妹拿上走。火车开了，罗家四口高高低低伫立月台目送，火车带起风撩动着他们的衣襟、头发，罗天阳泪流下来了。也许这就是亲人？在一块儿，打；分开了，想。那一刻彭飞庆幸自己不让父母来送的英明。妈妈肯定会哭，他肯定受不了妈妈哭，可他不愿当着父亲面掉泪，还在很小的时候就是这样。

火车正点到达。车站外，"空军Ａ飞行基础学院"的接站牌旁站着两个空军军官，旁边聚着二十多个穿着各异但都提着大包小裹的男青年，其中一人身上还斜挎把吉他，姿态神情俱潇洒，彭飞罗天阳出站后毫不费力就发现了这醒目的一群，一军官为他们在名册上做了登记后说，只差一个了，那人所乘火车还有几分钟到。二十分钟后，人到，手提深灰塑料革提包，包上穿军装戴红卫兵袖章的毛主席头像依稀可辨。是宋启良。

大巴驶过操场，向学院深处去，一路喊喳声不断的车厢一片肃然，适才操场上的一幕将艰苦、严格、严酷等熟知字眼瞬时具象化，这一段膨胀于胸的脱颖而出高人一等的优越喜悦迅速冷却。好比千辛万苦甩掉无数对手登上一座山，刚刚喘了口气还没完全喘定，就发现眼前还有座更高的山，更致命的发现是，这座山后还将会有山，他们踏上的淘汰之旅名不虚传。车在树荫掩映的一幢三层楼前停下，车停下了，到了。学生们提着包和心，默默下车。

这批学员总共561人，为一个大队，团职编制；下分四个学员队，营职编制。这幢楼是一分队的学员宿舍。一队长个头中等，"八一"字样的棕红军官腰带紧束，宽肩窄臀，完美男性三角。隔着军装都可确定，裹在里面的身体除了骨头全是精肉。此人丹凤眼厚嘴唇，却既不显阴柔也不显憨厚，目光大多是平静，时而眼波一闪，便会如受光钻石般射出一束凌厉。一百多个身着五花八门老百姓衣裳的准军人们，在他面前不由自主尽量挺直了腰背。

"正式向大家做一下自我介绍，"他说，"正式"是因为此乃全队学员到齐后的第一次集合，"我是你们的队长，我叫徐东福。徐是徐向前的徐，东是毛泽东的东，福是——"与此同时彭飞顺着对方思路快速在脑子里搜索，无果，兴致盎然等，等待徐东福对他那个俗气的"福"作何豪迈注解。徐东福说："——罗斯福的福！"

学生们发出恍然、会心的笑，谁都没能想到他会对应到美国人身上，还挑了个最大个儿的，你还不能说他对应得不对。宋启良也笑，他笑是因为大家笑，这时他不可显出与众不同。

徐东福做完自我介绍，教导员于建立做自我介绍，分班。九个班，三个班为一个区队，一个区队一层楼。彭飞一区队一班，与宋启良同班，罗天阳二区队四班，与挎吉他的那位同班，此人姓康名正直。区队长、班长由学员担任，具体由谁，待定。解散，刚到的学员回宿舍放东西，十分钟后，听哨音集合。

一班宿舍六张上下铺，床前有名字。彭飞找到了自己的床，床上被褥俱全，床单平整如白纸，棉被叠出了金属的棱角，彭飞立于床前，竟不敢戳碰，生怕弄走了样没法恢复。"是不是没想到？整得跟兵营似的！"一个声音响起，彭飞回头。说话的那人一头卷发，额上一道很深的抬头纹，时髦和沧桑混搭。他叫李伟，比彭飞早到一天，以过来人的口吻接着介绍："老学员叠的，给咱们树榜样呢。"彭飞点点头。

三分钟后，宋启良第一个来到集合点笔直站立等候，彭飞随大流出来的，李伟最后一个，徐东福站在树荫下静观，时而眼波一闪。队伍到食堂，半小时吃饭，吃完饭听哨音集合。再次集合，到俱乐部的乒乓球室，里面十来把椅子一字排开，每个椅子后面一个老学员，汗衫军裤解放鞋，头发短极，人手一把剃头家伙。徐东福下达命令："现在理发。一班学员先上。"学员有的竟忘了自己"几班"，轻微嘈杂一阵，"一班学员"方挤挤挨挨在椅子上落定。彭飞旁边是李伟。"理发师"开始工作，屋里推子剪子声响作一片，彭飞一声不响听任头上动作。李伟在身边道："老学员，有镜子没？"得到的回答是："我就是你的镜子。"李伟叫："拜托手下留点情！我这是自来卷全身上下就这么点优势！""就算你全身都是优势，想让谁欣赏？新学员三个月之内，别想迈出学校大门一步！""三个月不能出大门？人别的军队院校怎么没这规定，我有个表哥——""这里不是别的'军队院校'是飞行学院。飞行学院有三个月的试学期，试学期不合格者随时走人！"再没听李伟说话，彭飞斜看，见他眼嘴皆闭状若泥胎，看不出是听天由命还是安之若素。

理完发，队伍再次集合。果真无须镜子，只消看一眼他人便可知自己。向右看齐，向前看，向右转，齐步走。走哪儿，干什么，不说。队伍回到宿舍楼前，徐东福下达命令："现在去宿舍拿毛巾肥皂，三分钟后，听哨音集合！解散！”这一次，准军人们呼啦啦向宿舍跑，争先恐后，之前的散漫少了许多，一个早晨的经历似令他们有所明白。哨音再次响，再次集合，队伍到了澡堂门口，命令是："洗澡！十五分钟后，听哨音集合！"洗完澡，集合，到宿舍门口，被命把毛巾肥皂放回去，三分钟后听哨音集合。彭飞把毛巾皂盒放进床下的脸盆向外走，李伟跟在他的身后："你猜下一步会让我们干吗？"无从猜起。李伟发表意见："你说他怎么就不能事先跟我们说一下？"彭飞想了想："大概这会使人获得一种权力在握的快感？"李伟击节赞叹。

　　这次集合是领服装，不是军装，是老学员们出操时的行头，衬衫军裤解放鞋，领回来换上后再次集合。人还是那群人，一经统一了服装、发式，立刻不同。不仅外在，更有内心，置身在整齐划一的集体，束缚感紧张感会油然而生。徐东福在队前讲话，说了一系列的规定，规定里有一系列的"不许"，比如，不许不假外出，不许抽烟，不许谈恋爱，等等等等。最后宣布明天查体。

　　听说明天查体罗天阳大惊，他身高最终没够一米六五。招飞组放过了他，这里能不能放？知道入学后还要查体，但不知道刚来就查，本指望过一段时间身高会长上去。情急之下，解散后他拦住队长问为什么刚来就查体。队长回答简洁：规定。罗天阳追问：如果不合格呢？队长仍简洁：退回去。罗天阳再问：以前都合格就这一次不合格也得退回去？这次队长只点了下头。绝望中罗天阳与之讲理：那怎么能知道是以前查得准还是这次查得准？队长以最后的耐心回答："在这方面，飞行学员的身体方面——我的理解啊——基本原则就是，宁可错杀三千绝不放过一个。"说完扭头走开，剩罗天阳站原处动弹不得。肩被人拍了一下，他茫然转头，仰脸，是康正直。这家伙比他高出去半头不止，脸儿却圆圆的像个孩子。那圆脸永远晴朗，无缘无故还会绽出更晴朗的笑。"喂，你身体有问题？"他问，声儿很大，他注意到了罗天阳和队长的对话。罗天阳吓一跳，向四周看看，气道："你身体才有问题呢！"康正直笑了，眼和嘴同时弯起："你看你这人，我是想帮你。"放低声音，"跟你说啊，我这个眼睛，"他指着左眼，

"有点斜视，调那个数据和数线的时候，我看着是正的，实际已外斜两度了。第一次查体有了经验，第二次查，我就有意调偏一点，结果，就OK了！他们不相信，又让查，还是OK！再查，还OK！他们一点办法没有！你什么问题，看能不能想想办法解决？"好心热心。可惜于罗天阳没意义。

次日查体教导员于建立带队，走前徐东福告诉他，二区队四班罗天阳，那个个子最矮的学员，身体可能有问题，请教导员到时记着跟医生特别交代一下。学员姓名，形象特点，哪区队哪班，徐东福说得清清楚楚。他记住的不仅罗天阳，全队102个学员的情况，在他脑子里全都清楚。

三天后，周末的傍晚。时近秋日，植物回光返照般茂盛，树冠墨绿欲滴，夕阳金赤如焰，操场边并排停着的三架歼五身披晚霞昂首向天，仿佛一声令下即可腾空而起。其实这是些退役战机，摆那儿供历届新学员畅想用的。这几天，这届新学员都轮流来参拜瞻仰过了，在机身上留下了无数汗渍手印唾沫星子，相约或对自己说，等发了军装就穿上来这儿照相，寄回家中。军装还没发，飞机已看过，这里暂无了新意，来的人越来越少，周末几乎没人。第一个周末，难得晚饭后到就寝前一点事没有，你可以任意在学院里逛逛看看，洗衣服写信到服务社买东西，都可以。还可以去校医院看异性。那里头的几个异性最年轻的也比他们年长许多，但到底是异性。三个月内，除了那几位，他们只能是同性相见了。康正直和他的吉他头次有机会一展风采，坐在花坛的台阶上，他半仰圆脸微合双眼弹唱崔健的《一无所有》，身边聚集的人有七八个之多。康正直唱："我曾经问个不休——"众齐吼："你何时跟我走！"康正直唱："可你却总是笑我——"众吼："一无所有！"……娴熟的吉他流行的曲调奔放的青春，引得不少教员、老学员驻足。

罗天阳一个人在歼五那里，机轮，机身，机翼，一点点摸过去。父亲让他照张开飞机的照片寄回去呢，他们家人从来没见过战斗机，严格说，飞机都没见过，除了天上飞的。他要让他们失望了。他曾找借口去过校医院，打听到他们区队有一个人体检不合格。他的身高一米六四点五，招飞体检时在他的央求下写的都是一米六五，这次不管怎么说对方都不为所动，如实写上：164.5cm。不合最低身高标准。个人前途都顾不上想了，眼下他满脑子满心都是，被退回去后怎么跟家里交代？院里的邻居、整个胡同的邻居，没人不知道罗家儿子要当飞行员了，小胡同飞出金凤凰了，哪知他这边厢却是，出师未捷身先死！

罗天阳离开歼五往队办公室走，去找队长教导员，先确定，再询问，问下步会让他去哪里，他受不了被动等待的折磨。队长教导员都在，队长在接电话，接完电话对教导员说，大队长要求今天把体检不合格者通知到本人，明天收拾东西，后天走，说完看罗天阳，那一刹那，罗天阳的心沉静下来，意料当中的事情终得证实后的沉静，他立在那里等待宣判。队长却问："你有什么事？"他没想到，愣住。队长马上又说："你先去把你们班康正直叫来。"心"嗵"地起跳，血液奔涌，脸发烧发烫，恍惚间看到了队长眼里的奇怪，他转身就跑。

夕阳已落，康正直仍在弹唱《一无所有》，身边聚集的人比适才多了一倍，吼声大出数倍："——噢你这就跟我走！！"吼得树上歇憩的鸟儿扑啦啦飞。一曲终了，静了几秒，康正直手下流出了新的旋律，《外婆的澎湖湾》，遥远温柔。罗天阳多想让他就这么无忧无虑弹下去啊，他是好人，热心开朗单纯对他人充满善意。但罗天阳不能，队长等着呢，硬起心肠走上前去："康正直，队长叫你。"康正直手不停地弹着吉他，问："什么事他说了吗？"罗天阳摇头，不敢更不忍。康正直仍那样弹着吉他问身边同学："这两天我犯什么事了吗？"笑着，一张圆脸被天边余红浸染，明亮灿烂。

这是同学们最后一次见到康正直的笑，从那时直到他走，他再没笑过。他是周一走的，当时同学们刚出操回来，看到他挎着吉他、穿着来时的衣裳走，身边教导员帮他提着提包。双方交错而过，他目不斜视面无表情。

第二个被淘汰者是八班的张前。这天，一队学员跟一位老学员在俱乐部的乒乓球案子上练习叠被，要求在规定时间内，把那块棉织物弄成统一长宽高尺寸的金属形状。这件事颇为不易，尤其是新学员新被子。学员们一遍遍练，队长徐东福四处逡巡，只要他看不顺眼，就会一把抓起拆散。

彭飞被连拆三次，第三次后，他住了手，再一再二不能再三，承受力是有限度的，心激跳，手发凉，血液嘭嘭敲击额头血管……关键时刻，他想起了父亲。父亲肯定经过了这个，父亲过了。父亲过了他就能过，得过！逢山爬山逢河涉河，哪怕现在前方是悬崖，他也跳！徐东福一声不响在后头等，似在等他发作，他不发作，心平气和拿过被子，重新开始，徐东福这才走开，面无表情，完全看不出他在想什么，是满意还是失望。半个小时过去了，在一次次毫无技术含量的枯燥重叠中，越来越多的学员失去了耐性，动作明显懈怠，张前则干脆住了手。徐东福开口了："烦了吧？"有人应声答："不烦！"是罗天阳和宋启良，只有两个人的声音在众人的沉默中显得单薄突兀。徐东福说："只有两个人说不烦——不管他俩心里怎么想，至少，嘴上说了他就得为自己的回答负责，就得坚持下去——其他人没有回答，没有回答就是一种回答，无声胜有声的回答——烦了！"这次没有人说话。徐东福追问："我说得对不对，是不是烦了？""是。"一个声音答。声音不高，震动却如晴天霹雳，所有人呆住，包括徐东福。

　　说话的是张前。张前外貌极普通，不黑不白不丑不俊不高不矮不胖不瘦，话不多，按说应是最不引人注目的角色，但恰恰是他，刚入学那天引起了全体的注意。他是最后一个到的，他到时学员们正在集合，一辆挂着省委牌照的轿车驶来——这个地方一般社会车辆休想驶入——车在队伍不远处停下，车门开，车上下来了四个人，司机一下来就小跑着绕到车后开后备厢取行李，另外三个人是：张前，张前妈妈，空军军官。不久大伙得知，军官是学院机关的行政干部。那时孩子上大学极少有家长来送，即使送，像这种军队院校也只能送到大院门口打住，张前家人却能驱车直入到宿舍门口，其家庭背景的显赫不言而喻。和他家庭背景一样显赫的，是他家对他的宠爱。他妈妈不仅看了儿子将要住的宿舍，还在军官的带领下，将食堂、澡堂、服务社、医院统统视察一遍。

　　徐东福看张前，张前也看他，无挑衅无惧怕，神情平静仿佛他刚才不过说了句最最普通的家常话，普通得如同"吃饭了吗？"徐东福显然从没遇到过这种情况，一时无语。张前也不说，静等回话。好比他已把球打了过去，在等球回来。屋里极静，极静下是亢奋的暗流。学员们看一眼张前，看一眼徐东福，看一眼徐东福，看一眼张前，如同观看乒乓球赛。徐东福终于开口了，或者说"接球"了。"好，有一个说出心里话的了。那，张前，"他准确地叫着他的名字，"能不能具体说一下，你为什么烦？"张前不说——他一向话少——他用表情说，说的是：还用得着说？

"彭飞，你说。"面对徐东福的点名彭飞猝不及防，脱口应道："我没说我'烦'。"徐东福紧追上一句："但也没说'不烦'！"彭飞被逼到了死角。想撒谎很容易，撒得让人信服不容易，尤其这种遭遇突袭时，人本能地会为品格和习惯左右。彭飞诚恳道："队长，我是想，我们苦读寒窗十几年，过五关斩六将百里挑一万里挑一地考到这里，不是来学叠被子的，是来学飞行的。"停停，还是说了，"我实在看不出叠被子和飞行之间，有什么必然联系。当然，部队得讲内务，出门看队列，进门看内务，这是常识，但我认为不能搞过了头搞成形式主义。"学员们在心中点头，徐东福明察秋毫，说："看来彭飞说到了你们心坎上说出了你们的心里话。好，我来问个类似的问题，稍息立正走队列，跟飞行有没有必然联系？"彭飞不知该如何作答。徐东福环顾四周："谁来回答？"没人回答。徐东福自问自答："照彭飞的逻辑，也没联系，不光跟飞行没有，跟打仗也没有。但事实上，世界上哪支部队不在进行着这样的训练？他们练的是什么？是服从，是统一，是纪律，这是必要的形式但不是形式主义。有位军事家说，军队必须具备严格的纪律才能作战，纪律在作战中不是手段是素质，一种素质比一百种手段都重要。"全体静默，其心理活动尽在徐东福的掌握，他顺势接着说："说句实话同学们，飞行和你们，还有着相当的距离，而且对很多人来说可能是一段，永远跨不过去的距离！"话题切到痛处，学员们骚动，徐东福提高嗓门："这不是吓唬不是要挟，是现实。这现实就是，诸位首先要完成从学生到军人的转变，然后才是，从军人到空军飞行员！"眼波一闪，直逼张前："张前？"他听到的回答是："我退学。"

一周走了两个。传说被一步一步验证。"传说"还说飞行预校淘汰率一半，换算下来一队得走51个，下一个是谁？

　　入学第十天的晚点名上，徐东福宣布了各班班长副班长的任命。区队长暂仍空缺。彭飞是一班班长，宋启良是副班长。在其他人的任命上徐东福和于建立意见一致，只在彭飞宋启良身上稍有分歧。于建立想让宋启良当班长，他颇看好这个学员，肯吃苦，很努力，服从命令坚决，家庭好。家庭好相对张前而言，张前之所以坚持不下来就因为他的家庭给了他太多出路，而苦出身的孩子如宋启良们，因别无选择会拼尽全力。徐东福对宋启良印象也不错，只觉他能力差点。肯吃苦很努力能力差点，是当副班长的材料；当班长不能没能力。彭飞有能力。他有自己的思想同时懂得服从，自觉服从远比盲从可贵。最终当然是以徐东福意见为准。理论上说军政一把手职位高低等同，实际上永远是一高一低，孰高孰低取决于诸多因素，但最重要的因素是，做领导必需的个人魅力。于建立是好人，只有点婆婆妈妈抓不住重点。

　　这个任命让彭飞意外。他相信在徐东福宣布前，一班的所有人都认为班长非宋启良莫属。他表现得多突出啊，被子叠得好，队列走得好，服从命令听指挥，大小劳动积极主动，天天受到队前表扬。在彭飞心中，如果说宋启良给领导的印象是正数，他则是负数，零都到不了，这是那次毫无防备下说出了自己的观点并遭徐东福当众驳斥后，他做出的判断。他虽没因此一蹶不振，但决定以后尽量避开徐东福的视线，为减轻他对自己的不良印象宁肯不给他印象，根本想不到他会让自己当班长。意外而后欣喜：徐东福不是他印象中的行伍之人，比如他父亲，简单，粗暴，自以为是。徐有思想有境界有理解视野开阔知人善任，当即痛下决心，好好干，士为知己者死！晚上，他打着手电筒在被窝里给妈妈写信说了这事，潜意识里，让妈妈告诉父亲。

　　还没来得及收到妈妈的回信，彭飞的班长就被撤了，前后不过半个月。因为李伟。

　　李伟是很高兴彭飞当班长的。倒不是多么喜欢他，至少不讨厌，却讨厌宋启良。反正自己当不上班长，那么，谁当都比宋启良强。按说李伟在新学员中相当突出，体能摸底测试，长短跑、跳远、引体向上、臂曲伸……

在大队都名列前茅。100米要求控制在13秒内他12秒都不到，5000米要求15分钟内他跑14分30秒，国家一级运动员水平！只是，寸有所长尺有所短，他的短就是，内务总也搞不好，已被徐东福公开不公开点名点了不下十次。宋启良的内务就很好，速度质量均达老学员水准。李伟讨厌他不是"恨人有笑人无"，没那么肤浅，他讨厌宋启良身上的那股子假劲儿，第一天班务会上就觉得他假。班务会要求每人谈入学动机，他说他是为了保卫祖国——假得让你觉得他是真的，因你不相信会有人这么弱智！在后来的接触中李伟方才明白，那不是弱智，恰恰相反，是一种更高级别的生存智慧，宋启良比他们更懂得这种环境下的生存之道。为此他不失时机孜孜不倦表现，即使晚饭后好不容易可以歇会儿，他也不歇，拖地板扫院子，实在没事儿干，就练叠被子练走正步，搞得别人心神不宁，想歇会儿都歇不安生。为把被子叠出要求的那个棱角，他能想出、做出这样的事来：把被子的相关部分用水浸湿！领导要求"一"，他能执行出"三"，自己给自己加码。这种人要是有了权力，就不会仅给自己加码。是谁说的来着？包身工当上了工头，得比工头还黑！如果说那些事还不足以证明宋启良的假，是出于李伟的个人好恶主观揣测，有一件事却是铁证如山：那次，徐东福对全体学员做完豪迈的自我介绍后，宋启良的笑声比谁都响亮都会心，当时李伟就站他右手边。后来偶然得知，敢情他除了知道"毛泽东是毛主席"外，压根不知道徐向前，更别提罗斯福！

彭飞被撤是因为李伟抽烟他作为班长知情不报。

李伟起初将这事瞒得很好。卫生间，食堂后头，校园某个鲜有人去的角落，都是他过烟瘾的好去处。去卫生间抽烟通常是夜里，在所有人熟睡之后，一个人站在窗前，小心地将烟气吐到外头，一口一口，一支一支，身心痛快。有次因控制力不够，耽搁时间稍长，早晨起床号响时没能起得来，晚了半分钟。而从起床号响到跑入楼前的出操队伍，总共只给你四分钟，徐东福会等在下头，看门狗似的虎视眈眈。但凡超时，你就得利用宝贵的休息时间从起床开始穿衣服叠被子上厕所下楼一练十遍，若还不合格，接着练。这事摊别人头上耽误的只是休息，对李伟来说就不是了。那天他因怕晚，被子叠得马虎了些，出操回来一看，被子没了，再一看，在地上。他叫："谁干的？"徐东福说："我。"此人就站在一班门口，李伟没看到。其实没看到也该想到，除了他，还有谁敢这么缺德？只不过从前他顶多是把叠得不好的被子拆了，扔地上还是头一回，是他的失常导致了李伟的失常。李伟拾起被子拍打，还不敢使劲拍，怕招致误会。徐东福还没走，还在那边啰嗦："顺便说一下，按要求，你们班没一个合格的，包括我没动的被子。李伟，不过是我在你们这帮瘸子里面，拔出的一个最瘸的，而已！"说罢走了，把李伟气得都结巴了："还、还、还，还'而已'！'而'什么'已'！别他妈屁股后面绑扫帚充大尾巴狼了！小学都没毕业，以为会说个'而已'就算有文化了！"彭飞担心地朝门口张望一下，轻斥李伟："什么小学都没毕业，别瞎说。""至少是，文化水平不高！听罗天阳说，管咱们学员队的这些队长，都是从野战军调来的，绝对是四肢简单，头脑发达！"众人哄然大笑，李伟也笑："错了错了，让他给气糊涂了！气得我都头脑简单了！"

彭飞在一次夜里上厕所时，发现了李伟抽烟。得知李伟高二就抽烟了时彭飞非常惊讶，难道他家里没人管吗？李伟告诉他，还真就没有人管。他八岁死了亲妈，半年后父亲再婚，生出一男一女。从此家中五口人五个待遇。一等待遇，父亲和继母的亲生儿子，二等，他们的亲生闺女，三等，他父亲，四等，他父亲的老婆，五等，他。他考飞行学院基于三条：一、从此后全面独立；二、身体好而学习不够好；三、因为学习不好使他爸的老婆更有了挑拨他们父子关系的理由，他要为自己争口气。飞行学院录取通知书抵家的那刻，那女人的眼睛都红了，吃惊，忌妒，窝火，当然，还有懊悔。古话都说，欺老不欺少，欺女不欺男，她怎么就能给忘了呢？她再无知，也懂得空军飞行员不是等闲之辈，她开始想到，自己的一双亲生儿女未来可能还需要他们这个异母兄长的提携。那段日子，父亲对他像了亲生父子，那个女人对他，如同主仆，他是主。那是李伟有生以来最痛快的一段日子。……趴在卫生间的窗台上，望着当空的明月，吸着香醇的烟，他对彭飞讲了这些他未对任何人说过的家事。终于过了的烟瘾让他痛快，下午5000米长跑他落下第二名足足两圈让他痛快，晚饭后他上了新学员尚未开始训练的旋梯，上去就打了起来，老学员都为之赞叹，让他痛快加上痛快。倒霉时需要跟人倾诉，痛快时更是。倾诉过后，翻倍痛快！那天最后，他告诉彭飞，等发了军装，头一件事，就是穿上到歼五那里，照相，寄回家去，让小市民们开一开眼！

彭飞劝李伟戒烟。李伟苦笑，说不抽烟的人不会懂得戒烟之难，况且科学都说，十六七岁开始抽烟的人最难戒掉。彭飞说他知道戒烟难，他父亲就抽烟，下了一百次心要戒，都没能成。但是，咱不能跟他比，他这辈子已经差不多了咱还年轻，前面的路还长，就算能瞒得住队里，对自己身体也不好。李伟为彭飞的真诚打动，答应试试看。那天夜里，二人聊得颇投机，双方第一次对对方有了深一点的认识。痛快的交谈和收获友谊的愉悦让李伟大意失了荆州，走时，忘记检查窗台。从前每次吸完烟，他会仔细查看，所有的烟灰烟蒂都会被收起扔进蹲坑，冲掉，不落丝毫痕迹。那次，他在窗台上留下了一截烟灰，第二天早晨，被徐东福发现，晚点名时说了这事，说谁抽的烟，请主动汇报。不想汇报也行，条件是，不许再抽。晚点名后留下了班长副班长，问他们知不知情，皆说不知，包括彭飞。徐东福批评了他们，并要求各班严查。彭飞找到李伟，再次劝其戒烟。这一次是，徐东福让他感到了压力，有种岌岌自危的惶恐。当时是晚饭后，他和李伟并肩站在窗前，窗外云蒸霞蔚，三架歼五在他们的视野尽头金光熠熠昂首向天，他让李伟不要因小失大，不能"试试看"得马上戒，李伟默默遥看歼五，良久，点头。

李伟开始出现异常。上课时哈欠连天，饭量明显下降，训练成绩大大后退，比如引体向上，从前一做几十轻轻松松，现在，双手抓住单杠吊在上头死鱼一样，怎么"引"都引不上去。教员向徐东福反映情况，徐东福找彭飞询问，彭飞惟有搪塞。他知道那都是戒烟的反应，他父亲戒烟屡屡失败，就因为离开了烟不光食欲大减身体没劲，脑子都犯迷糊。可是，这能跟徐东福说吗？要说，该早说。早没说现在就不能说，一步错步步错只能将错就错，盼只盼李伟早日戒断成功。

　　熄灯了，夜深了，均匀的呼吸声在宿舍里高高低低响起。李伟躺床上辗转反侧，他想抽烟。不能抽。不抽不行了。不，不能抽。不，不抽不行。抽最后一次？最后一次！当即噌地坐起，从褥子底下摸出烟和火，赤着脚向卫生间跑。接受上次教训，进了大便间的隔断里头，带上门，光暗了下来。从压扁的烟盒里取烟，全身激动指头都抖。好容易抽出烟来，点上，深深吸下去，一口吸掉了小半根，顿时七窍通畅飘飘欲仙，他微微合上了双眼……眼前突然大亮，他睁眼一看，面前的挡板被人拉开，正是此刻他最害怕见到的那个人。

　　徐东福来查铺，刚进楼道就闻到了烟味——李伟这次抽烟没去窗口是顾此失彼了——他放轻脚步，狗一样随着鼻子的引导寻去，准确寻到了卫生间李伟所在的隔断，一伸手拉开隔断的门，蹲在便坑上腾云驾雾的一班学员李伟赫然出现。

成 长
第七章

　　清晨，集合完毕，徐东福道："夜里我来查铺，发现有人抽烟。跟上次是同一个人。再一再二不能再三，再有一次被我发现，你给我自动收拾行李走人！……二班长许宏进带队出操！一班长彭飞留下！"

　　彭飞笔直站立，徐东福开门见山："李伟抽烟，你知不知道？"彭飞只能实话实说，即使想串供也没机会："我劝过他不抽。戒烟需要过程。""他的问题另说。说你。这件事为什么不向队里汇报？""我是想，只要他改了就好……"徐东福打断他："你跟他关系不错？""那倒不是。""就是说，不是出于义气，是出于善良，你认为你这样做是为他好。"一顿，"慈不掌兵！彭飞，你不适合当班长！"

　　早饭后，晴好的天空变了脸，云自天边涌，一波波一层层，海浪山峦般，数分钟后天昏地暗。无风，树梢花草纹丝不动，天地间一片深不可测的沉默。学员们楼前集合，上午的训练课目是10000米，早晨刚跑了3000米。徐东福自然明白学员心思，说："长跑会增强你的体质和心肺功能，防止你在万米高空中不得不直接与外界接触时，因为身体不够强壮毛细血管瞬间爆裂，而，挂掉！"话刚落音狂风大作，顿时飞沙走石尘烟旋转着拔地而起，无数颗粒扑扑地打到脸上，都有痛感。徐东福一动不动。他不动没有学员敢动。紧跟着，雨滴落下，分币般大小，分币般的重量，由稀疏到密集，终成水帘。学员们暗暗企盼徐东福对天气变化能有所意见，具体说就是，调整训练课目，把下午的文化课提到上午。徐东福开口了："先宣布一个命令，"学员们注意力暂被转移，竖起耳朵，"彭飞不再担任一班班长，由宋启良担任，副班长，洪波！"没容学员们细想，徐东福道："宋启良带队！课目，10000米！”

　　学员们在大雨中跑，眼睛被雨打得睁不开，闭着眼跑，摔倒了，爬起来再跑。极致的严苛打消了仅存的侥幸，不抱期望的心反倒沉静，意志反倒坚强，也是一种无欲则刚。彭飞随大流迈着步子，机械麻木，一切太过突然，如这滂沱大雨劈头盖脸，他来不及思考。雨中，队伍渐成马拉松状，彭飞感到一个人跑到他的身边，他没转头，没心情。那人撞了一下他的胳膊肘，"为我把你班长撤了，对不起。"是李伟。彭飞含意不清摇头，没话说。李伟以愤怒继续表达歉疚："这人太过分了！他抽烟他应该懂得戒烟有多难！"彭飞扭过头去："徐东福抽烟？"从没见他抽过！李伟胡噜一把脸上的水，冷笑："绝对！他打我身边一过我就知道！而且是，老烟民！每个毛孔里都向外散发着烟味，洗一百遍澡把皮洗秃噜了都没用！"

　　李伟的被子被徐东福从窗子里扔了出去，他今天的被子基本就是卷巴了卷巴。夜里前半夜为烟瘾所困，没睡，后半夜遭徐东福惊吓，天快亮时才着，起床号没能听到，幸被宋启良发现给推了起来，此时距规定时间只有不到一分钟，他因此厕所都没上，憋着泡宿尿出的操，以省下时间把内务尽量整好。也只能是尽量。盼只盼今晨徐东福带队出操，他带队出操就没空检查内务，李伟就有机会改正。不幸老天突降大雨，徐东福让他们自己去跑。他有选择的权利，他可以选择不陪他们挨浇改查内务，于是，李伟被查个正着。他把李伟被子扔到外头证明着他已到了极点的愤怒。这点李伟理解。任徐东福再能洞若观火明察秋毫也不是他肚子里的蛔虫，不可能知道他如此复杂的心路历程事情过程。徐东福准以为他是明知故犯，是对批评的消极对抗，是对权力的公然挑衅。

　　水房，李伟和彭飞一人一头拧着饱含水分的沉重棉被，拧一下，总结一句。"法西斯！""太粗暴了！""精神病！""此人有施虐倾向。"相对文雅学术一点的总结出自彭飞之口。都拧了好多下了，再拧，还是哗哗的水。李伟叹："熬吧。人在屋檐下，不熬有什么法儿？俗话说，千年的媳妇熬成婆——"彭飞紧绷的脸松出一丝笑："千年的媳妇？那还不熬成鬼了？"李伟道："那是什么来着？千年的什么来着？"彭飞说："千年的铁树——"二人异口同声："开了花!"相对笑了。到底年轻，遇到觉着可笑的事儿，心情再不好也能笑得出来。

星期天，彭飞给妈妈回信，下笔艰涩。妈妈来信祝贺他当上了班长，说在第一时间就把这事电话通知到了他的父亲——知他者，妈妈也——让他再接再厉。这信收到好几天了他一直没回。再不回不行了，最后决定以"不说"的方式避免说谎，只说能说的，比如训练、学习。有了思路笔下就流畅了，他写："现在还没有进入正式训练课目，跟在学校军训时差不多，当然难度强度要大得多，但是，我都能应付……"笔尖沙沙。宿舍里安静，凌乱，空旷。外头太阳好，被子都拿出去晒了。同学们也出去了，去服务社的，去校医院的，去水房洗洗涮涮的，自然，也有去训练场的，比如宋启良。他在双杠上苦练臂曲伸，臂曲伸是他的弱项，作为班长，理当样样走在前头。彭飞写完信，装进信封粘好拿着向外走，"出去啊?"一个声音响起，吓彭飞一跳，他以为屋里就他自己。

说话的是王建凡，他一直躺在床上看课外书，上铺。王建凡的业余爱好是看书，严格说是看字，呆着没事没字看就觉无聊。最极端的例子，一次训练休息，身边草地上有张字纸，他马上拾起看，方发现纸上有数块可疑的棕黄斑块，当即有人指出该纸最可能的最后用途，厕纸。王建凡火烧了般扔掉，回去打肥皂洗了不知多少遍手仍觉腌臜，又向校医要了一把酒精棉球将每个指头仔细揩拭消毒，犹不能解恨，酒精对芽孢和病毒无效。王建凡父母是医学教授，他们的专业书时而会被王建凡光顾。王建凡常会等父母睡了后偷偷开灯看书，一看半夜。有一次看到天快亮才睡，当天就发起了高烧。就这么个看书法，坐着看，躺着看，走着看，没时没刻地看，视力一流。空军招飞那古怪刁钻的 C 型视力表，最下面一行的每一个 C 口朝向，他都看得清清楚楚，让你不能不感叹基因的强悍。王建凡让彭飞帮他买管牙膏。

彭飞发了信，回去把牙膏给了王建凡，从床下拖出已泡上洗衣粉的衣服，去水房洗。宋启良提暖壶端盆进来，光着的膀子上布满汗粒。彭飞主动同他招呼，称他"班长"，宋启良感激地冲他点头笑。按条令规定，彭飞是应该叫他班长，但叫和叫不一样，彭飞叫得心平气和。不像李伟，但叫，都要把那个"长"字拐出七八道弯，每个"弯"里都是意思，嘲讽，不服，讥笑，调笑，开涮，等等，宋启良有感觉，他不是木头。这让他生气也不解，就算他不配顶替彭飞当班长，也轮不到李伟不服。彭飞自己都能正确对待这件事，你李伟算是哪根葱？……拧龙头，接凉水，兑热水，涮毛巾。一阵急促的脚步声，渐近，到水房门口，一个人冲进，恰是李伟。进来后跟谁都没招呼，直接就拐进水房里头的厕所，大概是叫屎尿"鼓"的，宋启良想。

水房，彭飞搓衣服，宋启良用热毛巾揩身，忽然，他们同时住了手，同时抽动鼻子，同时相互看：浓重的香烟味明确无误从厕所飘了出来。宋启良张了张嘴，又合上。倒是彭飞说话了，带着责备："李伟！干吗呢！"李伟声音传出："何必明知故问？"彭飞开着玩笑劝："咱班长可在这里呢。"李伟立刻高声道："哟，忘了先请示了！班座，俺抽根烟哦？"宋启良埋怨地看彭飞一眼，他使他无法装聋作哑。可他怕李伟，更让他为难的是，作为班长，他还不能表现出这"怕"，再难也得说话，于是搬出队长来说："队长说过不准抽烟……"李伟道："噢，队长老婆孩子来了，刚到，他今天得抓家庭建设，他老人家不在您是现管！"

原来如此。宋启良不说话了。班长不说彭飞当然也不便再说。二人各做各事，各想各的心事，等他们发现徐东福时，徐东福已从水房通往厕所的门闪了进去，事情发生在倏忽之间，刚刚容二人辨出进去的那人是谁。

李伟蹲便坑上，香烟衔嘴上，看着从天而降的徐东福，如在梦里。他明明看到他老婆孩子来了，他老婆脖子上系着个红纱巾，孩子是男孩儿，他们一块进的家属房。那门甫一合上，李伟拔腿往宿舍跑，摸出褥子底下的烟和火，冲进卫生间。他有多少天没抽烟了？他想抽烟都想疯了。但他不敢，徐东福在与不在都不敢，因你无法确定他会什么时间以什么方式出现，他飘忽不定来去无踪像个幽灵。那天，夜半三更夜深人静，当面前挡板被突然拉开的一瞬，李伟就以为自己见到了鬼。今天，总算拿准了他一时半刻不会出现：老婆孩子来了，一年没见了。他没想到的另一种可能是，正因为老婆孩子来了正因为一年没见，徐东福才有必要先到学员队里转上一圈。一大早去车站接家属一直没去队里，他不放心；不放心就无法踏踏实实跟老婆孩子亲热。他追求痛痛快快了无牵挂完全彻底的享受，得过且过心存侥幸苟且偷安不是他的风格。李伟仰面痴痴看徐东福，原姿势蹲那里，香烟粘在半张的唇上，烟雾袅袅。他使劲对自己说，这是梦，噩梦。他做过这种梦，梦中醒来，一身的汗。赶快醒，醒了就好了。横亘面前的阴影消失了，如来时一样迅捷，徐东福不在了，真的是梦！没容梦想成真，徐东福转来，手里多了盆水，那盆水兜头浇下，打得李伟两腿一软，差点坐进便坑。这一刻他才确认，不是梦。他站起，站住，全身止不住哆嗦，不是因为冷，浇到身上的水是温的。是宋启良用来擦身的水。

徐东福把盆子还给宋启良，"一班长，知不知道你们班的学员在抽烟？"面对面若生铁的徐东福，宋启良不敢不撒谎："不……不知道……"目光躲闪谁都不看，包括彭飞。其实彭飞早在他回答前就把眼睛转向了一边，免得大家难堪。这时，从头到脚水淋淋的李伟出来了，彭飞突然明白徐东福刚才端走宋启良那盆水去干了什么，极度震惊他的话脱口而出："队长，我认为，即使李伟违反了纪律，你也不应该这样对他！"徐东福直视彭飞："我哪样对他了？他抽烟、我想用水浇灭他的烟、不小心浇到了他，如果这就是你所认为的不应该的话，那好——"一个向后转，面向李伟："我向你道歉。"接下来李伟的反应令彭飞更为震惊，浑身透湿的他面对向他施虐的人垂首胁肩："不不不队长您没错，是我错了，我向您道歉，我保证改！"

徐东福转身走了，水房里的三个人仍呆立原处，不动，不说，不敢互看。宋启良为的是自己那个弥天大谎，彭飞和李伟为的是另一件事，同一件事：不怕你讨好，但怕讨好时被人看到，常常，看到的比被看的还要难堪，极度的难堪将他们凝固。这时，一阵渐近渐大的喧哗传来，三人得救般一齐向水房门口看，一齐咕噜："什么事？"借机走出了水房。喧哗由罗天阳引起，他一路狂奔一路向遇到的每个人报告他的"可靠消息"：要发军装了！明天！

　　这消息让所有人兴奋——发军装意味着在飞行员之旅中又前进一步——惟李伟感到惊慌万分，直觉告诉他，务必得赶在发军装前有所行动。怎么行动？找徐东福？不敢；找于建立？没用。找彭飞！迄今为止，最了解他的人是彭飞，最敢说话的人是彭飞，让他替他，跟徐东福说！

　　找到彭飞，他先说自己的担心：徐东福这次会让他走！彭飞却认为没那么严重。李伟除了自由散漫一点，别的方面没问题，有些方面、关键方面，相当出色，比如训练成绩。再说，徐东福自己都说，从学生到军人，需要过程。为强调此言真诚不是站着说话，最后他道："如果是我，要为这个就让我走，我绝对不服！"李伟笑笑，他并不怀疑彭飞的真诚，但慨叹他的幼稚。他讲得有没有道理？有。但却是干部子弟或者是书生的道理。所谓，仁者见仁智者见智；所谓，公说公有理婆说婆有理；所谓，秀才遇到兵有理讲不清……世上本无理，理是人讲出来的，不同立场的道理会截然不同。他耐心开导彭飞："服能怎么样不服又能怎么样？胳膊拧不过大腿，权力在人家手里。"彭飞激烈反驳："权力是队长的！不是徐东福的！如果他把这个权力当做私人权力滥加使用，他就没有资格当这个队长！"李伟说："可他就是把这权力当成私人权力了，把你的行为看成是对他个人权威的冒犯了，你怎么办？"彭飞语噎。这时，李伟道出了自己的请求。彭飞第一反应是：病急乱投医！让他、一个普通学员去跟徐东福说，凭什么？要去也该宋启良，班长向队长汇报请示，顺理成章，宋去不去另说。李伟继续道："我想让你把我家里的情况跟他说说，争取他的同情。这事得由第三者来说，才显得真实。……是是是，它是真实的，但是真实的事情在不恰当的时候说出来，会不真实。"

　　彭飞没理由再推却，答应试试，明天就去。今天星期天，徐东福家属刚来，不好打搅。一直条理清楚相当镇定的李伟情绪于突然间失控，嘶声叫道："来不及了！等生米煮成熟饭，就来不及了！明天发军装，他们事先对我的去留肯定会有个定夺！今天就得去找他！马上！……对不起彭飞耽误你的休息时间！对不起徐队长、对不起他老婆孩子！"最后这句向根本不在场的人的致歉传递出的深刻绝望，令彭飞悚动。

　　徐东福思想斗争激烈，为了李伟的走留。妻儿吃过午饭睡了后——他们坐了一天两夜的火车——徐东福来到办公室看李伟的资料，一个字一个字看，翻来覆去看。于建立试着帮他下决心："他既然承认了错误，就再给他一次机会？这个学员先天条件好，体能测试，咱们队，第二；全大队，前六。"正戳徐东福痛处，痛惜之处。如否，再有十个李伟，也被他毫不犹豫打发掉了。他摸过烟来抽出点上，深深吸了一口："可是我跟他说过，再一再二不能再三。"于建立明白："对，军中无戏言。如果你顾虑的仅是这个，我来做工作。让他知道这是一次例外中的例外，让他务必懂得纪律的严肃性。"徐东福凝定不动，香烟在指间自燃，袅袅腾腾，燃出的灰白渐长渐弯，终于撑不住，掉落李伟资料上，发出轻微的一声"叭"。徐东福被惊醒，赶紧伸手去掸，同时另一只手把烟在烟碟里捻死，同时，说："还是让他走吧！"于建立静等他进一步阐述理由。他又摸过烟来，又抽出一支点上，一口一口吸着，他说："我在想，今天我那样对待他，一盆水浇他身上从头到脚，他都认了，反过头来向我道歉，当时那个态度，往好听里说，是谦虚诚恳；往难听里说，是低三下四。说明什么？说明他怕走，说明他想当飞行员的愿望非常强烈。可即使有着这样强烈的愿望、明确的目标以及有话在先的纪律要求，都没法挡住他一而再再而三地冒险抽烟！这我就不得不想了，这到底是为什么。"于建立说："缺乏毅力？"徐东福说："还是烟瘾太大？要是缺乏毅力，趁早别在这条路上走，被淘汰是早晚的事。要是烟瘾大，他还不到十九，哪来这么大烟瘾？看样子十六七就开始抽了！由此我不得不想到他的家教，他的成长环境，他身上是不是还会有其他不好克服的问题……"于建立频频点头同时补充："如果有毅力，烟瘾再大，问题再多，为了既定目标，他也会做到说戒烟就戒烟，有什么问题，说克服就克服！"徐东福合上李伟的资料："对，他的关键问题还是，缺乏毅力，意志力，极度缺乏。那么，既然被淘汰是早晚的事，对他个人来说，早走比晚走好。早走可以早安排他去其他院校，少耽误些时间。"

　　彭飞在家属房门外与刚从办公室回来的徐东福相遇。他没让他进屋，理由是家属在睡觉，心里是不想长谈——难得一个星期天，妻儿刚到——

否则他完全可以带他去办公室。尽管如此，他还是站在那里听完对方详细到琐屑的讲述，然后才说："彭飞，我相信你说的李伟家庭情况属实，但有一点你要清楚，我们这里是培养飞行员的地方，不是慈善机构。"

彭飞失望，惊诧，气愤。满怀感情满怀激情地说了那么多那么久，铁石心肠也该被打动了，打动不了他，他没有心肠。跟没有心肠的人动之以情，无异于对牛弹琴问道于盲，不，更甚，与虎谋皮！意识到最后一点，彭飞强压下进一步激辩的冲动，默默转身离去，怀着一丝对李伟的愧歉。

"立——定！"一个命令如炸雷般在脑后响起，吓得彭飞磕绊一下，应声站住，紧接着又一个命令："向后——转！"彭飞再次机械服从，转过去后发觉徐东福近得几乎与他脸贴着脸。他问："我允许你走了吗？"彭飞没回答，这怎么回答？"回答问题！"唾沫星子直喷脸上！彭飞只得回答："没有。""大点声！"彭飞提高嗓门："没有！"徐东福这才道，一个字一个字从牙缝里挤着道："大礼拜天的，你跑到我这里来，不管我家属孩子今天刚到，不管我们一家人是不是需要休息需要团聚，不管我有没有时间有没有心情，但，尽管如此，我还是耐心接待了你，并同样耐心地听完了你要说的事情同时也给了你解释，你不满意，并且因为这不满意说走就走——不不不——说也不说，就走！你以为你是谁？你以为我又是谁？"话是问句，但明显是发泄而非发问，彭飞硬着头皮准备听对方发泄下去，不料听到的竟又是雷霆般的命令："说话！"彭飞愣住："说什么？""你没长耳朵还是没长脑子？你是谁！我是谁！"那一瞬，彭飞脑中闪电划过般雪亮，痛彻理解了李伟的垂首胁肩！面对权力在握、一根筋到底的蛮横强势，你的自尊会被一点一点摧毁。彭飞回答："我是学员。您是队长。"他仍不罢休："我是你的上级你是我的下级！下级服从上级，从你踏入军营那天开始，就要牢牢刻进你的脑子里！"没有任何过渡，又一个命令："向后——转！"彭飞执行了命令。"滚蛋！"徐东福这样对彭飞下达了最后一个命令，很不规范。

这天，新学员们练了一天队列。明天是新学员入伍宣誓仪式，至时，全大队四个学员队将着新军装顺序列队入场，谁高谁低，一目了然。因而这天，四个学员队分别、同时调整了训练课目，临阵磨枪。一队训练结束，教员讲评："你们队的队列水平是两极分化，好的，很好！比如，彭飞，宋启良，于波，叶朋，许宏进，还有很多，不一一点了。差的，很差！比如，王建凡，罗天阳！好的，比差的多。但是，一个队列的好与不好，最终不取决于好的，取决于差的，其原理，如同老鼠屎和汤！"

彭飞不仅队列好，体能，文化，内务，纪律，样样好，拿到大队都数得着。人却没因此轻狂张扬，相反，话很少，比刚入学时少，比一般同学少。

李伟走了。走前哭了。扒着歼五的机身放声大哭，肩背耸动得歼五都颤了，地面都颤了，令彭飞惊惧到失语。当时是午睡时间，彭飞已睡着了被李伟叫起来。李伟明天走，想穿上军装到歼五那里，照几张相。下午文化课，没有人帮他照，晚上怕光线不好。彭飞的军装他穿着大，袖子长得露不出手，他细心卷起，向里卷而不是向外。镜头里，他身着军装手扶战机幸福微笑，笑容如正午阳光般真实，纯粹，灿烂。相机是傻瓜相机，他新买的，花了二百一十块钱。之前，发军装后队里组织了照相，专门把照相馆的人请到歼五那里给大伙照，单独照，组合照，集体照，照多少，任选。作为班长宋启良恪尽职守，既然李伟还没走，就还是班里一员，就也有权照相，没军装可以穿他的，他和李伟身材相仿。不想好心没得好报，他不仅遭到了拒绝，还遭嘲笑。李伟冲他手一摆，道："那种相，傻瓜才照。你是飞行员吗？不是。穿上军装也不是，后头有一百架战机也不是，只有飞行服才能和飞机吻合，否则，飞机只能是风景，你呢，是游客！"宋启良讪讪走开，不解多过不满。不照就不照吧，说这么多干吗？一旁的彭飞也觉李伟有一点过：扫了别人的兴，你就能高兴？当然同时，也佩服，佩服李伟面临如此挫折迅速调整心态、迅速把目光转向新生活的能力。通知李伟走后的这几天里，他该说说，该笑笑，一派此处不留爷自有留爷处的洒脱。所以，当李伟叫醒他让他帮他照相时他很意外，同时还为难，午睡时间不许随便外出，旋即有了主意，推醒宋启良请假。宋启良不敢批准，也不敢不批准，嗫嚅："我去请示一下队长？"都知道队长老婆孩子来了，肯定都正在午睡，为这样一件小事去吵他吵他全家，不是找死？宋启良明摆着推诿！要照以往，李伟会毫不留情揭穿对方的虚伪，但这次他没有吭。对宋启良他原本就没抱希望，不抱希望就不会失望，他不吭是不想彭飞为难，友情强求不来。一秒钟后，彭飞拉李伟一把："走！我们快去快回！"说这话的目的是通知宋启良，而不是请示。

　　照完相，李伟绕着歼五上下左右摸摸看看磨磨蹭蹭，一圈一圈又一圈。彭飞先头还只是感慨，为李伟之前竟能如此好地掩饰了自己的内心。但随着时间推移，他开始着急，马上到起床时间了，他这可属于不假外出，再不走真不行了！最后一次看了表，下决心道："李伟，我先走？下午文化课。"李伟背朝他，一只手搁后脑处摆摆。彭飞转身走，走没几步，身后发出一声野兽般嗥叫，那嗥叫哀恸到极致，撕裂开正午的寂静。彭飞吓得冷丁站住，循声慢慢回过头去：阳光下，李伟扒着歼五的机身放声大哭……

　　这天晚饭后，宋启良去照相馆把班里同学们的照片取了回来。照片上，一个个、一组组、一群群穿新军装的年轻人，缠绕着歼五欢笑。看着照片中的自己和他人，彭飞想起李伟的话：只有飞行服才能和飞机吻合，否则，飞机只能是风景，你呢，是游客——准确之至。

　　李伟扒着歼五恸哭的一幕铭刻彭飞心上如刀削斧凿，鲜血淋淋触目惊心，形象诠释了何谓无情，何谓冷酷，何谓绝望。来前父亲同他谈过，关于飞行学院的严格；李伟得知要走时也同他谈过，谈自己的体会：在此地要想成功，一个字，忍。压制住、消灭掉为此地不容的任何个人欲望，忍。戒个烟不难啊，怎么就不能忍？现在想忍，已忍无可忍。委婉、间接提醒彭飞注意自身弱点。如果说李伟的弱点是肉体的软弱，彭飞的软弱在精神层面，刚而不韧宁折不弯，家庭条件太好、受到的教育太正、经历太过单纯的人的典型特征。所有这些话、包括父亲的话，彭飞都听进去了，但是，耳闻不如目睹，目睹不如亲历。李伟的恸哭如醍醐灌顶令彭飞彻悟：在此地，你不是父母的儿子，不是老师的学生，你甚至不能是你，你明确无疑的身份只有一个，学员，队长的学员，上级的下级。现在想起父亲的粗暴来，比之徐东福，得算是温柔；他已有过两次与徐东福的短兵相接，再一再二不能再三——徐东福的口头禅。

彭飞从此变得寡言，同时越发刻苦，努力，严谨，对徐东福越发敬而远之。正走着，发现徐东福在前头，他就绕道而行。先天条件好加上后天努力，彭飞在众学员中迅速脱颖而出。班里表扬，队里表扬，大队表扬。面对数不清的表扬，彭飞一如既往，胜不骄，没败过。

一只手从背后伸过来，把彭飞手里的照片抽了过去。彭飞回头，是徐东福，心陡然提起。被抽走的那张照片上，李伟身着军装手扶歼五笑容灿然。徐东福发表评论："照得不错。军装大了一号。谁的？"彭飞没时间多想，如实答："我的。"徐东福很快又问："谁给他照的？"队里组织照相李伟没去众所周知。彭飞："我。"徐东福端详照片："啥时候照的这是？"从照片中可看出光线强烈。彭飞磕巴一秒迅速有了正确答案："李伟走的前一天。"徐东福放下照片，说一句："等有了他的地址想着给他寄去。"边向外走。彭飞悬着的心落地，同时放下心来的，还有宋启良。没料走到门口，徐东福又突然站住："取景构图都不错，就是光线太强，我是说李伟的照片。"接着，顺理成章地问了，问彭飞："你们照的时候是几点钟？"

彭飞刚落下的心訇然起跳，嗵嗵嗵嗵，耳朵被震得嗡嗡。他给逼到了悬崖，照片摆在那儿，宋启良站在那儿，物证人证俱全，只能如实回答。

徐东福"噢"了一声，翻起眼皮在宿舍扫视，找到了宋启良，定住："当时彭飞出去跟你请假了吗？"

如果给宋启良时间，他会给出让各方满意的回答：彭飞请假了，他批准了。但他当时太紧张了，第一反应是徐东福一再向各班长强调的，训练学习紧张要保证学员休息。倘若宋启良有时间权衡，对天发誓，他会把这个责任替彭飞担下。他担下了，于他不过是工作方法上的问题。他不担，彭飞就是不假外出明知故犯严重违反了纪律。两相比较，他真应当担下。他没担。

徐东福进一步核实："就是说，他向你请假你没批，他还是走了？"宿舍里寂静无声。徐东福火了："回答问题！"宋启良："……是。"徐东福目光转向彭飞："是吗？"彭飞："是。"失望从徐东福心头掠过，面上不动声色："彭飞，令行禁止你知不知道？"声音出乎意料的温和，温和得令人毛骨悚然。彭飞答了"知道"后，徐东福温和地继续道："知道还公然违抗，你是不是，不想在这里呆了？"

这话把双方逼上绝路。

彭飞怒气冲冲。不到半个月已走了三个，三个月内还得走上一批，学员们已然人人自危心惊肉跳诚惶诚恐竭尽全力，包括他。作为队长，如果你浅薄到除了利用这事吓唬威胁打压挟天子以令诸侯，如果你自大到认为你权力无边会令人无条件臣服不惜一次次放弃自尊，如果你无知到你即权力权力即你，那么，你错了！

彭飞说："我当然想在这里，要不我不会这样努力。"言下之意，我各方面成绩优秀有目共睹，你无权因为一次不假外出就把我开了，你的权力是有限的！

上次，在家属房门口，彭飞将徐东福给他的全部侮辱囫囵吞了下去。不轻易与权力对抗，识时务者为俊杰，男子汉能屈能伸韩信当受胯下之辱，他懂，而且是越来越懂。但，彼时是一个人面对一个人，此时是他们俩置身一群人。好比我能接受你扇我耳光，但很难接受你当众扇我。

听到彭飞的回答，更深的失望在徐东福心头掠过，面上仍不动声色："如果我没理解错，你的意思是不是说，我不能因为一次不假外出就请你走？"彭飞说："您没理解错。"徐东福道："如果我让你走，不会因为这次不假外出是因为你的性格。"彭飞回答："每个人都有自己的性格，您可以喜欢可以不喜欢，但我认为这不应成为让他走或留的理由。"徐东福说："性格即命运。相信你早晚会给我一个让你走的理由！"说罢转身走了。宿舍里静极。宋启良打破静寂："彭飞……"彭飞摆手制止他：没用的别说了！别说没用的了！

晚点名徐东福说了两件事：一、明天大队新学员入伍宣誓仪式，希望你不要成为一队的那颗老鼠屎。二、鉴于一班彭飞午休不假外出，队前警告一次。言毕解散。

　　新学员入伍宣誓在操场进行，红色横幅下肃立着大队和院领导，中校上校大校少将，一片星衔灿烂。四个学员队成方队按编制序列入场，先入场的是一队，彭飞是一队一排第一个。随着"正步走！""向左看！""敬礼！"的号令，彭飞踢正步，头转向左侧主席台，右手食指尖微抵太阳穴——全部姿势标准到经得起尺量——前行，神情庄严一丝不苟。刷，刷，刷，大地在年轻有力的脚步一致踏动下震颤。

　　大队长讲话，扩音器将他的声音放大无数倍后送出："开学时，我们接收的新学员为561人，十天过去，现在的人数为544人，走了3%。按历届规律，到预校毕业，走的人数会达40%。这也是飞行预备学校的职责之一，淘汰、淘汰、再淘汰！为什么？因为飞行员是用金子堆出来的！所以，在进航校、在上天之前，从源头开始，我们就得保证你是值得国家、军队投资的、百分之百的优质品！"闻之，所有学员的心唰地向下一沉，"但我希望，这544人，全部优质！"所有学员的心重新起跳，激跳。大队长声音在众心的激跳中回响："这需要意志！克服困难战胜挫折的意志！相信在前十几天里，你们对你们所面对的，已有了初步体验，在今后的一年零八个月，不，一个零七个月二十天里，你们面对的，将是比此前百倍千倍的挫折和困难！一个飞行员就是一个作战单位，一架战斗机就是一个作战平台，想要战胜敌人保存自己，除良好的飞行技术，更要有遇险不惊、遇扰不乱、遇变不惑、能在空中处理各种特情的，钢铁意志！"

　　宣誓开始。新学员们面向军旗举起右手："我是中国人民解放军军人，我宣誓，全心全意为人民服务，服从命令，严守纪律，英勇战斗，不怕牺牲，忠于职守，努力工作，苦练杀敌本领。坚决完成任务，在任何情况下，绝不背叛祖国，绝不叛离军队！"

　　彭飞真诚复诵誓言。在猎猎的军旗下，在雄悍的群体中，在更高的领导前，他更坚定了他的信念：只要把该做的事情做到最好，就能到达胜利的彼岸。徐东福不可能冒天下之大不韪，一手遮天！

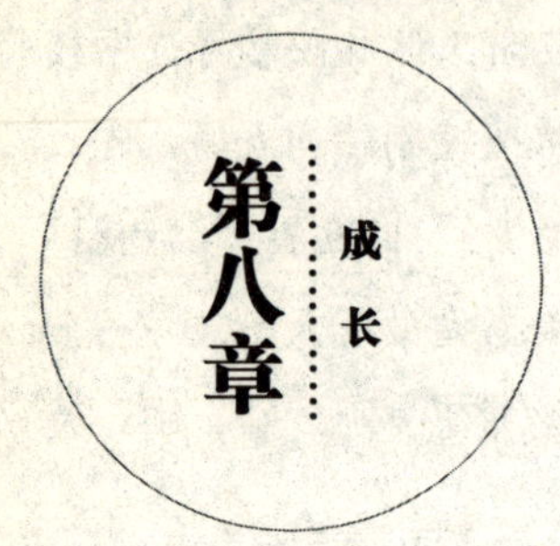

成 长
第八章

　　数学测验，一队两人满分，王建凡，彭飞。罗天阳60分。数学是罗天阳的弱项，涉险过关令他兴奋不已，隔着两排座位冲王建凡挥舞自己的卷子："60分万岁！少一分受罪，多一分吃亏！向你致以深刻同情王建凡，你吃亏吃大了！"王建凡笑："我也不想吃亏啊，做不到啊，没您那天赋啊！"

　　王建凡生得唇红肤白，一副气血畅通营养好的模样儿。飞行预校的文化课于他如同游戏，每次考试，大考小考，几乎都是第一或并列第一。可惜体能训练成绩和文化成绩正好相反，几乎都是倒数第一或并列倒数第一。下月10号、11号两天，新学员将进行部分体能基础课目考试，考试成绩记录在册。晚点名时，徐东福希望大家针对自己的弱项，利用不多的时间加强练习，各班长要切实负起责来。晚点名后留下宋启良，让他着重督促王建凡。

　　星期天，王建凡躲上铺看金庸，宋启良叫他去练100米，他陪他一块儿。100米是王建凡所有弱项里最弱的弱项，要求控制在13秒内，他最好成绩是14秒1。王建凡断然拒绝了宋启良的不合理要求。首先，星期天是法定休息时间，其次，他们已高强度连续训练了六天。训练是要苦练，更要巧练，要讲科学。宋启良说不过他，愁得叹气。王建凡心软，放下书："行，我陪你去吧。"宋启良喜出望外，全不计较王建凡的主宾倒置。宋启良给王建凡掐表，13秒9。王建凡纳闷，这段时间他练得可以了，感觉上很快了，跑起来耳边风嗖嗖的，怎么就是达不了标？怀疑表有问题，他掐表，让宋启良跑，12秒9。表没问题，那就还是老问题，水平问题。冰冻三尺非一日之寒，化冻也得需要时间。明天，明天再说，一口吃不成胖子。宋启良不让走跟他拉拉扯扯，他就跟他胡说八道："咱的训练方法不行。知道国家队都怎么练吗？后面有狗跟着追，追上了咬，所以跑得快！"宋启良道："瞎说！还后面跟着狗追，你咋不说跟着老虎追，那跑得更快！""对！不错！要是后面跟着老虎肯定会跑得更快！人在紧急关头肾上腺素会超水平分泌，而肾上腺素是人体机能……"宋启良赶紧打断他，要不他能从肾上腺素说到太阳系去："那你说，怎么才能让你的肾上腺素超水平分泌！先声明啊，我可没办法给你弄老虎来，狗都做不到！"王建凡明白宋启良打谱不放他了，但要真让他这样一遍遍跑，一跑半天，累在其次，实在枯燥。突然，他眼睛一亮，看到了从操场边走过的彭飞，笑吟吟对宋启良晃晃脑袋："狗来了。"当即冲彭飞挥手招呼。

有彭飞陪练，王建凡成绩果然提高了0.2秒，还是在刚跑完一个100米之后。王建凡与宋启良对笑，一个笑得意味深长，一个笑得不能自已。彭飞看出蹊跷，追问后得知原委，不动声色问王建凡："那照你的逻辑，现在要是有只老虎，你会跑得更快？"王建凡一点头："估计能破世界纪录。"彭飞向他背后示意："喏，老虎来了。"

徐东福来了！王建凡看清来人又高兴又害怕。高兴的是，他牺牲休息时间训练让徐东福看到，算没白牺牲；害怕的是，如果徐东福现场检验，他过不了关。

徐东福果然提出现场检验，他亲自掐表。13秒3。肾上腺素一说绝非虚妄，徐东福的存在令王建凡一下子又提高0.4秒！徐东福却不满意，考试在即还这个成绩，怎么可以？王建凡为自己辩解："刚全力跑完两个100米，体力消耗太大。"徐东福问清他刚才那两次的成绩："你根本就没有达过标嘛，跟体力消耗大有什么关系？"王建凡进一步辩解："队长，您的到来对我的肾上腺素——"意识到不妥，改口："我的意思是说，对我的精神，有明显激励作用。我想，如果我不是刚刚跑过两个100米，刚才这次，应该能够达标。""你想？根据什么想？如果你过硬，连着跑个300米根本就不是问题！""队长队长，我说的不是连着跑300米，是连着跑三个100米！"徐东福不再说话，衣服一脱，朝地上一扔，秒表给宋启良："给我掐表！"

第一个100米，12.1秒，第二个12.3秒，第三个12.2秒。事实胜于雄辩。徐东福拾起地上的衣服，走，走前对王建凡撂下一句："体能考核你必须过谁不过你也得过！"

三个人目送徐东福远去，宋启良感慨："到底是野战军出来的，底子就是厚！"王建凡补充："再加上还有我们这三条狗在旁边虎视眈眈，NO，狗视眈眈。"宋启良笑，彭飞不笑。从始至终他没说没笑。王建凡好奇，问他有何感想，彭飞开口："尺有所短寸有所长，他大可不必为此得意。"王建凡表示同意："就是，这是培养飞行员又不是运动员，差不多得了。"彭飞对王建凡的误读不做解释。

熄灯的军号响起来了，宿舍楼一排排灯火通明的窗口应声整齐暗下，仿佛由同一个开关控制。校园静了，睡了，渐深，渐酣。……夜色渐浓渐淡，由深蓝到浅蓝，起床的军号声响起来了，酣睡的校园被唤醒，开始了新一天的勃勃生机。出操，就餐，上课，训练，就寝，紧急集合……军号声声，或柔婉，或庄严，或沉静，或激越，将奔放的青春串成一曲生动、迷人的旋律。

上课的军号声响了，学员们走进教室，这一节课是英语，教员发给每人一篇英语文章，麦克阿瑟在西点军校接受西尔维纳斯·塞耶荣誉勋章时的致辞，题目是《责任、荣誉与国家》。麦克阿瑟时年82岁，两年后，于1964年4月5日去世。这是这位五星上将一生中最后一次也是最感人的一次演讲。教员做完简单说明，低头看花名册，点人起来读，点了宋启良。事先查过高考分数，宋启良英语分很高，这篇文章有难度。宋启良读："The shadows are lengthening for me. The ……"第一句没读完便被教员打断："你这是说的哪国英语？"教室笑倒一片。宋启良说的是中国陕西英语，不对照文字，哪国人都听不懂。但至少他能张得开口，他们县中学很多同学只会看写不能听说，完全是哑巴英语。教员说："记住，对于你们，英语的听说比看写还重要。否则，上了天，到需要时，你怎么跟外军跟外国塔台沟通？……王建凡！"这也是高分学员，但愿这一个不是绣花枕头。王建凡应声站起，教员让他读第一段。

"The shadows are lengthening for me. The twilight is here. My days of old have vanished, tone and tint. They have gone glimmering through the dreams of things that were. Their memory is one of wondrous beauty, watered by tears, and coaxed and caressed by the smiles of yesterday. I listen vainly, but with thirsty ears, for the witching melody of faint bugles blowing reveille, of far drums beating the long roll. In my dreams I hear again the crash of guns, the rattle of musketry, the strange, mournful mutter of the battlefield." 王建凡说的是标准美式英语，磕磕巴巴不那么流利。但就是读母语文章，头一次读，磕巴也在所难免。教员点头让王建凡"坐"。动作语调眼神里流露出的不是满意，是爱意。喜爱之爱。

罗天阳被"点"，把王建凡刚才念的那段翻成中文。罗天阳直译："影子，对我来说……很长，夜幕……就在这……"也是一句未完便被打断，不同的是这次教员什么没说，原本就没抱期望。该学员高考分很低，他不过想看看低得能低到什么程度。学员文化水平参差不齐，是飞行学院一大特点。他叫："彭飞。"

彭飞起立，手执文章看着，慢慢地道："我的生命已近黄昏，暮色已经降临，我的风采和荣誉随着对昔日事业的憧憬，带着余晖消失了。我尽力但徒然地倾听，渴望听到军号吹奏起那迷人的旋律，听到远处战鼓急促敲击的动人节奏。我在梦幻中依稀又听到了大炮在轰鸣，听到了滑膛枪在鸣放，听到了战场上那陌生、哀愁的呻吟。"

教室静默。学员们完全无从判断，看教员，等权威评价。教员有一会儿没说话，然后，问："你怎么会翻得这么好?"这绝不是高中生的水平!专业翻译都做不到如此准确、即时，更重要的，精彩。翻译不光靠外语，到一定层面，是创作。

"这不是我翻的，"彭飞回答，"从前，在家时，我看过这篇文章，翻译过来的，中文的，印象深刻。所以现在有英文对照着，能说个差不太多。"教员微微点头，又问："你喜欢这篇文章?"彭飞说："谈不上喜欢不喜欢，印象深刻。"教员追一句："是什么使你印象深刻？"彭飞道："军人对军队的热爱和对战场的复杂情愫。"

下课后，教员路过一队办公室，拐了进去，向徐东福打听彭飞和王建凡。好老师对好学生的喜爱，堪比慈父爱子。打听的结果，彭飞目前暂不会被淘汰；王建凡悬。明、后两天体能考核，一队会有一个到三个人不及格，有一个，就是王建凡。英语教员痛心不已："他肯定过不了吗？""可能性小。""就是说，也不是没有可能？""但愿。""如果他体能考核差得不是太远，我们可用文化分为他争取！"徐东福苦笑："怎么争取？就他目前体能成绩，他就是文化分科科满分，都没用！"英语教员恨恨出声："这个孩子，怎么就不能努把劲呢？目前阶段的体能课目有什么难的？一点技术含量没有，只要肯吃苦就能办到！"徐东福说："他的问题就是怕吃苦，缺一点儿争强好胜的劲儿。"英语教员默然。在飞行学院，这一点足以致命。

两天体能共同课目的考试结束了，接下来将是飞行专业的体能课目训练，传说中的旋梯，滚轮，地转，直至，跳伞。

晚饭后，夕阳的余晖将歼五涂成了金色，操场上有不少利用休息时间进行训练的学员，王建凡两手插裤兜里溜达，看，带着置身事外的洒脱轻松。他体能考核不及格，不及格者将被淘汰。罗天阳在双杠上苦练臂曲伸，上身只着背心，膀子上的汗粒在夕阳下闪亮。王建凡叫："喂！罗天阳，你都'良好'了还练啊？按你的说法，'优秀'和'良好'效果是一样的，说一套做一套啊你！"罗天阳体能考核平均成绩为"良"，臂曲伸不及格。罗天阳双臂撑住双杠笑答："你才知道？我这人从来都是说一套做一套！做的，永远比说的好！"王建凡正想接着跟他贫几句，宋启良气喘吁吁跑来让他去队长办公室，王建凡神情霎时肃然：要通知了！他得走了！眼睛不期然潮湿，自己都没想到这一刻的到来，会让他伤感。

一队体能考核如徐东福所料，三个不及格。不及格中也有高低，王建凡最低。再三权衡并向大队力争，三个不及格者走两个，最差的王建凡留下了。不仅徐东福和于建立，几乎所有文化教员为他的留下都说了话。王建凡逃过一劫满怀感动，表决心一定努力；徐东福警告他不能三分钟热血，耐心帮他分析问题。他成绩很差但问题不多，或说只有一个问题，腿部力量欠缺，引体向上、臂曲伸这类靠上肢力量的项目他都过了。只要加强腿部力量，长跑短跑越野跑，一通百通。给了他两个沙袋，让绑腿上，从现在起，沙袋不离腿，走，跑，跳，上楼下楼，出操，不离腿，除了睡觉洗澡。这马上要到睡觉时间了，王建凡请示："明天开始绑行不行？"徐东福皱了皱眉头："下步马上是飞行专业的体能课目训练，明天复明天，等问题越攒越多，你就没明天了！"王建凡只得当场把那俩颇有些分量的袋子绑在腿上，走起路来，好不难受。

次日，王建凡的腿与沙袋零距离接触了整整一天，沉哪累啊都想到了，没想到会痒。应该想到。大运动量时戴着它们，捂出痱子是起码的。这种做法对增强腿部力量有没有用，不能确定，副作用却已确定，鉴于此，不应再用。不科学。本来是想请示后再取下的，一念之差，没请示。这一念是：徐东福也是肉胎凡身没长X光眼，能隔着裤子看到里面？专门揪起他裤腿检查的概率也不大，全队一百多学员呢，他没理由没精力单对他细腻。

徐东福没长X光眼，也没揪起王建凡的裤腿看，却就是能知道沙袋在不在他裤子里的腿上，且在第一时间，早晨出操前。"王建凡！回宿舍把沙袋绑上！"王建凡阐述了不绑的理由，徐东福出人意料再没发表任何意见，带队出操。彭飞默默想：王建凡完了。

一架旋梯，学员们分两侧面对旋梯而立，教员站旋梯一侧："旋梯，顾名思义，旋转的梯子。前一段的课目是耐力和力量的训练，现在的课目是，抗眩晕训练，专门针对飞行员的训练。知道为什么要进行抗眩晕训练吗？"学员们齐答知道，教员说："你们不知道。或者说，只是理论上的知道。飞行员为摆脱敌机跟踪或者你对目标物进行攻击，需要驾驶飞机大坡度盘旋、倒转、翻转、急上升转弯、俯冲、跃升、横滚、连续翻滚，这是常人做不到的，这时对人体的负荷要求非常高，最高可达到九个G！这也是今天我们进行抗眩晕训练的目的！打旋梯的合格标准是，一分钟内，正反各二十圈。提醒各位，刚开始做这种训练前，最好别吃东西或少吃东西，否则你会变成一台旋转呕吐机！我来做一下示范。"教员打旋梯，旋梯飞转人梯合一，学员们看得眼花缭乱心怦怦跳有如小鹿乱撞，有佩服，更有忐忑不安害怕恐惧。教员只用四十四秒便完成了正反四十圈的旋转，跳下来后神志清楚言语条理："看到了吗？手抓紧，脚蹬住，通过自身力量使梯子转起来，这不难。难在转完之后，转完之后你得仍能分清东西南北跟没事儿人一样。练完了旋梯还要练滚轮，这所有的训练都是为了你平衡机能的稳定性。平衡机能稳定性不好的人，每旋转五圈，平衡机能会下降25%，这样的话你要在天上连续翻上十圈，就很有可能根本搞不清自己的脑袋是朝上还是朝下，因为，天空和海洋的颜色，都是蓝的！你会因丧失判断力、控制力，从天上栽下来！一架飞机过亿，就算你不怕死，也没人会拿这么贵的东西让你栽着玩儿。一句话，抗眩晕这关过不了，别想上天！"全体凛然。

徐东福到，站在不引人注意的地方静看。今天是第一天抗眩晕训练，学员们的重要一关。前面十几个都还可以，至少，打起来了。下来后呕吐的有，不多，三个。该王建凡了，站在旋梯上手抓脚蹬屏息运气，旋梯晃动稍大，他吓得松手就跳，结果一只脚被绊住，结结实实摔到地上像个麻袋，膝盖骨与地面硬碰硬撞击，痛得他一时不能呼吸。教员耐心对他重复要领，让他不要怕——他看出他是害怕——没什么可怕的，手只要抓紧就OK。王建凡鼓足勇气再次走近旋梯，两手抓住抓手，一只脚抬起，就要踏上旋梯的瞬间，猛然，缩回。"教员！我不行！我抓不住！真的！"他叫。教员愣住，当教员几年了还从没碰到过这样的。徐东福走来，对教员耳语，教员在耳语中渐渐回过神来，让下一个人上。王建凡得以离开旋梯归队，对徐东福充满感激。这工夫，徐东福叫出宋启良，对他交代几句什么，宋启良跑步离去。

宋启良按徐东福指示拿来了背包带，用来帮王建凡把手脚缚旋梯上，这样就不必害怕抓不住摔下来了。这方法历届学员都有试过，万无一失。王建凡只得再上旋梯，没想摔下来的问题解决了，又出现新问题，他站旋梯上头使劲晃悠，始终头上脚下立那儿，打不起来。教员让他用力，说用力了；让再用点力，说已用尽全力了。徐东福走过来，抓住旋梯用力一按，王建凡一声惨叫，被送成了头下脚上！徐东福一下一下用力，旋梯飞转人梯合一，王建凡开始干呕，徐东福置若罔闻；王建凡呕吐物涌出，徐东福毫不手软，一下一下，动作机械面无表情。彭飞捅捅宋启良让他替王建凡说说，宋启良装没感觉。旋梯飞转，学员们肃然，王建凡脸上眼泪鼻涕胃内容物一塌糊涂。彭飞再捅宋启良，用力捅，让他不可能没感觉。宋启良扭脸询问地看彭飞，改装傻。彭飞只得开口："王建凡不行了你跟教员说说？"声音很低，仍被徐东福听到，他一直在观察他们，他早就注意到了彭飞的小动作！"彭飞，你说什么？"彭飞只好说："我跟班长说王建凡不大行了。"徐东福只"哼"一声，手下一用力，随着头上脚下的王建凡再次给送成了脚上头下，其口中呕吐物呈喷射状射出，就近学员下意识躲闪，仍被溅到，队伍一阵低呼骚动。彭飞又急切道："我刚才还想跟班长说，王建凡需要时间，这样下去对他来说不是训练是折磨了！"闻此徐东福住手，怒不可遏："他需要的不是时间是勇气和毅力！"说完准备继续，听得王建凡一声大叫："我不干了！我退学！"徐东福当即转身走开，眼皮麻利着将"心灵的窗户"遮得严严实实。他不想当众流露感情，不想让学员看到他心痛。

于建立回办公室，一推门，冒出一股子烟来。不消说，徐东福在。他走过去，掐掉他的烟："少抽点烟能死人吗？"徐东福答非所问："王建凡留不住了。"停一停，"还有彭飞。""彭飞怎么了？""老问题。性格问题。"

晚饭后，王建凡被允许躺床上休息，剧烈呕吐、惊吓使他全身绵软。彭飞坐桌前，桌上摊着妈妈一周前的来信，一直没时间回，这会儿有时间了，却下不了笔。信中妈妈的殷殷之情渗透字里行间，让他跟她说什么？报喜不报忧是基本原则，但要基于基本事实。上午徐东福的猝然离去使他有一种不祥预感，不是他过敏，很多同学都有同感，罗天阳还特地找来告诫他：冲动是魔鬼！宿舍静静的，难得晚饭后自由活动，同学们都出去了。王建凡破例没有看书，一直在看彭飞背影，那背影一动不动。"彭飞，"他叫，"对不起。"将千言万语浓缩到这三个字里。

这声含意复杂的"对不起"令彭飞心又往下沉了一沉，面上却格外要做出洒脱，头也不回摆手："跟你没关！我早就看不惯他。这人就是个变态！"

"哪个人是变态？我吗？"是徐东福，幽灵般闪现，幽灵般可怖！王建凡吓得赶紧闭上了眼睛。没听到彭飞回答。徐东福说："那看来就是说的我了。说我变态，能不能给个理由？"

"我的评价用词上，有一些过分，我道歉。"彭飞说。

"这道歉我不接受！我不认为你的评价是用词过分的问题。而是，根本就是错误的评价！背诵《内务条令》第二大条第二小条第五点！"

"必须坚持继承和发扬我军优良传统，在管理教育中做到：服从命令，听从指挥。"这就是徐东福要求的"第五点"，背完就该打住，鬼使神差，彭飞没打住，继续背："官兵一致，尊干爱兵；发扬民主，依靠群众；严格要求，赏罚严明；说服教育，启发自觉。上级对下级，要以说服教育为主、惩处为辅，严禁打骂、体罚、侮辱人格。"

"嚯，让背第五点你背这么多，为我背的吧？我倒想问一下我犯哪条了，打骂了？体罚了？还是，侮辱人格了？"彭飞不说话。徐东福说："你认为我今天对王建凡的做法是体罚，同时，对他的人格也就形成了侮辱？"彭飞仍不说话。徐东福点着头："看来是了。如果这样，这官司还真难打了，我认为那是训练，你认为那是体罚——请教个问题，我为什么要体罚他？……说话！"

根据经验，徐东福让你说话时你必须说。彭飞慢慢道："可能是，您嫌他的成绩拖了全队的后腿，您让他绑沙袋，他也不照着做，还当众顶撞——"

"——他冒犯了我，我挟私报复，杀鸡给猴看？……说话！"

这人总是这样不懂分寸，不懂得适时给自己和对方留余地留台阶，非把人逼到悬崖边上别无选择铤而走险。彭飞只得说，尽量和缓地说："队长，您把王建凡绑在旋梯上强行旋转，我想，可能是，因为您体会不到一个初上旋梯的人，经受的那种难受和恐惧……"

"跟我来！"

这是徐东福的回答，说完向外走。彭飞不明所以，只能跟他走。王建凡忙不迭从床上爬下，跟着走。彭飞为他仗义执言，他一味合眼闭嘴做缩头乌龟，良知不允许！

徐东福出门径自走，直走到训练场旋梯那里。旋梯两架一组，不少学员在自发训练。徐东福到后让学员腾出一架给他，说他想体会一下"在旋梯上的难受和恐惧"。上旋梯后又道："彭飞，要不要一块儿打？"彭飞没明白，怎么个"一块儿"？徐东福解释："我在这架，你上那架。我打多少，你打多少。倒过来说也行，你打多少，我打多少。一块儿打，共同体会？"彭飞不知他要干什么，被动同意，徐东福又想起什么："罗天阳跑一趟，拿毛巾、背包带什么的来，帮彭飞绑上。"彭飞说用不着，他白天训练就没绑。徐东福说："白天你做了几个？正反各十个。那是用不着绑。现在我建议你绑上是为你好。有个人比着，你又爱逞能，做不了硬做，万一手一松，后果不堪设想。先声明这不是体罚，是出于你的安全考虑。作为队长，我出了问题，我负责；你出了问题，我负责。我可以为我负责但不想为你负责。"

"我出不了问题。"

"这就是你最大的问题，自以为是！"

旋梯一转，所有旁观者立刻发现，徐东福绝非初上旋梯之人。围观学员们齐声计数：1，2，3，4……人陆续拥来，越来越多，箍成桶状将两架旋梯围住，兴奋不已看徐东福和彭飞打擂。

旋梯飞转人梯合一，彭飞恶心欲呕极力忍住。同学们的计数声在耳朵回响："42，43，44，45，4——"哇，彭飞呕吐物由口鼻喷出，由于压得太厉害喷得格外猛，前排学员无一幸免，身上脸上，星星点点，却没引起骚动，相反，一下子肃穆。徐东福飞转着大声道："彭飞，不行了就说！"彭飞不说，转速明显慢了。徐东福又叫："宋启良！帮他打起来！他没劲了！"宋启良一丝不苟执行命令。先前呐喊助威起哄般的数数声变低、变齐，含着对不可预知的未来的紧张期待："51，52，53……"到后来，数数声变成了个别人的小声自语："106，107，108……"大多数人瞪眼闭嘴全副精力集中看徐东福和彭飞。前者一圈一圈旋转，匀速有力如同机器；后者靠外力旋转，面色黄白一声声呕。王建凡在人群里惊慌失措不停念叨：不行啊，这样会出事的，不行啊！乞望众人呼应。见没人呼应就去求宋启良："班长，你说说让他们停吧！"话音刚落，彭飞"哇"一大口又喷将出来，这次徐东福脸上也沾光了些许，他竟能在旋梯飞转中腾出一只手，将其抹去！

王建凡实在看不下去，这种做法违背科学，抗眩晕需要训练更需要天赋！他叫起来："队长！行了吧！"宋启良赶紧看徐东福，希望他下命令停。徐东福说："我无所谓！问彭飞！"彭飞拼尽全力："我，我也，无所谓……"很想说得铿锵有力，做不到。徐东福说："那就继续！"宋启良只能执行命令。王建凡眼泪汪汪，扭头，挤出人群，跑开。

天色渐渐黑下来，操场灯亮了。旋梯仍在飞转。周围自语般的小声计数都没有了，人们在心里默念："507，508，509……"

操纵旋梯的宋启良被彭飞一口喷到了脸上，他用手一抹，是红的，终于有了理由，他大叫："队长！彭飞吐血了！"徐东福仍是："问彭飞！他说停就停！"宋启良求："彭飞，停吧。"同时住了手。彭飞说不出话，只无力摇头。徐东福大声："他不同意，帮他转起来！吐口血算什么，吐完了胃内容物会吐胆汁，吐完了胆汁，就会吐血，强烈胃痉挛导致胃黏膜破损。胃黏膜的修复能力很强，没有事儿！"

旋梯飞转人梯合一，学员们肃立。转到625圈时王建凡带于建立赶到，于建立大声叫停，徐东福仍坚持"问彭飞"，于建立按住宋启良的手，旋梯停。彭飞呈"大"字固定于旋梯上头耷拉着，宛如受难的耶稣。不说话，摇头点头都没有。徐东福这才道："好了，彭飞不行了，那就，结束！"从旋梯上跳下，轻捷如猫科动物。学员们去帮彭飞解背包带毛巾，徐东福吩咐宋启良："他肯定走不了路了，抬他回去！"彭飞于昏昏沉沉中听到了这句充满蔑视的话，想用行动反击，根本就身不由己，被同学们七手八脚从旋梯上弄下来后，站都站不住，被抬了回去。

次日上午的训练彭飞未能参加，持续头晕恶心，早饭一点没吃。王建凡也没去训练，他用不着训，要走的人了，正好照顾彭飞兼做伴。跑到军人服务社买了水果罐头，起开后拿到彭飞床前，吃不下东西喝点糖水也好。昨天吃的吐得一点没剩，今天早晨粒米没进，必须补充热量，长时间空腹会加重肝脏负担。彭飞配合地喝了几口，复躺下，合上眼。仍是晕，站着比坐着甚，坐着比躺着甚，躺着闭上眼睛，会好一点。

王建凡在他耳边唠叨："你如果想在这里干，就不能太较真，不能不识时务。这点你得向我学习，瞧我，什么事都不往心里去，你说什么咱是什么，无所谓。"彭飞苦笑，心说：你都不打算在这里干了，我像你还能在这儿干？王建凡继续独白："都吐血了还硬撑——要我，感觉不行立马下！你徐东福比我棒，旋梯比我打得好——不就认个输吗？有什么嘛！"彭飞仍合着眼睛不响。这时听王建凡长叹："唉，当初要知道这里是这样，想上天先得下地狱，我绝对不来。……真是地狱，炼狱！就那旋梯，不能想，一想就晕！那个徐东福可真行啊，你都不知道他到底能打多少个，深得没底儿！深得吓人！哎，彭飞，不说他是野战军过来的吗？"这也正是彭飞一直纳闷的问题，他睁开眼："难道野战军也有抗眩晕训练？"王建凡摆手："不可能！我认识一野战军的，还是侦察兵，跟我吹了好多他们部队上训练的事，根本就没提'抗眩晕'仨字！"

如果不是那个侦察兵，王建凡来不了这儿。父母都是医学教授，他本人从小在大学校园里长大，怎么可能会当兵？想都想不到嘛！他和侦察兵属偶遇。高三的一天，放学晚了点儿，他碰上了五个劫道的。一对一他都怵，别说一对五了，加上他还有那个最大优点识时务，当场，二话不说，你要什么咱给什么。钱？拿走！一个钢镚儿不留！自行车？拿走！羽绒服？没问题！没了自行车跑步回去估计冻不死。钱、物没就没了，命可只有一条！王建凡没想到他们连他的鞋也要，那是双八成新的耐克。哈尔滨冬季常温零下二三十摄氏度，没钱没自行车没羽绒服要是再没了鞋，到家十几里路，一双脚肯定保不住。王建凡惜命，但也没有准备做残疾人。于是，他们开打，王建凡只能护住脑袋尖叫，把刚好路过的那个侦察兵叫了过来，三下五除二，两分钟解决问题。事后，俩人聊了一路，严格说是，年轻的侦察兵向他的崇拜者吹了一路。飞檐走壁，徒手擒拿，血刃顽敌……极诗意极浪漫地，描绘出一个风萧萧兮马革裹尸的铁汉世界，更加上适才"一打五"的佐证，沸腾了王建凡体内的男儿血，力拔山兮所向无敌是多少男孩儿的英雄梦！但真让他入伍当兵，不成，父母通不过，教授的儿子不能不上大学。最后来飞行学院，是一个权衡妥协的结果，既当了兵，又上了大学。飞行员是天之骄子，听上去也还不错。

罗天阳带来了有关徐东福的最新可靠消息，当时大家结束了一天的训练，正在水房洗涮，彭飞也起来了，洗他被吐得七荤八素的衣服。罗天阳站在水房中间绘声绘色："……我问：我们徐队长旋梯怎么打得那么厉害？老学员说：徐东福？他不厉害谁厉害！我问：他为什么要练这个？你们猜老学员怎么说？"一水房的人住了手，看罗天阳，包括彭飞。罗天阳卖足了关子后道："老学员反问：你为什么要练这个！"住了口，停几秒，见众人没反应，叫："还没明白？徐东福不是野战军过来的！四个队长那三个是，他不是！"有人叫："不说他是野战军过来的吗？你说的！"罗天阳双手抱拳作揖："误传误传！当然，也可能是我误听。他跟咱们一样，或者说，比咱们高，预校都毕业了，都进航校了，初教机高教机都飞了，成绩也优秀，毕业下部队前，被停飞，到了这儿。为什么不知道，没人知道，没人敢问。唉，这么厉害的人都没能走到终点，我们不妙啊，前途堪忧啊！"一直没吭的彭飞笑笑："他厉害吗？我不觉得！"罗天阳大不以为然："彭飞，这就没劲了。"彭飞正色道："你要说他从野战军来的，那他是厉害；但他飞行预校、航校都上了，那么，旋梯之类的抗眩晕训练对他来说就是基本功。一个不过是具备了基本功的人，厉害在哪里？"罗天阳猛然对他做"打住"的手势同时两眼直瞪瞪看水房门口，徐东福到！学员们关上龙头停止洗涮纷纷同队长招呼，徐东福目光却穿过所有学员直视彭飞，微微一笑，道："爬起来了？不简单！你那衣服光靠洗衣粉怕是不行，净油星子。汽油去油很灵，需要的话，我那儿有。"说完走，步子轻快语风轻飘，竭尽了讥讽、戏弄。不知他是否听到了彭飞的话，可能听到了，作为队长，他如此反应气度也未免太小!

　　水房里静，王建凡带头拧开龙头哗哗地洗并大声哼歌，试图转移彭飞注意力，转移大家对彭飞的注意。这体恤却格外刺痛了彭飞，他垂着眼睛不动，数秒后，猛地把衣服重重往盆里摔下，在四溅的水花中吼："成败论英雄! 你没能走到终点，我们，却有这种可能!"

　　徐东福从兜里摸出烟盒，一捏，瘪的。他离开窗子到办公桌那儿拉开抽屉，抽屉里也没了。于建立推门进来，身着便装，今天星期天，他要上街，问徐东福捎不捎东西，徐东福让他买烟。于建立劝："还是戒了吧。对身体不好，费钱，百害无一利。"徐东福笑笑："还是有一利的。当初，要不是它，我根本没办法摆脱遭遇停飞的打击。""现在不是摆脱了吗? 那就戒了它啊!""哈，那哪成! 那我不成过河拆桥卸磨杀驴的负义小人了吗?"打着哈哈推走于建立后重回窗口，在那个位置，训练场尽在视野。训练场有不少自发训练的学员，一拨一拨，来了走，走了来，只有彭飞，始终在。这会儿刚从旋梯上跳下，在一边干呕。徐东福看表，六分多钟正反各二十个，不错的成绩，呕吐完的彭飞又上旋梯，旋梯转，徐东福站在窗口默默看。

成 长
第九章

随着出操的军号声响，校园里口令声、口号声、脚步声此起彼伏。徐东福进学员宿舍，先上三层，一层一层走下来，挨屋看。每班都有值日生整内务，扫地、拖地、擦桌子。来到一班宿舍门口，没有，屋里没一点动静。徐东福奇怪地进去，看到了在上铺呼呼大睡的王建凡。他伸手摸他的头，冰凉的，不烧。王建凡闭着眼把额上的手拨拉一边："去去去！别闹！我再睡会儿！"很重地翻了个身，背对徐东福。

王建凡确定了退学，却没办法像张前、李伟他们立刻就走。那时别的学校还没开学，好安排，现在学校都开学了，再走，就得满三个月、等淘汰下来一批后，一块儿走，一块儿安排，换句话说，王建凡必须得在这儿熬满三个月。早晨宋启良叫他起来出操，他本可以一口回绝，出于对对方的体谅，还是作了请示：他留下来做值日好不好？今天跑10000米，他没动力。同学们走后他继续睡。整内务倒是不累，但同样，需要动力。人做任何事都需动力。

徐东福找了宋启良。中心意思，王建凡在一天，就是他班里的人，不能放任不管得负起责来做好思想工作。国庆节学院将进行全院大阅兵，至时，一班不能拉了队里的后腿。宋启良小心建议："队长，到时候，阅兵的时候，让王建凡在家看家，行吧？"徐东福说："行。但你认为，班里头这样一个人的这种状态，对你们班会一点影响没有吗？"

宋启良愁眉不展回班。队长说得对不对？对。可是，没法办。物质基础决定上层建筑，王建凡还有不到俩月就走，从此天各一方谁也不认识谁，没有了利益关系，思想工作咋做？当天晚上班务会，一直挂在一班的卫生流动红旗被拿走，卫生标兵由五班取而代之。五班人来取红旗时，同学们有一眼没一眼看王建凡，王建凡谁也不看，看天，宋启良束手无策。

次日早晨彭飞值日，宋启良看一眼蒙头大睡的王建凡，让彭飞留下，总不能让班里的内务天天垫底，队长若问为何少到一人，只能实说。

同学们出操走后，彭飞捏住王建凡的鼻子把他弄了起来。王建凡看着他："你怎么没去出操？"彭飞挥挥抹布："我出操谁做值日？"王建凡笑："看来，宋大班长已然接受了这个现实。"彭飞不笑，正色道："你这样下去，一颗那什么屎坏了一锅汤的话——哪怕这汤不是你坏的徐东福也会认为是你坏的——你瞧他能饶得了你！你下步还得转学分配吧？到那时他给你奏上一本，你吃不了兜着走吧就！"王建凡如梦初醒，明白他与这里还是有利益关系的。

这天，该王建凡值日了，他认真履行职责，把全班每床被子都拍成了豆腐块。有了利益驱动日子便不那么难熬，跑10000米、打旋梯依然困难，那就在整内务这些事上多做弥补。拍完被子，拖地，正拖在兴头上，听到身后有人叫他，当下惊喜：想谁谁来，正是徐东福！王建凡手提拖把一个向后转，响亮地答："到！"满头大汗恰到好处地冒着腾腾热气。徐东福神情声音少有的温和："这被子，你整的？……我没事，随便转转，你忙你的。"王建凡奉命继续忙，不料徐东福又转回来："你们班长找你谈了谈？"王建凡灵机一动，也是实话实说："彭飞找我谈了谈！"徐东福眉毛一扬："哦？他怎么跟你谈的？"王建凡没想到还会有问题，打了个磕巴后开始瞎编："他说，那个，不能一颗老鼠屎坏了一锅汤，要为集体着想要有全局观念，在一天就应该干好一天。"说着说着上了路——上了套话的路——越说越流利："总之吧，他劝我，即使决定了走，既然一时半会儿走不了，那就好好干，站好最后一班岗，走得问心无愧走得漂亮，雁过留声人过留名！"徐东福凝视他："就这么几句大道理就把你给说服了？"王建凡登时后悔，套话好说说圆了难，搜索枯肠圆场："话是没有什么新鲜的，但，同样的话，从不同的人嘴里说出来，效果会不一样，对不对？比方宋启良来说，我就会觉得他是为他自己，会本能排斥，为什么？你是班长啊，在其位得谋其政啊，班里工作搞不好，你有责任的啊！彭飞就不一样了，人家是一普通学员，人家图什么呀！于是，你就会觉得他是真心为了你好……"徐东福打断王建凡仍无新意的套话，静静道："王建凡，我十二万分理解你对彭飞的感激和友情，很好。你忙吧。"走了。王建凡拖地，悔上加悔，悔不该在徐东福面前耍小聪明，当下在心里总结出了格言般警句：对聪明人耍小聪明是愚蠢的行为。

晚饭后，王建凡闲逛，听到不远处传来阵阵喝彩，循声看去，彭飞在打旋梯，与罗天阳两人一组编队打，正打反打，同样方向同样速度，青春在晚霞中飞扬，这才没过多少天，已然是另一番境界！

王建凡看着彭飞心情复杂：实在不忍打击他，但更不忍的是，看他蒙在鼓里徒劳努力。种种迹象表明，徐东福对他不感冒，下步要走的"一批"里，很可能已定下有他。他们淘汰了你，却不告诉你，让你浑然不知继续参加各种训练包括抗眩晕，以免你可能的负面情绪、行为影响到整体秩序。"你"在这里无足轻重，一个石子一粒沙子，少一个不少多一个不多。整体，全局，才是这里永远的最高利益。想到这儿王建凡激动起来：不能再保持沉默，良知不允许。

他找彭飞谈。"彭飞，我劝你好好想想，到底要不要留在这里。"彭飞敏感道："你听说什么了？"王建凡摇头："听好，下面我所说的每个字都是我的原版原创：你为我打抱不平，作为朋友，我感谢你；作为旁观者，我为你担心。"——举例，证明自己的担心不是空穴来风。彭飞听罢沉吟："你担心徐东福会对我打击报复？""打击报复是你的说法；徐东福的说法是，正常淘汰。我个人认为，徐东福的说法更客观一些。这里需要的是个人服从整体，局部服从全局，下级服从上级。你呢？思维整个相反，你个性太强。你这种人在这种地方，或者，让他们削平了你；或者，让他们开了你。你能让他们削平了吗？"摇头，"江山易改本性难移。"

云蒸霞蔚，彭飞眺望天边，将自己在入伍宣誓时得到的结论和决心一字字告诉王建凡："我做好我该做的事，事事处处点点滴滴，不给他一点把柄一点口实，我不信他能置事实于不顾一手遮天。"

明天学院阅兵。晚点名时，徐东福把已上得很紧的发条又紧了一紧："上次的文化考试和体能考试，我们分队的文化分，全大队，第一。体能，全大队，第一。"如同鲁迅"墙外有两株树，一株是枣树，还有一株也是枣树"，貌似冗赘，却奇特地给了人况味无穷的力度和吸引，学员们一个个笔直挺立目不转睛。"明天，学院大阅兵，希望同学们再接再厉，保证，大队第一！争取，全院第一！"

阅兵结果，套用徐东福的表达：全院，一分队倒数第一；全大队，一分队倒数第一。关键时刻——走过主席台敬礼时——前排彭飞手将军帽触碰掉地，后排人为避让地上的帽子乱了步伐。如同兵败如山倒，队列也一样，前排乱了，一乱全乱。阅兵结束，徐东福让宋启良、彭飞留下，由宋启良指挥、监督彭飞通过主席台，齐步，正步，向左看，敬礼，五十次。一次不合格，重来五十次，再不合格，再重来，还是五十次。话音落下，开饭的军号声响，徐东福转身走开。

晚点名。徐东福走到队前："彭飞出列！"彭飞出列。命令继续："向后转！"彭飞向后转，直面大家。命令继续："脱帽！"彭飞脱帽。命令仍继续："把帽子倒过来顶在头上保持立正姿势二十分钟！帽子中途掉落，从头计时！"彭飞有一秒钟没动，走神了，王建凡在阅兵后说的话在脑子轰响："是，这是个意外，他不会以这个为由开你，却能以这个为由整你。"一秒钟后，彭飞执行了命令。整吧！通过主席台五十次，他通过了，饿着肚子！头顶军帽站军姿当众受辱，没问题！还有什么，来吧，兵来将挡水来土掩见招拆招我绝不会向你低头！徐东福看了下表，开始晚点名，彭飞面对大家头顶倒置的军帽笔挺，纹丝不动。阵风吹过，那军帽颤颤悠悠颤颤悠悠，一个斤斗，翻转落地！学员们齐齐"啊"了一声，徐东福扭头，看到彭飞拾起军帽重新放上，他看表："八分钟——重新计时！"十分钟过去，又一阵风，军帽再次落地，徐东福再次看表："还差十分钟，重新计时！"彭飞全身过电般一阵战栗，他拾起了军帽，却没往头上放。队列霎时静，静得停止了呼吸。王建凡拼尽全力盯住彭飞看用目光捅他，他不动；徐东福察觉到异常，扭头，看到彭飞手里的帽子。

“帽子放上。”

“为什么？”

“为什么以后给你解释。”

“我现在就需要解释。”

“现在的解释就是，这是命令。”

“仅仅因为你是队长，就有权力随心所欲下任何命令吗？”

徐东福再也不看彭飞，面朝队列：“晚点名到这里。解散。”

熄灯号响了，夜深了，校园睡了，于建立陪着徐东福在树荫下的甬道上走，无话，只有参差的脚步。良久，于建立问：“彭飞是不是有点让你失望了？”徐东福反问：“我是不是有点急于求成了？”于建立直言：“有点儿。”徐东福叹：“以后注意。一点点来。一定把他扳过来，让他明白在军队里，个性与纪律、个人与整体的关系，否则他上不了天；这样的学员上不了天，可惜了！”

宿舍里一片均匀的呼吸，彭飞也在熟睡。他已不在乎徐东福的态度和决定，因为他已决定：走。他对这里很失望。这里没有是非曲直，只有长官意志。遇到好领导，是你命好；遇到徐东福，你惟有走。最难时是做选择，一旦做出了选择身心轻松，睡眠不期而至。

第二天是星期天，王建凡疯了一样到处找彭飞，校医院，没有；军人服务社，没有；训练场，不会有。一筹莫展时看到彭飞背着挎包走来，忙迎上去问他上哪儿了，回说上街了。王建凡倒吸口气：“谁批准的？”规定新学员三个月内不准上街。彭飞以问作答：“你找我什么事？”“不是我找你！宋启良发动了全班找你！”彭飞一笑：“他什么事？”王建凡痛心叫：“彭飞，你怎么教导的我你忘了，你下步还得转学分配！”彭飞没解释。他的“决定”不是离开飞行学院，是彻底离开。回家，复读，重新开始，他还年轻，他才十九，他输得起；绝不在那个人手底下呆，为了什么都不，一天都不！有人在叫“彭飞”，是宋启良，王建凡一把抓过彭飞的挎包塞衣服里：“千万别说你上街了！”

彭飞家来电话了，电话打到队办公室，通信员接电话后没找到彭飞，找了宋启良，宋启良让大家分头找。彭飞撒腿往队办公室跑。家里从没打过电话，是不是，妈妈出什么事了？

海云没事，只是担心儿子。打上次寄来了穿军装与战斗机合影的照片，她连着去了两封信，都没回音。这天湘江下部队回来，她跟他说了。湘江笑她多余，进了飞行学院就是进了保险箱，从上到下从里到外一天二十四小时，都有人管。万一有事，组织上会第一时间通知，他不回信肯定是忙。海云放下了心。吃过饭，把儿子照片拿给湘江看，湘江瞅着直乐："就这破歼五，退役多少年的，瞧他还挺美！一帮傻小子！"海云说："你不觉得他成熟些了？"湘江道："军装的作用。军装可以使岁数大的人显年轻，可以使年轻人显成熟。"海云不满："这人真是！怎么就不能肯定一下儿子？"湘江分辩："他要在这儿，我肯定会肯定他——"海云某根神经被触动，幽幽道："可惜他不在。小时候，盼他长大，长大了，盼他远走高飞奔自己的前程，等他真走了，心里头又空得不行……"湘江就怕她说这些，赶忙打断："哎呀你可真是，三句话不离本行！"海云一笑："本行？概括得好！"湘江语塞，片刻："你要实在想他，给他打个电话？"海云眼睛一下子瞪得老大："怎么打？咱又没他电话，他根本就没电话！"湘江哼一声："只要在部队，只要知道他的单位，我就没有找不到的人！"伸手拿起电话，被海云按死："会不会对他影响不好？"湘江笑叹："偶尔为之，问题不大。"

彭飞来到队办公室，办公室没人，话筒搁桌子上，孤零零的。他抓起电话喂了一声，听到熟悉的一声唤："飞飞！"从耳朵淌进心底，泪水哗地出来汹涌澎湃令他猝不及防。"飞飞！飞飞？"那边传来一迭声叫，彭飞深吸口气，回叫了"妈妈"。自以为声音正常，妈妈却发现了问题："你鼻子怎么齉齉着，感冒了？"倒给了彭飞理由："啊。现在好了。""我说这么长时间没来信，肯定有事！发烧了没有？好彻底了没有？没好彻底千万别硬撑。得吸取你爸的教训，感冒了不好好治弄成鼻炎，被淘汰……"彭飞想说："别说了妈妈！"说不出，泪水哽住了嗓子，哽得痛，心更痛，为妈妈的关心里蕴含着的那个期望。一只手把送话器紧贴身上，另一只手掏手绢捂住鼻子清理鼻腔，确定能说话时，用开朗轻松的语调说："妈妈，我不想在这儿干了。我已经买好火车票了，后天到家。"硬硬的纸板车票贴放军装前胸的兜里，他刚才上街是为买它。

海云大吃一惊："怎么回事？"彭飞说："回去说吧。"海云稳定情绪，按照自己的分析试着说："飞飞，部队肯定苦，走前你爸爸跟你说过。这需要一个过程，顶过去这段，就好了……"彭飞道："我不怕吃苦，"为不哭他的声音略显生硬，"我各项成绩优秀不信你可以让我爸打电话问——"为"优秀"他竭尽了全力，收获的却是惨败，极度痛苦屈辱沮丧无助冲破了意志力外壳的包裹，泪水再次涌出塞住口鼻卡断声音。海云焦急万分："到底发生了什么事？……飞飞！"彭飞大口吸气，大口吐气，调整呼吸："妈妈，人，肉体上可以受苦，精神上不能受辱。我们队长他，心理变态，他是个变态！"大致明白了问题的方向海云不再追问，急急忙忙道："听我说飞飞，妈妈马上过去。在妈妈没到之前你不要采取任何行动该干什么干什么！火车票不要管它废掉算了！记住，不管发生了什么事一定等妈妈到了再说！"

在海云等彭飞接电话的工夫，湘江有事去了办公室，母子通完话他还没回来，给海云以独立的空间时间将事情的纷乱头绪捋清楚。一、马上买火车票，买最早的车次；二、不告诉湘江，徒然增加他的负担，且于事无补；三、找个离家外出的理由：林子燕约同学们去她丈夫开的怡景庄园住几天，在远郊，几天不一定。

是夜，彭飞几乎没睡。头一夜下决心走时的轻松不复存在。才发觉事情远不是他想的那么简单，他的事不是他一个人的事，是与他有关的所有亲人的事，尤其，是妈妈的事，他可以不在乎任何人但不能不在乎妈妈。妈妈会是什么态度？辗转到不知几点刚迷迷糊糊要睡，起床的军号声响，他只得硬撑着起来。妈妈嘱咐他，在她到前该干什么干什么，他答应了的。

王建凡向宋启良请示："班长，今天的值日让彭飞做吧，我们俩换，我出操。"他今天值日。宋启良好心提醒："今天跑10000米！"王建凡表示知道。宋启良让彭飞留下值日，并特地说明是王建凡的意思。彭飞只点下头，看王建凡一眼的意思都没有，更别说表示感激。心身疲惫得麻木。

　　教导员于建立匆匆向学院门口走，哨兵来电话说他们队学员彭飞的母亲来了，放下电话吩咐通信员把家属房收拾出来向外走，走几步折回，匆匆查彭飞资料，确定了其母是"随军家属"。一路走一路嘀咕：她来干什么？上周班长会宋启良提了句彭飞家来过电话，当时没在意，现在想，是不是彭飞跟家里告了状，他母亲来兴师问罪？父亲是领导，母亲是家属，前者有权有地位，后者什么都没有包括没觉悟，这种组合的父母最难对付。平心而论，他认为徐东福对彭飞的做法过了，作为搭档他都觉得"过"，何况人家父母？

　　彭飞母亲与想像中的不一样。想像中是一个烫着卷发体态肥臃的中老年妇人，结果相反，直发，清瘦。最大的不一样是，举手投足一颦一笑都透着股知书达理有文化有教养的劲儿。但，人不可貌相，再，就算她表里如一，往往，有文化比没文化的更难对付。哪有学员入学刚一个月家长就跑来的？她肯定有事。

　　于建立带海云向家属房走，仿佛随意地问："您来，彭飞知道吗？"海云犹豫一下，不知儿子怎么跟领导说的，就实话实说："知道。"又补充："具体时间不知道。"证实了于建立的分析：她来，他们母子事先在电话里沟通过。家属房已收拾好，铺上了干净床单枕巾，脸盆里有水，桌上有暖壶，掂一掂，满的。于建立让通信员跑步把彭飞叫来，马上下第二节课。海云忙制止："中午再说，不要影响他上课！"这话给了于建立两个信息：一、她虽是家属但还不算不懂事；二、她想让儿子在飞行学院干下去。

　　通信员走后，于建立让海云洗把脸，喝口水，休息一下，坐了一夜的火车。他呢，去食堂安排一下午饭，下午和队长一块儿过来，徐队长去大队开例会了。说完想走，没走得了。对方接着他的话自然而然跟他聊上了："噢，徐队长开会去了。……徐队长多大了？……二十八就正营了！肯定很优秀了？"貌似闲聊，句句有的放矢，这"的"正是徐东福。要不，在她面前的是于建立，若为没话找话说，也该问问于建立"多大了"而不是"徐队长"。于建立格外谨慎："是。徐队长是我们学院最年轻的正营，比较全面。带过两届学员，成绩在学院都是最好的。彭飞他们是他带的第三届。"紧接着这话她又问："彭飞在这里表现怎么样?"于建立字字斟酌："能力很强，成绩很好，在同学中有一定威信……"边说脑子里边飞快转，考虑到关键处时，怎么说，后悔没先给徐东福打个电话沟通一下。这时一声"报告"，通信员进来，叫他接电话，于建立如获大赦溜走。

得知彭飞母亲驾到，徐东福冷笑，苦笑：如果这事摊宋启良身上，他母亲能来吗? 不能。彭飞母亲就能，人家是首长太太。这事解决不好——不合彭飞母亲意——她有可能会通过她家首长找到上头去。主力部队的师长如同大树，地上看是一株，地下根系粗壮发达八方延展，你根本不知它能抵达何处! 午休后，徐东福跟于建立一块儿去家属房，直走到门前都没想好这事该怎么对付，敲门时思路刹那间清晰：来了好! 三方对质，免得当妈的只听一面之词! 不料彭飞不在，上课去了。事先告诉宋启良通知他下午不必上课，陪陪他妈他妈刚到，他还是去了。

是海云坚持让彭飞去，午休结束号声一响就催他走。彭飞跟妈妈讲道理："我主意已定，上课已没意义。"时间不允许多说，海云动手推他："什么你'主意已定'! 要依你的主意你现在已经脱离部队成了逃兵，战时逃兵要判三年以上七年以下的拘役，就是平时给你一个处分那是轻的!"彭飞扒住门框同妈妈据理力争："我走了再回来，他给我处分；我走了不回来了，他怎么给我处分?""不回来你打算干什么? 上学? 工作? 身上背着一个'逃兵'的污点，谁要你? 走! 赶紧地!"不由分说。彭飞只好走，打算上完课回来再跟妈妈好好说。

海云张罗徐东福、于建立坐，抱歉说走得急没能带点好吃的。边说边收拾桌上的碗筷盘碟——母子吃饭时一直说话，直说到刚才没顾得收拾——于建立帮着收拾，徐东福小半个屁股挨椅子边坐着，直挺挺的一动不动一言不发。一切就绪，海云开口，说正事。无论从辈分还是身份，这事儿都该她先说，先表态。她说："彭飞的最大缺点是，个性太强。客观原因，独子；主观上，我的教育有问题。觉着他父亲长年不在家，亏欠他，便想在我这方面多做弥补。家中的一切他是中心，把他给惯坏了宠坏了，以至于他受不了委屈吃不得苦……"徐东福、于建立对视，同感意外。于建立忙道："不不彭飞很能吃苦，在这点上，有些农村来的学员，都不如他。"徐东福连连点头："是，是是！"海云摇头："我指的是精神上。精神上这个孩子不够坚强，过于自我。从小到大他一直顺利，顺惯了。"

这就是那次谈话的主调：母亲做自我检讨的同时，替儿子检讨，且态度极其诚恳，没丝毫指责的意思，暗示都没有，反倒令徐、于二位紧绷的神经越发绷紧：她不是来兴师问罪的，那来干吗？千里迢迢跑来做检讨？不可能，不合逻辑。离开家属房两人嘀咕了一路，始终未能找到那个合乎逻辑的解。

下午上课，彭飞被教员叫起答题，答得谬之千里，气得教员用教鞭啪啪敲打讲台："动量单位怎么能出来个焦耳呢？你MV相乘怎么也乘不出焦耳来吧！"他应该拿教鞭去敲彭飞的脑袋，他早就发现了，那脑袋一直在开小差。

经妈妈提醒，彭飞也觉擅自离队回家的想法是冲动了。退学妈妈似不同意，他内心深处，也有所不甘，那么，解决问题的办法只剩下了一个，调到别的分队。好不容易熬到下课跑回去跟妈妈说，妈妈居然还不同意。理由是，如果调到别的分队再不如意怎么办？彭飞说不可能，不可能所有人都像徐东福那么变态。海云却不觉徐东福变态，一点都不。她亲眼见到了他，亲自接触了他，那分明是部队常见的青年军官，形象上都是：中等身材笔直，军装水似的贴附于身，肤色黝黑，长年户外作业的结果。她对彭飞说："他哪里变态了？别人我不了解，你爸，经历过的，比你一点不容易。飞飞，咱啊，是顺惯了当中心当惯了——"为避免话说得过于刺激，特地换了人称，把"你"换作"咱"。他手一摆打断她："别说了妈妈！总之，不在徐东福手底下干，是我的原则！"

想不到她的小心体谅却怂恿了他的自大，给了他可以固执己见的错觉，海云终于火了："你的原则？我都怀疑你懂不懂什么是原则！当初，因为你爸说你两句你就放弃原来的计划坚持考飞行学院，现在，碰到点困难又要放弃又要改弦易辙！不是不让你有个性，但是，只有个性，以为这个世界是为你准备的得绕着你转，你将一事无成！当然当然，你是成年人了，最终何去何从，你做主。你真要回家我也拦不住，也不能把你关家门外头，但，"她一字一字道，"我会对你失望，很失望很失望。"说话时的语调神情，更重要的，最后那句话的内容，令彭飞惊愕，没容他细想，通信员到，请他们去队办公室接电话，彭师长电话。

几分钟前，下班回家的湘江接到林子燕电话，说找海云，由此得知海云说的同学聚会纯系子虚乌有。联想妻子走前刚跟儿子通过电话，分析她的外出可能与其有关，便试着打了这个电话，从接电话的通信员口中得知，他的判断准确无误。听妻子扼要说了事情的经过，他叫她让彭飞接电话。对彭飞的巨大愤怒失望令他冷酷，并通过电话线，把这冷酷分毫不差传递过去。

"路是你自己选的吧，啊？没人拿枪逼你吧，啊？就算你们队长是变态别人受得了怎么单就你受不了？受不了你也得受！开弓没有回头箭！这个家，拒绝逃兵！听说过破釜沉舟吧，听说过背水一战吧，听说过置之死地而后生吧，你现在的情况就是！出了问题自己解决彭飞同志，天塌下来自己想办法彭飞同志，不要动不动就找妈妈你已经不是那个小男孩儿了！你走前我跟你说过现在再给你说一遍说最后一遍：成年意味着不仅要自己做出选择，同时要为自己选择的后果负责！"

话说得标点符号都插不进去更别说给对方置喙余地，话毕就挂，彭飞遭此狂砸，手举传出"嘟嘟嘟"忙音的话筒，原姿势站那里发蒙。海云摘下他手中的话筒，放下："你爸说什么？"彭飞醒过神儿来，哼了一声："老一套！没什么新鲜的！"熄灯号响，他对妈妈道："吹熄灯号了，我得回队里了妈妈。"说完走，走得头也不回，"回队"是他目前惟一的出路。从前，潜意识里他认为，在这个世界上，有一个无条件随时接纳他的人：妈妈；一个无条件随时接纳他的地方：家。显然不是这样。妈妈和家都有底线，这底线他不能触碰。

海云走前上了趟街，买回一大堆零食。作为资深军人家属，她太清楚家属来队必带的东西是什么了。来时走得急加上有心事，没带，走时就得做弥补。进门不久，彭飞到，训练刚结束，满身满脸的汗；进门就翻包，如同小时候放学，进门就看餐桌。从包里找出根火腿肠，手撕不开直接拿牙去咬。海云笑着叹气，洗毛巾，扭干，搜过他的脏手使劲擦："上午干什么啦这一身的汗？把东西拿去些给同学们分分，回来时顺路买的。噢，我去火车站了，买火车票，晚上八点十分的车。"

闻此，彭飞抽出手扭头走开，边嘟囔："太累了我得躺躺上午搞了个五公里负重越野……"一侧身仰倒床上，同时，一只手仿佛无意地，搭盖住眼睛，慢慢慢慢，有泪水自那手背下出来……海云赶紧转过头，在脸盆里哗哗洗毛巾同时高声道："飞飞啊，给妈妈打饭去！过点了！"

儿子响亮地应着从床上跳起，躲开海云视线大步走了出去。海云倚住门框目送，想起句老话：女孩儿富养，男孩儿穷养，女孩儿宠着养，男孩儿苦着养。老话之所以能成为老话传下来，有它的道理。她现在能做的只有，硬下心来，不给他一点退路一点幻想……正午的强烈阳光刺痛了眼睛，眼泪哗哗。

湘江亲自开车去火车站接她。夫妻见面万语千言不知从何说，索性先不说。上车，车驶，驶出火车站。一个大男孩儿骑车紧贴他们的车身超越，弓腰撅臀用力蹬着年轻的双腿，在人流车缝中鱼一样钻来钻去，消失。海云收回目光，自语般："他长高了，很黑，也瘦，成绩很好，文化、体能，都好……"说不下去。湘江把手放她腿上，轻轻拍着像拍婴儿："得有这么一个过程，从男孩儿到男人，得有这么一个过程。海云，现在的情况我分析是这样的，只要你能挺过去，他就能挺过去。"

上午的课目是10000米跑，队伍已跑成了马拉松，体育教员骑自行车跟着，认为谁偷懒了便用手里的树枝戳谁，徐东福站在不远的树荫下看。彭飞有些跑不大动了，步子渐慢，渐成了走。教员骑车嗖一下过去，照他肩膀"啪"就是一树枝："跑起来！"他不清楚彭飞已领先最慢学员三圈之多，一百多学员呢，都绕着圈跑，搞清楚很难。但徐东福清楚，一清二楚。他继续密切关注彭飞：彭飞没做任何辩解，一咬牙，执行命令，跑了起来。徐东福嘘了口气。

训练结束，徐东福叫住彭飞，说有件事想问他。彭飞心"嗵"的一跳，不消说，"不假外出"东窗事发！这事只王建凡知道，王建凡不可能出卖他，是那张火车票。当时他从军装前兜拿出票，犹豫着交出还是销毁，有人叫他，匆忙间他把它塞到被子下头，显然被发现了。一念之差，真正一念之差。否则，不论交出还是销毁，他都不必面临此时的被动。彭飞笔直站立，静待发问。发落。

徐东福开口："王建凡决定退学时压了几天床板，正常反应，但后来莫名其妙来了个180度大转弯，据他说是你给他做了工作，我想问你，你怎么给他做的工作？"彭飞傻呆呆看徐东福，好一会儿才明白过来，机械答："我跟他说，说，你要再这样混下去，一颗那什么屎坏了一锅汤的话，哪怕这汤不是你坏的，徐、徐……徐队长——"徐东福打断他，伸出根食指在他脸前左右晃着纠正："别客气，'徐东福'，你当时说的是徐东福！是不是实话我听得出来，说实话！"彭飞一挺上身："是！我跟他说，哪怕这汤不是你坏的，徐、徐东福也会认为是你坏的。你瞧他能饶得了你？你下步还得转学分配吧？到那时他给你奏上一本，你吃不了兜着走。""完了？""完了。""是实话。你跟他说的正是我想跟他说的。可惜这话我不能说只能由第三者由你们说，我说就成威胁了就浅薄了，搞得不好适得其反，激化矛盾导致对方破罐子破摔。行，彭飞，是个带兵的思路，带兵就得，恩威并施。"走了。

彭飞呆若木鸡。

彭飞被任命为一区队队长。一个分队两个区队，区队长相当于连队的排长，不同的只是排长是干部，区队长由学员担任。鉴于区队长责任权力比班长大得多，选任起来也慎重得多。任命彭飞出于两方面原因考虑：一是他自身原因，成绩好，有能力，在同学中有威信；二是想通过他来加强一班的领导力量，一班长宋启良能力太弱。于建立基本同意徐东福意见，只担心彭飞反复，这也正是徐东福的担忧：如果彭飞能有宋启良对自己的那股子韧劲、忍劲、狠劲，忍辱负重逆来顺受，那该有多完美。

区队长任命宣布后的次日傍晚，于建立给了徐东福一张火车票，彭飞交给他的，同时交代给他的，是火车票来历。徐东福捏着那张小小的硬纸板恍然："这就是答案了，他妈为什么突然跑了来的答案！"于建立笑着点头："来救火。"徐东福后怕："你说，要是他妈那天没打电话，要是彭飞在电话里没跟他妈说这事，要是他妈没来，要是彭飞真的回了家……不能想不能想！这是个教训，操之过急！"于建立安慰："结果好就好。这结果就是，彭飞不仅没走，还主动把这事说了出来。"徐东福气道："他说出来他轻松了，倒把难题推给了我们。你说，他闷了这么些天不说，怎么突然想起来说了，你下午那堂课起了作用？"

下午政治课，教员有事于建立临时代了堂课，主题是"忠诚"，忠诚教育是飞行学院的重点。除军队各兵种共需的保密原因，培养飞行员的造价和飞机造价及飞行员执行任务的特殊方式，使各国军队对飞行员的忠诚要求，均放在首位之首。除加强教育，发现道德品质有问题一律淘汰。培养出一名歼击机飞行员得700公斤黄金，轰炸机飞行员800公斤，一架飞机三个亿，上了天就是"将在外"。

听徐东福如是说，于建立笑起来："你当政治课是什么？去痛片，麻醉药，用上就见效？我觉得还是他的基本品质起的作用，我们让他当区队长，他不想愧对这份信任。"徐东福点头："他现在什么态度？""由我们裁决。""他这算什么性质的错误？不假外出不用说了，算不算逃跑未遂？""那怎么能算。人家根本没有逃跑何来'未遂'？""这就好办！不假外出，得给个处分；主动坦白从轻处理，给个队前警告就可以了。"于建立大笑："队前警告不入档案！你呀，小心从一个极端走向另一个极端，刚开始对他是，百般刁难——"徐东福抗议："怎么叫'刁难'？""好好好不是刁难是严格要求，现在呢，又百般保护……""不管是刁难还是保护，都因为他值得我这样做，值得我费心付出，他要强。男人首先得要强。当然了，缺点是，过于要强——""有点像你。""所以我才会针对他的缺点，用你的话说，刁难他，我不能让他步我的后尘！"

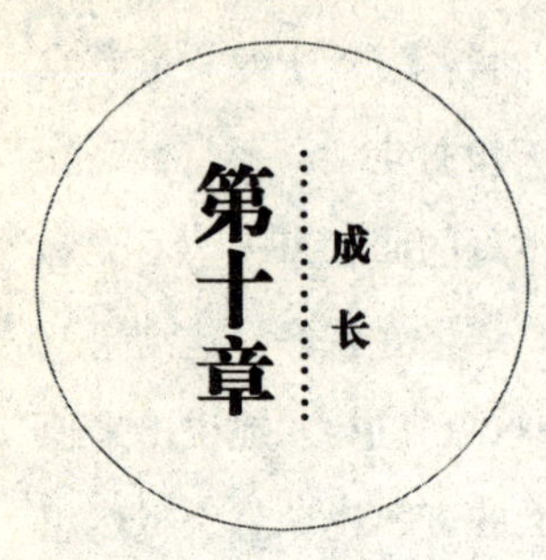

第十章

成长

　　王建凡走了，那一批加他共走13个，原因各异，包括身体原因。满三个月时又查了次体，罗天阳身高一米六五，只长高了零点几厘米，却是质的飞跃。

　　四月了。四月是预校老学员毕业的季节，没被淘汰的，上航校走了；坚持到最后一刻被淘汰的，留下待分配，一栋楼只几个。彭飞和宋启良从队里开会回来，路过老学员宿舍楼，安静得凄凉。一个老学员蹲楼前烧纸，把同学们遗留的笔记纸、信纸烧掉。用脸盆烧，边烧，边拿树棍拨弄，怔怔瞅着金黄火焰变成粉红灰烬，变成疲乏的一堆……这个老学员他们熟悉，各科成绩优秀，只在最后跳伞时左脚跖骨骨折，确切说是骨裂，没折，仍被淘汰。飞行员腿断了都没事，接上照飞，因为人家已然是黄金之身。学员还没上天没开始大把花钱，加上还有那么多原装优质品可供挑选，经过修补的自然就算了。彭飞、宋启良跟老学员打招呼，他只"哼"一声头都不抬。宋启良好心慰问："唉，你太可惜了，马上毕业了——"老学员猛然抬头怒气冲冲："有什么可惜的？一点都不可惜！真上了航校，两年下来了，再被淘汰，不如现在走！你们那位徐东福徐队长不就是现成例子?!"这批老学员共淘汰了36%，上航校后还得淘汰一半，那一半里飞歼击机的居多。宋启良想进一步解释——自己没恶意——被彭飞拉了走。忠厚到愚钝的善良，有时比刻意为之的恶毒更具杀伤力，给人以不期然的痛怆。

　　正式上天跳伞结束，学员们进行了预校毕业前的最后一次体检。体检结果，彭飞为"B"类身体，罗天阳也是，宋启良"不适合飞行"。"A"类身体可飞歼击机，"B"类只能飞轰炸机、运输机。彭飞"B"是因为身高，入学后又长两公分，一米八二，歼击机机舱狭小飞行员身高要求控制在一米八以内。罗天阳为什么是"B"不知道，宋启良为什么"不适合飞行"也不知道，学员体检资料属"秘密"等级，彭飞的知道是因为身高摆在那里。

吃罢晚饭，宋启良等在队长饭后必经的路上。路两旁是石墙般齐整的冬青，叶片青翠油亮，又是四月，过清明了。一年近十个月来，宋启良小心翼翼刻苦努力一路过关斩将，最后课目跳伞为保万无一失，地面训练时抓住伞绳练"放、起"20秒一次、一吊几十次，训练结束方发现伞绳上的斑斑血迹，手掌磨破了居然没有感觉。实跳那天他是真害怕，坐运输机机舱里，腿发抖，手冰凉。之前教员说过"老兵怕着陆，新兵怕出舱"，他有思想准备。事到临头，仍不行。前面有同学到舱门口后死活不敢跳了，生被教员给推出去成自由落体下坠。如果，如果伞万一没张开，人不得像个从高楼上被扔下去的西瓜结结实实摔个稀巴烂？轮到他了，站在机舱口，心突然沉静，一秒钟都没迟疑向着茫茫云海纵身跃出，胸怀一种自杀式激情……

他的身体"不适合飞行"，哪里不适合？得跟队长问个明白。体检前听罗天阳说，只要不想留你，队里就会给体检组打个招呼，让他们在身体方面给你找出点问题把你开掉。当时就有人指出罗天阳又"误听"了，不合格者淘汰众所周知，包括文化、体能、身体，人家用不着做这种手脚。罗天阳意味深长摆手："NO！NO！NO！忘了教导员政治课上怎么说的？凡道德品质有问题，凡讲假话、不忠诚老实的人，一律淘汰。文化、体能、身体方面的原因好说，那是硬指标，你不够格就是不够格。道德品质好不好怎么界定？就算好界定，怎么说？说你走吧你道德品质有问题，能这么说？不能。所以，不说。免得伤面子也省了做工作，都到最后了，何必？山不转水转，将来没准还得见面。"

宋启良心中梗着块没法消化的块垒。最后阶段他虔诚到自虐的刻苦，他不成功便成仁的悲壮，不能说与此无关。文化考试，飞行动力学是他的弱项，加上又是决定生死的终考，卷子发下后发现第一道题就不会他顿时脑子空白，下面的题会的也不会了。于是，看了身侧彭飞的试卷，原封照抄。如果不是极度紧张忐忑他会想到适当答错几题以与彭飞区分开来，彭飞的水平绝对有"答错"余地。成绩出来，他和彭飞都是93分，扣的7分都是扣一分的小错儿，7分7个错儿，错的地方都一样。教员说抄袭肯定存在，除非他俩根本就没挨着坐，希望队里找两人谈。队长教导员分别找了宋启良、彭飞，无果；于是，加考，两个人的考场三个人监考，教员、队长、教导员。坚持到最后一刻——拿到专为他们两个人出的卷子——宋启良崩溃，痛哭失声，承认了自己的错误后发誓，这是他头一次做这种事，也是最后一次！当时队长批评了他几句，教导员不仅没批评还安慰他，说知错改错就好，不要有思想负担。

队长如期走来，宋启良迎了上去。"队长，我身体，啥问题？""体检组的事……我们不太清楚……"头一次，这个说一不二的汉子面对他的学员，目光躲躲闪闪。于是宋启良明白了，不再问了。二人走，宋启良一路捋着冬青，叶片在他指尖下伏倒后直起，摇晃着闪烁。"……我们村，多少辈子，有史来，没出过飞行员，"他遥望天边的青红目光迷离，声音梦幻一般，"我走的时候，全村人送行……我爹肝硬化，没多少日子了，我娘一直催我往家寄飞行员的照片好让我爹看上一眼，一直催……"

……

正午的阳光下，相机镜头里，宋启良身穿飞行服背抵歼五，徐东福手执相机叫："笑！"宋启良笑，笑容明亮，彭飞在不远处看。午休发现宋启良不在，他不放心，出来找，找到了这儿。照完相宋启良脱下飞行服还给徐东福——航校学员就有飞行服了——头也不回，走；徐东福站在原处目送不动，以致彭飞到跟前了他才发觉。

"他是因为考试做弊吗？"彭飞看着远去的宋启良，问。

"更重要的，被发现后，坚决不承认。"徐东福说。

"真的不能给一个改过机会？他一直很努力。"

"没有时间了。上了航校，你们就要上天要开始'喝'油了，待遇也是飞行员待遇，住空勤楼吃空勤灶，总之一句话，要开始花大钱了。因此在这之前的选拔原则是，宁可——”

“——错杀三千绝不放过一个。”彭飞接道，瞄一眼徐东福手里的飞行服，鼓足勇气，“队长，听说您在航校高教机都飞了，最后被停飞，为什么？”

“要上航校了，想吃我的堑，长你的智？”徐东福笑，笑意一闪即逝。有飞机飞过，他抬头仰望，阳光下黝黑脸盘宛若青雕。“我没飞过高教机，初教机之后就停飞了。飞初教机包括之前在预校，我成绩一直很好。跟你一样，我各方面能力很强，我是以全科优秀的成绩从预校毕业的。在航校停飞可比预校要惨得多，头天通知你，第二天，别客气，立刻从空勤楼搬出去，同时不能再吃空勤灶，精神肉体的双重悲凉。

“飞初教机时我们队有一个激励制度，飞好一个起落，给一个小红旗贴你名字下头，攒够100个小红旗嘉奖一次，嘉奖可入档案。我一口气攒了99个，全队惟一。最后那次飞行，一心想把第100个小红旗挣到手，犯了大忌：飞行员在飞行时是不能有杂念的。

“为什么对飞行员要有那么严格的心品测试？因为飞到最后心理素质占了相当大一块。你在天上遇到的特殊情况会非常多，很多在地面根本预料不到。低云了，进雷区了，发动机出问题了，遇强颠簸了……打起仗来，情况更复杂。如果飞行员心理素质差，分了心慌了神，等于加重了特情，有一点失误，就出大问题，所以教员天天在我们耳边念叨，飞行无小事。

“最后一次飞行，我一心惦着那个小红旗，刚一起飞就切航线了，当时就慌了，最终改过来了落地了滑回来了，在我关车、下一个同学上来时，飞机突然趴在了地上——我把起落架的手柄放在收起的位置上了！我被停飞。大队长、教员都觉得可惜，有什么办法？飞行就这么残酷。除了良好的飞行技术，你更要有遇险不惊遇扰不乱遇变不惑能在空中处理各种特情的意志力，不论在任何情况下，冷静，镇定，从容，沉稳如山。

“人是得要强，但过于要强就成虚荣就会生出无数杂念。彭飞，你的性格有问题——现在好多了——个性太强，做事冲动，孤注一掷，不计后果。我一直就在这一点上，磨你。磨好了，你就留下。磨不好，你只能走人。我不能让你到了天上，凭着一时性起一时冲动，闭眼一跳河，去处理问题。"

……飞机拖着长长白线划开辽远的湛蓝，那个曾怀飞行梦想的青年军官仰望苍穹与他倾心相告——斯时斯境斯语，从此定格彭飞脑中。

彭飞探家。这是他下部队后第一次探家。到家时是下午，他试着扭门，门居然没锁。厨房传出"当当当"的切菜声，他放下箱子轻手轻脚来到妈妈身后，一把捂住妈妈眼睛。

妈妈笑了："飞飞！"彭飞也笑："妈你怎么知道是我？"妈妈说："还有谁会这么无聊？"回过身，打量他，拍他的脸，捏他的胳膊，嘴也不闲着："胖了点，比上回！又高了是不是？……中尉了啊，祝贺！"彭飞笑："有啥可祝贺的，航校毕业出来都中尉。"妈妈反驳："能毕业出来就值得祝贺！"

彭飞以全科优秀的成绩从航校毕业。毕业前最后一次体检，罗天阳体检表上是"不适合飞行"，就此，中学、飞行预校、航校一直在一起的同学分道扬镳，彭飞被分配到空军某运输师二团，驻地在省城的江市。

湘江不在家，一年前提了副军，军里暂时没房，从军部到师部得三四个小时车程，夫妻只能分居。到了副军就能成为将军，彭飞当然高兴，只是看到妈妈一提起这事儿就沾沾自喜的那个劲儿，心里不免酸溜溜："他的理想可是当飞行员的，不是没当上？"妈妈说："以己之长比人之短，没意思了啊！"彭飞说："我倒想以我之短比他之长了，没有啊！不错，职务上他比我高，可年龄也比我大啊！他像我这么大时也是副连，等我像他那么大时，副军，是底线！"妈妈摇着头笑："这可真是，少年轻狂！"彭飞也笑："二十不狂没出息，您就让我狂一回呗！"

这天天气晴好，母子俩去照相馆照相，提着个大包。包里头装着彭飞的飞行服，冬季的，夏季的，还有帽子，塞得满满当当，走起路来直打腿。虽说在航校就发飞行服了，但彭飞从没有穿回来过，海云也不要求，母子心照不宣：那时前途未卜。彭飞边走边发牢骚："妈你说你，带一套飞行服意思意思行了，还非得都带！我还得背回去！真是的！"海云乜斜他，拖着长腔："哟，给你添麻烦了，对不起了啊！"彭飞哭笑不得。

照相馆，彭飞遵母旨意，模特似的频繁换装与妈妈合影。军装，冬、夏季飞行服，便装……他理解母亲，但仍不免感到窘。照相馆师傅是个斯文小老头，戴副金丝眼镜，阅人无数善解人意，在镜头后头对彭飞会心地眨巴眼，调整镜头的同时调节气氛："有个出息儿子是当妈的福气！……这是回来探家？……部队在哪里？……江市？省城啊！当兵能当到省城，不易！"就这么着，左一张右一张，加上换装时间，足足四十分钟，照相馆来照相的人等得排起了队。最后一张穿的冬季飞行服，照完换衣服时发现更衣间有人，海云说就这么着吧，别换了。

彭飞穿飞行服同妈妈回家，一路上注目率回头率100%，这城里大街上何时出现过飞行员啊！彭飞被看得浑身不自在走路都差点顺拐。好不容易熬到进了营区，情况没好反而更糟。在大街上谁也不认识谁，进了营区飞行服依然扎眼不说——须知这是人家空降部队的营区——熟人太多。彭飞巴不得一步跨进家门，妈妈反而放慢了步子。人家招呼你你自然不好不理，但是，人家没看到你时，你何苦主动招呼？明白妈妈是为他自豪，可也得顾及一下他的感受：人家会以为他是故意显摆！

又有人同妈妈招呼："嫂子，儿子回来啦？"妈妈应声站住，两个妇女站路边聊，彭飞是她们的聊天主题。"飞行员啊！""嗨，刚毕业。""好帅的个大儿子！""帅吗？我怎么没觉得？"你一眼我一言，你一言我一眼，一个真称赞，一个假谦虚，彭飞戳边上木头桩子似的——还不及木头桩子，木头桩子不用赔笑脸——打进营区他一路假笑，笑得面部肌肉都硬了，只恨不能变作孙悟空一个跟头钻进云里。

好不容易进楼，彭飞正色道："跟你说啊妈，今天例外，以后我绝不穿飞行服出去！"海云装傻："飞行员穿飞行服名正言顺，怎么啦？"彭飞一针见血："妈你就是虚荣！"海云针锋相对："我有一个能引以为豪的儿子，当然想让大家知道。你要说这是虚荣，那我还就虚荣了，这方面当妈的没有不虚荣的，有一个算一个！"儿子败下阵来，母后得胜还朝。彭飞提着大包跟妈妈屁股后头上楼，暗自苦笑。如是十七八岁青涩时，他会断然拒绝妈妈的不合理要求；可是他今年二十四啦，没有权利再青涩啦。

　　湘江在家，特地请假回来，再不回来儿子走前他就没时间回来了，马上老兵退伍，要求军的常委都下到团里，半个月。到家时不到三点，他卷起袖子就进厨房忙活上了，母子不在正合他意，做好一桌菜等着，制造惊喜。儿子每次放假他都难得有空，得做点弥补，或说，做一个姿态。父子关系一直一般，儿子小时他可不必太放心上，但当他气势咄咄直逼眼前时，你哪里还敢继续忽略？

　　海云冰箱里应有尽有，意料之中，宝贝儿子回来了嘛。湘江焖米饭，红烧五花肉，油焖大虾，清蒸鱼。为迎合海云特地素炒了小油菜，他不爱吃青菜，彭飞也不爱，海云对此一向不满。在他往榨菜肉丝汤里撒香菜末时，听到门响，回来了，正是时候！两手端起汤碗从厨房出来一溜小跑，欢快地叫："吃饭喽！"把满满当当的汤碗在桌上放妥，抬头，看到了身穿飞行服的儿子。人和衣服很是贴切，英俊英武，但湘江并不欣赏，不仅不欣赏，相反，反感。他压住了这反感。"洗手！吃饭！"

　　彭飞来到餐桌边坐下，湘江看他一眼："把衣服换了吧，扑扑啦啦的碍事！"彭飞去换下衣服，刚才没换是看父亲兴冲冲的，怕自己这事那事地磨蹭拂了他的兴头。换好衣服，一家三口吃饭。湘江夹一块肉送儿子碗里，同时仿佛很随便地说了一句："飞飞，咱刚才那个着装，可是不合条例条令啊。"话是不错，讨厌的是口气，彭飞低头扒饭没吭。海云出面解释，是她让穿的，她想看儿子穿飞行服。湘江越发生气：他自己为什么不说？他不屑，他不屑在你这儿求得公正，傲得可以！本想算了，终是按不住："可以在家穿在家看嘛，出去显摆什么？"

　　彭飞的难过多于愤怒：他还是那个样子，高高在上自以为是。你四年的水火淬炼他看不到，看到的永远是毛病。彭飞夹一筷子油菜心塞嘴里，嚼着，淡淡道："我没显摆，我不觉得有什么可显摆的，不就是个飞行员吗?"湘江停住筷子:"你什么意思,觉得自己当了飞行员,了不起了?"彭飞夹菜吃菜:"没这个意思,你不必太敏感。"湘江啪地放了筷子:"我敏什么感?你当上了飞行员我没当上?""这是你说的我可没说。""我不过是替你说出了你想说的!"……盛宴不欢而散。

海云叹息。父子关系不好,双方都有责任。儿子小时候,父亲责任大;但现在儿子成人了,为什么还不能忽略方法看目的,透过现象看本质,看到父亲的一片苦心?在她那里,儿子每次回来都有明显变化,往成熟里变,今天下午他的表现尤其让她欣慰,感动。她当然知道他站旁边听她跟人聊他,会不自在不舒服,但他一点不表现,没给她一点压力。她站住他就站住,她跟人说话他就听,适时点头微笑,充分满足她的、母亲的愿望,即使这愿望"是虚荣"。之得体之体贴之宽容,让你不得不感慨,他真的大了,你真的老了,比起他的成熟,你任性得像小孩子了。怎么一到他父亲那里,他就不行呢?

周日晚上湘江连夜走的,周一就得下部队,父子共处了两天。回家前一心想跟儿子好好聊聊,事业啊生活啊,好好聊聊。事业上,一心想飞歼击机,最终轰炸机都没飞上飞了运输机,有没有想法?有想法,湘江会进一步引导他转变观念:运输机在现代战争中的作用越来越大,现代战争最重要的是快,快速投送空前增大的物资需求量,快速投送处理突发事情的精锐部队,什么快?飞机。从这个意义上说,现代战争的胜负很大程度上取决于运输机的远程投送力量;生活上,二十四岁了,肯定有想法了,有什么想法?他们可以就此进行一下两个男人之间的切磋。不承想刚一见面就砸了锅,剩下的有限时间哪里还能聊什么?能把砸锅的裂缝弥合上了就不错。显然对方也作如此想,小心翼翼察言观色,话倒是说,说得也不少,但都是些没滋没味的废话,跟"今天天儿不错"的性质差不多。

这天,海云和彭飞出门,没有目的,走哪儿算哪儿,换着地方聊罢了。这么大的儿子仍不反感同母亲一起,让海云心中充满感激,种瓜得瓜种豆得豆,生活是公平的。见过不少双军人夫妻,因工作没办法顾及孩子而失去了孩子。有一个母亲跟海云哭诉:我以为孩子小时候不在一起没事，根本不是。现在跟我一点都不亲，怎么都亲不起来！痛悔自己错过了孩子的成长，才明白亲子关系形成的最佳时期恰是孩子小的时候，弱小才更需母爱呵护。

迎面一对老两口远远走来，海云赶紧拉儿子拐上旁边的岔路，免得尴尬。老两口是空降师前任老政委和老伴，一致相中彭飞做他家二女儿的女婿，二女儿毕业于上海军医大。湘江、海云都觉条件不错，至少可以接触，遭彭飞拒绝，理由居然是"不喜欢这种相亲方式"。弄得湘江又一通火，形式重要还是内容重要？本末倒置！幼稚！当然这话也只能跟妻子说说，儿子面前保持缄默。父母跟子女说这种事尤其需要关系和谐，这自知之明他有。

出营区大门左拐，阳光暖熏熏的。"彭飞！"一声高叫传来，彭飞激灵一下，回头，是罗天阳！骑辆自行车拼命向这边蹬，车后坐着个女子，海云让彭飞快去，自己转身回家了。罗天阳到跟前猛一捏闸，自行车吱一声停住，后头的女子差点给摔下来。他一手扶车另一手跟彭飞打上了招呼，你一拳我一拳，根本忘了女子的存在，女子气得扭头走。彭飞提醒："你女朋友生气了。"罗天阳方才想起，回头看一眼："不是什么女朋友，不过是两个孤单的人儿，靠在一块儿相互取取暖相互填补填补空虚罢了，闲着也是闲着。"

罗天阳也是回来休假，也是在江市工作。他知道彭飞分到了江市，彭飞不知道他。罗天阳在江市民航，飞行员，他的身体适合飞行一点问题没有。其实就算有点小问题，像他们这种经过正规严格飞行培训的，民航也要。首先，民航飞行员的身体要求不必像军航那么严格，再首先，这能给他们省多少钱啊，开轰炸机、运输机的飞行员改装民航客机，等于不用花钱。说这些事儿时他们在一个餐馆里，找了个单间，要了酒，十年同学分手重逢，有太多话要说。

"预校毕业查体血压有一点不稳，是为避免飞歼击机，我不愿意飞歼击机不是怕危险，是因为飞歼击机基本没可能改装民航机。"罗天阳边给自己斟酒边说，"航校毕业时血压高，是为了不去部队直接转业。在部队，飞行员工资算是高的，但跟民航，没法比，不是一个量级。"彭飞惊讶至极，罗天阳对他点点头："是，我的高血压是我自己弄的。做了很多次试验：要多高才能做到既达不到Ａ类身体又不致被淘汰？这样的血压多少要多大运动量才能刚好做到？看了不少资料下了很大功夫。"彭飞不语，罗天阳笑："你是不是想说我龌龊？"彭飞不说，罗天阳说："我爸妈厂子效益不好，五年前双双下岗，厂里一次性给了两千块，两千块一家四口人，够干什么？我妹妹因为这，高中没上，直接工作。先在商店当售货员，后来因为年龄小不懂事总跟顾客吵架，家庭又没背景，被发配去当了理货员，一双手磨得，就是糙老爷们儿的手，都说手是女孩子的第二张脸呢……"眼珠子通红，也是喝得多了。

彭飞叫服务员，要了茶，罗天阳推开茶，将杯中酒倒进口里，一拍彭飞肩，挤眉弄眼道："明年，你就该一毛三了吧？"指军衔，一毛三是一杠三星的戏称，彭飞点头，罗天阳把玩着空酒杯，过一会儿，又说："我要出生在你那样的家庭，首先追求的也会是理想是浪漫是崇高是事业，但在生存面前，那些都是，奢侈品。"倒酒，喝下："转业后好长一段时间，我缓不过神儿来，总觉自己还穿着军装，一上公交车就给人让座，看见摔倒的小孩儿隔老远也得跑过去扶起他来。有次一个老太太提着不少东西走，累得走三步歇两步的，我去帮她提，结果人死活不让不说，表情还特别紧张，于是我突然明白了，她不相信我。她凭什么相信我？要是换了你，肯定不一样，她肯定是，一把拉住亲人的手了……"说不下去，哭了，鼻涕眼泪糊了一脸。彭飞要毛巾拿纸巾嘴里发出一连串表示安慰的音节，自己都不知说了些什么，不知该说什么。罗天阳把他推坐椅子上："好在，我们都在江市，"一拍自己胸口，"我是民，"一拍彭飞肩，"你是军，"哭着笑，"常联系，搞好军民关系！"

假期满后彭飞归队。与彭飞同时毕业下队的共十二个学员，在预校就是同学的只有一个，许宏进。下队飞"运八"，先由老机长带飞，放单飞后才能算是真正意义上的飞行员。

这天天不好，晨起有雾，飞行得靠天吃饭，于是团里调整了训练课目，将原定本场飞行改为安全教育，团长亲自教育，安全教育是飞行部队的重中之重。为确保安全，每次飞行的头天下午，政治部门还要召开"三摸底"例会，政委或主任主持，相关干事、各大队教导员参加，对次日参训飞行员的思想、身体、家庭情况进行全面摸底汇总，三方面有一方面有问题，就不能上天，飞行员和家人闹矛盾都算是问题。

飞行教室，团长在黑板前讲课，操一口山东普通话。山东是招飞大省，飞行员所需的忠诚、身体、智力、吃苦精神，山东人综合指数最高。团长说："……近一段时间空军连续发生了八起事故征候，原因有四：技术基础差，思想麻痹，处理特情能力弱，指挥员指挥有问题。有的人一出问题就找客观原因，什么天气突然变化啊，什么遇到鸟群了啊，借口！完全杜绝飞行事故，是很难实现的美好愿望；但，减少事故发生的次数、程度，可不可以？同是一号机长，有着相当的差距。有的，平时还行，正常着陆啊飞行啊没问题，但一遇到重要复杂任务，我就不敢放你出去。为什么？你习惯不好！不标准，不规范！……"

团长讲完参谋长对上周飞行训练进行讲评，点名表扬了彭飞，下队以来学员中彭飞受表扬最多。刻苦认真是必须的，他的优势是，对飞行有感觉，就像唱歌的有乐感游泳的有水感，飞行需要天赋。用特级飞行员老刘的话说："这孩子上机一摸杆我就知道他是这块料！"受夸奖彭飞当然高兴，但不敢有丝毫松懈，能走到今天的十二个学员，哪个不是万里挑一的人尖？

临下课时政委来了，笑呵呵走到教室前："政治处说，我们团出现了一位雷锋同志。雷锋同志的一个重要特点是什么呢？做了好事不声张。结果呢，让人家记者同志找上门来，搞得我们很被动，以后注意及时汇报！下午，这位记者就要来我团专门采访这位雷锋同志。"教室骚动，全体飞行员前后左右转着脖子找"雷锋同志"，包括彭飞。政委叫："彭飞！"彭飞应声起立，政委说："这个同志就是我团学员，彭飞！"笑眯眯对彭飞道："彭飞，记者来了后，要好好跟人家说，人家问到的，详细说；没问到的，主动说！"彭飞一头雾水："说、说什么？"政委脸上掠过不耐："彭飞啊，做了好事不声张，是对的；但事情发展到现在，就已经不是你个人的事情而关乎集体的荣誉了！做做准备，好好跟记者谈！"彭飞听出了政委不满，有点急："政委！我真不知道是怎么回事，会不会搞错了？"这下政委也疑惑了，扭脸问随行干事："是不是搞错了？"干事肯定道："不会，她说得清清楚楚，彭飞，相貌特征一杠两星，都说得清清楚楚！"彭飞问："他是谁？"干事说："《江市日报》记者，安叶。"彭飞恍然大悟。

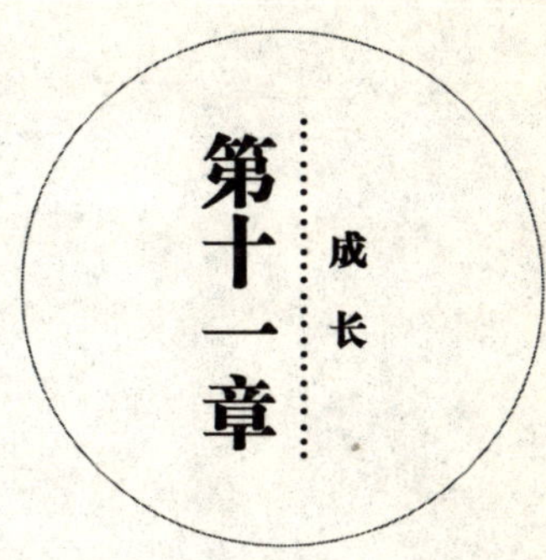

第十一章

成长

　　彭飞这次探家在火车站认识的安叶，她下去采访。当时他在候车大厅等车，她拖着个箱子来到面前，请他代为看管。报社编辑呼她速回电话，她的一篇稿子提前下印厂领导让最后核实真实性，回电话只能去火车站对面邮局得横穿一条马路，想不误车惟跑去跑回，这就涉及到行李问题。将候车大厅巡视一遍，她锁定这个青年空军军官，为保险起见，还是想看一下对方证件，直说肯定唐突，先拿出自己证件请对方过目，记者证上照片文字钢印一应俱全。在这种明显的提示、诱导下，彭飞出示了自己的军官证。出示了后才想，凭什么呀？是她求他又不是他求她！没想到更过分的事情还在后头：她这一去就是四十分钟，他守着她的箱子，眼巴巴看着他所乘车次的检票口开始检票，检完票，拉上了停止检票的铁链。彭飞补了两小时后一趟车的票，只补到站票，且自费，对方绝口不提该她付钱的事。一张票二十四块钱约占彭飞月收入十分之一，损失不小也不算大，可是，窝囊！挤在车厢人堆里倒换着酸胀的两脚，彭飞拷问自己：究竟是什么让你遭受此番肉体精神金钱时间的多重损失当了冤大头？学雷锋做好事吗？胡扯！骗人可以，别骗自己。最终不得不承认，令他在猝不及防中蒙头蒙脑一步步就范的，概因对方是一个年轻好看的异性。确认了这点彭飞对自己很是鄙夷：五讲四美怎么说的？这就是你以貌取人的后果！遂将这事抛到了脑后。

　　团部小会议室，彭飞等在那里。安叶能找来他没想到，找来干什么也想不出。等吧，从一开始他就被动，到现在，还被动。门开，政委带着干事亲自把安叶送了来，团里很重视宣传这块，每年都有见报任务，有当地大报记者找上门来报道，是好事。团长干事走后，安叶第一件事就是掏钱包付彭飞的火车票钱，同时解释当时没付的原因：她要去采访的地方是山区，怕身上钱不够。

彭飞脸发起烧来，为自己曾经的小肚鸡肠，不假思索一摆手："算了！"安叶凝视他："为什么？"彭飞张口结舌，安叶笑起来，打开钱包："多少钱？"彭飞生硬道："没多少！"他真有点恼。安叶这才收起笑，郑重说了她来的第二件事，把这事写成稿子见报，对彭飞采访。不想彭飞一口拒绝，且无丝毫犹抱琵琶半遮面的成分，这点判断力安叶有。她不解了：明明是好事，对彭飞好，对部队好；她通过报社跑军事口的同事跟飞行团联系找彭飞时，团里主动提出给报道一下。彭飞回答："我是学员，现在的任务是老老实实训练，不想刚下部队就整出这么些跟训练无关的事来，出这种虚头巴脑的风头。"安叶霎时惭愧，为低估了彭飞，或说高估了自己。之前接触彭飞他的每步反应基本没出意料，这次她错了，大错特错。当即收起笔和本，沉吟了会儿："要不，我请你吃饭，星期天？"彭飞心跳了一跳，但理智未失——人家这还是为感谢——说："用不着。"事已至此，只能将男人的大气进行到底，说罢起身，送客。

这时安叶的呼机响了，她用小会议室的地方线回电话，回电话前极度紧张，放下电话时情绪极度低落，拿起包说声"我走了"，向外走，多一个字的敷衍都没有。彭飞送她，谨慎问道："孙总是谁？"刚才听她在电话里这样称呼对方。安叶皱皱眉头，出于礼貌，勉强答："报社总编。"于是彭飞大致明白了问题方向，工作问题，问题不小。尽管不一个行当，但这完全不妨碍他对她的理解，理解归理解，不了解具体情况还是无法有的放矢。一路上，他没话找话搜索枯肠，对方只偶尔"嗯啊"两声表示个在听的意思，不接茬儿。到营区门口了，彭飞没请假不能擅离营区，安叶独自一人出门向东走，彭飞目送。安叶中等个头，身形细圆苗条不瘦，走路、看人时，修长的脖颈微微后仰，给人感觉特别自信，甚至有一点傲。此刻，这个自信骄傲的女孩儿蔫头耷脑，沮丧到失魂落魄，背对夕阳踽踽而行，孤独伶仃。营区开饭的军号声响起来了，彭飞想到她还没吃饭，担心她这种心情下还会不会吃饭。男人的保护心被激发起来，他想冲上去，给她安慰给她帮助必要时为她挡雨遮风。心血沸腾身体却没动，直觉告诉他，她不会接受。她即将从视线里消失，彭飞大步赶了过去："那个，安叶，我说，星期天，你请我吃顿饭如何？"安叶没想到，被逗得笑了一下，这一笑，把一直强忍的泪水震落，彭飞赶紧把头扭向一边。

星期天，彭飞和安叶如约吃饭，这是几天后了，她情绪平静多了，对彭飞说了她的那件事。吃完饭谈兴未尽，二人还沿着江边走了走直到彭飞不得不归队时。

上次去山区回来，安叶写了两篇稿子，一篇是任务，一篇是自发，自发写的稿子自然是有感才发。某工厂失火，她奉命调查政府对死者抚恤金的给付情况，死者不少是来自山区的女工。调查中发现，抚恤金给了，但都给了死者的婆家，有个老太太穷得床上只有床破棉絮，三个女儿死于这场大火她没拿到一分钱，大女儿的公婆丈夫都没有了，抚恤金给了她婆家的小叔子，令安叶震惊。为防这只是个案，完成任务后她到县城把稿子电传回报社，又返回山区进行了三天调查，发觉不是个案，山区的重男轻女到了触目惊心，弃溺女婴、童养媳现象都不罕见，据此，她写出了一篇内容翔实的长篇通讯，结果被毙。孙总给出的理由是，这次任务是报道火灾事故政府对工人的善后力度。可是报纸不能只限于正面报道，她到报社的第一天这位孙总就对她说，记者的责任是记录历史，如果记者闭上了眼睛就等于社会失去了眼睛。如今，孙总出尔反尔，留下正面，毙掉负面。

安叶讲述时彭飞一直在思考，安叶说完后，为谨慎，开口前他又想了想，然后，才说："我觉得你们孙总说的有他的道理，一个阶段有一个阶段的报道主流，现阶段上上下下关心的是火灾事故的善后——是，是是，你那反映的也是善后的一个部分，但是，你那部分的重点是什么？重男轻女；按你们孙总的说法，这时说这个会分散关注焦点。"安叶显然没想到彭飞会这样说，扭脸看他，意外而惊奇。彭飞忙道："当然我外行，但是，隔行不隔理。我们飞行也一样，遇到特情了，不能兼顾时就只能先顾最重要的一头，这时候兼顾会导致兼而不顾。"

安叶没说话，扭过脸去看浩瀚如海的江面，过一会儿，转过头来："你若也这样认为，我心里平衡多了。我现在的心情是，宁肯我的认识上有问题，也不愿我的工作环境有问题。"她喜欢新闻工作，那于她不仅是工作还是事业，在人大新闻系读书时她的理想就是，做中国的法拉奇。

这次轮到了彭飞意外惊奇，还有欣喜。那天分手时，二人互留了联系方式。

这天下午训练结束，彭飞随同带他的教员、特级飞行员老刘走下飞机，上了等在机场的空勤车。后面还有四个架次，得等都落地人到齐了一块儿走，老刘坐车里不停看表，幼儿园五点半接孩子，现在五点多了。从前一直是他母亲在这儿帮他们，父亲在老家看家。前不久父亲摔伤了腰，母亲回去照顾。老两口为了儿子分居，概因老刘老婆也顾不了家，那个女人在一家大型企业当中层领导，下一步目标是进高层。幸好老刘提前跟儿子班老师小苏打了招呼，万一他不能及时去接孩子请帮着带一下，小苏满口答应；这姑娘从来是有求必应，热心热情。想到这老刘心里一动，扭脸问彭飞："哎彭飞，有对象了没有？……我建议你考虑一下幼儿园苏老师。"彭飞一时不知怎么说好，他替老刘去接过几次孩子，和小苏认识。老刘不等他说又说："嗨，我也就随便一说。咱只知道人家没结婚单身，别的什么都不了解。那么好的一个姑娘，能闲着吗？够呛！"

老刘去幼儿园接儿子时就这个问题问了小苏，这么问的："小苏啊，对象是哪儿的？"小苏晃着头笑："还不知道呢。"老刘说："我给你介绍一个？"小苏仍笑："好啊。"老刘试探道："飞行员行吗？"小苏答："看是哪一个飞行员了。"老刘说："彭飞。"小苏说："行！"

小苏喜欢彭飞。刚开始引起她注意的是外表，跟人打听后得知他是这批学员里最优秀的一个，就喜欢上了，男人光有长相不行，贫寒家境使小苏对生活的认识清醒冷静。

彭飞不同意。

老刘自认为清楚问题在哪儿，他也年轻过，骄傲过，追求十全十美过，那时的他根本不会知道，没有什么比柴米油盐和孩子，更接近婚姻生活的本质。"接受我的教训彭飞，干我们这行的，找老婆一定得找能顾到家的，不能找我老婆那种，事业型。"当年他老婆的才貌双全很是满足了他男人的虚荣，婚后他为她的"才"吃尽苦头。如果时光倒流，他会按世俗评价标准选一个不算有"才"的，比如小苏。

彭飞没做解释。

与安叶分手后他呼过安叶两次，都没回话，她的不回话让他异常失落。没事时对自己又行拷问：为什么？回答是：他动心了，她没有。作为一个条件不错的男孩子，彭飞从不乏追求者，上小学就有女生递示爱的小纸条，他对空降师老政委女儿见都不见的回绝，很大一部分原因是由自信而生的轻率。也问自己，是不是被宠坏了，碰到个拒绝的就格外被吸引，或说，想征服？答：不是。那次一块儿吃饭，于他来说，精神的满足远远超出了口腹，之前没有哪个女孩子让他有过这种感觉，直抒胸臆的愉悦？不谋而合的痛快？棋逢对手的酣畅？一见如故的亲切？都是，不只是。比如，当他说认为"孙总有一定道理"时，她准确到位并有所提升的理解和悟性，让他着迷。她对他的吸引不再仅是"年轻好看的异性"，男人对女人是要先以色取，但不能以此证明他对女人的精神就无所要求。遥想当年著名美女杨玉环，能够战胜后宫佳丽三千、战胜一茬又一茬的新鲜青春，对李隆基保持着始终的吸引，怎是一个"色"所能了得？她必有她"色"之外的过人之处，必与李隆基有着心灵上的某种契合。

周末晚上，彭飞决心再呼安叶最后一次，如她还是不回，他就会像上次的邂逅，将这事抛到脑后。他说到做到，他做得到，必须做到，因这事已然影响到他的训练。周五跟老刘转场飞行，飞西藏，在空中靠仪表平飞时，老刘利用这时间教他东西：西藏机场地处高原，老鹰多，起飞着陆时都会遇到，必须密切观察发现躲开。老鹰比其他所有鸟都危险，小鸟骨头脆，撞进发动机一搅和就没了，当然打到叶片上也不行，叶片折断穿到油管上容易造成失火。老鹰个头大，飞得快，尤其当它追捕猎物时。老鹰若是进了发动机，发动机肯定得坏，高原飞行飞机马力本来就小，打坏一台后果不可想像，如果机上载有货物那就是绝对意义上的危险。彭飞却在这时间开起了小差，想安叶，以致到西藏机场上空，如果不是老刘眼疾手快，飞机差点与老鹰撞上。返回驻地讲评，老刘点了这事，让彭飞重复他对他讲过的东西，彭飞茫然，遭老刘狠狠的批评。

饭后，许宏进叫彭飞打球，他们俩一个宿舍，飞行员宿舍如同酒店标准间，各种设施齐全，包括电话。彭飞推说不想动，没去。他呼了安叶，在等回话。但一直到许宏进打球回来，到熄灯，电话都没有响。彭飞当即决定，这事到此。

次日上午，老刘牵着儿子来了，叫彭飞下午上他家包饺子吃，小苏也去，他家属出差不在，三个人边包饺子边说说话，算是个接触。彭飞不想去，老刘不高兴："见个面，又不是马上定。以我过来人的经验看，小苏除文凭低点——"彭飞忙道："这倒不是主要的。"老刘说："那什么是主要的？"彭飞说了："合得来，有话说。"老刘双手一拍："那得接触啊，不接触怎么知道合不合得来有没有话说？就这么定了，下午三点到我家，我现在去买菜！"

依老刘本意，他才不想找这麻烦，好不容易歇个礼拜天。但没办法，小苏找他了。本以为这事他不再提，小苏就该明白了，不会再提，女孩子嘛。哪想到还会有这样主动的女孩子，他不提，她提。且不说儿子现在归她掌管，就算没这层关系，他也不愿当恶人，告诉人家女孩儿说彭飞没有看上你。怎么也得糊弄着他们见一面，只要他们见了面，这事从此就跟他没关系。彭飞只得同意去。老刘的激烈坚持使他悟出，他跟小苏见面，相当于老刘送给小苏的礼物，且是事先已经承诺了的。

他下午三点到老刘家时小苏已经到了，月亮升上来时二人才走。下午三个人包饺子，彭飞擀皮小苏包，老刘端茶倒水插科打诨，再加还有个五岁男孩儿上蹿下跳，大半天时间过得飞快，一点儿没有事先担心的局促尴尬枯燥，严格说，挺快乐。小苏除了外表赏心悦目，性格也好，开朗，爱笑，一逗就笑，笑得前仰后合，使两个男人极有成就感。老刘送客时到门口止步，楼都没下，以能让年轻人多单独相处的意思。此刻他自我感觉好极，通过一下午接触，小苏比他原先了解得还好，居家过日子一把好手，若非他的坚持，彭飞无缘这幸福。

彭飞和小苏下楼。没有了第三者在场，适才的轻松快乐陡然消失，二人同时没了话说，静寂中，单调的脚步声分外响亮。此时理当男人承担起说话责任，越急彭飞越找不到话。好不容易出楼，当头一轮明月又圆又大颇值一夸，不能直夸，直夸会显得太不用心或说用心太明显，得拐个小弯，比如："今天是不是农历的十五？"没想小苏先他之前开了口："看不出，你擀饺子皮很在行啊！"彭飞轻松又惭愧，忙道："是吗？在预校学的，预校吃饺子都是分到各队自己包。你包饺子也很好，薄皮大馅，一个都没破。"小苏笑："这算什么。等哪天，让你尝尝我做的菜！"明确发出信号，拒绝和接受都不能够，彭飞装傻："你还会做菜？"小苏点头："是的。非常好。"谈话由此开头，小苏从她为什么会做菜说起，说到她的家庭，父母是工人，她是家中老大，从小帮妈妈做家务带孩子；为减轻家里负担早上班早挣钱，没考高中上了中专；因为喜欢孩子，选择了幼教专业……详细介绍自己各方面情况，在老刘家时没顾上，净胡扯了，一直说到宿舍门口，还有好多没说，想邀彭飞进来坐会儿，忍住，毕竟头回正式见面，分寸火候得有。目送月光下彭飞离去的矫健背影，小苏心里除了甜蜜，更有踏实，如同小鸟儿终于找到了一棵赖以栖身的大树。

离开小苏彭飞立刻去找老刘。尽管时间已晚，尽管明天一早二人就能见，但他一分钟都不能多等。之前他只为老刘想了，诚实说是为自己想，想处理好和教员的关系，却忽略了这种暧昧对小苏产生的后果，而今，小苏确定无疑的好感和期待让他悔愧交加。解铃还须系铃人，得赶紧跟老刘表明态度把包袱卸下。见到老刘他开门见山："刘教员，通过接触，我还是觉得和小苏不合适，麻烦您转告下？"老刘意外，气愤："下午聊得不是很好吗？顶数你话多！"彭飞诺诺："我那是为活跃气氛……怕冷场让您为难……"马上做自我批评："当然，可能，有点过了……"老刘实在觉着小苏很好，但知道这事他"觉着"没用，你很难让一个年轻人按照中年人的想法去走。本以为彭飞是聪明人——聪明人最大的聪明是能汲取前人教训——显然不是，叫他失望，遂决定不再多说，挥挥手道："这事我就不掺和了，你有什么想法直接跟她说。"彭飞神情中的错愕让老刘感到了些许内疚，叹口气，掏心掏肺："我去说行不行呢？行。但我和她还得见面，常见，有这么一档子事横在中间，两个人都尴尬。你去说就不一样了，一次性；以后不想见就不见！是不是呢？"

彭飞怏怏离去，倍感郁闷。到宿舍时许宏进在浴室洗澡，桌上有信。字迹陌生，落款是"内详"。拆开信，信瓤有信还有剪报，怪不得这么厚。好奇匆忙中本能先看信，直接先看落款，脑袋里轰的一声，落款是：安叶。

安叶信说他们分手后的次日她接到去农村采访的任务，他呼她她都收到了，回不了，那个地方不能打军线长途。回来后赶着写稿，刚写完又被派去了另一个地方。怕他着急先写此信，怕他不相信附上已见报的稿子"以兹证明"。彭飞盯着"以兹证明"四字，微笑久久在脸上荡漾。许宏进洗澡出来抓起桌上的剪报看，从头看到尾仍不明白，再看一遍还不明白，文章题目是"农民的蔬菜为什么进不了城"，农民的蔬菜与彭飞何干？挥着剪报问："这是什么？"彭飞将剪报抽回："报纸。"许宏进不客气道："我知道是报纸。"彭飞只得进一步解释："文章作者寄来的。约好有事为写这东西耽误了，寄来，算做个证明吧。"基本属实。许宏进点点头："那个'本报记者安叶'，男的女的？"直击关键。许宏进是何等聪明的人焉能糊弄？彭飞转变方针以攻为守："女的！很年轻！长得很好！还有什么问题？"许宏进还有问题："她对你，是不是有那个意思？"彭飞怔住，不敢否认又不能吹牛，怔一会儿说："没看出来。"许宏进眉毛一扬："那，你对她呢？"彭飞气道："你到底想说什么，直说！"许宏进直说："你要是对她有意思呢，我祝你成功；你要是对她没意思呢，介绍给我。"彭飞的回答是："你歇着吧你！"

下午下课，一帮年轻飞行员在操场上打篮球，值班员过来叫彭飞。一大队老刘执行任务不能按时回来，需要有人替他去幼儿园接孩子。彭飞有苦说不出，只得去。边走边给自己打气，早见晚不见，正好，趁这机会跟小苏表明态度。

小苏看到彭飞眼睛一亮，脸儿笑得花儿一样，毫不掩饰对他的好感，高声叫着他的名字径直走来，根本不管旁边有人没人，人家会怎么想。老刘儿子刘辉急着回家，拉住彭飞的手要走，被小苏拦下，让他先去玩会儿，她要跟彭飞叔叔说几句话。刘辉走开，剩彭飞和小苏相对。夕阳映照，小苏的光滑脸蛋亮得晃眼，彭飞不敢直视，眼睛越过那充满魅惑的面孔，看后边。

小苏很好看，和安叶的好看不一样，如用植物做比，安叶是白玉兰，主打清秀娉婷；小苏是红碧桃，主打娇俏艳丽，是种不分年代不分阶层甚至不分年龄的公认美，幼儿园小班的小朋友都说苏老师漂亮。小苏从小在赞美中长大，赞美是自信的土壤，她的主动概因了自信。固然小苏受教育程度不高，但女孩儿受教育程度似乎不宜太高，高深教育对女孩儿天性有销蚀作用，如同智慧会磨钝本能。小苏凭本能知道，男才女貌，男主外女主内，适用于古今中外。老天给了她美貌，让她上得了厅堂；后天给了她勤劳，让她下得了厨房。那天在老刘家包饺子是她提出来的，本来老刘想出去吃，花钱买省劲儿，老婆不在家，让他一人带着孩子张罗四个人的饭，实在是负担。小苏说不必有负担，有她。事实证明，她是对的，方方面面。直觉告诉她，彭飞喜欢她。在老刘家时他的多话，是有情；离开老刘家后他的寡语，是羞涩。都说女人直觉准，还真得分人分时候，过分自信和过分自卑都会迷失直觉，尤其恋爱时节。

小苏看彭飞，笑吟吟地："明天星期天，你有事没有？"

彭飞横下心来，直视对方："明天我有事。"

"什么事？"仍那样笑吟吟地，黑瞳仁水波般在天蓝的眼白中荡漾。

彭飞扛不住了，把眼睛移开，心里头呻吟：她怎么就感觉不到呢？对面目光直射过来灼烤脸膛，脸开始发烫，意识到这点脸越发烫，豁出去了，说！早说晚不说越拖越被动！他咳了一声，预备说，张开嘴声还没出，汗出来了。

眼见彭飞在她的面前面红耳赤一脸汗，小苏的心柔软到融化，一种近乎母爱的爱油然迸发，若不是想到学生刘辉在不远处可能会看到，她会马上伸手去揩拭那汗。小苏熟悉青年男子在她面前的这种反应，有次一个青年军官在路上拦住她递情书，就是这副模样儿——大太阳底下刚干完重体力活儿似的——眼睛看着别处把信往她手里一塞转身就走，那信被他的手汗泅得字迹一片模糊。彭飞显然想说什么，张开嘴，没好意思说，闭上；又要说，又张嘴，又闭上；一开一合一合一开像只蚌。小苏忍不住笑，彭飞抬眼看她，目光张皇，小苏赶紧收起笑，生怕吓到他。转头招呼了刘辉后，对彭飞温柔地："你有事就先忙你的去吧，咱们以后再说。"

温柔的同时竭力表现善解人意，让彭飞如何开口？那太残忍。刘辉跑了过来，彭飞咽下拱到嗓子眼的话带刘辉走，关键时刻，选择了得过且过。小苏在背后笑着目送他们，走出好远，彭飞仍能感到那目送，那笑意，背上都出汗了。心里头又一阵悔，为关键时刻自己的怯懦。

晚饭后本想在营区走走整理一下纷乱的思绪，没敢，怕万一撞上小苏。是在进宿舍的一刹那间有了主意：写信，用写信的方式说。当即坐下拉开抽屉拖出本信纸酝酿措辞，许宏进回来了，这事他可不想让这家伙知道。也罢，明天写，反正明天没事，写好趁着夜色，送幼儿园传达室去。

晚上来了个电话，打乱了他的计划。

电话是安叶打来的，她终于采访回来了，终于给他回电话了。当时他们都睡了，许宏进接的。彭飞接过话筒时非常不满地咕噜一句："谁呀？"话是问话，但不是为"问"，是用这种方式向室友表达歉意，许宏进却郑重回答："安叶。"彭飞没理他，对电话大喇喇质问："谁呀？！"

真是安叶，让许宏进猜中了。其实哪用得着猜？电话里是女声，年轻女声，不是安叶又会是谁？作为彭飞预校起的同学现又同居一室，许宏进对彭飞的社交状况尽在掌握。耳听得那边大喇喇的质问转瞬温柔到了呢喃，许宏进在暗夜中微笑，得意的同时有几许羡慕：飞行学院四年严禁学员恋爱，这刚解禁彭飞就直奔新生活了。

安叶约见面，明天，彭飞让她五分钟后打来，他得先请假，放下电话不管不顾拨电话直接把中队长从梦中吵醒，请了假，也挨了骂。挨骂不怕，请下假来就行。

次日上午十一点，彭飞提前半小时在"雨林餐厅"十三号卡座前就座，正襟危坐。到目前为止，一切良好。早起沐了浴，打的香皂，胡子刮了皮鞋擦了，本想穿那套新军装，穿上对镜照照有点生硬，就穿了旧的，好在旧的刚洗过，用倒上热水的茶缸烫出裤缝，看上去还行。许宏进免不了说三道四，意料之中，说也白说。只有一点小瑕疵让彭飞难以释怀，走在营区的路上，他遇到了小苏。

小苏看到他先是愣了一下，接着又那样笑吟吟道："这要见谁去啊，这么精神？"彭飞嗫嚅："朋友……一块儿吃个饭……"同时恨自己"嗫嚅"，为什么不能大大方方说？为什么男的拒绝女的是残忍，女的拒绝男的就不是？不仅不是，还常被赞美成自爱——男女当真是不平等啊。小苏上上下下打量他，目光在他锃亮的皮鞋上停了好几秒，再抬头时仍是笑吟吟的，但已看出了勉强："什么朋友啊，这么隆重？"那一刻彭飞庆幸自己没穿新军装，否则给人的感觉就不是"隆重"直接是"相亲"了。要真的是去相亲倒也罢了，男子汉大丈夫敢做敢当，问题是，他目前还不能确定。不错，这次吃饭是安叶主动约他，但有背景：上次吃饭名义是安叶请，最后彭飞掏的钱。彭飞付钱时安叶没跟他争，她尚沉浸在自己的那件倒霉事里没拔出来。昨晚电话约见面时她说，还欠着他一顿饭，得还。

小苏拦在对面等待回答，她有这个权利。彭飞说："一般朋友……哪里隆重了……"又嗫嚅！脸又预备发烫，这时可万万脸红不得！可这哪就由得了他了？三十六计走为上，赶在脸红之前，撤！顾不上礼貌，说句"我得走了到时间了"不等对方回话，拔腿走。感觉小苏又在背后目送，那感觉比上次还要糟糕：仿佛他是个玩弄女性的花花公子被人识破落荒而逃，可他明明是清白的。

彭飞一人坐在"雨林餐厅"等，越来越紧张。

他刚进来坐下时，服务员来问他要不要点菜，他说等一等，服务员和颜悦色走开。那时才十一点，不到公认的饭点。没想一等等了一个小时，十二点时安叶还没到。这期间服务员来过 N 次，从问询到建议到命令："要不要点菜？""请点菜吧？""该点菜了！"态度也由和颜悦色到面无表情。

该餐厅生意极好，所有餐桌客满，这才刚十二点过，已有餐桌开始翻台，外面还有人排号，这种情况下你占着个桌子不吃不走，店方能高兴？最后，领班来了，态度很好地同彭飞商量："同志，能不能请你到外面等？"彭飞态度很不好地拒绝："不能！"

他正在生气，生安叶的气。你迟到个五分钟十分钟，可以，迟到是女孩子的特权，尤其与男人约会。上次她没这个毛病，上次准点到达。是不是感觉到了他对她有好感，就摆起谱来了？你可以"摆"，但得有度，过四十分钟了还不到，你以为你是谁？时间一分一分过去，彭飞端坐空空的餐桌前，任耳边人声嘈杂，任服务员晃来晃去，岿然不动——四年飞行学院出来的人，不论任何情况下冷静镇定从容沉稳如山——这点定力，他有。甩手离去想都没想，不是他的风格，那等于把自己降至女人水准。他对自己说，这事今天必须有一个答案：餐厅午餐结束前她若赶到，他要问清楚为什么；如她不到，他们俩到此为止。

安叶拼命蹬自行车，赶过她前面的一个个男人、女人，年轻人、年长的人，白色裙裾被风鼓起在身后降落伞一般张开，内裤都露了出来，不管，谁爱看谁看，只愿能在彭飞离去前赶到，听她解释。

白色连衣裙是头天晚上买的，为了今天。之前两次见彭飞都是牛仔T恤，牛仔T恤几乎等于她的工作服，作为报社要闻部记者，经常会有突发新闻要跑，穿裙子不方便。裙子买回来后迫不及待对镜试穿，不得不承认，确实好。商场服务员说她穿上像白雪公主，听着很是顺耳，她不信，那服务员还夸一个胖到愚蠢的中年妇女气质好呢！脱下裙子细心用衣架挂起，洗漱后躺下，月光透过窗帘缝隙进来，给白裙子镀上了一层银，安叶安然睡去。不想次日清晨不到六点就醒了，被一种说不清的激动兴奋唤醒。醒后一切都弄完了早点都吃了，还不到七点，从她这骑车到"雨林餐厅"，撑死半小时，就是说，她还得熬四个钟头！拿起枕边书看，好几页翻过去了，方发现完全没明白看了些什么。书看不进去，干活。把十二平方米的单身宿舍环视一遍，决定先从擦窗开始。刚刚去外面水房端水进来，呼机响，丁洁让她速去人民医院采访，那里因医患纠纷导致了命案。

　　丁洁是要闻部主任，也是安叶刚到报社时的实习老师，虽说年龄相差了十来岁，二人关系却一向不错。丁洁公正宽容，是个好领导，安叶聪明能干，是个好下属。上次去农村采访蔬菜问题，丁洁本想派另一个叫沈刚的记者去，安叶刚从山区回来。孙总不允。农民的蔬菜已引起省委领导关注，稿件必须得一步到位，沈刚不行。那小伙子采访不深入不说，文风也差，动辄"心情久久不能平静一连几个晚上辗转反侧不能入睡"，人民一碰到问题了，领导就吃不下睡不着心情不能平静了，典型的八股。丁洁趁机说："孙总，咱报社的招人标准不是说，同等条件下，先男后女吗？沈刚可是男的哎！"孙总瞪她："前提呢？前提是同等条件下！"丁洁说："我觉得重男轻女就不对！"孙总说："你是不当家不知柴米贵！噢，报社好不容易把你培养起来了，能顶个人使了，你又要结婚生孩子养孩子了，工作怎么办？"那次安叶去农村写回的稿件见报后引起省委书记高度重视，宣传部还特地给孙总打电话表扬了报社。

　　这回人民医院的采访非常重要，孙总的指示又是"一步到位"。新闻拼的就是个"新"，没时间反复，话里话外透出的意思是，希望丁洁亲自出马。丁洁不是不想"亲自"，但她丈夫出差在外，家里就剩她和四岁的女儿。要搁平时她会把女儿托付给邻居，这次不行，女儿夜里发高烧到四十度一，思前想后她呼了安叶。尽管安叶是要闻部最年轻的记者，但她要去不了的话，安叶最保险。

　　安叶七点半赶到人民医院，为省时间直接穿着裙子去的。采访完写完稿交给编辑看完通过，十二点；从报社到"雨林餐厅"快骑三十分钟，约的是十一点半，她不相信一个小时后，彭飞还能在那儿等。但是，等不等在他，去不去在她，万一他在那儿等而她没去，不仅失礼，更是失误。心里这样给自己打着气，安叶向"雨林餐厅"赶，快要抵达时发生了一个小小的意外，鼓起的裙裾挂住了别人自行车的车把，稀里哗拉一连串三四个骑车人摔倒，安叶首当其冲。她从车和人堆里爬起，拉起车骑上就走，好在车没摔坏。

　　彭飞看到安叶时是十二点四十，他已孤身一人顶着压力坐了近两个小时。他微笑起立点头招呼，起码的涵养得有，他是男人。看到彭飞居然还在，安叶意外感动同时庆幸，还没坐下就急急忙忙讲述迟到原因，彭飞当即释然，为缓解对方歉疚同她开玩笑："这么说，你是你们报社的主力了？"安叶纠正补充："绝对主力。"说罢二人同声大笑。安叶的笑容明亮彻底坦率，不似一般女孩儿，要么不敢大笑，实在忍不住就捂住嘴笑，她不，坐他对面笑得他都能看到她口腔里粉红色的舌头；却一点不觉失态，非常生动，格外迷人。

彭飞心一阵急跳，下意识掩饰："怎么想起穿裙子来啦？我以为你不穿裙子是不敢呢！这不不难看嘛，白色嘛，也算适合你，别说，你穿上还真有点像那个——"及时收嘴，差点咬着舌头。有的话可以想，不可以说，说出来就肉麻了。

安叶替他说："像白雪公主，是不是？"

彭飞叫："我的天！人怎么可以无耻到这个地步！"

服务员笑嘻嘻过来了，她负责这张餐桌。她因彭飞钉子般的精神行为被领班批几次了，束手无策。要是一般人她会下逐客令，可彭飞是解放军。她递上菜单，看小两口头对头点菜。不出所料，解放军等的人是女的，年轻的好看的女的，要不，怎可能在这儿一坐两个钟头？女的说要"鳝糊"，解放军赶紧扭脸对她重复："鳝糊！"她往小本上记"鳝糊"，"糊"字写完左半边，圆珠笔掉地，低头去拾时，看那女的裙下小腿上一大片鲜红的擦伤正在渗血，上面沾着不少脏东西。她抬头问那女的："你腿不上药行吗？别感染了。"

安叶和彭飞同时看到的那一大片擦伤，之前她一点感觉没有。

彭飞骑车带着安叶赶过一个又一个骑车人飞奔，上医院。前方是绿灯，他高声叮嘱安叶坐稳他要加速冲过去。搂住彭飞的腰最稳，可是哪好意思？寻思一会儿，安叶小心捏起了他军装的后襟。到路口了，左前侧一个骑车人一点预兆没有地向右拐去，横在了彭飞车前，彭飞反应相当迅速，猛捏死闸双脚撑地，站住。没想后面的安叶没防备给从车上摔了下来，不仅再次磕破了已结痂的伤处，裙子都擦破了。

彭飞气疼交加，呵斥："叫你坐稳坐稳坐稳，你怎么就不能坐稳呢?!"安叶分辩："我觉得坐得挺稳的——"彭飞一摆手，命令："上车!"安叶上车。彭飞继续命令："搂住我的腰!"安叶乖乖搂住他的腰。彭飞骑车走，恨恨道："早这么着不是早没事了吗? 莫名其妙!"安叶在搂住彭飞腰的情况下，身体尽量拉开与对方身体的距离，但是触碰仍不可避免。这让她不好意思，不用看都知道自己脸在红，幸亏他看不到，也是仗着对方看不到嘴硬："我不是怕你不好意思吗?"彭飞头也不回："你是猪八戒倒打一耙!"安叶噎住。她一向思维敏捷出言犀利，而今遇到了对手，或，强手，她被噎得心悦诚服。再强的女孩子都希望自己喜欢的人能比她强能于她做主，让她能闭上眼睛不想不看，放心地跟着他走……

那天他们终是没能吃上饭，从医院出来就快到彭飞归队时间了，两人在街边小摊凑合要了几碗豆皮。想到吃完就得分开安叶心里空落落的，嘴上却道："唉，本想吃顿大餐从昨天中午就开始禁食，结果呢，吃这!"彭飞真是饿了，大口吃着笑问："怪谁呢?"安叶无辜道："当然怪你! 谁叫你只请了半天的假!"彭飞说："不是我只请了半天的假而是只给了我半天的假安叶同志!"安叶脱口而出："那么，下周，好不好?"彭飞一震，抬头看安叶，看不到对方表情，她说完话就把头埋进了碗里，专心吃东西。

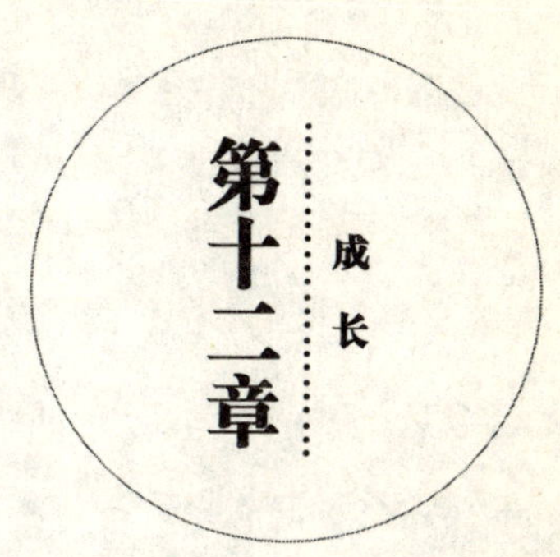

第十二章

成长

　　小苏下决心找彭飞，问他到底什么意思，行还是不行。晚饭后，估计彭飞差不多该回来了，她向飞行员宿舍去。这时天还没有黑透，天空一片澄明的紫蓝，营区随处可见晚饭后出来散步的人，成双结对，小苏走着，心情忧郁。如果彭飞没看上她，于她是双重打击，情感和自信心。从来都是别人追她，她拒绝；被别人拒绝，没有过。她必须马上、当面问清楚：他是不是不愿意？如是，为什么？

　　对面跑来一个熟悉的身影，一弹一跳如一头奔跑的鹿，小苏心咚咚跳，不假思索一步从路边梧桐的阴影跨出，迎过去高叫："彭飞！"彭飞答应着打了个招呼，说他来了个同学在大门口他得赶去接，边说边跑，脚步没停。

　　小苏目送彭飞消失于渐浓的暮色，转身，向着既定目标走，去他宿舍等他，正好，看看他接来的是什么样的"同学"，男的还是女的。

　　来人是罗天阳，开辆桑塔纳轿车，挂挡，打灯，踩油门，加速，拐弯……动作流畅一气呵成。彭飞坐一边忍不住赞："够熟练啊！"罗天阳一笑："咱飞机都开了，这算什么！"车是民航一机长的，那机长说只要罗天阳放了机长——行内称新飞行员"当"机长为"放"机长，放飞之意——他就把他这车便宜卖给罗天阳，他呢，换辆新的。彭飞叹："够牛的啊！"罗天阳又一笑："欢迎你到民航来！"

　　二人到宿舍门口，彭飞一手开门一手做了个优雅的"请进"，罗天阳进去，接下来应该是高声的吆三喝四——许宏进在家——却没有，彭飞不免奇怪，进屋一抬头，看到了小苏。此时许宏进正在卫生间忙活刷杯子洗水果诸待客之琐事尚不知罗天阳驾到，罗天阳和小苏一时间拿不准该谁来招呼谁、怎么招呼，大眼瞪小眼愣住。一俟看到彭飞小苏神情顿时放松，不用说，这人就是彭飞接来的同学了，男性！由于高兴格外热情活泼地招呼彭飞，彭飞问她怎么来了，小苏顽皮笑答："来玩啊！不行吗？"那强加于人的亲热让彭飞无以辩驳，只能佯作不知，镇定替罗天阳和小苏介绍："苏甜，我们师的幼儿园老师；罗天阳，我同学，民航飞行员。"

小苏大大方方把手递给罗天阳，罗天阳赶紧接住。包裹于掌心的小手柔若无骨，由不得地让你冲动，怜香惜玉的冲动。手是女人的第二张脸，眼前的那张脸还要好，晶莹精致巧笑情兮美得你不敢长久直视。罗天阳心慌意乱，握住手中的手不放，意识到后赶紧松开，狼狈得出一身汗，好在小苏不在意，她习惯了。那边彭飞拖椅子招呼二位"坐"，这边许宏进从卫生间出来，看到罗天阳后大呼小叫，小苏遂对彭飞笑微微道："你有客人我不坐了。我来是想问问，明天晚上你有没有时间。"

罗天阳、许宏进闻此中止了寒暄，静观，加上直视彭飞等待回答的小苏，三双眼睛如六盏高瓦数灯泡，照得彭飞嗓子眼发干，还不能不说话，对小苏干笑："有什么事吗？"

小苏心沉下来，他否认他和她的关系！事已至此没有退路，她定定道："有个孩子家长送了两张票，越剧，上海小百花的，明天晚上。"也好，就此说清楚说透，行，继续发展；不行，各奔东西。不能这么不明不白地拖下去，女人拖不起。

彭飞仍干笑："谢谢啊小苏还想着我，可我，我不太懂越剧……"小苏一笑："你是不想去吧？"彭飞无力地招架："不是不是……是，我有点事……"小苏愤怒："什么事！"他和她相亲，不同意却不说，拖着，瞒着，缺不缺德？彭飞这时方看清局势：今天必得给对方一个明确交代，后悔没早写信。看他吞吞吐吐左右为难的样儿，小苏明白了，凄美一笑："你是不是有女朋友了？"彭飞愣住，没想到小苏是这个思路，同时也不能确定自己是不是有，紧急情况下不失冷静，迅速锁定正确答案，回答："是。"答完进一步意识到，这是此刻最好的答案了，像一个感叹号，将一切必要的解释、可能的追问、纠缠不清的暧昧，有力斩断。尽管有思想准备，小苏还是止不住悲从中来："你有女朋友，那天为什么，还要，跟我见面?"声音微颤，完全没了适才的理直气壮咄咄逼人，眼里亮晶晶的不知是不是泪。彭飞吃软不吃硬一下子慌了神，又不能出卖老刘，情急下道："那时候我还没有!"是实情，不是实话。

小苏走了，罗天阳很失望。他那么希望她待这里，哪怕她是彭飞的女朋友跟他没关系，三个光棍在一起胡扯时有这样的如花女子作陪，也是好的。她却坚持走，并且不让任何一个人送。不让彭飞送可以理解，他和许宏进二人谁去送一下是应该的，天这么晚了，一个女孩子。

了解了事情来龙去脉，罗天阳对彭飞道："她喜欢你，你不喜欢她——她哪里不好?"彭飞很烦："她哪里都好!"罗天阳完全不介意他的恶劣态度："好你也没打算要，对吧?"彭飞不说话，不想说，罗天阳说："介绍给我!"

彭飞和许宏进同时一愣，旋即同时咧开嘴笑。笑着，彭飞说："要介绍也不能我介绍，那我成什么了!"许宏进主动请缨："我帮你介绍?"罗天阳断然拒绝："你不许掺和! 朋友妻不可欺!"同时在彭、许二人爆笑前摆手制止住他们，严肃道："说说她的情况。"

小苏二十四岁，中专毕业，工人家庭，是家中老大，下面两个弟弟一个妹妹，老家四川……罗天阳边听边点头，怪不得漂亮，四川自古出美女。家庭情况更是让他惺惺相惜，都是苦孩子出身，连下面有两个弟弟一个妹妹都一样。

来电话了，许宏进接的，找彭飞，是安叶，约见面，明天星期天。把电话给彭飞后许宏进拉着罗天阳出屋，关了门。屋外是长廊，长廊一排大玻璃窗，二人并肩趴窗台上看着天上的星星，许宏进跟罗天阳说完了安叶何许人，说你我近况，说同学们的情况，回忆在学员队的日子……能想到的话题都说完说尽了，身后房门依然紧闭。二人相视一笑，全无嘲笑，全是会心的羡慕。有脚步声传来，渐近，是中队长，打电话找彭飞总占线，亲自跑来让彭飞马上去作战会议室，有任务。

彭飞在许宏进、罗天阳的注视下迅速挂掉电话，打开柜子，拎出飞行图囊，开门，出屋。跑步声在楼道响起，渐远，下楼，消失……罗天阳道："彭飞是你们这拨里的尖子？"许宏进点头："第一个放机长的肯定是他，不出意外，明年。"罗天阳惊叫："明年！25岁！民航最年轻的机长也得上30！"许宏进不说话了，罗天阳也不再说，屋里陷入复杂的沉默。

彭飞开完飞行预备会回来，罗天阳早走了，许宏进睡着了。这次是去执行紧急运输任务，五个机组，机长全是一号天气以上的特级飞行员，团长提出带一个学员去，学员下队后一直训练从没参加过执行任务。商量后决定，彭飞去，跟着老刘。这次去将在三个地方辗转，三个地方气象情况各异，老刘带着机组做了充分研究准备，彭飞回宿舍后又做一遍功课，赶紧躺下睡。不敢拖太晚，早晨四点五十起床，五点十分吃饭，五点二十进场，五点五十五起飞，得保证休息。

阳光里微尘飘浮，安叶坐办公桌前发呆，上午十点去参加至高集团的新闻发布会，现在才刚九点，九点半走就行。电话静静趴在桌角，呼机静静伏在手边。上星期天下午她提前一小时到了与彭飞约好的见面地点江湖公园中心报亭，从两点半一直等到五点半，比上次彭飞等她多等了一个小时。这期间呼机响过三次，都不是他。想给他打电话附近没有，不敢走太远，怕万一她走了他来了。离开后她直接去报社给彭飞电话，得知彭飞"执行任务"去了。释然的同时不无埋怨：应该通知声嘛，他有电话，她有呼机。但马上想到可能是突发情况，没来得及，如同她上次，而部队突发情况肯定更多。想通是想通了，免不了失落，晚饭特地绕道去了上次他们一块儿吃豆皮的那个小摊，上次吃着很香的东西，这次索然无味。今天是彭飞"执行任务"的第四天了，音讯全无。四天都不能打个电话来吗？或者说，四天里他都没有想到过她吗？什么样的任务可能四天四夜脑子里没有一刻的空闲？即使她没当过兵不了解部队，没吃过猪肉也见过猪跑：多少书里电影里，士兵们在枪林弹雨的生死关头，都会、更会想起他们的心上人。直觉彭飞不是没肝没肺情感粗糙，却又没办法替他找到一个合理的解释，安叶苦恼忐忑的同时，更有牵挂。

桌上放着报社当天的报纸，安叶懒懒拖过，眼睛突然睁大，头版右方黑体字导读栏里，一个题目触目惊心：××航空公司飞机坠毁！安叶一把抓起电话拨彭飞宿舍，直响到电话自动挂掉，再拨，仍无人，方想起现在是正课时间宿舍不可能有人。紧张思索一秒，翻出上次去部队认识的那个政委和干事的电话号码，分别打后得到同样答案："彭飞执行任务去了。"问什么时候回来，答案也一样："不知道。"干事不知道是可能的，政委能不知道？肯定保密呗。想到"保密"安叶心怦怦跳起来，如果部队飞机失事，会不会也保密？立刻跳起跑去找军事口记者，请他通过他熟悉的部队通讯员打听。在部队给记者回话时主任丁洁远远过来，看到了安叶大吃一惊，这都十点多了她怎么还在报社？这时那记者放下电话告诉安叶没事，丁洁急急过来："你怎么还没走！"安叶愣了愣方才想起，慌得拔腿就跑差点撞翻邻桌的暖瓶。丁洁问那记者："她什么事？"对方答："让帮着问一下有没有部队飞机出事。"丁洁问："问这个干什么？"对方答："她没说。"

尽管"她没说"丁洁大致也猜得出来——谁都年轻过——安叶恋爱了，否则凭她怎可能魂不守舍到忘记工作？恋爱完了就是结婚，结了婚就是家庭、孩子。尽管丁洁嘴上反对孙总"重男轻女"，心里头却明镜似的，孙总是对的。作为一个女新闻工作者，走到今天，尽管已不是一线记者是中层领导，孩子也都四岁了，仍觉艰难，何况安叶？想到可能会失去手下这个最能干的一线主力记者，丁洁心情沉重。

彭飞执行任务共五天，从机场返回下空勤车上楼进宿舍，第一件事，给安叶电话。这五天在北京、成都、拉萨之间辗转，白天在天上飞，晚上住各军用机场空勤楼，打不了地方长途。机场都离城里很远，就算机组能准假让进城打电话，那个时间邮局一般也都下班了。打电话前他做好了迎接暴风骤雨或冷嘲热讽的准备，全都没有，安叶的通情达理让他欣喜，欣喜的同时佩服自己，慧眼识人。

当下二人在电话里约了这个星期天见面的时间地点，可惜这次也未能成行，彭飞的原因。总参、空军、广空三级工作组检查应急机动作战部队建设情况，周六周日到彭飞所在团，团里要求部队全额满员。彭飞第一时间通知了安叶，并约好下周日见面，下周也没见成，还是彭飞的原因。许宏进作战值班突发阑尾炎，作为室友又是单身，彭飞替班理所当然。彭飞又在第一时间通知了安叶，并约下周日见面，电话中安叶踌躇了一下后说，下周她有事。什么事没说，问也不说，让彭飞直觉到"有事"是托词：她不想见他。当下心中一凛：有敌情了，或说，有情敌了！他不怪情感脆弱，怪只怪这情感未及到达必要的质变。光彼此有好感、心照不宣不成，得说，说开，通俗的表达就是，捅破那层窗户纸。捅破了，就定下了，定下了的情感，就坚实得多：已知彼此心心相属，才可能不在乎朝朝暮暮。如何捅破那纸如同作战，时机很重要，抓住了时机，事半功倍；错过了时机，一败涂地。彭飞错过了时机。但让他不战而退就此认输，不可能！

　　周五晚饭后，团长在空勤楼门口和老刘聊天。二团与师部驻扎一起，团长家就在师部营区，距团部步行五分钟。没事时常看到他在团里转悠，扎堆聊天。飞行部队不同一般部队，特级飞行员通常比团长资格老，级别高。团长正团级，老机长可能是副师。人家听你的，是人家思想觉悟高；人家不听你的，是你领导水平低。在这里，行政管理和感情联络同样重要。老刘正在跟团长抱怨自己老婆，那女人又出差去了外地，幸亏孩子奶奶回来了，要不这个家，难以为继。团长家很好，男外女内标准模式。老婆是老家小镇上的姑娘，随军后在家属工厂上班，家中事情团长一概不问，真正是油瓶子倒了，"倒他娘的！"——团长语。团长工作上的事情老婆一概不问，比如下班了吃完饭了你不说赶紧回家在外头瞎转悠什么？不问。让团长得以一心扑在工作上，中队长，大队长，参谋长，团长……小步快跑，成为全师最年轻的正团。团长陪着老刘唉声叹气，心里却道：早知今日何必当初？挑老婆如同选干部，选干部首先看什么？第一看条件能力是否符合岗位需要，第二才是你的个人喜好。你热爱飞行适合飞行又是在部队飞，就得先想好什么样的人适合你老婆这个岗位，光喜欢不行，再喜欢，再情感浓烈，在刚性现实面前，也难持久。

　　暮霭中彭飞急急走来，到跟前后团长问他干什么去了，彭飞说是请假出去了一趟。团长一板脸："穿着飞行服就出去了？"彭飞赧然道没来得及换，团长仍板着脸："下不为例！"直到彭飞进楼，方才把板着的脸松开，老刘笑："瞧你把人家孩子吓的。"团长说："对他就是得严。"老刘点头表示理解："是个好苗子。有天分，用心。上次飞完我说他注意力分配有问题，这次他马上改，每次飞回来都做笔记……"住了嘴，团长似乎没在听，在想别的，过一会儿扭过脸来："他这么急急忙忙的，刚训练完了就请假出去，是不是有女朋友了？"老刘说据他掌握，没有。团长说："这一关得帮他把好！老刘，把你的人生经验教训多给他念叨念叨。"老刘的回答非常哲学："当你获得了你的人生经验的时候，就意味着已经作废。"

彭飞找安叶去了，直接去了他们报社，等；在安叶下班向外走时，把她拦住，直截了当开门见山："你明天有什么事？"安叶便也直接："算了吧彭飞，我们不合适。"彭飞目光锐利："你遇到更合适的了？"安叶矢口否认："绝对不是。"彭飞毫不放松："那是什么？"安叶字斟句酌："我们约了几次，都没能成……"彭飞打断她："每次原因我都跟你说了，特殊情况。"安叶摇头："彭飞，我有种预感，特殊情况很可能是你们的常态。"彭飞苦笑，许宏进得阑尾炎，到目前为止，在团里绝无仅有。但他不想纠缠细节，没时间，没意义。你不是否认另外有人吗？那就拿出行动来，跟我约会！明天星期六，本场训练下午四点结束，周末晚上允许外出。六点先在江湖公园中心报亭见面，然后，吃饭；吃完饭，看电影，彭飞言毕告辞，最后一句话是："明天见！"

次日天气多云转阴，二团正常训练。参训飞机七架，七架飞机顺序通过指挥塔前，轰鸣着昂首向天。指挥塔内，指挥员声音和扬声器传来的空中飞行员的声音此起彼伏。"1号，037开始上升！""037！上升场高2400！""左航转弯！""明白！可以！"今天指挥员是团长，副指挥员是副参谋长，指挥组其他成员有参谋、领航、通信、机务、航医、政工、计时各一。彭飞跟老刘飞037，037是飞机编号。主训飞起落，即，起飞降落，飞好起落是飞行员关键。天气越来越阴，训练快结束时，下起了小雨。

团长指挥降落："085，地面能见度小于2公里，下降率不要太大，高度不能低于70米，过近台！"085轰鸣而至，落地，滑行。085是第一架，彭飞所在037是第七架。第六架飞机落地时，小雨明显大了起来，雨点打在指挥塔前透明的半圆玻璃上，可听到答答声响。指挥组成员神情笃定，慢说目前气象条件仍在飞行标准之内，就是超出飞行标准，对老刘这种级别的飞行员来说都不是问题。飞机轰鸣声隐隐传来，目视已可见037身影，团长摸过桌上的烟盒火机揣兜里，只等037落地，收工。不料他刚把手从兜里抽出，扬声器传出老刘急促的声音："1号！037左起落架舱门打不开！"指挥塔所有人霎时凝定，团长命令再试放一次，回答还是不行，团长马上命令复飞。

已降落高度的037再度拉起，呼啸着向天而去。机舱内，机组成员各就各位屏息静气，等待机长命令随时执行。老刘亲自驾驶飞机，高度表从6000米迅速向上，他预备实施"爬高突降"，没能成功。再试别的方法，还是不成。最终能想到的办法都试过了，就是不成。飞机在天上一圈圈盘旋，时间一分分过去，三个小时过去了，油还剩下了不到一吨，老刘果断请示："1号！037请求单轮迫降！"

声音通过扬声器在指挥塔回响，众人刷地扭头，齐看团长，团长和副参谋长不约而同对视，瞬间达成共识：单轮迫降！在团长给机组回复时，副参谋长已拨通电话下达了另一道命令："救火车救护车，做好准备！"

救火车救护车汽笛声响起来了，刺耳，惊心动魄。等在空勤车里的飞行员闻声冲下车，仰看天上的037，一老机长迅速做出判断："他们要单轮迫降！"此言一出，全体凛然。救火车救护车就位，备降跑道的灯打开，雷达开机引导……飞行员们凝立雨中，齐齐看天。

机舱内老刘下达命令："全体注意：彭飞保持飞行！陈文龙提醒彭飞保持高度航向速度！老吕去货舱拉应急放起落架手柄，小董协助，保证老吕不要被吸出舱外！"

彭飞驾驶飞机。因机长要兼顾指挥，这成为他第一次事实上的单独驾驶，且在这样的非常时刻，却无一丝紧张慌乱，从飞行学院到部队千万次严格训练已化作本能，沉着冷静心无旁骛：注意力分配得当，各种仪表，舱内外情况，机长指示，地面提醒，尽在眼中、耳中、脑中，同时会立刻给出相应应对措施。前方仪表密密麻麻，油量表急速下降触目惊心，但不论什么都不会让他忽略其间那个地平仪表。所有教员都一再强调，任何情况下，地平仪为王，你如果想飞得细致飞得精确0.1的误差都能判断，就把地平仪当成你的小飞机。

机械师老吕打开了应急舱门，机舱内外压差产生的巨大吸力把他向外吸去，小董不顾一切拼尽全力抱住他，抱得是如此之紧，紧到如果有意外老吕被吸出去，结果便是两个人同归于尽。机舱内机车声风声震耳欲聋，老吕冒死拉开了应急手柄。飞机开始降落，彭飞耳机内不断传来团长命令："地面能见度小于一公里！……方向稍偏右注意向左修正！……高度8米开始拉平！……向右压一点坡度，好！……注意保持滑跑方向！"在油量表油量几乎为零时，037轰鸣着降落，滑行，稳稳站住。

地面所有人冲了过去，指挥组成员，飞行员，场站工作人员。机舱门开，舷梯伸出，老刘刚刚走下，被团长一把抱住："老、老刘……谢谢……"哽咽得失态，但为所有下属理解。

老刘抹一把脸上的水，不知是汗水雨水还是泪水，转过身去，满怀深情厚谊与相继走下的、同生共死的战友一一拥抱："老吕！谢谢！……小董，谢谢！……文龙，谢谢！……彭飞！干得好！"转过身去面对团长，使劲拍彭飞肩膀："团长，这小伙子，行！这么大事一点不慌，一个人驾驶飞机，让我能腾出精力指挥对付险情。这孩子的心理素质，比我们老机长，都不能算差！"

团长的回答是："我宣布，彭飞——放机长！"

所有人都愣了一下，彭飞则是愣住，任冰凉雨滴点点串串打到脸上毫无知觉，只一个声音在脑子里轰响：放机长——放机长——放机长——仿佛山谷间的回声，清晰遥远，似真如梦。

……一辆空军吉普车风驰电掣向江湖公园而去，团长的车，开车的是团长司机小丁，坐副驾驶座的是彭飞，从机场直接奔来。车开到公园的中心报亭，停住。彭飞跳下车举目四看，小丁紧张看他的脸，一个劲儿问："没有吗？不在吗？走了吗？"所有问话一个意思，没意义不说，搅得人心烦。彭飞没回答，没回答就是回答，小丁激动大叫："上车！沿着江边找！"

彭飞是在上空勤车前，方想起下午六点与安叶的约会，当时不知谁喊了一嗓子"都七点半了我说怎么这么饿"，提醒了他，他当即脱口大叫出声："坏了！"所有人登时立住，噤住，刚刚饱受惊吓的神经尚未恢复，包括团长。团长一个大步跨彭飞面前："什么事?!"

彭飞心里头那个悔呀，你那事值得当众大呼小叫吗？那事能当众吗？你的定力呢？你的冷静从容沉稳如山呢？这下子好，惊动了领导和老同志们不说，自己也陷入困境。不说是不行的，说出来就是笑话。没想到他说出来后，谁也没笑，团长更是一脸严肃，扭脖子叫他的司机："小丁！"小丁跑步到，团长命令："现在你和车归彭飞管，他要上哪儿你去哪儿，一个原则，把他要找的人找到。他找不到人，我处分你！"

安叶下午五点就站在中心报亭等了，全身都淋湿了。出门时还没下雨，预报没雨，只觉天凉，为穿不穿裙子犹豫了一阵。裙子是又买的，还是白色的。他喜欢她穿裙子，喜欢白色，看得出是真喜欢。但她又不能总穿同一件，于是特地去商场，再买了款式不同风格相近的另一件，珠丽纹质地，轻柔飘洒。在商场选衣服时不得不对自己承认，她喜欢彭飞，喜欢到了难以割舍，为了什么都难。这几天来她一直情绪低落，昨天下班向外走时，低到谷底，低到都没气力去想到底为了什么，直到彭飞从天而降般站在面前，阴霾心情一扫而光云开日出。他身穿飞行服站她对面英气逼人，根本不容你解释细枝末节，直截了当安排见面——是"安排"而非"商量"——他自信他能征服她，她喜欢被他征服。今天上午上班她又坐办公桌前发呆，全身心沉浸在了下午的约会里，想像着见面时的各种情景。情景各异有一点相同，都是她先到。两人惟一算得上约会的那次，她迟到了两个小时，第二次她预备将功补过时，他没来。这次她得抓住机会，让他看看她的素质，她可不是那种拿架摆谱扭捏作态的市井女子！

安叶在报亭下等。天很凉，放眼看去，上了点岁数的人都穿夹袄了。预报说今天最高气温22℃，比昨天的最低温度还低。最低温度多少她没看，光想22℃穿裙子应该还可以，就穿着裙子出了门。开始尚可忍受，等半道上下起雨来，就有点难受，等到了中心报亭站那儿等时，越来越冷，阴冷，令她铭肌镂骨痛彻体会到了什么叫做"等"。望眼欲穿，望穿秋水，翘足引领，寸阴若岁……统统苍白！一颗心在"千帆过去皆不是"的激动、失落、失落、激动的交替中变得疲惫，消沉，渐至绝望。她明白，如果她今天等不到他，于二人就是永别。这信念支撑着她从五点等到七点四十五，她明白她必须走，他不可能再来，她与他注定无缘。

安叶沿江边向公交车站走，为方便，这次她没骑自行车。阴雨霏霏的江边来往行人都向她行注目礼，心中慨叹：什么叫美丽冻人？这才是！安叶全不知道，身的寒彻心的悲绝，让她麻木。

吱，随着尖锐刹车声，一辆军用吉普在身边停住，安叶吓了一跳，没等她醒过神来，一个人挡在面前，彭飞。他脱下飞行服就往她肩上披，她下意识挡开：不是耍小性子，是——何必？她想对他笑笑以表达出这层意思，没笑出来，面部肌肉僵了。但彭飞体会到了她想表达的意思，急得语无伦次："对不起……请相信我有合理理由……上车吧……安叶，求求你！"

安叶注意到，最后那句话让候在旁边的小战士一下子把脸扭向一边很是难为情，彭飞的不顾一切让安叶心软："我相信你有合理理由，但你可不可以打个电话来呢？"彭飞说："当时我打不了电话。"安叶又问："是打不了还是忘了？"情绪不自觉松动，不自觉撒娇：他当然不会忘，但得让他说出来。不料他说："打不了。也忘了。"

安叶受打击，且毫无防备，一个字都说不出，恰好一辆公交车驶过在不远的车站停下，她转身跑去上车，车门关、车驶走，彭飞眼睁睁看那车消失于江边雨雾。

团长被彭飞气得火冒三丈："'不想对她说假话'——你是迂啊还是傻？坦白从宽抗拒从严是人家警察和罪犯之间的游戏规则不适合你们，不适合男人和女人！这方面老同志们是有过血的教训的：对女人，该说假话时绝不能说真话！……去找她！知道她住哪儿吧？"彭飞点头，上次安叶摔伤是他骑车把她送回的宿舍。团长："现在就去！小丁跟你去！"

彭飞到时安叶已经换上了暖和的干衣服，两手捧杯热水小口啜，桌上的饭盒里泡着方便面。听到敲门声她开门，隔着防盗门，看到了彭飞，心平气和问他有什么事。彼此可以不相往来，但也不必反目成仇，她不想显得小气。彭飞说："一块儿吃饭，完了看电影。"安叶有点激动，极力稳住："不想去。"他说："为什么？"安叶说："为什么？因为下雨因为太冷因为我不想出去挨淋受冻！"声音不期然尖锐高亢——全没有她自以为的平静大气——引得上下楼的人纷纷向这儿看。彭飞温和道："把门开开安叶，影响不好，你让我进去说。"安叶"哗"拉开了门，彭飞进来却什么都没说，拿下她手中的杯子拉着她就走："走！按原计划执行！咱有专车，淋不着也冻不着！"

小丁开车，彭飞和安叶坐后边，一路上彭飞喋喋不休好话说尽："安叶，我完全可以不跟你说我'忘了'，是不是？但我却说了，为什么？因为对你，我不想说假话。忘了是有原因的，暂时不能说，有保密纪律，相信你能理解。"安叶只是不响，彭飞顽强独白："第一次我们约时你也忘了……"安叶猛转过头来："我忘了，我错了。在这件事情上正确的思维逻辑应该是，我错了，我改；而不是，我错了，你就也可以错！"彭飞回道："同意！我要说的意思比你更深一步，你忘了，我理解；同样，我忘了，你肯定也能够理解！因为，我们是同一类人！"安叶全没想到，怔住；他不光是深，且准、狠，直击她心的最柔软处。心一软，意志力自控力随之丧失，女孩儿本色毕露，理所当然地哭了起来："不一样彭飞不一样，你那天是什么情况？风和日丽！我今天是什么情况？冷雨交加！我，我在雨里等了你快三个小时。没有人，没有电话，我早淋透了从外到里都透了我都快冻死了！"

彭飞思索一秒，趴到前排椅背上，对一直装聋作哑的小丁耳语一句，小丁马上打灯转方向盘直奔江边。车在江边停住，彭飞脱下飞行服只着衬衣，开车门跳下，站到江边的冷雨里，一言不发。安叶不明白："你这是干吗？"彭飞说："用这种方式，体会你挨淋受冻的方式，聊表歉意。"安叶哼一声，抓起飞行服扔他身上："算了吧！你体会不到，除非你能在这儿站上仨小时！"彭飞把飞行服扔回车上："我保证能在这儿站上仨小时！"安叶从车上下来："好，很好。你在这儿站着吧，我就不奉陪了。"说罢走。

彭飞追上去拦住苦苦哀求："安叶安叶安叶，你说，我怎么做你才能原谅我？"安叶说："我说了你就能做吗？"彭飞道："说一不二！"安叶被将了军，嘴张了张，没说出什么。愣一会儿，手向江水一指："你从这里走进去！"

彭飞转身走，开始安叶还沉得住气，但看他真的一脚踏进水里顿时尖叫："回来！"彭飞充耳不闻走，江水没过脚踝、小腿，继续上升。安叶抓起飞行服追去大叫："回来！你疯啦！"彭飞只是走，江水没过了膝……安叶不顾一切涉水，不小心滑倒尖叫出声，彭飞闻声回头跑来拉起她，抓过她手里高擎的飞行服，将泡湿了的她紧紧裹住，那一刻，二人身体间的距离几乎为零，彼此同时感到了对方的剧烈心跳。

彭飞开口了，声音温柔："安叶，愿意听我吹吹牛吗？……我放机长了，到目前为止，是我们师最年轻的机长！"安叶不是很懂："这很了不起吗？"彭飞点头："有一点了不起。你自豪吗？"安叶奇怪道："你的事儿，我自豪什么？"彭飞更奇怪："咦，难道是我判断有误？我一直以为你在追求我呢！千方百计到部队找我，又是电话又是信……"安叶绷不住，笑起来："是，我是在追求你。不可以吗？"彭飞说："当然可以非常可以尤其特别百分之一万的可以，这是你的自由你的权利！同时，本人为此求之不得受宠若惊心有戚戚，不过，我很想知道，你这么出色的女孩儿，为什么要追求我？"重音放在"我"上。安叶似笑非笑看彭飞："逼我恭维你？"彭飞郑重道："绝无此意。只是，好奇。"安叶仍那样似笑非笑看他，用双手呼扇了一下裹在她身上的飞行服："我吗？看上你这层皮了。"彭飞丝毫不以为忤，反很快接道："那也是我的组成部分，重要组成部分。"

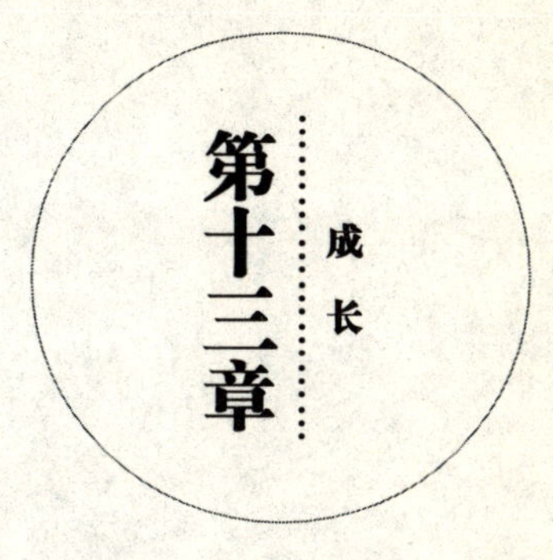

成长
第十三章

海云和湘江不同意彭飞的选择。之前他们给他介绍的哪一个，条件不比安叶强？长相，学历，职业，家庭。就算前两条安叶不输于她们，后两条呢？职业是记者，工作时间不规律，没孩子时还凑合，等有了孩子，家谁管？搞不好会直接影响彭飞发展。家庭是工人家庭，你可以没有门第观念，但相同家庭出来的人一致的地方比如生活习惯，就是要多，可减少很多婚后的磨合，你凭借道德优势去指责他人基于现实的提醒，无礼也幼稚。这件事湘江自然不会跟儿子正面接触，一直是海云出面，海云也谈不通。不久前接彭飞电话通知，要带安叶回来，让二老见见。

周六湘江回家，进门一愣，家里干净得水洗过一般，他进门时海云正站在窗台上换窗帘，下来时没站稳差点崴着脚。湘江禁不住埋怨："至于嘛，一个女孩子来，搞得你这么紧张！"海云说："得给她做个榜样，怎么持家怎么做妻子怎么对待自己的丈夫。"湘江笑叹："是不是还得搞个交接仪式什么的，正式把你儿子交到另一个女人的手里？"海云不笑，边向厨房走边说："如果飞飞定下跟她，那么，这次就是正式交接。"

湘江想不通。安叶有什么好，非她不可？说是"谈得来"，废话！谈不来你们能谈恋爱？可"谈"得来不一定就能"过"得好，谈恋爱和过日子是两码事！海云听丈夫又开始唠叨这些陈词滥调，很烦："都这时候了，儿媳妇马上进家了，没用的别说了！"湘江哼一声："是不是儿媳妇，还两说着！"海云皱眉："这事你得识时务，儿子打定主意要跟她，你非不让，只能招他烦。"湘江一笑："在他眼里我一直是恶人，多当一回也无妨。"海云说："问题是，做了恶人还没用。"湘江说："不一定。那女孩儿来了，我得告诉她，别光看那些表面的光鲜，蓝天呀白云呀什么的，实际上根本不是这么回事。"

安叶跟着彭飞走，离彭飞家越近，越紧张，到楼下，干脆站住。彭飞百般宽慰："跟你交个底安叶，我妈那边你放心，我爸那人，怎么说呢？当领导惯了，发号施令惯了，可能说话会生硬一点，不那么好听。但不管他说什么，你尽可当耳旁风，为什么？因为我们家领导是我妈。……走！"安叶仍不动，彭飞拉她的手，那手冰凉，彭飞怜惜地："真没事安叶，我妈好对付，你只要勤快点能吃苦——"

一个"勤快点能吃苦"提醒了安叶：她这次来相当于面试，公婆、尤其婆婆面试什么？肯不肯干，能不能吃苦，温不温柔，概括起来俩字，贤惠。有了努力方向就有了底，当下跟彭飞上楼。到家门口，把一直由彭飞提着的两个箱子提过去一只，彭飞立刻会意撒手，慌张中都未察觉安叶把重的那只箱子给提了过去，等想易手时已迟，门开，海云出现面前。

彭飞果断单手提箱，另一手空甩着大摇大摆先行进去，任安叶一手拎包、肩背双肩包、一手提箱子跟他后面。那箱子于安叶是过沉了，压得她身子偏向右侧——戏路子对，戏过了——海云看着，心里明镜似的，但没觉好笑，反油然生出怜爱：这俩孩子，为他们这份感情得到认可，煞费了苦心。

这天，吃罢晚饭，彭飞招呼爸妈到客厅看电视，让安叶收拾桌子洗碗，海云理解儿子，很配合，任安叶一人在厨房忙活。坐了一会儿坐不住，对彭飞："飞飞，去帮帮她。"彭飞摆手摇头表示"甭管她"，海云责备："她现在还是咱家的客人。"彭飞这才很不情愿似的，从沙发上起来去了厨房。

安叶正在刷锅，炒菜锅，生铁的，很沉，锅把手也不那么光溜，彭飞一进厨房马上接过去刷，安叶站旁边，伸手让他看自己的指头，才几天工夫，指尖磨起了毛刺儿。彭飞心疼责问："怎么不戴手套？"安叶笑："咱不是'能吃苦'嘛！"

这几天彭飞妈妈有意无意跟她说的都是，做军人的妻子，首先得"能吃苦"，并以自己为例：从前与丈夫两地分居，随军后，一年十二个月有十个月家里还是只有你。总之吧，家里的一切，都得靠你，别想指望丈夫。这几天在彭家对她来说，是面试也是见习，见习后心里更有底了，彭飞妈妈说的那些所谓的苦，不过如此，惟一让她不能理解的是，她作为名牌大学的高材生，怎么能做到从三十多岁起就不工作待在家里？彭飞却听出了安叶这个问题后头的问题，温和道："听我说安叶，我不是我爸，我保证不让你走我妈的路。一代人有一代人的生活态度，生活态度决定生活道路。"安叶一下子搂住彭飞，脸贴那温暖的背上，眼睛湿了。她这次来，不仅是被面试，也是面试。他们挑她，她也挑他们，双向选择。现在她决定了，这辈子，就他了。

彭飞和安叶周三就要走了，周二晚上，湘江特地赶回来为他们送行。吃饭时丁洁呼安叶"速回电话"，安叶请示后，离开餐桌去客厅给丁洁电话，通过安叶这边的话语可断定，二人说的是关于某篇稿子，说了好久，久得彭飞如坐针毡。湘江终于开口："安叶工作很忙啊？"一直处于高度警戒状态的彭飞立刻给出父亲想要的终极答案："我们会处理好的！"湘江眉毛一扬："哦？你们打算怎么处理？"彭飞一时回答不出，湘江哼一声："只有决心和愿望，没有计划没有方案，以为感情是万能的，攻无不克战无不胜的，幼稚！彭飞啊，我以过来人的经验告诉你，婚姻不是儿戏，尤其对你来说！"

彭飞反感至极，反感他的话，更反感他的人：餐厅客厅连着，你说这些话不能小点声吗？就是想说给安叶听，是不是？为了讨你们欢心她这么努力你无动于衷，不惜直接对她开火给我来一个釜底抽薪，太恶毒了！低低地一字字地，他对父亲道："爸爸，我的事情我做主，可以吗？"湘江头一点："可以。如果将来出了问题——"彭飞接道："与你无关！"湘江说："希望你说到做到！"彭飞一笑："到目前为止，我说到的，想做的，都做到了，不是吗？"其间的暗讽令湘江勃然大怒："是！希望你以后也是！有了困难，不要找我们！"彭飞定定道："放心。天塌下来，我们自己扛，绝对不会、尤其不会，麻烦你。"湘江还要说，海云一声低喝："行啦！"

　　安叶打完电话了。一家三口齐齐扭头看去，安叶走来，笑盈盈的，显然什么都没听到。这会儿湘江方感后怕，为自己的鲁莽：如果他那些话安叶听到了并反应了，以彭飞的脾气、他的脾气以及父子一直的关系，会是什么样的后果闹出什么事来？不能想。

　　三人都不知道，彭飞父子的对话安叶全听到了，那时她和丁洁已通完话了，为避免各方难堪，保持通话状直到父子争执结束。回到餐桌前，该吃饭吃饭该说笑说笑，饭后，收拾桌子刷碗一如既往，直到与彭飞单独相处，方放声恸哭提出了分手。她的隐忍和顾全大局让彭飞倍加怜惜，同时对父亲的恶劣行径倍加厌恶。

　　……

　　安叶成了二团飞行员妻子的标杆。

　　婚后第一个春节，小两口本打算去双方父母家走走，先去彭飞家，过完大年三十，去安叶家。跟双方父母说了，回家的东西买了，不料去乌鲁木齐执行人工降雪任务的彭飞没能回来。那年入冬来新疆地区偏暖降雪量少，沿天山一带冬麦产区出现了少有的旱情，国务院希望空军运输机部队配合气象部门实施人工降雪。彭飞机组过了元旦就去了，去那里等待合适人工降雪的天气条件，一直等到春节将至，最后一刻，安叶自己回家，回自己家。回去还得做爸妈工作，什么奉献啊牺牲啊个人利益服从国家利益啊，一通大道理。当然她不会那么直白地讲，她讲得委婉入耳入心，新瓶装旧酒是记者的强项。

　　还有很多很多日常的不尽如人意。最简单的例子，成家了，有家了——婚后团里分给彭飞一套小两居——这个家距团部只十分钟的路，一日三餐，他不能回家吃，得吃空勤灶。一次安叶下班回来路上，看到路边有不少人家把小饭桌搬到家门外，一家人露天围坐吃喝说话，彼时司空见惯的情景，此时竟令她突然间热泪盈眶——她和她的爱人连一起吃顿饭，都难；睡觉也是，非休息日，彭飞一律得住空勤楼，黄金之身不管吃睡都得在组织的监督保障下。婚前她做好了思想准备，泰山压顶志不移；身临其境方知，真正需她对付的不是泰山压顶，是滴水穿石般日常的反复的琐屑磨蚀。她开始认识、佩服婆婆，谴责自己软弱的同时决心向婆婆学习，大概因思想准备充分，她比婆婆做得还好，在支持彭飞的同时，不耽误自己的工作，怀孕了都没耽误。

她怀孕时彭飞奉命参加空地联合演习正是她反应最重的时候，彭飞离家前她吐得翻江倒海不能自已，却摆手叫彭飞快走不要迟到。团长得知此事大发感慨："很多人说，干我们这行的找老婆不能找事业型的，得找那种能以你为中心、能做到嫁鸡随鸡嫁狗随狗的——"全然忘记他自己就是这观点最坚定的拥趸倡导者践行者，"哪里是这样的嘛！嫁鸡随鸡嫁狗随狗的叫什么？叫盲目！彭飞和安叶这种相互理解比翼齐飞的叫什么？叫觉悟！两相比较，后者好！"

安叶的出色赢得的不仅是二团上下的认可，还有公婆。她怀孕的事情更是让海云喜上加喜。一喜自然是为了将有孙辈，加上的那一"喜"是，彭飞自己也做了父亲后，可能会慢慢理解父亲。自为安叶的事情闹翻，父子俩至今不说话。海云理解彭飞的怨恨，但，父亲不对的是方法，出发点是好的，你怎么就不能看到这个"出发点"？湘江对此保持沉默，她知道他很难受，很难过，前所未有。从前，父子长时间不说话也是有的，从没见湘江如此在意过，他是老了。男人对孩子的从不在意到在意，是从年轻到年老的典型象征。她跟彭飞说了很多次，说不通，有些事情光说不行。比如安叶，婚前对婆婆的话只是理论上听听，一旦自己进入了角色，方才真懂，信中电话中，多次跟婆婆表达过这种感受。到目前为止，婆媳关系和谐，与没住一起肯定有关，但与二人还算得上志同道合也有关。对彭飞父子关系，婆媳一致着急，一起努力，没有结果。这件事固然湘江有问题，发展到眼下这个态势，彭飞得负全责：给家里打电话，父亲接的电话，你自然而然叫声"爸爸"，坚冰不就打破了吗？不掉价也不尴尬。他不。听到是父亲的声音，张嘴一句："我找我妈！"连个称呼都没有，更别说寒暄问候。如果"我妈"不在，他就直接挂电话。眼下海云只愿彭飞做了父亲，能够亲自感受做父亲的许多无法兼顾时的无奈。这一天快了，还有两个月，安叶预产期是两个月后。

　　这天下午安叶没去上班，在家写稿，写完后，为自己和肚子里的孩子做好吃的。怀孕反应过去后，胃口出奇的好，吃什么都香，吃饱了没过多会儿又饿。胃口好加上有了做饭动力——自己做饭自己吃有什么意思——现在家里终于是两个人了，她做得精心细致。鱼肯定有，吃鱼对孩子脑子好，怀孕后她买了本日本儿科医生写的《育儿百科》，每天照着书本起居饮食。尿布是婆婆给准备的，旧秋衣裤撕的，软软的，洗了，晒了，让人捎来时还能闻到一股太阳味。同时婆婆还把彭飞小时候的小棉被小褥子小衣服都捎来了，说是婴儿穿旧衣服好，旧衣服不磨皮肤。孩子在肚子里踹了一脚，安叶停住手，细细体会。他在她的身体里，与她同呼吸共命运。未来不久，会在她的身边，与她在一个家里共同生活。是孩子而不是丈夫，给了她这个名副其实的家，有家的感觉真好。安叶细细切葱丝，做清蒸鱼用，风从敞的窗子吹进，带着凉意，湿意，外面下雨了，清新怡人……

　　彭飞完成了长达三个月的协转任务，返部。他是机长，许宏进是飞行员，飞机编号028，他们前一架飞机的机长是老刘。老刘飞机前方出现了积雨云，他呼叫后面彭飞提前向东绕飞，他们则预备从两云间的缝隙中穿过，凭经验判断，后面的飞机来不及。果然，他们刚穿过去两块云便在身后合二为一。航空气象学说：严禁在雷暴区或积雨云中飞行。强烈的升降气流、雷电、冰雹、严重结冰以及恶劣的能见度，任何一项都足以置飞机于死地。彭飞驾机向东绕飞，却不料一块巨大的雷暴云泡已先期到达并堵住了航路。大雨如浇如泼，飞机被气流打得如浪谷中的一叶小舟，闪电小青蛇般在风挡玻璃上跳跃，随着一声巨响，飞机被雷暴击中，通信舱下部被击穿，强大的气流夹着液压油劈头盖脸向机组人员袭来，彭飞向地面急呼："028被雷电击中！"

　　机场警报声骤然响起，飞行教室的飞行员们听到了警报声，起身向外冲，人们一下子把仅有的两个门塞住，等不及的人登上窗子向外一跃而出，向机场跑；警报声响彻营区，家属们从各个家里冲了出来，向机场跑。安叶也听到了警报声和人声的嘈杂，出门，下楼，正好有飞行员从楼前跑过，有人在问："被击中的是哪架飞机？"有人在答："028！机长彭飞！"

　　机舱内，许宏进报告仪表失灵，油门杆失效，内外联络中断，因飞机剧烈震荡他的脸不知哪儿被磕伤，满脸是血，作为机长彭飞连声问候都没有，顾不上；机械师报告的消息令人稍慰，发动机、机翼、尾部都是好的，其时机械师腿已被撞断自己尚不知情，只感疼痛剧烈一声没吭，怕分散机长注意力。彭飞眼观六路耳听八方全神贯注，一条灰色跑道出现机翼下方，他果断命令："保持好平衡和高度，放起落架准备迫降！"这时领航员急报："后面有三架歼击机正在着陆！"彭飞当机立断："避开跑道保证歼击机安全着陆！"但是，刹车失灵，飞机仍以每小时100公里的速度向跑道上冲，后面歼击机马上落地，千钧一发，彭飞和许宏进同时立起，伸直腿，蹬满舵，四只手把驾驶盘前推到底……奇迹出现，飞机改变了滑跑方向，为三架歼击机让开了通道，在距跑道七米多的地方慢慢停了下来……

　　安叶没能跑到机场，途中就倒在了地上，先是剧烈腹痛，接着大出血，接着昏过去，被送入医院，在医院住了一周。

　　安叶出院。彭飞在厨房里忙活，鸡汤的香味弥散家中每个角落，安叶半坐床上看自己的家，离开不过一周，恍若隔世。家还是那个家，又已然不是了。婴儿床还在，怕落灰还没铺上铺盖，铺的盖的都在组合柜左上方那个格里，需要时再拿几分钟就够。孩子没了，疯狂奔跑和极度惊吓，有一条足致他死。在医院她整整发了三天高烧，烧退后彭飞跟她说，我们还年轻，还会有孩子。她摇头。如果仅仅是为孩子，事情就简单多了。

　　小苏和罗天阳来了，提着大包小包的营养品，来看安叶。经过顽强不懈努力，罗天阳终将小苏追求到手，二人在安叶彭飞结婚后不久也结了婚。那时小苏已是幼儿园园长，师里给她分了套小两居，在彭飞家楼上。

　　民航领导一直让罗天阳动员他在空军运输机部队的飞行员朋友转业来民航，罗天阳一直没敢轻举妄动，妻子小苏是这个师的工作人员，挖墙脚的事传出去影响不好，这一次彭飞出事安叶把孩子掉了，是个机会。难度肯定有，罗天阳经历过转业脱军装的痛苦，对彭飞这样出身军人世家的军人来说，那痛苦得翻上几番。但同时他相信，有难度不等于没可能，这世上就没有不可能的事，只要价格合适。民航飞行员以质论价，彭飞这样的，只要去，两把钥匙立刻到手，一把房钥匙，三室一厅；一把车钥匙，上海桑塔纳；基本月薪一万，飞行小时费高出月薪数倍，须知当时是二十世纪九十年代中期，一般人月薪上千就不低了。当然，这听起来令人咋舌的高薪高条件，全部加起来不抵空军培养一个飞行员花费的零头，谁也不会做亏本买卖。所以，民航到军航挖运输机、轰炸机飞行员，一直令世界各国空军困扰。

听罗天阳说完，安叶眼珠子都没动一下，吐出俩字："不去。"罗天阳知道症结在哪儿，耐心继续："怪我没说清楚，光顾强调民航待遇了。安叶我跟你说啊，同样是开飞机，安全系数大不一样，民航的危险比起军航来，要小得多得多得多！为什么？职能决定的。民航飞机是交通工具，职能决定我们的飞行原则是，第一是安全，第二是安全，第三还是安全，能不飞，就不飞；军航的职能决定他们的飞行原则是，第一是准备打仗，第二是准备打仗，第三还是准备打仗，所以他们，能飞，就得飞。必要时，不能飞，也得强行起飞，这是横向比。纵向比，跟别的交通工具汽车火车比，飞机事故率最低，死人最少。安全是相对而言，没有什么事儿能保证绝对安全，就说吃饭，还有噎死的呢。"

安叶只是不说，不动，背抵靠枕半卧床，眼睛直勾勾盯着身上被子的某处，眼皮子都不抬，她主意已定，雷打不动，只要是飞，不管在哪儿飞，都不行。从前也知道飞行危险，飞机失事的报道也不鲜见，但是，事情落在别人头上和在自己头上，是不一样的。在医院高烧的那三天，她脑子里反复出现的一个幻觉是，彭飞从天上掉了下来，是后来才知道孩子没了，之前，她都没有想到过孩子。

彭飞端着茶壶茶杯过来，给客人倒水。罗天阳对他道："正跟安叶说你去民航的事呢！"彭飞瞪他一眼："谁说我要去民航了！"罗天阳说："明白意思就行了，较什么真？"彭飞复认真倒水，谁也不看，主要是为避免看安叶，说——主要为说给安叶听——"部队不会放的。"罗天阳说："你没提怎么知道不会？事情就怕做。没有做不到的，只有不去做的。你下死了决心走，部队怎么留也留不住。"没听到彭飞说话，一直垂着眼皮的安叶抬起眼睛，看他。罗天阳又说了："我知道你舍不得。如果我是你，一下子做决定也难：你的青春，你的理想，你很重要的一段生命，都在这里，更别说你还有一个英雄梦，彭飞，你渴望在战争中建功立业，可惜，现在是和平年代！"

彭飞抓住这句话像抓住救命稻草："对！这话在点子！现在是和平年代，又不打仗，能有什么事？那天的事，纯属偶然！"话是冲罗天阳说，却还是说给安叶听。罗天阳不知是真傻还是装傻，语气平静订正："偶然中的必然。美军有数字统计，他们平时训练，比战时打仗死的人要多。换句话说，他们打仗时死的人少、战斗力强，正是由于他们平时那要命的严格训练。"彭飞气极："罗天阳！你就不要再吓唬她了！"

一直不说话的安叶开口了："彭飞，比起你的隐瞒，我更愿意他——你说话——吓唬。可惜我不认为这是吓唬而是实事求是，是对我的信任。现在你告诉我，你们是不是有过很多很多次这样的危险？你不说，你们有保密纪律。这一次，完全是因为瞒不住了。"彭飞苦苦道："安叶，其实美军的那种统计并不科学，太笼统，也没分个军兵种……"罗天阳一针见血指出："不管怎么分，所有的军兵种里，开飞机都是高危险！"彭飞怒喝："飞机和飞机还不一样！歼击机高危险，我承认。但我们运输机、轰炸机，跟开民航机其实差不多！"罗天阳摆手："得了彭飞得了，在部队开运输机轰炸机跟开民航机差不多——糊弄谁呢？糊弄老百姓呢！"

彭飞不明白罗天阳今天这是怎么了，也顾不上想，怒气冲冲就动了手，动手逐客，两手推着罗天阳的背，边推边说："走吧走吧走吧，我们要休息了！"罗天阳、小苏走了，彭飞关了门，镇定了一会儿才去卧室。安叶迎着他道："彭飞，你以为这样就能解决问题吗？"彭飞哀求地看安叶，安叶已把眼睛垂下去了。

下午安叶睡后，彭飞回宿舍打电话——家里有电话但他不敢在家打怕万一安叶听到——宿舍没人，许宏进在指挥塔。电话摆在并排于两床之间的床头柜上，彭飞走过去，在床边坐下，伸手拿起电话，拨；拨了一个数字，烫着了般，把压簧按上。全身心凝定片刻，果断松开压簧拨号一气拨完，拨完手执话筒，听。话筒里传出标志电话接通的长长的"嘟"声，随着那"嘟"声一声连一声响，彭飞心跳加速。电话终于被接起来了，彭飞未及出声，耳边先传出一声吼："待会儿打来！"接着就是"嘟、嘟、嘟"声，电话挂断。

仅只这五个字，粗暴得有点变声，彭飞仍能听出说话的人是他，他的父亲。听到父亲声音彭飞一下子心安，放下电话，静静等。父亲那边肯定有事急需处理，没关系，只要他在、他能找到他，就没关系。彭飞此生从未有过、从未想过有一天，要求助父亲，这一刻不假思索就这样做了。他的人生掉进了低谷，低到漆黑一团找不到出路。他现在面临的选择是，要么放弃飞行，要么放弃安叶，放弃哪个对他都如炮烙之刑，不死也残。现在父亲是这个世界上惟一可以帮助他的人，他需要帮助，他生怕这会儿父亲随部队去了某个荒山野外让他找不到他。

作训处长笔挺立于彭副军长办公桌对面。湘江手点着作训处报上来的训练大纲，说："请教一下，继续'境训'是什么意思。"作训处长把本来已直得不能再直的腰身又挺了挺："打错字了，应该是'培训'，刘参谋打字用'五笔'，'五笔'里培和境打法相近……"湘江打断他："这大纲报上来前你没看过？"作训处长不吭了。湘江说："责任还是在你。你是不是觉得，不过错了个字，也不是什么关键字，就算这样下发下去了，也不会酿成不可弥补的后果？……说话！"作训处长身子又一挺："不是！"湘江："那是什么？"作训处长低声道："素质，您一再强调过素质。从一个细节，能看出一个人的素质，一个机关的素质……"这时电话再响，湘江接电话前，把手里的训练大纲往桌上一掷，摆手让作训处长走。作训处长拿起大纲，敬礼，转身，离去，湘江接起电话。

尽管拨的就是父亲办公室的电话找的就是那个人，但一俟听到耳边传来那声熟悉的"喂"，彭飞仍有猝不及防之感，只来得及叫了声"爸爸"，嗓子便一下子哽住，泪水哗地流了下来。"彭飞？彭飞！彭飞！！"耳边父亲的声音由意外到焦急，知子莫过父，湘江知道，非有寻常之事儿子绝不会给他电话。彭飞深呼吸，极力让声音正常："爸爸，您现在说话方便吗？"

父亲的回答是："说！！"

彭飞说完了事情经过，这个过程中父亲在那边一声不吭，连"嗯""啊"的叹词疑问词都没有，但彭飞感觉到他在听，全身心倾听。说完了事情后他道："爸爸，我想问一下，你们也属于高危险兵种，每次出了事，妈妈要是知道了，您都怎么跟妈妈做的工作？"

怎么做的工作？几十年的摸索，磨合，调整，可不是一下子能够说清楚的。思忖间，外面传来一声"报告"，他说了"进"，然后对电话："我这儿有事，有时间给你电话。眼下一个原则：只谈生活，不谈工作，避其锋芒，以柔克刚。"

安叶仍半卧床上，遵医嘱少动静养。一方面高烧使身体虚弱，另一方面，流产的胎儿已接近七个月，她等于生了个孩子，就是正常情况下，也该"坐月子"。彭飞两手捧汤碗进来，嘴里叫着"喝鸡汤喽"，安叶喝汤，他坐一边看，不时说一句"好喝吧？""要不要加点盐？"一类的话。父亲到现在没回电话，身为军人又是相当一级领导，肯定有很多身不由己的事，彭飞理解。在父亲没来电话前，他谨遵父亲教导：只谈生活，不谈工作。

他不谈安叶谈："调动工作的事，跟领导谈了没有？"彭飞如实说："还没有。"然后说，"调动工作是大事，等你养好了再说。不能急，急也没用。"不说自己态度，所谓"避其锋芒，以柔克刚"，就算"克"不了，拖一拖是可以的，拖到父亲来电话，有更进一步的建议了，再说。这时安叶又说："我倒没什么急的，可孩子没了的事，得早跟你妈说啊。"她不是故意找茬儿，现在的问题确实是环环相扣：如果彭飞定下不再飞了，可以对妈妈实话实说孩子为什么没了、怎么没的，没定之前就没法说，说了妈妈肯定受不了，担心也得担心死。彭飞别无他法，本着一个"拖"字搪塞："这事也先不说，现在我们的当务之急是，把你的身体养好。"

口气中带出些责备生气，软硬兼施色厉内荏。心里头越急，父亲怎么还不来电话？等得焦心，几次拿起家中电话听看是不是坏了，没坏。可直到下班号响，熄灯号响，父亲都没有电话。彭飞再也沉不住气，拨父亲办公室电话，没人；万般无奈拨了家里电话，在跟妈妈的寒暄中仿佛很随意地问了句："我爸干吗哪？"妈妈说父亲下午打电话说下部队了，临时任务，走得很急。彭飞放下电话，心头感受不是失望不是生气甚至不是愤怒，是决绝的冷酷，为父亲的冷血而冷酷，从小到大，同父亲矛盾最激烈时，这种感受都不曾有过；内心深处他是信任他的，或者说是，信任"父子"的血脉关系。他错了。

洗脚盆里已接好凉水，彭飞一手提暖瓶向里兑热水一手伸进去试水温，已有无数人跟他说了，月子里的妇女不能着凉水。有敲门声，彭飞皱起眉头，暖瓶都没放，提着怒冲冲向门口走。熄灯号都吹了，这时候还能来敲门的，不是罗天阳就是小苏。他感谢他们的关心，但他们也该懂得，过分关心过分热情会给人带来麻烦形成负担，即使好意也不能没有分寸也得有度。

开门后他整个傻掉了，来人是父亲，司机跟身后，手里提着两大兜营养品！父亲解释说没打电话通知是怕他等，跑长途时间不好掌握；又问是不是影响他们休息了？直到这时彭飞才恢复说话功能，慌慌张张连说"没有"，双手去接司机手里东西，差点把暖瓶扔到地上。

湘江看望精神肉体受到重创的儿媳，向她表示慰问，感谢，感谢她对彭飞一向的支持和付出，尤其这次。他在安叶床边坐了一刻钟，除了慰问感谢，别的没提，关于彭飞是否停飞一事，只字不提。电话中彭飞问他怎么跟海云做的工作，他来的一路上都在总结，最终结论是，做工作是一方面，成不成，得看双方。套用一句俗语：合适温度可让鸡蛋孵出小鸡，无法让石子孵出小鸡。他们父子用如此诚意和行动表达着他们的心愿，安叶若仍坚持己见，那么他提与不提，概没意义。这期间彭飞请示是否要向团里汇报以安排住处，湘江说他得连夜返回，明天上午还有个重要的常委会。走前告诉他们，孩子没了的事要尽早通知彭飞母亲。怎么通知，没说。

家里静下来了，若不是地上的两大兜东西，仿佛不曾有人来过，一切恍若梦里。安叶先开口了："⋯⋯当初，你不是跟你爸说，天塌下来，我们自己扛吗？"彭飞说："可你现在不跟我一起扛了，我一个人怎么扛？"安叶问："我有那么重要？"彭飞说："非常。"安叶想了想，又想了想，知道下面的问题不该问蠢女人才会问，还是忍不住问："那，飞行呢？"彭飞说："我拒绝做这种比较。安叶，生命的天空不是一根支柱就能撑起来的，事业，爱情，亲情，友情，都是。缺一我也能活，但从此我不会有完整的快乐，残缺的生命不会快乐。"

于是安叶明白了。好一会儿，她开口："谢谢你为了我，向你爸爸求助。谢谢你对我，这么看重。但是，"彭飞紧张得呼吸窘迫，安叶说："注意安全。"

成长

第十四章

一年以后，安叶又怀上了孩子。有了上次教训，这次小心多了，每周给婆婆电话汇报，体重多少，腹围多少，胎心多少，至今已经八个月了，海云成为奶奶，指日可待。

海云对安叶上次把孩子流掉的事颇为不满。快七个月的孩子怎么能说掉就掉了呢？电话中他们的解释含糊不清，大致是路上被骑车人撞了。在哪个"路上"、干什么去的"路上"？没说，她也不问，明知故问只能逼他们撒谎。安叶怀孕后一直坚持上班她是知道的，她提醒过她量力而行，工作重要，家庭也重要，尤其对女人来说。她不听。这就是不听的后果。

前不久她向安叶提出来家里待产，安叶说不麻烦了。有什么麻烦的？这时家已搬至军里，有司机有公务员；她还是怕耽误工作，海云心里明镜似的，但绝不说破。婆媳相处之道最重要一条，保持距离，不宜过分亲昵，更忌撕破脸皮。

昨天电话中安叶说她的副高职称批下来了，是全报社最年轻的副高记者，如果顺利，两年后，是全报社最年轻的高级记者。到底还是孩子，没有城府，她高兴就想让别人来分享。海云不是不为她高兴，更多的却是担心，显然，她对生孩子这事的思想准备很不充分。当年海云也曾天真幻想，孩子生下来坐完月子，第二天就跑步锻炼以尽快恢复体形，恢复正常的工作生活学习。根本想不到女人只要有了孩子，就算有了副一辈子卸不下的担子，孩子的每个阶段，都有每个阶段的事，孩子生下来，才仅仅是开始。当然她没跟安叶说这些，此刻说，徒然扫兴。只凑趣说句："嚯，野心不小！"安叶在那边愉快迎合："妈，这叫追求！"

　　海云还问过到时需不需要她过去帮忙——尽管湘江坚决反对，他担心她的身体——但作为没有工作在身的婆婆，这个态她得表。安叶表示感谢的同时婉辞，也是以婆婆身体不好为由。她那边已安排好了，到时她妈来并带着保姆，海云也就顺水推舟。身体状况不允许是一方面，另一方面替安叶想，女人生孩子谁不希望守在自己身边的是妈妈而不是婆婆？

　　两个月前彭飞执行协转任务去了福建，本该昨天回，结果来电话说还得拖些日子，保障苏27的任务刚完，马上又要来15架歼8，返部时间后延。接到电话安叶一刻都没延宕，请小苏张罗帮忙，家里还需给妈妈和保姆预备床。这天，小苏带人把借来的两张单人床抬了来。这些力气活本想等彭飞回来再说，他回不来她就得提前想办法安排。一切弄好到了开饭时间，小苏去打饭，安叶在家做了个汤，现成的骨头汤，切个西红柿、撒上香菜末一煮就得，色香味还有营养，俱佳。小苏打饭时碰到正往家走的罗天阳，带了来安叶家一块儿吃。

　　罗天阳情绪不高。他当上了机长，飞的航线却不好，是条全程四十五分钟的短航线。民航飞行员累就累在起飞降落上，真到了天上平飞，靠仪表就行，客机没特殊情况，什么都不用管。可民航的收入分配不考虑这个，就按小时算，飞一个小时拿一个小时的钱。于是，问题来了：航线长，哪怕十个小时航程，一个起落；航线短，四十五分钟航程，也是一个起落。合理吗？

　　罗天阳在那里义愤填膺，作为妻子小苏始终不吭，不支持不附和不理睬，聋哑人一般。安叶有点看不过去，着意对小苏道："是有点不合理啊，啊？"小苏哼一声："不合理的事多啦，怎么可能事事合理？他就是个心态问题。总觉着别人对不起自己，总看到比上不足看不到比下有余，总想着好了再好。你信不信，要是让他飞好的航线，他准保不觉着不公平准保没意见。"罗天阳脸上有点挂不住——这话你在家说说也就罢了——当下沉下脸责问："你怎么说话的！"小苏满不在乎："说得对不对吧？"安叶打圆场："小苏，这就是你小人之心了。老罗，你没把这些想法跟领导反映反映？"罗天阳说："反映过了，不止一次，没人理。人微言轻啊，没权没势啊，人不欺负你欺负谁？"小苏这才对安叶说："安叶，知道吗？人家不想在民航干了，打算辞职，下海。"安叶大吃一惊，同时理解了小苏的情绪何来，劝："老罗，可不能轻易走出这一步去！你们高中一毕业就学飞行，学成了就在天上飞，跟社会接触太少，经历太单纯——"罗天阳打断她："放心！我罗天阳不会打无准备之仗！"小苏终于发火："少废话！我说不行就不行！"小苏跟罗天阳发火是常事，当人面却是头一回，罗天阳想反抗不敢，不反抗不成，一张脸憋得紫黑。安叶坐旁边干笑，越急越找不到合适的话，电话响，赶紧起身去接，让夫妻独处。夫妻当众恶言相向如同当众表演亲热，均为旁观者不堪。

电话是安叶妈妈打来的，她不能来了，她不能来保姆也就不能来，保姆不识字一个人出不了远门。安叶爸爸早晨骑车买菜摔了，小腿骨折，伤不重，但离不开人，考虑过找保姆，找不到男保姆，女主人不在家，找个陌生女人贴身伺候，双方都别扭。安叶听说妈妈不能来一下子就慌了，还不能流露，还得强打精神安慰妈妈问候爸爸，放下电话后，心慌得喘气都困难，腹中胎儿立刻就有了感觉，小脚猛力一踹，隔着衣服，都能摸到肚皮上被顶起的硬硬的一块。这时的她再想去彭飞家都不成了，临产在即长途跋涉，很难保证不出意外。

关键时刻，彰显出"远亲不如近邻"的正确。小苏问明情况，快刀斩乱麻给出了解决问题方案：当然不通知彭飞，他除了担心什么用没有，反会加重安叶负担，百害无利。但必须马上通知他家，通知的意思就是，让婆婆过来。光靠保姆肯定不行，保姆只是个劳动力，得有人管理。是，你婆婆身体不好，但指挥个保姆没问题吧？婆婆当然不如妈妈，尤其安叶的这位。但，事得两面看话得两面说，她文化再高、身份再高，是婆婆不是？是。那么好，按中华民族几千年的传统，儿媳生孩子婆婆管应当应分！安叶只要调整好心态，这事就不是事。剩下的一个事就是，找保姆。找保姆可三条腿走路，家政公司，师里的嫂子们，小苏老家。

事情按照小苏方案一一落实，婆婆很痛快地答应过来，找保姆费了点事。家政公司没现成的，得先登记；热心的嫂子们给找来了几个，都不合适，有一个还查出了滴虫病。最终确定下小苏家一个农村亲戚的女儿，鉴于之前教训，小苏请她妈带女孩儿在那边城里医院查了体，非常健康。惟一的担心是保姆28号才能到，安叶28号生。28号是预产期，推后好说，万一提前呢？小苏说提前没关系啊，生了孩子总得在医院住几天吧，到你出院时保姆就来了。安叶心仍忐忑，但也没有更好办法，只能信奉车到山前必有路。

这事让湘江相当的不满！"天塌下来，我们自己扛，绝对不会、尤其不会，麻烦你！"言犹在耳啊，掷地有声啊，说话当放屁吗？先是麻烦了他。当然他不满不是为那事本身，确切说，当那事由于他的出面得到解决，他欣慰之余，还喜悦。谁能想到父子这么多年来最严重的冲突，会以这样一种方式解决？圆满得让人难以置信。他的不满在于彭飞的思想作风：自以为是，把话说得太满不留余地，无知无畏轻浮轻狂。这不满湘江到现在还没说，跟那种人讲道理没用，得说事实，现有的事实不能说，说了易给人居功翻老账的错觉，搞不好会重新僵化父子关系。但是这次，让海云去伺候月子这事，他就得说了。你妈身体不好，心脏病，神经衰弱，一个人在家都常常失眠，让她去伺候月子，就算不用她干活，那么点大的家，孩子哭大人叫的，让她怎么休息？这次只能这样，绝不准再有下次。这次客观说是突然情况，主观说，从根本上说，是你们没想到会有突然情况。没想到是因为没经验，没经验不可怕，可怕的是没经验却不自知！等他执行任务回来马上跟他谈，就事论事谈：你坚持选择安叶，很好；处理好家庭和工作的关系不麻烦别人，要说到做到。之前概不追究，之后，有孩子后，你们得做好充分的精神准备，实际准备，长期准备。

听着丈夫一味谴责儿子，海云很别扭。这事你让飞飞怎么准备？他就这么个工作性质，一个命令下来，让去哪儿去哪儿，你在部队你还不了解吗？这事的关键是安叶。男女都一样不等于男女没分工，男女有分工不等于男女不平等，男主外女主内是普遍规律有科学依据，否则造物主为何不给男人乳房子宫？主内不等于就比主外低。湘江没跟海云争，没意义，这事只能跟当事人谈，跟彭飞谈，等这段忙乱过后，马上谈。

安叶为婆婆的到来严阵以待，可惜百密一疏，且在关键时刻。婆婆下午一点到，事先说好团政治处陈干事带车接站，安叶在家等。火车一点到站，到家最快也得两点过。吃罢早饭安叶就去了报社，以早去早回。怀孕后领导让她做编辑工作，编辑不用到外面跑新闻，但得坐班。怀孕初期反应很重时她请过几次假，三个月过后，基本没请假。一是《育儿百科》说了，不能因活动不便而不活动，适当活动有利分娩；二是想产前少休产后多休，大多数孕妇的思路。不料正在她预备走，一篇早定好的头版头条被撤，马上要有新稿子顶上，报纸不能"开天窗"，时间很紧，为一次成功孙总指定安叶编稿。安叶编完稿中午一点半，出报社打上车，两点；车到家楼下，两点二十；下车等不及司机找钱就往楼里跑，拐上楼，一眼看到已等在家门口的陈干事和婆婆。

安叶站在楼道拐弯处仰脸招呼婆婆同时借机喘口气，头发散乱，满脸是汗，气喘吁吁，海云含笑点头什么都没问。她知道她为什么不在家，敲门不开陈干事去给报社打了电话，得知安叶刚刚离开。

安叶带婆婆检查工作，床啊，上医院要带的东西啊，包被尿布啊，一一请她过目，最后来到厨房打开冰箱，猪蹄子鲫鱼老母鸡应有尽有，全是下奶的东西，她一定保证孩子吃母奶，至少半年；蔬菜够一周的，凉台上还有水果，小米啊红糖啊什么的也都准备了。婆婆跟着她走，看，不时说两句，或赞同或进一步建议，全是无关痛痒的话，对她回来晚了一事，只字不提——不给她解释机会。

该看的都看了，该说的寒暄话都说了，安叶让婆婆洗把脸休息，她做饭，边拿出条鱼放微波炉化冻。这时婆婆说："我做吧，你刚上班回来。"她赶紧抓住了这个机会："不用您我来！趁机活动活动，医生说，多活动，孩子好生！"海云终于说了："多活动是对的，得有个限度。"涌动的暗流骤起，婆媳二人心照不宣不约而同一齐避开对方目光，转看转动着的微波炉，看得目不转睛，仿佛那是件很重要的事情。

彭飞来电话了。这段日子彭飞电话来得很勤，只要落地，只要有电话，就会有电话打来，问老婆情况，问孩子情况，问各方面情况。今天是丈母娘到的日子，他还得问候丈母娘。因家中最近的所有变故、安排都没告诉彭飞，婆婆自然不能同他说话，安叶接电话时就按了免提。为什么要这样做没细想，体贴？内疚？讨好？都有一点。

　　彭飞声音在客厅回响："我记得你妈今天到，到了吗？"安叶看海云一眼，海云点头，安叶也点点头说"到了"；彭飞又问："保姆来了吗？"海云嘴角闪出丝笑来，这孩子心很细呢，至少比当年他爸强。安叶不敢再看婆婆，硬生生道："来了。团里派人接的站，放心！"彭飞说："家长辛苦了！哎，请岳母大人接电话，我得表示一下我的不胜感激之意。"安叶没想到，海云也没想到，仓促间安叶回说她妈妈休息了，彭飞说："那你可一定得把我的感激之意给转达到哦，辛苦老人家了。还有还有，一定别忘了跟你妈说，我妈身体不好，我高二时她就被确诊冠心病，所以她过不来……"听到这儿，海云起身走开，不想让儿媳难堪。

　　厨房传来切菜声，安叶三言两语打发了彭飞来到厨房。海云切菜，嚓嚓嚓嚓，细匀的萝卜丝排着队从刀下出来，刀法如专业大厨。安叶不无夸张道："妈您真行！我怎么也不行！您这是跟谁学的？"海云笑笑："用不着跟谁学，做多了，长了，自然就会了，熟能生巧。"安叶附和："对对对，我还是做得少。彭飞吃空勤灶，我一个人懒得做，有时就凑合了。"海云头也不抬："过日子可不能凑合。"于是安叶闭嘴，再不敢贸然开口。

　　分娩阵痛到来时是半夜，安叶正睡着，给痛醒了，醒后发现身下湿了一片，羊水破了。轻手轻脚摸到客厅给政治处陈干事打电话，她的事团里安排陈干事负责，陈干事说马上带车过来。安叶放下电话去拿上医院的东西，一转身，看到婆婆屋的灯亮了，不想吵醒她还是吵醒了她。赶去婆婆睡觉房间，婆婆正穿衣服，显然什么都知道了。安叶让她在家休息她坚持要去，说万一有什么事需家属签字呢？没有事送到她就回，夜里不堵车，加上办入院手续，来回用不了一小时。

　　到了医院检查，医生决定马上行剖腹产手术，安叶羊水流得过多，自然分娩有困难，时间长了胎儿会因缺氧而窒息。海云作为产妇家属在手术通知单上签了字，让陈干事带车回去，这里用不着这么多人，但她得在。是手术就可能有意外，有意外还得家属签字。手术完已是凌晨，母子均好。是一个七斤六两的"子"，哭声响亮四肢健全，护士抱着离开时让等在外面的海云看了一眼。海云只看到红黑红黑的一团，眉眼都没怎么看清，实话说喜悦都没能感受到多少，过度疲倦让神经、精神变得迟钝、麻木。回家仍不得休息，进门奔厨房，开冰箱拿出老母鸡，解冻，剁开，炖上，然后，找保温桶，刷饭盒，陀螺似的转，抽空，往嘴里塞块面包补充体力。做好了，还得往医院送。

小苏找的保姆是在安叶母子出院回家后第三天到的。她到之前，两天里，家中产妇的吃喝婴儿的洗涮，都得靠海云。婴儿睡在大床上安叶身边，事先想得很好，让他睡婴儿床，《育儿百科》说婴儿应该单睡，卫生，也利于独立习惯的养成，现实中行不通，饿了，尿了，屙了，哭了，溢奶了，抱起来，放下，放下，抱起来，不分昼夜。就是身体结实的健康人也得被这种高频率、有一定分量的重复劳作累得腰酸背痛，何况一个刚做过手术的产妇？只能放在身边，能省一点劲是一点。这会儿婴儿好不容易吃完奶，好不容易睡了，安叶赶紧放平酸痛的身体，闭上眼睛，抓紧时间睡。奶水不是很足，由于不足婴儿得使劲吸吮，乳头被吮得皲裂，火辣辣痛。生了孩子，老母鸡汤鲫鱼汤猪蹄子汤没断过，奶就是不多，她总结原因是睡眠不足。

安叶以往睡眠很有规律，婴儿毫无规律，她一时难以适应，做不到他醒了她醒，他睡了她睡。结果只能是他醒了她必须得醒，他睡了她不一定能睡。闭上眼睛躺了好一会儿，毫无睡意，听觉却因眼睛闭上而格外灵敏。关着的房门外，婆婆的脚步声、做事情的窸窣声，远远近近；这会儿她开始刷洗屎褯子了，刚才婴儿屙了一泡；她仿佛依稀听到刷子刷在布上的嚓嚓声，也许根本不是听到的是感觉到的。都成习惯了，只要闲下来，只要醒着，她就会不由自主倾听、猜测：婆婆这会儿在干什么？她睡不好觉不全是因为孩子，还因为婆婆！不是因婆婆做事的声音——小时睡觉如妈妈发出这种声音会像催眠曲她睡得格外安心——是婆婆做事本身，让她极度不安，极度有负担。

小苏说"只要调整好心态，这事就不是事"，她认同并预备这样做。之前几次电话沟通，感觉也好，婆婆主动提出过来，没一丝勉强，这点安叶的判断不会错。错就错在，她怀孕后惟一加的那一次班，让婆婆给撞上。她解释了，但是百闻不如一见，那"一见"如同负号，使她所有的努力化作负数，零都不如。婆婆的不满她理解，换作她，她也不满，更别说还有头一个孩子流掉那事在前。她感觉她现在在婆婆印象里，就是个不顾丈夫不顾家的女工作狂。回想她还跟婆婆说什么副高正高之类，真是有病。当时婆婆说她"野心不小"，她当玩笑话听了，现在想，哪里是玩笑？至少不全是。

越想睡着越睡不着，越睡不着房门外的窸窣声越发刺耳，她浑身燥热再也躺不住，索性起来，趿上鞋出去。婆婆果然在卫生间，果然在刷屎褯子，坐一小塑料凳，面前是盆，盆里斜放一搓衣板，屎褯子铺搓衣板上用左手按着，右手拿刷子用力刷，右肩胛骨随着用力的程度一耸一耸。安叶挪开眼睛不愿再看，嘴唇翕动着叫了声："妈。"她叫自己妈妈是"妈妈"，叫婆婆是"妈"，二者得有区分，否则对不住妈妈也对不住自己。

海云闻声回头："你要上厕所？"安叶说："不不不！……妈，您别洗了，攒一块用洗衣机洗吧。尿布够用了。"海云说："尿褯子可以用洗衣机，屎褯子怎么能用洗衣机？"安叶说："那就扔了！不要了！保姆来了再说，保姆马上来！总而言之，请您不要洗了不要再做这些事情了！求您！"声音越来越大语速越来越快，说到最后情绪失控，眼圈红了。

海云先是惊讶，马上似有所悟，避开不看安叶，起身端盆往外走："对呀！这倒是个办法，好办法！我怎么就没想到呢？不洗了！这就去扔了它！"端盆开门出去，门在婆婆身后关上的那一刹那，安叶泪水夺眶涌出，恸哭。从分娩腹痛开始到现在，一周多了，她就没怎么睡过，走路都有些发飘，先是分娩痛，后是刀口痛，回到家又是这样的一堆始料不及。身体虚弱使她软弱，更让她软弱的是，隐隐感觉到的未来。仿佛只身立于无边旷野，听到天边雷声隐隐传来，她举目望去，没处躲避没有依靠，孤单得恐惧。

湘江下班回家。

军里一有房子他们就把家搬了过来，夫妻结束分居恢复了正常生活轨道。湘江仍然经常下部队、出差，说走就走，但他回来时，希望回的是家，不是招待所。海云没过来前他一直住军招待所，条件很好，套间，电视比家里的大，二十英寸，专为他配了公务员，吃饭有食堂，可是人对于家的期待，恐怕不是有吃有住就成。下班回到招待所总觉没着没落，电视也看不下去，躺着坐着，百无聊赖。在家就没这感觉，不想看电视了，这翻翻，那看看，东摸摸，西蹭蹭，时间过得飞快。当时想可能是家里熟悉的东西多，不像军招待所，豪华却干巴，现在发现，不是。没有海云的家，还不抵招待所。招待所干巴但不凄凉，一个人在家，又干巴又凄凉。于干巴凄凉中，线条粗犷戎马倥偬的湘江，极富诗意地总结出了家的准确含意：光有所爱的亲人不是家，光有房子不是家，家是你和所爱的亲人加房子。

多少年了，他习惯家里有个人等他，即使那人不在，也不过是上趟街、去个服务社，不一会儿就能回来。他和那人在家有话就说没话不说，不说话时，各做各的事，比如，他看新闻，她在厨房忙她的，电视声碗盘丁当流水哗哗交织成家的旋律，置身其间，温暖踏实。

海云走的第一天，当他下班回来习惯性敲门无人应时，方意识到海云不在了，走前把家门钥匙套了个环交给他，怕他丢了，还给了司机一把。湘江自己掏钥匙开门进家，家还是那个家，却已然不是，空空荡荡冷冷清清，没有了海云的家，没有了魂。

海云要在那边待一个月。自己冷清孤单点实在不算什么，真让他担心的，是海云的身体。自从安叶母子出院回家，海云就不准他打电话过去，怕吵着母子俩，说有事她会给他电话。到现在海云两天没来电话，是高兴得把他忘了还是事情太多太忙？但愿是把他忘了。提前找了保姆很好，那保姆聪明能干，也很好，但仍不能让他彻底释然的是，海云的睡眠。彭飞家只两小间屋，海云得和保姆住一屋，夜里要是婴儿哭，她怎么睡觉？再通话一定得想着问问这事。

　　电话响了，正是海云。不等她说他先问："最近睡觉怎么样？"海云不假思索道："很好。"湘江："很好？"海云肯定："很好。"停停补充："我加了片安定。"接着开始说那边情况，孩子好，安叶好，保姆好，她也好，一切好，让他放心，挂了电话。湘江哪里放得下心？你在家一人一屋都睡不好，在那边怎么可能会"很好"？欲盖弥彰，一个谎话会让人对你所有的话都得打折扣。很想马上打电话过去详问，终是没打。万一吵着了"母子俩"惹海云不高兴不说，重要的，问也白问。心里头越发憋闷，生气，生彭飞的气。

　　这天是周日，湘江吃完早饭一个人在营区里溜达，远远看到了刚退下来的潘副政委。老潘身体很好工作不错只是岁数到了没有位置升不上去，升不上去就得下来。从日理万机陡然间坠入无所事事，老潘很不适应，牢骚不断，逢人就发：这干部制度就不合理！你5月17号生日，18号，呱叽，一个命令，下！难道说17号你还德才兼备呢，18号就德才俱无了？部队培养一个干部尤其高级将领，不容易，得量才量力，年龄不是、不应是衡量的惟一！

　　湘江这阵子心情不佳不愿听人牢骚，想躲开老潘时已被对方看到，马上转变方针热情招呼着大步迎了过去。退下来的干部，这方面敏感得很。"咦，怎么一个人，老伴呢？"老潘问，罕见地没上来就说怪话发牢骚。湘江说："儿子生孩子她过去帮帮忙。"老潘说："我老伴让她姑娘叫走了，姑娘出国，孩子没人带。彭副军长，你发现了没有？这女人啊，不管什么时候都有用，越老越抢手；不像咱们男的，只要退下来了，就算闲下来了，对社会没用，对儿女也没有，身体再好，也是个没用。"

　　湘江叹，九九十八弯还是绕到了这儿，只要绕到这儿，你就听他侃吧。老潘在位时分管干部，对干部政策很有研究，这话题他能从军内说到军外，国内说到国外。在位时是个寡言的人，不工作了性格都变了。罢罢罢，躲不开，索性听他说，反正回家也没事。老潘开始说："听说了吗？南京军区刚提了个正军，才四十六岁。空军跟陆军没法比，比不了——"忽然不说了，张着嘴，直直看前方，湘江回身看去，彭飞来了。

　　彭飞机组临时接到任务，配合空降一师进行跳伞训练，于昨晚抵达。今天天气不好，飞不了，彭飞请假回家，一天，一师与军部不远。事先不打电话通知，给妈妈个惊喜。现在他是父亲了，妈妈是奶奶了，能在这时候有机会回家，同妈妈分享彼此的新鲜感受，想想都兴奋。

　　直到进家，湘江才跟彭飞说了他妈不在家的事。路上没说，怕万一把持不住自己，在外头就发起火来。彭飞抓起电话要给妈妈电话，被湘江一把按死："你打电话干什么？她不知道你知道她在你家。你现在惟一能做的、要做的就是，装不知道！"

　　彭飞内疚担心，半是自我安慰半是自我开脱地道："不过，有保姆，我妈在那儿也就是坐镇指挥一下，累不着。"湘江哼一声，不说话，懒得说：欺人可以，别自欺。彭飞也察觉自己这样说欠妥，欠诚恳，于是，诚恳道："对不起，爸。"湘江仍不吭，彭飞鼓足勇气继续说："爸，部队上的事您知道的，突然情况很多，比方配合歼8协转，原定十天，因为各方面原因飞不动，拖了十天；协转任务刚完，又让来这里配合你们一师伞降，计划两天，赶上天气不好还得等好天，一等又不知得几天——"湘江打断他："就是没有协转，伞降，你能一天到晚待在家里伺候老婆坐月子吗？……不能！你还要训练要学习要战备值班！"彭飞低声下气解释："本来一切都安排得很好，安叶母亲来，带着保姆，谁能想到她父亲会骨折呢？这属于不可预料因素——"湘江忍无可忍："不可预料因素？这话从你的嘴里头说出来真叫我替你脸红！你们飞行训练训的是什么？难道就是个起飞降落大平飞？……不是吧？……恶劣天气、机械故障、空中停车、遭遇鸟群、包括打起仗来可能遇到的所有特情，都在你们的训练范围之内。否则，你们打的就是无准备之仗！"彭飞沉不住气了："您到底想说什么？"湘江一字字道："我想说的是，从你决定结婚的那天起，就应该把婚后所有的情况都考虑在内！否则，你这就是无准备之仗！"

　　彭飞这才明白了父亲所指，同时也不得不承认，他说得对。但是，事情已然如此，只有同心协力往前走，翻老账没任何意义。噢，有意义，他说出来可能会痛快会解气，如果这样，那就让他说。想明白这点，彭飞更深地向沙发里靠靠，头微低，两手交叉放膝前，做好长期作战准备，饶是如此，仍没准备昕父亲从头说起。父亲说："当初，我和你妈都认为你和安叶不合适，后来你一再说她的好话让我们以为她真的有所改进……"彭飞听不下去。安叶够不容易了，妈妈不知道您不知道？为不让父亲说出更难听的话来，为避免矛盾，他插话道："爸，我们第一个孩子流产那次，她表现得很好，您不也觉得她不错？"目光殷切，带着恳求。湘江根本不理："错与不错，是相比较而言。"

彭飞终被激怒，心疼妻子的同时对父亲反感，有多心疼就有多反感，他说："爸，我和安叶已经是既成事实了现在更是儿子都有了，您还总提'当初'从头说起，什么意思？让我和安叶离婚吗？"湘江怒极："你还有脸说这个！是，我们是不赞成你和安叶，但是，反对了吗？没反对，没权利反对！用你的话说就是，那是你们的生活，你们的生活你们自己负责，言犹在耳啊，多男人多硬气啊！我就不明白了，你有本事说，怎么就没本事做？有本事硬，怎么就没本事硬到底？这有了事了，又觍着个脸跑来麻烦我们了——"彭飞打断他："爸，很抱歉我们这次麻烦我妈——"湘江当然听出了弦外之音："打住！你想说你们只是麻烦了你妈跟我没什么关系，是不是？那我问你，你妈是谁？是我老婆！让我老婆拖着个病身体长途跋涉去伺候你老婆，严重干扰了我们正常的家庭生活还说跟我没关系，这是什么逻辑？强盗逻辑！混账逻辑！"

彭飞愣住，这一层他委实没有想到。父亲仍在说："当初你妈和我磨破嘴皮子地跟你说，婚姻大事，一定要考虑周到一定要考虑周到，感情不是一切，生活是具体的，你怎么说的？说你们的感情将攻无不克战无不胜所向披靡！"彭飞无力地反驳："这话我没说……"湘江道："是我说的！我替你说的！结果呢？……啊？问你话呢，结果！"彭飞只好咕噜："结果我们感情一直很好啊……"湘江冷笑："是'好'，建立在别人'不好'的基础之上。"穷追猛打不依不饶，彭飞后退没路，只好正面回应："我保证，除了这次，我们再不给你们添任何麻烦。"一句话提醒了湘江："这就是你的问题，根本问题，思想方法问题！你保证，你凭什么保证？！"

　　此时的彭飞进不得退无路，三十六计，只剩下了走。于是，从沙发上站起，温和地对父亲道："爸，您要是没别的事，我走了？"这次轮到湘江愣住，他绝没有让彭飞走的意思，相反，不想让他走。难得他回来，难得赶上星期天，让食堂炒几个菜，把家里的茅台开一瓶——如果他明天不飞的话，飞行员飞行前48小时内不得饮酒——父子俩好好聊聊。自从他那次长途奔袭从天而降力挽狂澜于既倒，父子俩关系有了根本改善，儿子对父亲那种母亲无法替代的深刻信任，令他意外、感动，直到现在每每想起，心头都会一热。

　　湘江想挽留彭飞，却不知怎么说，就像跑100米冲刺，一下子刹住脚很难一样，一分钟前他一直在咆哮怒吼，冷不丁态度来个180度的大转弯，转好了，很难。但就这样让儿子走了——等于让他轰走了——他会难受。正在两难之间踌躇，彭飞开口了，态度越发温和："我该走了爸，就请了两个小时假。"给了双方一个很过硬的台阶。儿子走了，家门关上了，一个人的家里，除了先前的清冷，又添怅然。

　　小苏把保姆送来了，事先还带她去师里的公共澡堂洗了澡，家里有新生儿有产妇，卫生很重要。作为邻居，小苏能想到做到这个程度，难能可贵。从安叶入院到出院到现在，楼上楼下住着，小苏是第一次来。这些天正赶上幼儿园园庆，作为园长的她忙得脚打后脑勺，自己的一天三顿饭都保证不了。所谓"远亲不如近邻"，前提得是急事，洗尿布带孩子采购做饭这类家常琐事，远亲都不行，得靠近亲、至亲。

　　保姆叫小芹，十八岁，小学二年级文化，头一次从老家大山里出来，什么都得现教。光开煤气灶，海云就教了她十分钟不止，先示范，后手把手，开开，关上，关上，开开。觉得差不多了，让她自己试一次，没想她会在打火的同时伏下头去看，被蹿起的火苗燎着了头发，好在没伤到哪儿。看着她海云身心俱疲，还得打起精神教，从锅碗瓢盆到洗涮清扫，一样一样教。

　　鸡汤炖好了，海云叫来小芹关火，她自己关比叫她关要省劲得多，但还是得让她来，学着关，不带出她来，自己走了，这个家怎么办？关上火，指挥小芹用抹布垫着把砂锅端下，她那边拿勺子找碗准备盛鸡汤，就这么会儿工夫，一眼没看到，小芹就闯了祸：端下滚烫的砂锅直接放到了水泥地上，随着一声冰裂般脆响，汤汁从锅下缓缓流出。海云手忙脚乱向外盛汤，抢救总算及时，损失不大，但砂锅得买，还不知去什么地方买。海云心里烦躁却不能有半点流露，那孩子已经吓得脸都紫了。她让她去给安叶送汤，自己收拾厨房那一地的狼藉。送汤比起收拾厨房，技术含量低，意外少。

小苏站在床脚处安叶对面，看着床上半卧的安叶，安睡的婴儿，笑问安叶："很幸福吧，当了母亲?"一如所有没当过母亲的人。安叶完全不知该怎么回答，不敢回答，不敢说话，一说话非哭出来不可。小芹来了，两手端着汤碗，右手大拇指浸在汤里。看着汤里的那颗大拇指头安叶勉强说句"放那儿吧我呆会儿喝"，对方刚一转身未及出去，她眼圈就红了。小苏慌道："怎么了怎么了?"安叶摇头不说，不知什么意思。想了想，小苏快步把小芹走时没关严的门关死，转回来压低声音问："是不是，和彭飞他妈闹矛盾了?"

第十五章

成长

　　彭飞和安叶的儿子取名彭安冬，小名冬冬。冬冬四岁这年，彭飞由大队长提升为副团长。传说早就有，命令刚到。完成"利剑－1998"演习任务返部政委去机场迎接，跟大伙透露了这个消息。许宏进当场称他"彭副团长"，毫不掩饰地嫉妒。彭飞高兴也不好意思，咕噜："机会吧⋯⋯让我给赶上了⋯⋯"许宏进回："怎么就不让我们赶上？"

　　彭飞往家走。这次任务历时三个月，他身上脸上看不到一点辛苦的影子，大步流星脚下像安了弹簧，真正是春风得意马蹄疾：任务完成得顺利，提拔命令下来了，今天是周末，带着好消息与分别三个月的妻儿团聚，还有什么事更能让一个男人感到快意？

　　彭飞到家不一会儿安叶就带着冬冬回来了，这会儿正在厨房忙活。安叶下班的路上买了些西红柿、黄瓜之类能生吃的菜，就不用做了。要不是考虑明天冬冬在家，冬冬还得吃，她连这都懒得买，恶劣心情使她全身疲软得没有气力。

　　彭飞倚着厨房门框等不及地跟安叶说话，心情好得一叶障目，完全看不出安叶情绪。"安叶，跟你说个事啊？"止住，等对方发问，安叶专心做事，不问，彭飞耐不住说："我要调到三团去。"又止住，期待安叶反应，哪怕是不高兴的反应。三团驻小县城，坐火车得六个小时，安叶肯定会对这点提出质疑：你调走了，我和冬冬怎么办；分居，还是随你调去？这时，彭飞再把调动原因告诉她：他要去当副团长。才三十岁就副团，进步速度超过了父亲当年。安叶却仍毫无反应，洗完西红柿，洗黄瓜，把牙膏挤刷子上，用刷子刷。彭飞只得自己说了："让我到三团当副团长。到目前为止，我是我们师最年轻的副团。"安叶在龙头下冲洗涂满白沫的黄瓜，头也不抬应了句："好啊，进步很快啊。"彭飞有些失望："你不高兴?"安叶马上一笑："高兴高兴，夫贵妻荣，哪能不高兴?"

彭飞随之情绪高涨，倚着门框眼看前方，前方是排风扇，他眼睛看到的不是排风扇，是大好的人生前程：跑道般坦直，机场般宽阔，蓝天般辽远。看着排风扇，他说："到了三团，两大课题：一、熟悉团领导班子的工作，二、改装伊尔－76……"他现在开的是运七，三团是伊尔－76。这时冬冬跑来，动画片完了，跑来叫爸爸陪他出去玩，彭飞受宠若惊，忙跟着儿子出去。

安叶把洗好的菜蔬往盘子里码，心情越发恶劣。她当然为彭飞高兴，但同时越发为自己悲哀。不是忌妒，是失落。更有件棘手的具体事情迫在眉睫，眼见彭飞兴高采烈，压住没说，怕扫兴。

下午，部门主任把她叫去说跟她"商量件事"。真是"商量"还好，不是，他在变相要挟。现任部门主任姓王，男性，安叶从前的主任丁洁两年前被提拔为报社副总编。王主任总体上是好人，心眼小，比最小心眼的女人还小——也正常，任何的领域行当，任何的优劣高下，极品都是男人；顶尖人才男人多，顶尖人渣男人多，这个世界是他们的，也是她们的，但是归根结底是他们的——说王主任的小心眼。某篇稿子，王主任认为标题应这样起，安叶认为应那样起，本是业务上的各抒己见，王主任自己也一再说：职务高不一定水平高，希望大家充分发挥主观能动性，把稿子写好编好。但一到具体事上，他不是这个思路。他会从安叶的坚持中想到安叶和丁洁的关系好，觉得安叶是在拿丁洁压他，进而推测到安叶是不是对他当主任不服气? 他们俩前后脚进的报社年龄相仿。

王主任跟安叶要商量的事情是这样的：安叶早已确定本月20号休假，打了报告，他批了，社里也批了。但昨天他接到弟弟电话，26号结婚，请哥哥一定参加婚礼。他们家就弟兄两个，弟兄俩关系很好，父母也希望他回去。他跟社里说了，社里的意思是，回去可以，但要保证工作上不出纰漏，得有资深编辑在位。部门老徐、老郑也属"资深"，可惜这二位的

"资深"偏生理学上的意义更多，都年过半百了，万一有突发情况，不说能力如何，体力上先就顶不住，委婉表达出王主任和安叶不能同时离岗这层意思，却不说让谁走谁留。这事是该部门主任处理，怎么处理？牺牲自己，不成；明目张胆牺牲下属，也不成，毕竟她请假在先。但叫旁观者说，一个婚礼牵扯的是方方面面，休假什么时候不行？如果颠倒过来，于情于理，他绝对让安叶先走。尽管如此，出于一贯谨慎，王主任不想以理压人，更不想被人误指以势压人，他得以理服人启发安叶自己觉悟。

彼时报社一年一度的述职刚完，安叶这一年仍没有过硬成绩，用不着高评委评，她都该知道自己几斤几两。前三年述职她都是"称职"——职称评定分三档，优秀，称职，不合格。优秀者晋升，称职者续任，不合格降职，比方"正高"就得降成"副高"——如果安叶不是军属——王主任个人还认为如果她不是丁洁副主编的朋友——安叶前三年当为"不合格"。为了个孩子经常请假，多少次外出任务，都以孩子小拒绝，谁家没有孩子？上月很重要的一次出差，社里点名希望她去，他转达了社里的意思，她又拿出孩子说事。那次他实在忍不住了，过去你是孩子小，现在孩子都四岁了，托谁带几天不成？邻居，朋友，成不成？她又说孩子发高烧不好交给别人。不管真烧假烧，她这样说了你还真拿她没辙。病了，开证明来——谁医院里没有仨俩朋友？徒然搞僵两人关系。那一次，是王主任亲自去的。

这次王主任这样跟安叶开的头："安叶，你是咱部门的业务骨干，所以有件事我想提前跟你沟通一下。今年的职称评定开始了，按规定，不合格者，降；报社领导以前一直没这样做，采取了不晋不降。咱理解领导心情，只要名额允许，谁愿意得罪人呢？大伙都挺不容易的。可据说今年恐怕不行了，年年有新人来，高职的名额就那几个，压到今年不能再压，必须按规定来，有退有晋。"安叶心直沉下去，王主任看她一眼，继续："说到你的情况，社领导知道，同事们也知道，你爱人工作性质特殊，这几年你等于一直一人带着个孩子，还要坚持工作，已经不容易了。但我们自己是不是也得努点力有所改观？否则会很被动。"安叶深深点头，心里对王主任涌起感激。这时，他起身给她倒水，闲闲地说了他要回老家参加弟弟婚礼的事，说了社里在这件事情上的态度。

安叶当即跟吃了苍蝇似的！你为什么不先说这事，不直说？先说、直说，她让了，还能有自我牺牲的满足；这种情况下她就是让了，感到的也是、只能是，屈辱。他给她的两条选择等于是：要么破罐子破摔，要么忍屈受辱。就算她可以忍屈受辱，彭飞、他家那头怎么办？

安叶和彭飞结婚至今，六个年头了，就没在彭家有过一次严格意义上的全家团圆，不是彭飞有事，就是他父亲有事，再不就是安叶有事，总是锣齐鼓不齐。这次总算把方方面面都协调好了，用婆婆的话说就是："一家小三口，我们老两口，一个不少，过年都没这么齐过，这次就当是过年了！"

下班回家的路上安叶全身无力，还得强打精神应付每日例行诸事，买菜，上幼儿园接孩子，面对孩子的天真无邪强颜欢笑。孩子还小，还没能力帮你分担什么，还需要你为他遮风挡雨。回到家看到彭飞，安叶沉重的心情瞬间轻松了些许，他现在是这个世界上惟一可以帮她分担、有义务帮她分担的那个人。电话中、他执行任务时，她不能跟他传递过多负面信息，于公于私，安全第一。一走三个月，总算回来了，照惯例，部队会让他们休息几天，休整几天，她要好好跟他说说，倾诉，分担。却不料根本就没她说话的机会，他也存了一肚子的话，也迫不及待需要倾诉，区别只是，他需要的不是分担是分享。这种情况下安叶如何同他分享？能让他说、听他说就已需相当涵养。深一层考虑是，不想当冬冬面说，一说肯定要说到休假一事，万一谈不拢，吵起来怎么办？父母可以吵架，不可以当着小孩子的面吵，父母是小孩子的天，这"天"应该晴好明朗阳光灿烂，对小孩子来说，最可怕的不幸莫过于没有安全感。

晚上，冬冬睡了，安叶跟彭飞说了。彭飞气得拳头紧攥青筋暴跳，斩截道："这种浅薄小人，不用理他！"以一个"不用理他"表明态度，至于这样做的后果，他不想。她的职称，她的工作，她的事业，在他那里不抵他们家的一次团圆。当年，他以同样的斩截对她说："我不是我爸，我保证不让你走我妈的路。一代人有一代人的生活态度，生活态度决定生活道路！"当年他是真诚的，现在他也是真诚的。人说，同一个人在不同年龄段里会变成截然不同的另外一个人，彭飞就是。他的价值观随着年龄增长在一步步变化，事业越重，情感越淡，要不怎么说能量守恒？想归想，安叶不说，不想翻老账，没意思没意义，这些年与彭飞共同生活的经验告诉她，翻老账不解决任何问题——除非她真不想和他过了——惟一的办法，就事论事。

安叶说："叫局外人来看，他的事是比咱们重要，他是惟一的亲弟弟结婚，我们不过是一次休假。"彭飞立刻警觉："你的意思是？"安叶说："我还没想好。"彭飞叫："什么叫'还没想好'，这不是早就定下的事吗？从结婚起咱们仨跟我爸妈就没能全家一个不少地团聚过，春节都没有！四年一次的探父母假，上次是去了你们家！"不说后面一句话犹可，后面那句话一说，等于从根上肯定自己否定他人，不翻老账的高姿态换来的竟是对方的颠倒黑白，安叶顿时气得声都变了："你好意思说这个！去我们家是因为从我们恋爱到结婚你就没有去过我们家！"彭飞声音一下子高了八度："总翻这些老账有意思吗？""翻老账的是你不是我！""不管怎么说，这次休假，计划不变！""你怎么只想你自己？""你不也是只想你自己？！"

冬冬过来了，睡眼惺忪，光着脚，显然是被父母吵醒。安叶赶紧抱起他去了他屋，放小床上，解释，哄骗，讲故事，折腾了半个小时，孩子方重新安然入睡。彭飞一直没睡，躺床上等安叶，这事不定下来他没法睡。是，安叶为他付出很多，只要可能，他愿为她做任何事。这件事不能。这些天来他跟妈妈通话，有一个问题妈妈永恒不变，直着问，拐着弯问：这事没变化吧？暗示，明示：这事可不要有变化。他完全能想出妈妈对这事寄予了多大期望赋予了多少想像。妈妈一生不易，就算别的事情跟你安叶没直接关系，上次呢？上次为伺候你坐月子，妈妈回去后大面积心肌梗死差一点就没抢救过来！

安叶回来了，神情平和。在哄儿子的过程中，她告诉自己冷静，吵架解决不了问题。看到她的脸色和缓，彭飞也立刻做出相应反应，把被子替妻子拉开："躺下吧，躺下说，你也累一天了。"安叶躺下，慢慢地小心地道："这事你看这样行不行：让我们主任先走，毕竟人结婚日子的选定是极为慎重的事，要不怎么说良辰吉日？我们呢，等他回来再走，把休假的日子向后推一下——"彭飞断然道："不可能！我的任命已经下来了，休完假就得去三团报到，你总不能让我新官上任先休假吧？"有没有理？有。但仍是围绕着他的需要的理——还是夫妻间的老问题，冰冻三尺非一日之寒，一下子化开，难。安叶决定先不说，先睡觉，时间不早了。

安叶一言不发翻身背对彭飞合上了眼睛，彭飞把她的沉默理解成了默认，当下心生内疚。他兴冲冲回家，如同小孩子考试满分指望回家得到夸奖，不想不仅没有期望中的夸奖不说，对方不仅反应冷漠不说，反还要生出事端，令他加倍地愤怒、沮丧，于是就口不择言针尖麦芒怎么痛快怎么来了。将心比心，安叶不容易，得给她时间适应，他有点操之过急。身边安叶发出均匀的鼻息，似是睡了，右肩裸露，他轻轻扯过被角，替她盖上。安叶并没有睡，清醒地、全身心地体味到了彭飞这个动作的含意：疼惜，知情知意。当即决定，这一次，她让步，再去单位协调。

次日上班安叶去丁洁办公室说了这事，丁洁抢在她开口请求帮忙之前——为免双方尴尬——开口："安叶，咱们都知道，如果不是因为彭飞，今天坐在你们室主任位置上的人，绝对是你！发展下去，副总编，总编，你都不是没可能。夫妻是平等的，工作是平等的，彭飞无权、不能事事处处要求别人以他为中心以为什么都是该着的！话说回来，他变成今天这样，你也有责任。这一次，咱得坚持原则，不能再继续纵容他助纣为虐。我的意见，你们的休假推迟，等王主任回来再说！就这么定了！"安叶欲言又止，丁洁很知心地低声道："我这样建议并不完全是为王主任，确切说，是为你。知道吗？现在报社上上下下对你是有一些负面反映的——"安叶不敢再听，拼命使劲点头表示她知道了不要再说了，同时心里不得不承认：人家王主任那样说并不完全是小人，是事实。

丁洁不忍再说了，沉默一会儿，突然间有了主意："要不这么着，让彭飞带儿子回去！"话一出口就暗自叫好，这样几全其美的好办法，怎么早就没人想到？遂向前坐坐，热烈继续："你想啊，他妈心里头真正盼着的，是儿子孙子；对你，她其实无所谓，咱得搞清楚人物关系千万别自作多情。"安叶苦笑："我没自作多情。而且，她对我有所谓无所谓我都没所谓，又不在一个城市，各过各的日子，有所谓怎样无所谓又能怎样？但我知道一点，她对这次我回不回去，有所谓。为什么？我是她儿子的老婆她孙子的妈妈，我不回去，她儿子孙子肯定不高兴，儿子孙子不高兴，她的幸福能圆满吗？不能。"丁洁苦口婆心："说得对，都对！可是安叶，当事情不能两全的时候，咱就得权衡了。你看啊，这次你要是坚持回去了，他们的幸福是圆满了，可王主任那边呢？"说曹操曹操到，随着一声敲门声，王主任来了。

王主任目光闪电般掠过坐丁洁办公桌对面的安叶，遂再没看她一眼，直到走。他找丁洁谈工作："丁总，至高集团的稿子广告部不同意发。说只要这稿子发了，至高集团从此决不在我们报纸上做一分钱的广告。"丁洁问他什么意见，他说："我的意见，钱是重要，很重要，但我们如果只看小钱——咱先不说什么铁肩担道义不担道义的事，就说钱——而把报纸办成不敢批评没有锋芒只会表扬好人好事的黑板报，迟早，会失去所有广告！"丁洁深表同意，答应说她去跟广告部协调，王这个人除了心眼小点，能力有。当然跟安叶比不了，可惜综合评价，安叶跟他比不了。

王主任走了，没跟安叶打招呼，不看她，根本拿她当空气，敌意明显，波及到了丁洁。丁洁叹："其实这事他电话里跟我说一声就行。"安叶也叹："肯定是发现我不在，看是不是来了你这儿。"丁洁说："他对你其实是体谅的，也是公道的，如果你跟他把关系搞砸了公开化了，以后社里替你说话，很困难。"安叶点头："明白，这就是'弊'。"丁洁缀上一句："很大的弊！"

安叶不说话了，丁洁也想不出可说的话来。安叶头微低，额上一绺头发耷拉下来，于凌乱中显出憔悴；脖颈都有皱纹了，这才刚过三十岁。当年的她，是怎样的水灵剔透意气风发？当年她说：我要当中国的法拉奇！现在法拉奇于她，恐怕早已是水中月镜中花了吧？还记不记得此人都难说。仅这么一想丁洁就气：她不喜欢那个王主任，很不喜欢，女人特别不喜欢小心眼的男人。女人小心眼，讨厌；男人小心眼，可怕。他刚才走出去时眼皮是麻耷着的，但她仍能想像出隐藏其后的阴鸷，古训说，宁得罪君子不得罪小人。如果安叶是她的直接下属，她的工作该多愉快单纯能省多少事？安叶当初就不该跟彭飞，现在是一步错步步错，更要命的是，知错不改；能说的该说的她都跟她说了费尽了唾沫，白搭。可怜人必有可恨之处，这次这事，她绝不帮她，除了影响不好，对她也不好，一味姑息迁就，没出路。

安叶不知是不是感受到了丁洁的心思情绪，抬起了头："您知道吗？我可以不在乎彭飞，但没办法不在乎他妈！"丁洁恍然，老太太的事她听安叶说过，心立刻又软下来——女人难成大事概因这种妇人之仁——想了想，她说："要不，这样，你和王主任都走，我挤时间去你们编辑室盯几天。"

……

海云为小三口的回来做好了全面准备，物质的，精神的，周到细致，细到连冬冬喜欢什么玩具都要提前打电话征求当事人意见，冬冬说他喜欢遥控小飞机，安叶在那边抢过电话去说不要买，太贵。海云对着电话朗声笑："太贵！多贵？我和你爸几个月扎着脖子不吃不喝，省下的钱能买得起不？"

冬冬在玩遥控小飞机，湘江父子站一边看。

湘江退下来了，年龄到了。彭飞一家三口到前海云嘱咐他，一定要找机会跟儿子谈谈，从营到团是很大的一步，得跟他说说该注意些什么。湘江一口回绝："跟他谈？我吃饱了撑的！我在位的时候，他什么都不是的时候，我说话他都不听；现在我什么都不是了，人家年轻有为如日中天——不谈！"

父子从为海云照顾安叶生孩子那事闹僵后，几年了，关系不冷不热。海云一方面想让湘江对儿子有所帮助，更希望父子关系借此有所改善。"还是谈谈！他不听是他的事。""明知他不听为什么还要谈？""你没谈怎么知道他不听？""我还不了解他吗？"海云生气了："你就是对儿子有偏见！"湘江立刻不吭。不知是年龄大了的缘故还是退休后有了大块时间体味反思，他对妻子越来越体贴、顺从。海云催问："湘江？"湘江道："行。谈。我只负责谈啊，至于人家听不听，我就不管了。管不着，也管不了。"海云好气又好笑，也颇愁。

天气阴沉沉的，无一丝风，很利于小飞机飞行。冬冬熟练操纵遥控器，上升，盘旋，下降……湘江父子四只眼睛盯住小飞机，心思却集中在彼此身上，并且彼此深知这点。冬冬出来时叫爸爸陪着，并没叫爷爷，湘江主动提出一块儿，彭飞当即明白，他有话要说。却一直不说，就这么僵着，很是累人，恰好这时冬冬小飞机落地，彭飞抢上一步夺过了冬冬的遥控器："让爸爸玩会儿。"冬冬急得要哭："这是我的东西！"

湘江看彭飞，目光犀利，开口道："彭飞，别逗他了。"冬冬取回遥控器后连并小飞机一块儿，拿着跑开，湘江父子单独相对。湘江生硬道："你妈让我跟你谈谈。"彭飞连道："好！好好！"带着迎合，居高临下的、出于体恤的迎合——至少湘江的感觉如此。但是，无所谓。他答应了跟他谈，就会跟他谈，至于谈的结果如何，他"管不着，也管不了"。

遥控小飞机在远处的空中翱翔，湘江看着小飞机，说："回去后就要去三团，进团领导班子了，从营到团，是很大的一步。不是指进步幅度，指工作性质和内容。"彭飞与父亲并肩站着看小飞机，应答："是。"湘江说："我也是这么走过来的，经验说不上，说几点体会。"彭飞精力集中起来，湘江说："首先，要弄清上级意图，围绕上级精神抓工作。"彭飞有点失望，这也能叫做"体会"？湘江不管他作何想，说自己的："第二，做好人，老实人，把人品作为当好官施好政的首要标准。"彭飞目光开始涣散，如此套话，年年听，月月听，日日听，看来说套话还真是当领导的通病。湘江仍说自己的："第三，三十岁就进副团，是要谦虚，但是，一味地谦虚、过分地谦虚、为谦虚而谦虚的谦虚，那是虚伪，会直接导致你无所作为。"彭飞一下子被吸引震慑，扭过脸去看父亲。湘江神气语气如前："该怎么做呢？积极向团长、政委宣传或说渗透自己的思想、建议，争取他们的支持。"彭飞说："是。"此"是"已非彼"是"，他对父亲的话开始高度重视。湘江说："当团长、政委意见不一致的时候，不要急于表态，先换位思考，找准他们的一致点，拉近他们之间的距离；切记，两个主官的不团结，会直接伤害到他们的下级和部队和工作。同理，要处理好与司、政、后机关的关系，争取他们的支持。"彭飞深深点头："是！"湘江看着小飞机："出了问题，是自己的责任，要敢于承担。不敢担当的领导不会有魅力，没有魅力的领导在下级的眼里没有威信，徒有其表。面对矛盾不回避，部队思想混乱时，要敢于表态，以迅速统一思想稳定局面。不该讲的话绝对不讲，有些话，要一辈子烂在肚子里。"彭飞正听得入迷，父亲却一点预兆没有地戛然打住，向远处高叫："冬冬！走了！下雨了！"彭飞这才觉出天下起了小雨，之前一点感觉没有。

冬冬一进门就扑到奶奶那里："奶奶，我可喜欢这个小飞机了！"海云眼里是浓得化不开的爱意笑意，接着冬冬又告状："可是爷爷不让我玩！"湘江在一边诧异："咦，怪了，这么点个小东西，就能看出来这家里谁是领导！"海云把冬冬揽进怀里，嗅着那小身体干干净净的气息——男孩儿到了十三四，身上就开始有油味——理都不理湘江，问冬冬："跟奶奶说，爷爷为什么不让你玩？"湘江说："外面下雨了！"冬冬噘嘴："刚才没下！"彭飞出面证实："下了。你光顾玩了，没感觉到。"冬冬立刻把矛头又对准了爸爸："奶奶，爸爸抢我的小飞机！"海云表情严肃："是吗？为什么？"冬冬说："他说他要玩儿！"海云对儿子佯怒："有这事吗？"彭飞做无辜状："他玩半天了，我玩一会儿都不行吗？"冬冬说："这是奶奶给我的！"彭飞说："给你的别人就不能玩会儿了？"冬冬说："我的东西我说了算！我不让谁玩谁就不能玩儿！"彭飞说："你这叫自私自利你懂不懂？"

海云被她生命中最重要的三个男性包围着缠绕着，听他们真真假假的告状斗嘴，心都融化了。此时安叶是多余的人，她知趣地静静坐一个不起眼的角落，看着她的丈夫、儿子、公公与婆婆在浓浓的温情里嬉戏、缠绵。

雨越下越大，窗外垂悬着迷濛的水帘。入夏来雨水一直很多，多到反常。受持续强降雨的影响，长江流域水位明显增高。这天《新闻联播》说，长江上游第二次洪峰正在通过湖北宜昌，中下游干流宜昌至安徽芜湖河段和洞庭湖水位上涨，鄱阳湖继续维持高水位，国家防总办公室今天发布了6号汛情通报。步兵已接到命令开始行动，一家人除冬冬外心照不宣，如果汛情持续，空军运输机的投入在所难免。

果然，到家第三天彭飞就接到了团里电话：上级通知，命令所有探家、出差、疗养人员立刻归队。彭飞暂不去三团报到，回原部队执行抗洪任务。彭飞放下电话就去买火车票，这种天还是火车保险。彭飞出门后，海云便一声不响去了卧室。安叶把冬冬叫来："冬冬，去跟奶奶说说话！"此刻，能给婆婆以安慰的人，惟有冬冬。

彭飞买票回来是中午，湘江、海云、冬冬在午睡，安叶帮彭飞收拾箱子，晚上八点半的车。彭飞边收拾边连连叹气："唉，真是，我妈该多难过啊，幸亏还有冬冬在家！"赶忙补充，"当然，还有你。"安叶一笑："行了，别找补了，我有自知之明。我怎么可能代替得了你？要说冬冬嘛，可能还行。"彭飞正色道："安叶，如果可能，给报社打电话请假，你带冬冬在家里多住几天。"安叶往箱子里放叠好的衣服，头也不抬："不可能。"

彭飞撒娇道："求你了安叶！"安叶正色道："彭飞，你真的是自我中心惯了。跟你说，抗洪如果大规模开始，首当其冲的不光是你们部队，还有我们媒体。"彭飞心里一咯噔，嘴上硬："你现在做编辑不是记者用不着跑一线……"安叶打断他："照你这么说报社光要记者得了，要编辑干什么？你是不是以为只有你的工作是工作，别人的工作都可有可无？只有你有责任感有热情别人都是冷血动物？"彭飞闭嘴，这时跟安叶吵架，是不明智的。

晚饭后，一家人送彭飞下楼，湘江从军里要的越野吉普等在楼外，大雨打得车顶篷嘭嘭嘭嘭，彭飞让大家到此止步，冲出门前，又站住，把安叶拉到一边，语重心长意味深长情深意长说："拜托！安叶！"安叶倒是点了头，但能看出并不情愿，至少在海云的感觉中是这样。

晚上，冬冬睡下后，海云敲门来到他们房间在床边坐下："安叶啊，和彭飞闹矛盾了？"安叶诧异。海云笑笑："这种事，瞒不了做母亲的。你们俩之间本来就缺少共同的岁月，对于婚姻，共同的岁月比光说爱情要重要。唉，等他调去三团后，你们在一起的时间就更少了。"安叶忙道："妈妈，我不想随他到三团不是为了能留在大城市，为虚荣图舒适……"海云摆手："知道我知道。你的专业是新闻，做新闻工作尤其需要在大城市大平台。你不容易安叶，要工作还要带孩子，这个滋味我知道。"安叶心头一热："彭飞从来没说过这种话。不管你做了什么，好像都是该着的，他连句话都没有……"海云道："他嘴上不说不等于心里没有。"口气温软貌似安慰儿媳实质是为儿子开脱，安叶马上闭嘴，恨自己愚蠢到竟想在婆婆那里与她的儿子争高下讨公道。

海云等了等，见安叶没说话的意思，又说了："总起来呢，彭飞性格偏内向，不该说的不说，该说的也不说。整个遗传了他爸！他爸也是老了后才学会'来事儿'，学会了说好话，学会了做丈夫。年轻时比彭飞还不如，整个一煮熟了的鸭子，嘴硬，说句软话比杀了他还难。我可没你这样的涵养，不满意了不高兴了就跟他说，跟他要，跟他嚷，慢慢地就把他给训练出来了，好丈夫得训练，你得允许他有个成熟过程。"安叶听，时不时点一下头表示在听，不回答，不反驳。海云坚持独白："要我说，你们还是在一起的时间太少，相互了解不够。夫妻双方一味对立和盲目迎合都不是办法，处理夫妻关系是门艺术。"话都正确，不在点上，如同良药，没对在症上。安叶保持缄默，让婆婆说，说够，说完。海云有点不知所云，试探着调整谈话方向，以期有的放矢："彭飞个性太强，当年考飞行学院，就为他爸一句话。这个人，冲动、鲁莽、死犟，等他回来，看我怎么训他！跟媳妇儿说几句软话又碍着什么啦？大男子主义，完全不懂女人，这样的人，该着让他打光棍！"

婆婆一味地避重就轻终让安叶忍无可忍："其实，妈，我倒不在乎他说什么软话不软话——"海云接道："你在乎的是他只管工作不管家——"安叶否定："也不是。"海云凝视她："那是什么？"安叶却反问："妈，听彭飞说，您当年是北大的高材生您的理想是做外交官？"海云呛咳一声，心脏猛烈收缩导致了瞬间呼吸困难，而后，她点了头。安叶说："那您在不到三十岁时就成了这样一个"谨慎地选择用词，"——状态，您决定放弃工作放弃那一切的时候，爸爸什么意见？"海云一时没回答，一个"外交官"强行打开了她强行忘却的种种。六十年代作为翻译她去过一次古巴，那是她第一次出国，哈瓦那的蓝天碧海异国风情，漂亮健康的姑娘，海明威生前最后的故居……使她对国门外的世界充满了想像，向往。她把那作为了自己的理想。随着岁月流逝，她的理想已如天上的月亮，可望而不可即。于是她不再去"望"，治疗伤痛的最好方法不是时间，是忘却。

安叶催问："妈妈？"海云回过神儿来："什么？"安叶重复："您放弃工作爸爸什么意见？"海云迷涣的眼神霎时变得金属般寒冽，冷冷地、远远地看着儿媳，她说："他没意见！现实摆在那儿，哪有选择的余地！我既然生了这个孩子，就要为他负责；既然结了婚，就要为婚姻为家庭负责！"语气强硬到了蛮横。是的是的，婆媳相处最忌撕破脸皮，但这需要双方的配合！

安叶从没见过婆婆的这一面，不知所措中下意识又问一句："那，工作呢？"海云斩钉截铁："工作不是非我不可！孩子却是非我不可！"安叶心一凉到底，对婆婆仅存的幻想彻底破灭，态度遂也强硬："就是说，孩子，家庭，必定就是女人的责任喽？"海云道："是的。"一停，"是的！"眼神、口气冷冰冰不容置疑。不是不想控制自己，控制不住，儿媳的残忍——即使是无意的——将她的意志力一下子摧毁。

彭飞走的第三天，安叶接丁洁电话，随着抗洪形势的日益严峻，报社已组织了一支奔赴一线的记者队伍，实施第一时间第一现场的报道，下步工作将非常紧张，如此，丁洁将无法兼顾安叶所在编辑室，让安叶有个思想准备，跟彭飞和他妈说，实在不行，她一个人先回来。这个电话是丁洁下午下班前来的，放下电话安叶通盘考虑了一下，冬冬得带上走，这么大的男孩儿正淘，两个老人弄不了。那么，明天早晨再跟婆婆说，说完就去买票、买了票就走，也算是眼不见心不烦，让公公去面对婆婆的种种吧，婆婆肆无忌惮的蛮横冷酷令安叶感到的是轻松：她们俩谁也不欠谁了！

晚饭后一家人看《新闻联播》，事实上打从彭飞走后海云没事就在电视机前坐着，看有关抗洪的点滴消息。电视上，某机场，大雨滂沱，几个记者打着伞采访一空军军官。空军军官说："接到命令后我团派七架飞机连夜到成都，装运冲锋舟和部分配件，天亮前送到江西！……"说话期间，他身后就有运七在起飞。正是彭飞所在团的飞机，湘江懂，海云不懂，但海云知道那是空军的飞机，于是扭头问湘江："这样的天他们也飞？"湘江道："他们练的就是这个。"说完方意识这样回答欠妥，补充："只要让他们飞，就是够飞行条件！不够飞行条件硬飞，机毁人亡还完不成任务，是个领导都不会这么干！"可海云根本没再听他说，目光已转向电视机，全神贯注。

电话响，丁洁再打电话，这次电话不是提醒是命令，命令安叶立刻返回。下班后报社领导和中层领导一起，为赴一线记者饯行，给每位记者下发了地图、药品、水壶，没有手机的配发了手机，还定制了可挂脖子上的小钢牌，上面刻有各自姓名、身份证号和血型，总编最后说："希望我们每个同志安全回来，但同时，也要做好准备牺牲！如果需要——前仆后继！"同时要求："各部门通知休假探亲人员，无论采、编，马上回来。以防局势进一步发展，人手不够！"丁洁代替部门王主任给安叶打了电话，同时也给了王主任电话，此时距其弟婚礼只有一天，也不行，一天都不得延迟。

夜里，安叶起来上厕所，出屋后发现厕所方向有灯光，拐过去，从敞开的厕所门看到一个人在地上趴着，疾步过去，地上的人是婆婆。

海云夜里上厕所突发心脏病摔倒，右腿股骨头骨折，送医院抢救过来后，得立刻行股骨头手术。安叶和公公倒班守在医院，公公白班，安叶夜班。在那一个个不眠的夜里，安叶一心一意守着婆婆，一心一意到闭目塞听，婆婆之外的事，不问不想，包括报社。公公分析婆婆是因为过于惦记彭飞安危所致，安叶也深以为然，或想深以为然，却仍无法摆脱内心的困扰，总禁不住要想，如果那天她没跟婆婆进行那次颇具进攻性质的谈话，没把那一根"草"压在婆婆身上，婆婆是否不至于倒下？

洪汛形势越来越严峻，军队投入兵力不断增加，空军运输机部队开始了大规模、大区域、大强度、大运量的人员物资紧急大空运。长江嘉鱼县簰洲湾接兴洲堤段出现危情，长江武汉段水位高达28.43米，超过警戒线0.15米，京九铁路中断，洪水向大庆油田近逼，1998年8月7日13时许，长江九江大堤决堤震惊全国。报社编辑室人人紧张，录入稿件的，接电话的，接传真的，电话铃声此起彼伏。王主任在电话里与前线记者核对完稿件时，丁洁来了，王主任对她道："丁总，我这里严重缺人，李志东24小时没休息了。我的意思是，您和安叶是朋友，能不能麻烦您打电话请她回来？"头一回，说一不二的丁洁在下属面前嗫嚅："她婆婆手术……"王主任为丁总如此丧失原则不讲公道的袒护彻底失望，低下头去看稿，把眼皮麻苶下来遮住愤慨，淡淡道："谁家都有老人，谁也不是打石头缝里蹦出来的，人家怎么都能做到以工作为重大局为重，怎么偏偏就她永远是一事当前先替个人替家庭打算？"

成长
第十六章

安叶从报社辞职。请辞，不是被辞。

推着自行车走出报社，安叶在大门口站住，回头，最后看了一眼那栋她进进出出十多年的老楼。那楼不全是报社的，三层四层是出版社，没电梯。安叶刚来跟着丁洁在一层，编辑们在五层，实习期间她每天不知要上上下下跑多少趟楼梯拿、送稿件；除了自己的，还有老师们的。谁都可以支使她，谁支使她她都没二话；很忙，也累，越忙越累越充实，为一种存在感、价值感充实。实习结束，那一批九个实习生，只留下她一个。

她终没赶上抗洪抢险的工作，从婆婆家回来的当天下午她就赶来上班，赶上的是报社的抗洪抢险表彰大会——那会开得名副其实——表彰。没有批评，不需要，各人心中有数就好。安叶直直坐在会议现场，两眼紧盯笔记本，敞开的本上被她涂满各种图形，方块三角圆圈五星，深浅不一；她竭力专注于此，以抵御会场上大到刺痛耳膜的声波，领导总结，获奖者领奖，代表发言……会议结束向外走，不当心踩掉了前面一个人的鞋，赶紧道"对不起"的同时抬头看，是王主任。王主任金鸡独立、伸出根指头把被踩掉的圆口老头布鞋提上就走，目视前方、哼都没哼一声。安叶知道，他对她有看法，不仅他，全报社谁对她没看法？但没一个人说，王主任都不说，使你连道歉、检讨的由头都没有。

安叶给丁洁电话，没事，就是聊聊，女人和女人间的瞎聊。电话那头丁洁语气匆忙——对方流露这种语气通常两种情况：一是确实忙，一是假借忙——安叶搭讪几句赶紧放下，为自己的不识趣懊丧。丁洁为她背不少黑锅了，该背的不该背的，全背了。该背的，比如，王主任那边；不该背的，比如，李力娟那边。李力娟四十多岁，早年间靠关系进的报社，采、编都拿不起来，只能打杂。去年她那关系到年龄退了下来，今年报社竞争上岗，顺理成章，就把她下岗了。不论从哪方面说，她与安叶都没可比性，但她自己不这么认为：远的不说，说这次抗洪抢险，是，她比不上人家那上了一线的，那24小时加班的，但她至少参加了，至少比那种从头到尾都没露面、叫都不回来的强！可结果呢，安叶留下，她走，为什么？因为安叶是丁副总编的好朋友！走之前，她把这不平事从上到下逮谁跟谁说说了个遍，人人的态度都是，听着，哼着，没人替安叶说话。一方面，跟要走的人何必较真？另一方面，较真也没用，她的思维方式来自她的人生经验——关系就是一切；更重要的，人家的指向安叶，不是完全的空穴来风。

辞职获准，安叶来报社收拾东西，一个人收拾，拒绝了所有人的帮忙——各人都有各人一大摊子事——把书啊本的细细在纸箱里码好，小零碎放进提包。收拾好后，把提包放纸箱子上一趟搬了出去，很沉，好在路不远。纸箱子在自行车后座缚紧，提包挂前车把上，安叶离开了报社；走时没跟任何人打招呼，甚至包括丁洁，或说尤其丁洁。骑车走出报社大门，安叶惊讶地发现，那一瞬间全身心感到的是解脱、轻松。

空军运输师的"抗洪抢险总结暨庆功大会"正在进行，这次抗洪该师连续进行了五次大空运，将五个建制师旅及大量物资器材空运到了一线，完成了建国以来最大规模、最高强度的紧急空运，为抗洪抢险部队的快速投入争取到了关键时间。对此，空军首长指出，我国幅员辽阔，平时自然灾害多，战时作战方向多，无论是平时的自然灾害还是战时的局部战争，运输航空兵的地位非常重要；军委领导批示：这次抗洪救灾，运输师是立了大功的。令该师群情激昂上下振奋。庆功会上，彭飞两次上台领奖风头甚劲，一次为自己领，一次为安叶领。彭飞荣立一等功，全师仅此一例。关键时刻，他以高超的技术、稳定的心理素质，带领机组穿越雷雨云，将抗洪官兵安全送达，创造了一个可载入飞行史的奇迹。安叶被评为"优秀飞行员家属"，全师共评出八位，八位里只安叶因有工作要上班无暇亲自前来。

　　会议结束，彭飞往家走，大步流星急不可耐；面部表情控制得很好，稍过了点，严肃得有些莫名其妙。他现在是一等功臣，多少军人包括他父亲，戎马一生都没这个机会！和平年代立一等功通常非死即残，他这个一等功立得毫发无损，凭的什么？事迹的过硬！一等功事先他知道，安叶被评为优秀家属事先他也知道，都没对安叶说，好事不能提前说，说了万一有变，好事就变成坏事。此刻，好事成真，一手是一等军功章的绒盒，一手是优秀家属的奖状，彭飞握住了双重喜悦。喜悦在胸中鼓胀、翻涌、澎湃，非有钢铁意志按捺不住。一心想快快进家避开众人眼目，大笑，长啸，痛聊，畅想，让所有的浅薄得以忘情发泄！惟一的担心是，不知安叶下班了没有。

　　进楼道撞上小苏，拦住他笑盈盈道："行啊你彭飞，第一步，立功；下一步，提拔。在空军，飞行员升得最快机会最多，司令副司令参谋长，都得是飞行员出身，你前途绝对无量！"彭飞草草说句"借你吉言"便闪开小苏一步三磴上楼，安叶在家，她的自行车在楼门口！

　　彭飞满怀对安叶的感激、爱情以及要予人惊喜的快意开门进家，全没看到堆放门旁的纸箱子、提包。安叶在厨房做事，彭飞来到厨房，先亮出他的一等功军功章，再展开安叶金碧辉煌的奖状。安叶只笑笑说挺好的，继续做事。彭飞没料到，不知原因在哪儿，结结巴巴道："……要请你们上台领奖的，我怕耽误你上班就——"这也是实话。关键时刻安叶为妈妈耽误了工作，彭飞欣慰之余，也心疼，他怎可能不理解她的心情处境？但实在是没有办法，只愿部队的这份认可给她安慰，使她逐步适应。这时，安叶接着他的话说了自己的事，总之就是，以后她用不着上班了，没班可上了，尽管三言两语轻描淡写，彭飞还是急了："咱家情况报社知道，领导又没说要辞你，你何必——"安叶打断他："要换你呢？"彭飞无语。是，换他也是，他也做不到在失去了自己的位置、专业、事业，在失去了那么多之后再失去自尊。想想，小心地说："安叶，别急，这事我来想办法，我们师的家属工厂——"之前安叶情绪一直平静，就算是故作的平静，她做到了。思路是，事情已然如此，何必徒增不快？尤其在他这样兴冲冲的时候。但她无论如何没料到最后，他会冒出这么一句！平静——或故作的平静——不复存在，她失声叫道："我是中国人民大学新闻系的高材生我的理想是做中国的法拉奇！"泪水狂奔，她一把推开他，出厨房进卧室，吭，关了门。

……

于建立叫彭飞动员安叶过来，到三团这边来。

于建立现在是三团政委，仍为彭飞领导，但二人职务距离大大缩短。从前，彭飞是预校学员时，于建立是他的教导员。一个正排，一个正营，差着四级。现在，一个副团，一个正团，差着一级。看到彭飞的任职命令时于建立心情相当复杂，有句话怎么说的来着？痛苦不一定都是来自自己的失败，有时也来自别人的成功。但同时他也自豪，有机会必说："彭飞那小子，是我带出来的！"

空军进行滇西实兵拉动演习，在高原地区实施空投空降的试验性演习，任务航线长、区域广、地形复杂，为切实保障好兄弟部队地面演习任务的完成，师里要先召开协调会，每团去一个团领导，于建立跟团长碰了一下，决定彭飞去。彭飞家在师部，可顺便回家看看，公私兼顾。周五中午走，晚上到，正好在家过个周末。走前于建立交代彭飞说："叫你回家是有任务的：动员你家属过来。她在江城又没工作，都是在家待着，与其在那儿待不如在这儿待，在这儿全家还能在一起，相互有个照应，他们安心你也安心，有利于工作，有利于飞行，有利于家庭。"

彭飞没能马上回答，这是一件一直以来他极力回避的事情。

他为安叶的事情深深内疚。打电话回家，父亲说："就是没你母亲发病的事也得有别的事，只要安叶跟你结合，走到今天这步就是必然的事。对你们那个小家来说，是一山难容二虎；对安叶本人来说，是鱼和熊掌不可兼得！"彭飞反感父亲的无情粗暴，向妈妈咨询："妈妈，您当年是怎么过来的？"妈妈比安叶还年轻时就随军做了全职家属，彭飞一直知道却从无深究；不怪他从前不体贴妈妈，体贴也需要能力，有些能力的获得，非阅历不可。电话里海云这样说："这种事情是'过不来'的，只能面对，屈服，习惯。老了，老了就好了。至于你，要多体谅多关心，没事多给她打打电话。"

　　严格遵照妈妈指点，到三团后彭飞三天两头给安叶电话，嘘寒问暖不论多忙。他现在非常忙，与一般军事干部的提升不同，由一团大队长到三团任副团长，他不仅要熟悉团领导工作，业务上还要从学员做起，从运七改装伊尔－76。电话中安叶从无抱怨，她的忍痛不叫越令彭飞难过，却无奈，只能寄希望于妈妈说的，随着时间，她会"习惯"。

　　政委说得对不对？对。可惜是不在其中难解其味——彭飞何尝不想让安叶过来——时机还不成熟。对政委不知怎么才能说得清楚，很多事，光靠"说"说不清楚，只能不说，先应下来："行。我跟她说。"于建立进一步提示："跟她说，不要贪恋大城市。大城市有什么好？除了消费高。"彭飞为安叶辩解："她可能考虑孩子的教育问题……"于建立手一摆："这观点我不同意！不说别人，毛泽东，天才吧？伟人吧？来自哪里？湖南农村！说明什么？说明山沟沟里照出人才，同理，大城市里也出渣滓！"彭飞唯唯诺诺附和，不敢再说。二人由于历史原因关系特殊，尽管不能为谦虚而谦虚，但在面临这样的人物关系时，不到万不得已的情况下，还是走"谦虚"的保守路线为好。

　　彭飞开门进家，一股熟悉的家味儿扑鼻而来，亲切，温暖，感伤。从去三团后这是他第一次回家，小半年了。正是幼儿园接孩子的时间，安叶不在。家中还是原来的样子，冬冬房间还是那么乱，满地玩具。客厅写字台桌上一摞纸引起彭飞注意，走过去拿起，"安叶简历"四个二号黑体字触目惊心。

　　晚饭后，冬冬看动画片，彭飞跟安叶说起"安叶简历"，不想当儿子面谈论这个沉重话题。先跟安叶解释前一阵他太忙，走马上任、熟悉部队、改装伊尔－76，事情一堆一堆的，但心里一直是惦着安叶的。想，万一她能适应这种生活，就到三团来，一家在一起——这就算是完成了政委交代的任务——怕激怒安叶紧接着又说，如果不能，就找工作；安叶说她不能。

　　真正离开报社安叶才知道，她离开的不仅是报社，还是与社会连接的纽带，没了那纽带，整个人顿遭社会遗弃。每天，上学上班的走了，整个楼都静了，她一个人呆在空空的家里，不到下班时间不敢出门，买菜都不敢，就怕人问，怎么没去上班？如此下去，恐怕没有别人做参照物做说明书——彭飞家属，冬冬妈妈——她这个人就不存在了。

　　彭飞边听安叶诉说边思考，她一个三十多岁的孩儿他妈，跟一帮年轻大学生争挤，从递简历开始，不说心情，说前景——没前景！妈妈的中心意思是，除了多体谅，别无办法，只能随她去，随时间去，痛到麻木，痛到屈服。他不能，他做不到，他不具父亲那副铁石心肠。思考后他郑重建议：重回报社，瞎撞难有出路。过去冬冬小，爱生病，现在他病明显少多了，再大大，会更好。这样下去等到上学，可以上寄宿，至时安叶就完全解放了。她熟悉报社工作，报社了解她的能力，只要向报社表明情况，报社求之不得。

　　安叶心头温暖苦涩，彭飞过于天真了，过高估计她了，报社年年都有新鲜面孔出现，带着朝气、能力、充沛到你望尘莫及的精力和体力，将陈旧与衰老逐一地毫不留情地顶替、剔掉。即使她仍在报社，都会有紧迫感危机感，哪里是彭飞以为的那样，只要她一张嘴，报社就会对她张开欢迎的臂膀？这些话她没说，不愿让他难受，只温和道："这事你别管了，你只管把自己那摊事管好就行了，家里的事，我的事，你都别管了。"

　　彭飞不是安叶以为的那样天真，他那番话除却鼓励，更重要的，想确定一下安叶的态度，只要她愿回报社，那么，"怎么回"的事情，他去做。他去找丁洁，不让安叶知道。除为安叶自尊考虑，还有个分寸问题，对朋友没有分寸就做不成朋友。他出面就不一样，成了，告诉安叶；不成，这事权当没有。

　　彭飞约见丁洁，丁洁说这事须报社老总出面；丁洁与安叶的关系报社尽人皆知，她出面不仅帮不了她，反可能把本来有可能的事情搞砸。她可以帮彭飞约见报社老总，现任老总姓孟。

　　孟总去外地了，周三回；师演习协调会周二上午结束，结束后彭飞理应立刻返回团里传达会议精神，左思右想，给团长打电话请假晚回去一天。电话中团长说这事得跟政委碰一下，"碰"的结果是，不准假。周一晚上，彭飞顶着犯忌的压力冒着挨批的危险，再打电话请假，直接把电话打到于建立家，感觉阻力主要来自于建立。"政委，我还是想请一天假——"于建立不容分说打断他："赶紧回来！回来向团党委传达师会议精神！"说完挂了电话，听得出他生气了。彭飞拿着嘟嘟作响的电话，心情沉重。

　　彭飞按时返部。先去团长那儿报了到，后去的于建立那儿，他估计于建立不会轻易放过他。果然，见面后三句话没完于建立就开始了："不要以为你立过一等功，你是全师最年轻的副团，就可以松口气放任自己！请假一次不准，还请二次！团里等着你回来传达会议精神、部署演习方案，你却为自己家里那点事黏黏糊糊没完没了！你家属的情况没什么特殊，普遍情况！别人都能做到她怎么就做不到？还是你工作没做到家嘛，一味放任纵容不行，男人就得有个男人样，该硬时就得硬起来！"

　　彭飞闷头一言不发，于建立看他，目光尖锐："不服气？"彭飞不回答，不回答就是回答。于建立从办公桌后站起，在屋里来回走，走一会儿，在彭飞面前站定："彭飞，你是我带出来的学员，如果我们仅仅是普通同事普通上下级关系，以下的话我绝不会对你说：在军队工作如同逆水行舟，上不去，你就得下来；它需要超人的能力智力体力，还有律己精神！这个'己'不光包括你、还有你的老婆和孩子！知道我为什么当兵快三十年了干到今天才是个团吗？和我一块儿入伍的除了转业走的，现在最低的，副师！有我能力上的原因，更有我不能严格要求自己太顾及自己小家的原因！举个例子，八五年，我们部队执行大兴安岭灭火救灾任务，我呢，正赶上老婆生孩子在家，部队拍电报让我回去，我坚持请假，心里的理由是，部队缺我一个没关系，我不在我老婆就没人靠了。最后领导准了我的假，但是隔年就把我调离部队调到了飞行学院，平调，之前盛传我提副团。自此，一步落后步步落后。……彭飞，我理解你，没有谁比我更理解你，为什么？我老婆和你老婆情况一模一样！"彭飞看于建立，于建立目光清澈:"做好老婆工作,大道理要讲,小道理也要讲:损失了你对她没好处!两人能兼顾当然好,但我们这种工作性质很难做到。所以,如果一个家里只能保一个,那只能是,保你,保男的,保你就是保她!"

于建立讲这番"小道理"的背景,他的挚诚,他对他明确到无可撼动的刚性要求,彭飞一一吃进心里。

……

安叶求职屡战屡败。求职如同相亲,先看的肯定是外在。你心灵再美性格再好,身材长相不过关,就没机会展现;求职也一样,你能力再强再肯干,人家看不见,人家看见的只是你三十多了,女性,家中有一个学龄前儿童,值不了夜班出不了差。求职如同相亲的另一个共同点是,双方都容易高不成低不就。

得知安叶情况小苏大包大揽,让安叶到罗天阳公司来干。安叶很高兴,安叶高兴小苏更高兴,要不怎么说"助人为乐"?尤其她"助"的这个"人"从前各个方面都要高出自己一头。其时罗天阳公司已发展到相当规模,他本人是总经理。从前的二手桑塔纳换成了凌志,手机由大哥大换成了翻盖的摩托罗拉。房子还没买,等有了孩子再说,现在小苏的公房两个人住足矣,有那资金不如先投入公司运营。一直没孩子是罗天阳的问题,上医院查过,"精液不液化症",这种男人让女人怀孕的几率很低。

小苏怎么也没想到罗天阳会不同意,她觉得这就是一句话的事。罗天阳苦笑:她把公司当什么啦,收容所?妇人见识!开公司没那么容易,不是她们想像的那么容易。公司走到今天,大小风浪经历了不知多少,他从不跟小苏说,男人真碰到事了不易跟女人说,她们帮不上忙,只能一惊一乍地添乱。最近公司因发展太快资金短缺,从银行贷款手续复杂,就从别人那里借了一部分钱,每月6分利,这种商人间的临时拆借已很普遍,甚至可说是企业重要的融资手段,通俗的说法是高利贷。目前罗天阳面临的困难是,上个投资项目失败资金回不来,资金回不来就没办法按期还钱。小苏看出了端倪,不依不饶追问,罗天阳只得简单说了一点儿,小苏揪住她关心的问题不放:"你们到底欠人家多少钱?"罗天阳说:"每个月,光利息，十几万吧。"小苏倒抽口气："那、那、那你还整天开着个凌志到处跑！"罗天阳叹："就是把凌志卖了，能解决什么问题？一个月的利息都不够。"小苏美目竖立："你就是好面子！虚荣！"罗天阳耐心解释："不是虚荣是传递给外人的信心。我现在要是骑着个自行车到处跑你试试？要债的能立刻堵住你门口！"小苏当即摔门而去，噔噔噔下楼，去安叶家。上来一句寒暄没有先把罗天阳的事说了，不能再让人家抱希望，抱希望时间越长失望越大。

冬去春来，安叶从菜市场回来，路过师招待所，里面迎春花、桃花、白玉兰竞相招摇。正是上班时分，前方一队警卫连的士兵，安叶骑车堂而皇之与士兵队伍擦身而过，斜放前车筐里的粗大芹菜差点扫着一个士兵胳膊。上班时间买菜、闲逛全没她想像的那么可怕，没人问她什么，没人注意到她，换句话也可以这样说，她在热闹熙攘摩肩接踵的马路上、菜市场里毫不起眼，如同蚁群中的一只蚂蚁。意识到这点心下越发沉静：人真是一种可怜可笑的动物啊，为自己的渺小存在还要找出那么多伟大意义，说白了，说穿了，不就是一个又一个从生到死的过程？"古今将相今何在？荒草一冢淹没了"，焉知在另一种更高级的生物或生灵眼里，人类不是人类眼里的蚂蚁？

安叶在楼门洞报箱取了报，提着菜边翻边上楼。社会新闻版一条报道有这样一句："酒驾导致两死一伤，死者家属气急败坏——""气急败坏"令她禁不住皱眉莞尔，本能去找记者、编辑的名字，遂觉无聊，收起报纸快步上楼。今天冬冬生日，她答应了他请小朋友来；她得准备六个孩子的晚宴，得去蛋糕店取定做的蛋糕，得分别给五个小客人家长打电话沟通，房间还得收拾——越想事越多，时间越紧，"气急败坏"早被抛在了脑后……

丁洁意外打来电话，约安叶见面。二人很久没联系了，在安叶，是不想跟人联系，尤其报社的人。在丁洁，开始是不知该怎么联系——联系了说什么？时间长了再联系，又觉不自然了。约见地点是在一家咖啡厅，安叶提前半小时到，丁洁准时到。二人相对坐，看着面前那张熟悉又陌生的脸，在心中同时发出同样慨叹：怎么会老成这样？嘴里却异口同声："你一点都没变样！"

　　等咖啡时，二人大致说了各自情况。安叶情况简单，三言两语就完；丁洁变化很大，工作上，提升为报社总编；生活上，与丈夫离了婚。表面看是丁洁要离，他有外遇；实际上是他要离，他那外遇是他们感情不和的结果，不是原因。他嫌丁洁不顾家，说她是官迷，没有女人味。更深层次的原因是，自己没本事，又不甘当老婆的家属。东西送上来了，丁洁端起咖啡抿，声音因此有点含糊："刚开始我很难过，现在想开了，甘蔗难得两头甜。"这时，一直默默倾听的安叶说了声："是。"这时，丁洁说："安叶，回报社吧。"

　　这是她约见安叶的目的，电话中没说是想看看安叶情况再说。她担心安叶对她心存芥蒂，也想安叶是不是已然适应了眼下的闲适，这些都需见面才能确定。当一把手后丁洁痛彻感受到人才的重要，分外怀念当年安叶的得心应手。同安叶见面话没说两句，她断定了安叶没变：对她的基本信任没变，更重要的，基本追求没变。算来她孩子快上小学了，彭飞曾说她若工作，孩子可送寄宿。报社要闻部主任马上退休，上头意见是报社如无合适人选，他们给派下来一个。派下来一个，可能行，可能不行；万一不行怎么办？请神容易送神难，丁洁不能冒这个险，要闻部太重要了。于是，她想到了安叶。安叶听丁洁说让她回报社，先是一震，又慢慢沉静，慢慢道："……不麻烦了吧。"没有主语宾语，意思明了，令丁洁抱愧；跟聪明人无须解释，她对安叶直截了当："安叶，没了你我才知道你有多么好使，我这样做不是为你是为我；我呢，是为工作，为工作网罗人才见贤思齐一片冰心在玉壶！"

　　安叶被逗笑，笑得泪都出来了，泪水越来越多，哗哗的，不得不用双手捂住；丁洁眼睛湿了，隔桌伸过手去握住朋友手腕轻摇："好了好了，好了！甘蔗难得两头甜，咱这马上就'两头甜'了，还哭！"

　　安叶止住哭泣，为自己的失态难为情，掩饰地端起咖啡来喝。喝了两口，突然回过味儿来，问丁洁："你刚才说我什么？两头甜？哪两头？"丁洁轻斥："行了吧你！"斥责安叶的得便宜卖乖；于是安叶明白，丁洁不了解情况。

刚辞职那阵儿，彭飞对她是关心的，虽然仅是口头上的关心，她知足。但时间越长，关心越少，直至没有。就这，安叶也尽量给予了理解，慢说久病床前无孝子，就算他有心，也无力，他实在太忙。她对他的彻底失望源于上月的一个电话，电话中又说让她带冬冬随军，安叶再次强调了冬冬的小学教育，从前说到这儿他就不说了，这一次，态度强硬："孩子的教育关键在母亲！当年我妈带着我随我爸调了不知多少个地方，有的地方比我们这儿还小，在山沟里，结果怎么样？我不能算差吧！"理所当然理直气壮里蕴含着的不满和指责，令安叶周身寒彻。当年他说：我不是我爸，我保证不让你走我妈的路！现在他说：孩子的关键在母亲！这事她谁都没说，无人可说。此时，忍不住跟丁洁一吐心头郁闷。

丁洁不相信，又没理由不信，兀自嗟讶："人真是可以变的呀，啊？当年他对你的一片心，那叫动人！"安叶不明白："一片心——什么事儿？"

得知安叶居然一直不知当年彭飞为她做的那事，丁洁感慨万端：这世上还是有男人的，怕伤害妻子宁肯委屈自己。是，当初他们约定不告诉安叶，事没办成，告诉了等于二次伤害。但她没想到，彭飞能保持缄默至今！丁洁对男人印象总体不佳，她前夫啊，她手下的王主任啊，孟总啊，有一个算一个，心胸狭窄虚荣脆弱，还爱吹牛。绝不能说差男人都让她碰上了，这肯定具统计学上的意义。西方"女士优先"的绅士风度不过是"秀"，女士们只在无关痛痒的事上能优一优先，比方进门时，可走在前头；关键事上，利益上，男人与你寸土必争分毫不让。相比起来，中国男人比西方男人强，至少表里如一不致误导女人；何时何事何地，须眉不让巾帼，包括"进门"，尤其进公交车、地铁那些比较窄的门，进那些门需要挤，挤需要体力，方显男人优势男人本色；因此中国女人才比他国女人明事理觉悟高懂得发奋图强，也因此会出现阴盛阳衰。彭飞的存在将丁洁的男人观顷刻间颠覆：男人不是传说，看你有没有福。当下心生羡慕、爱慕，爱慕是针对彭飞的；脸不由发烫，赶紧正正脸色，正襟危坐，把事情一五一十跟安叶和盘托出，包括彭飞为见孟总一再跟领导请假挨批一事；

那几日彭飞跟她保持热线联络，彭飞每一步行动与结果她都了如指掌。

……安叶急急忙忙回家，回家给彭飞电话。从上次谈崩后他们一直没通话，他也许因为忙，也许不是；她这边很明确，就是不想，听到他声音就烦。安叶大步上楼，有那么多事要跟彭飞说要商量，她工作的事，冬冬上学的事，还有，他最近怎么样？忙不忙，累不累，什么时候有机会回家？回家想吃点什么？没想到彭飞背地里为她想得那么细做了那么多，却不说；相较之下，她简直就是个怨妇。动辄嫌他冷漠了，生硬了，不体贴了，怎么就不想，他那是一种正视现实的态度？她都三十多了，还要像小姑娘一样让男人随时、一辈子哄着？想想都脸红！

彭飞在家，刚到十分钟，这会儿正躺在双人沙发上看天花板。

有一段时间了，他感到腿痛，刚开始没在意，后来痛到踩舵都使不上劲了，方去354医院检查，给出的检查结果是：游走性关节炎；结论是：不适合继续飞行。他不信，团里、师里都不愿信，让他去上级医院检查，最终，北京空军总医院给出的结果与结论，与354医院一致。

团里把他的情况上报师里，师里建议让他先回家休假同时治疗，354医院在师部驻地。走前，于建立请彭飞到家吃饭，还开了酒。酒斟上后彭飞端起一饮而尽，喝完了又给自己满上。从前，每次喝酒前他都得先算时间，在不在飞行前的四十八小时内？以后，不用算了，想喝，就可以喝了。又一饮而尽，拿起瓶子满上，又要喝，被于建立按住，彭飞嬉皮笑脸："政委，好不容易喝一回——"于建立圆脸铁黑一反常态，厉声喝道："够了！"

彭飞怔怔看于建立。

于建立与十几年前变化不大，除鬓角添了几根白发。十几年前的那天清晨，他们被学院通勤车接到分队宿舍楼前，徐东福、于建立在楼前的太阳地里等着他们。几步之遥就是树荫，他们却就那么笔挺地立于太阳底下，不知是想给这些学生兵做榜样还是想给他们个下马威，抑或二者兼有。第一眼彭飞对徐东福印象很好，对于建立一般。徐东福比于建立更像军人，不论神情、军姿，还是相貌。于建立略胖，一张圆脸没棱没角，大厨的围裙比军装于他更合适些。后来彭飞开始讨厌徐东福，但也并没有喜欢于建立，不喜欢他那与形象十分吻合的性格，黏黏糊糊婆婆妈妈圆润光滑，不知政工干部都这性格还是因为这性格才当了政工干部。再后来他开始佩服徐东福直到离开预校，却是直到离开预校，对于建立印象始终没变，不喜欢，不讨厌，还是最初的"一般"。这印象的初步改变是二人成为同事后的那次深谈；才知道，这个在军营里很不起眼的军官有着那样曲折的过去，不凡的思考，炽热的情感。

"教导员——"彭飞脱口而出，完后改口："政委，还记得预校操场边上那架破歼五吗？……李伟走的头一天中午拽着我去给他照相，为这徐东福差点把我开了。李伟现在干得不错，作训股长，烟彻底不抽了；王建凡是空军油料所工程师，他其实适合当工程师不适合飞行；宋启良搞机务，大队长；噢，还有罗天阳，大老板了，又换了辆宝马。还有谁？对，康正直。康正直干什么去了？我对那家伙印象不错，比张前好。……政委？"于建立说："吃口菜。"彭飞喝多了，话太稠；彭飞却不吃，继续啰啰嗦嗦："还记得有一次英语课，教员拿来了麦克阿瑟的一篇文章，那篇文章的最后，您知道麦克阿瑟说的什么？他说，在他军人生涯走到尽头的时候，他想到的是学员队，还是学员队……"于建立锁着眉头："你走到尽头了吗？"彭飞说："吃菜！"就吃菜。夹一大块鸡蛋炒香椿放嘴里嚼，怎么嚼都咽不下去，喉头被堵死了，抓起茶杯仰脖灌想用水送，许是灌得猛了点，被呛得噗一声，连菜带水喷出，全部喷向面前盛着饭菜的碗盘，彭飞下巴上挂着菜渣汁水，面对被他污染的一桌子菜肴，发呆。

于建立拧了块毛巾来给他擦脸，他听话地接过去擦，擦着，突然把毛巾捂在脸上再也不肯挪开，片刻后，毛巾后头传出闷哑的呜噜："完了，我完了……完了，我完了……"于建立非常生气："不能飞就完了吗？徐东福，徐队长，照你的逻辑，早该完了，二十年前就完了。可人家怎么样，正师，四十岁的正师！"彭飞只是埋头摇头，于是于建立明白，现在说什么都没用，现在彭飞需要的不是道理，不管大道理小道理，他需要时间。

……天花板上有一只小虫在爬，细看，是蜘蛛。彭飞眼睛与天花板相隔两米不止，但他确定，那是蜘蛛。果然是蜘蛛，爬到灯的电线那里，利用灯线和天花板的三角，开始吐丝结网，它每一个动作彭飞都看得清清楚楚，飞行员的视力。脚步声，渐近，彭飞没往心里去，专心看蜘蛛结网，直到钥匙捅门声传来，方受惊一样从沙发上跳起，两手下意识在脸上胡噜一把，像是要抹去可能留有的痕迹。

安叶进门，看到彭飞在客厅对她微笑，惊喜地叫："你怎么回来啦！"今天真是好日子，想什么来什么。彭飞告诉她他回来休假，还有，治疗；不等她问一口气说下去，说了他的病和现状，迟早要说不如早说。这时安叶才发现，彭飞脸上的笑容有多不自然，多僵硬。忍不住问："这病不能治吗？"彭飞登时愠怒："什么病不能治？癌症都能治！"安叶闭了嘴。

海云和湘江得到了彭飞停飞的消息，当时海云不在，湘江接的电话。海云回来后他对她说了，同时笑言："这下子好了，不用飞了，省得你整天为他提心吊胆！"海云叹："要是他自己不想飞了，是一回事；要是想飞却不能飞，是另一回事……"湘江默然，她说的正是他想的。心情越发沉重，为儿子，更为妻子。

一下午，海云心神不宁，想起来就问湘江彭飞电话里原话怎么说，情绪怎么样，穷根刨底反复再三。湘江说："你要实在不放心，给他打个电话？"海云犹豫："说什么呢？""说说我们的态度。""他知道我们的态度，我们对他一直是，无保留支持，顺的时候，不顺的时候，无保留。现在的关键不是我们的态度，是安叶的态度。"

上次彭飞电话催安叶带冬冬随军过去，是海云的提醒；安叶既然没工作，夫妻何必长期分居？长期分居婚姻易出问题。事后彭飞只告诉她安叶不同意别的什么没说，但仅这一点足可判断：夫妻关系已然有了问题。海云理解安叶，正因为理解才尤其担心：安叶有自己的伤口、炎症、痛处，这种心情下，她还能不能顾及丈夫？

军务处周处长带车去江城公干，问要不要捎东西，都知道彭副军长儿子家在江城。海云早就买好了摇把转笔刀想找机会给快上学的孙子送去，相较传统转笔刀，摇把转笔刀的最大优势是不会把铅笔芯削断，很贵，一百多；既然儿子在家，该给他也带点什么。把湘江老部下送的没拆封的新手包翻了出来，湘江退休用不着这些，儿子正好用，不管将来到机关还是下部队。由此，思绪信马由缰：三十多了，人到中年不改行，儿子却遭遇停飞从零开始，一个有一技之长的业务领导干部没有了一技之长，拿什么去与那些科班行政管理出身的人竞争？前途肯定受影响，都无所谓了，她怕的是他受不了这种大落差的打击，从此心灰意冷自暴自弃。

周处长派人来取东西，海云把准备好的东西拿出，突然间想到，他们那小家拢共三口人，有孙子儿子的没儿媳的，不像话了！可是，捎什么？家里头有什么？海云拼命想，越想脑子越空，绝望之中灵光突闪：她现成有一条项链！

项链是海云五十五岁生日四妹送的，55克纯金；老四说了，一岁一克金，到大姐一百岁时，定送她一条二两重的！父母过世后是大姐时常召集姐妹们团聚，互相走动，互相关心，避免了"树倒猢狲散"。六个妹妹不由自主把对父母的情感依托，移到了大姐的身上。五十五岁是重要生日，妹妹们各自送了礼物，老四的礼最重，老四有钱。那项链海云从没戴过，没场合，一直锁抽屉里，很浪费。

湘江得知此事痛心不已，若不是忧心如焚爱莫能助万般无奈，聪慧如海云者绝不会出此下策——讨好儿媳。

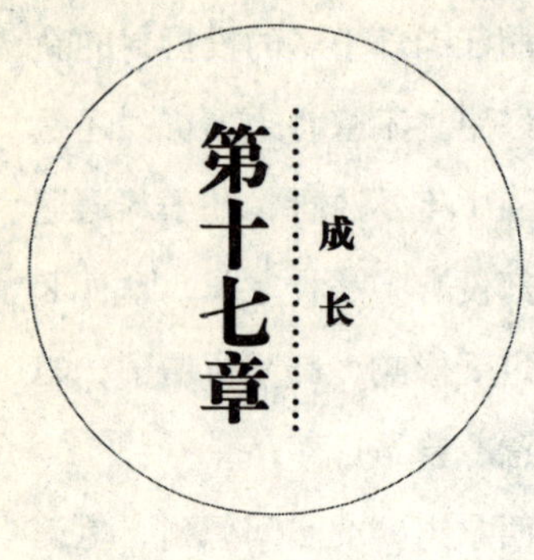
第十七章
成长

东西送到时安叶不在家，去了报社。家里情况得抓紧跟丁洁说，当面说，看到职的事能不能先缓一缓；跟彭飞就说出去买菜。

送东西的人走后彭飞在家等安叶，坐立不宁。没想到妈妈一直在为他担心，担心到这个地步：给安叶送重礼替他乞怜。是，停飞对他打击沉重，他再坚强也需要时间消化，习惯，调整，面对，但从未在妈妈那儿有过分毫流露，他知道这件事情最让妈妈担心的那一部分是，他的心情。他调动起了所能调动的全部力量进行了应对：主动打电话给妈妈，主动跟妈妈商量下步干什么好，说师里说了，师机关，学院，部队，随他挑，一等功臣嘛！……把回来后与妈妈的每次通话细细在脑子里过了一遍又一遍，找不出破绽。那么，只剩下一个可能，安叶跟妈妈说了什么。她会跟妈妈说什么怎么说？说她坚持让他看病治病他不肯，说他晚上不睡早晨不起，说他整天窝在家里看电视哪儿也不去？倘真如此，她什么目的？发泄，借力，抑或，表功？

安叶回来了，提着菜。彭飞递上了那个紫绒的首饰盒："给。"安叶接过打开，55克纯金项链安卧紫绒上耀眼炫目，拎手里，沉甸甸。她抬起头："怎么回事？"彭飞说："我妈送你的。你跟她说什么了？"

安叶每个字都听清楚了，却是完完全全的不明白。她和婆婆素无相互送礼物的习惯，来往时通常就带点吃的，顶多丝巾、茶具之类，即，不送是常规，那么送，就是反常规。人在反常规时必有理由，他妈什么理由？还有还有，这与她跟他妈说什么了有什么关系？听彭飞的意思，很有关系。

看安叶神情不像是装傻，彭飞认为自己没说清楚，进一步说明："你没跟我妈说我什么吗？"重音在"我"上，用的疑问句，但却是法官对嫌犯那种证据在握，只须你亲口确认的提示性疑问。

安叶仍不明白。她看彭飞，彭飞显然还没洗脸，洗不洗都不一定，胡子自然没刮，头发油腻得一绺一撮，他刚才就是以这副尊容接待的来送东西的客人吗？他就不怕人家回去跟他妈妈说吗？思绪到此如闪电划过，脑子霎时雪亮，明白他说的是什么了，明白他妈妈的反常规是为什么了：为她的儿子！

彭飞斜眼看她等待回答，她把项链放进首饰盒，把盒盖"嗒"一声扣上，抬头对他："我从没跟你妈说你。"

他不相信。一句话不说，兀自朝她冷笑，怕她看不出他冷笑似的，还要冷笑出声，从鼻腔里发出一连串的"哼"。安叶默默看他默默想：是，你现在处于人生低谷，需要被体谅被谦让，但也不可以没分寸无止境，以为别人围着你转是天经地义理所当然义不容辞。你那事说到最后，最坏的结果，不过是不再当飞行员而已，不当飞行员还可以干别的——当初，她呢？

离开报社，在日复一日孩子菜场油盐酱醋的琐屑磨蚀中，她以为她心已死，是丁洁请她回去的那一瞬发现，它新鲜饱满宛若当初，一有阳光照到，于顷刻间活力四射。与丁洁还没分手她就在脑子里开始了安排：马上给冬冬联系寄宿学校，如此，等到冬冬上学，她就可重新成为一只身无背累的鸟儿，自由飞翔，她不会让丁洁让报社失望！孰料彭飞在这当口出了这样的事。

她理解彭飞，寸寸缕缕的理解，是一种非亲身经历过不会有的痛彻理解。没有谁比她更知道，当人从天上掉到地上的时候，是什么滋味。此时他需要她，哪怕她什么都不做只在家陪着他，都比把他一个人撂家里强。孤不孤单都可忽略，不可忽略的是，她的重返报社定会对他形成新的刺激伤害，一如当年她的因抗洪一事辞职，他却因同样事情荣获了一等功。彼时滋味她刻骨铭心：为他高兴的同时越发为自己悲哀，悲哀远远胜过高兴。再好的夫妻也是两个人成不了一个人做不到时时事事同喜同悲——何况就是一个人，都有自我矛盾自我分裂的时候。

刚才她去报社跟丁洁说明情况，表明了态度后，丁洁面部表情瞬间由朋友变成领导——也许她是无意，无意才更可怕——沉默良久后方说："缓一缓"可以，缓太久不可以。安叶本想说"那就算啦我还是按时来上班"，终是没说，离开丁洁离开报社，回到家来。

"你到底跟我妈说什么了？"彭飞仍在纠缠。显然他一点感觉没有，没感觉是因为不关注，不关注是因为心中没有。他从什么时候变成这样子了？能确定的是，去三团以后，二人分居以后，直觉他的变化不独是因为分居。前几日从丁洁那儿得知他为她做的事后，她感动得只顾检讨自己，忽略掉了关键细节：事情发生的时间段。那是"过去时"不是"现在时"，换句话说，那是过去的彭飞不是现在的彭飞。现在的彭飞越来越忙，给家里电话越来越少，对她的事情几近不闻不问，直到此刻还是。想到这儿，安叶心冷得开始抗拒，不想做任何辩解，更不想重复回答问题，拿起电话给彭飞："你要不相信我，给你妈打电话，问。"他接过电话"啪"地扣上，对她怒气冲冲："我妈身体不好你不是不知道，你这样做到底对你有什么好处?!"

"我妈我妈"，他心里除了他自己，只有他妈。是，你妈年纪大了身体不好，让她几分在情理之中，公交车上都有"老弱病残孕"专座，五条里除了"残孕"他妈占着三条。这么些年了，她对婆婆小心翼翼委曲求全，婆婆对她不认可，从一开始到现在，不认可；否则，她断不会在这时候送礼给她！婆婆认为只有她才真正关心彭飞，妻子不会，或者说，她这个妻子不会。她可以不在乎婆婆，但没办法原谅彭飞。你对你妈感情比对妻子深谁也无话可说，可起码的公平公道是非曲直总要讲的吧？不讲。对妈妈惟命是从百般呵护错的也对，对妻子肆无忌惮随心所欲白的也黑！

安叶开口："我说过我跟你妈什么都没说。至于她到底为什么要送东西给我，请你去问她。我理解是这样的：如同对保姆，给点好东西多付点钱，让她好好干活，关键时刻，替她照顾好她的儿子。"

彭飞于错愕间色厉内荏："你怎么能这么说话！"

安叶一笑："行了彭飞别演戏了，要你不是也有同样感觉，就不会在收到这玩意儿时问我跟你妈说什么了没有！"言毕把首饰盒——婆婆给她的侮辱——往彭飞怀里一掷，走开。彭飞没防备，首饰盒掉落地上。他弯腰拾起打开，项链在高贵紫绒里金光闪闪，刺得心痛。

安叶炒菜，抽油烟机轰轰，油锅嗞啦铲锅丁当，饶是这样，她仍知道彭飞进来过，进来了几次，想跟她说话，见她正忙，不敢。安叶叹口气：他现在是非常时期，不要跟他较真了。这时感到彭飞又蹭进来了，她马上伸手把抽油烟机关上，他马上感到了她情绪的变化，走到她背后两手搁她肩上："好啦！别生气啦！"

手的温热由表及里渗透，语气像哄小孩子又像小孩子撒娇，安叶一下子心软。他现在很难，她即便帮不了忙也不要成为他的"难"，给他难上加难。她把菜盛进盘子，温和地道："洗手。吃饭。"这时她听他说："安叶，妈妈刚才来电话了，问东西你看到了没有，你给她回个电话？"

安叶心霎时冻住，硬住。她垂下眼睛，没有语气道："可以。说什么？"彭飞嗫嚅："……就说，你很喜欢……"安叶打断他，仍无语气："我很不喜欢。"彭飞嘴唇翕动，翕动好一会儿发不出声，慢慢地，眼圈红了；安叶赶紧把脸别向一边端菜向外走，眼圈也红了。

夫妻相对吃饭，没人说话，只有碗筷碰撞声，咀嚼声，吞咽声。电话铃突兀响起，彭飞动都不动。电话铃响个不休，安叶只好起身去接。彭飞随即停止了一切动作，包括停止咀嚼，嘴里含着嚼了一半的菜，屏息静气听，心嗵嗵跳。他知道电话是谁打来的，所以才不敢去接，接了说什么？是在安叶去接时他方悟出他的失误，他不接安叶就得接，安叶接不如他接！客厅安叶接电话的声音传来："喂？……妈！"

是妈妈。彭飞绝望中想冲过去夺下电话，最终没动，在绝望中听天由命。安叶声音传来，风铃般清脆欢快："……给我了给我了！正想给您打电话说呢刚做完饭！……不是喜欢，是非常喜欢！妈您留着自己戴多好……"

听着妻子在电话里跟妈妈虚情假意谈笑风生，彭飞先是目瞪口呆，继而凄然怆然，那一刻他正告自己：彭飞，天大的压力，你来扛，你是男人，不能让女人们为你操心。安叶不就是想让你去看个病嘛，她不就是不甘心吗？行，他去；再痛苦，也去！直到她说放弃。

……

"人体的免疫系统里有两道防线，大淋巴球和小淋巴球。大淋巴球正常情形下占75%；小淋巴球正常情形下占25%……"说话的是某"三甲"大医院曲教授，真正鹤发童颜，面孔红润光滑无须，乍看，如保养得很好的老太太。七十多了，轻易不出诊，受朋友重托，专来医院为彭飞看病。

这是安叶找的第几个专家了？第四个还是第五个？都是通过丁洁、报社关系找的，人找人人托人，今天找到了这位。曲教授很耐心，耐心得迂腐，不迂腐他不会跟外行说什么淋巴球！安叶却边听边点头，做凝神倾听状、明白状，客观上于对方是个鼓励，对方便越发没完没了。彭飞终于忍不住，干笑着插道："医生，我们是外行，您不必……"安叶闻此狠狠拉彭飞衣角，彭飞一把把衣角从安叶手中扯出，好在曲教授没注意到夫妻间的小动作——要不怎说他迂呢——反对彭飞道："很好懂的！"拉过一张纸边画边更详细地说："当病毒病菌突破大淋巴球这道防线，小淋巴球就得上战场了……"彭飞直接扭脸看窗外！安叶一颗心儿挂两边，怕彭飞不耐烦，更怕医生看出他不耐烦。曲教授边讲边画："这些小淋巴球呢，没有分辨敌我的能力，杀得红了眼会连敌人带自己人一块儿杀，这就是免疫功能过当，或说失衡，所谓免疫系统疾病，即是……"

彭飞猛地站起，把椅子带得咣当一声，安叶忙和颜悦色问："要上厕所是吗？"曲教授道："出门左拐直走到头就是。"彭飞离去，安叶赶紧正正身子，更专注恭听曲教授讲淋巴球，以弥补听众数量的减少。彭飞站在走廊尽头的窗口，双手叉腰，口鼻一块儿呼呼向外出气，胸闷得要炸。昨天他跟安叶说这是他最后一次看医生，安叶说好，但让他一定配合，他说好。但终于，他没能说到做到，做不到。

夫妻二人离开医院回家，进楼遇小苏，两手提着两大兜菜蔬肉鱼，压得背弯弯着，罗天阳今晚回家吃饭。彭飞视而不见闷头上楼，根本想不起该帮女士提提东西，一路上他一直这样闷着头走，谁也不看，安叶跟他说话他也不理。

因为彭飞的冷淡安叶只得格外热情，抢过小苏一个兜来拎着："看来老罗公司情况好转了？"小苏惊奇看她："你怎么知道？"安叶示意两人手里的东西："要不你能对他这样？"小苏笑起来："我在你眼里就这么势利？"安叶也笑："不算太势利，正常。"小苏大笑："那是！男人得有事业，女人得有个事业成功的男人，千古真理！"彭飞听到这儿淡淡一笑，开门进门关门，跟小苏始终连个招呼没有。

小苏对彭飞的无礼毫不在乎，男人失去了事业意味着失去一切，作为一个"势利"的人，小苏自认为比谁都理解彭飞。到自家门口后，很知心地问安叶道："问你句话，说实话，你对彭飞是不是有一点失望？"安叶没说话。否认没意思，承认更没意思。她是失望的，但她的失望与小苏所说不是一回事，又不能解释，解释不清。小苏跟她可以无话不说，她跟小苏不能。

安叶对彭飞失望——彭飞对安叶相当失望！曲教授给他们介绍了一个中医专家，自己治不了他的病，就把他推给中医，对委托人好有个交代——这一点彭飞看得很清楚——这些天他们就是这样把他踢来踢去像球一样，全不顾他的感受。路上，安叶惟恐他还不够烦，一直在他耳边鹦鹉学舌："中医称游走性关节炎为'风痹'，如果你的病是由于中医所认为的风邪所致，那么祛风除湿的方法效果会很好；放任不治，有迁延发展成慢性风湿性关节炎的可能……"动员他去看中医，他搞不懂她究竟是怎么了，这样做是图什么。

清晨，他正睡着，她把他推醒说一块儿去看中医，说是事先跟人家约好了。彭飞于悲愤中倾心相告："安叶，请你理解一下我的心情：听着一个又一个专家做出一遍又一遍的相同宣判，对我是种什么样的折磨。好比，好比一个伤口刚要结痂，你把它撕开，再结痂，再撕开，一再撕开。"

她终于沉默了，总算明白了。却不料沉默了仅只几秒："听我说彭飞，治病这事很难说的，有的病多少大医院都说治不了，结果让一个乡村医生用土方子给治了，这样的例子不少。"接着开始举例，有医生说的，有从书上看到的，彭飞回来后安叶去书店买过相关医学书籍，举完例子还不完："现在的情况是，治，可能好；不治，肯定好不了……"

彭飞火山终于爆发，一掀被子坐起来："我就不明白了安叶，你这么做到底是为什么，请你告诉我，你为什么！"不等安叶说他紧接着说："怕我从此后一蹶不振，是吗？男人得有事业，女人得有个事业成功的男人，是吗？如为这个，请你放心，我即使不当飞行员干别的，照样会是个事业成功的男人！"

没听到安叶回答，没看到她表情，他话还没说完她就转身走了，走出卧室，走出家门。听到家门"咔"地关上后，彭飞重新躺下，盖上被，继续睡，睡不着。自身痛楚并未因伤害了对方有所减轻，相反，平添无边空虚。

安叶去了报社，跟丁洁把情况说了，没详细说，重点说了，一句话，她可以来上班了。丁洁全没有先前的热情，相反，有些踌躇，略一沉吟后方道："成，你先来干，先适应适应。"在咖啡厅时她不是这么说的，那时她说："你要没什么事，最好明天就来报到！"她找安叶之前已与报社其他领导有过沟通，就是说，请安叶回去不是她的个人行为是报社领导的组织决定，决定了后，由她出面。此刻丁洁态度上的变化安叶心如明镜，无所谓，她会用她的热情能力来证明一切。先前还有一个问题是冬冬马上幼儿园毕业，得有一个暑假待在家里，等小学开学；现在这惟一的问题也得到了解决：正好彭飞在家，没事，带冬冬！

彭飞最后决定去师机关。本来想下部队，父亲建议他去师机关，一来师里了解他，二来以他现在的身体状况下部队会有困难。妈妈又加了条去师机关的理由：可解决夫妻分居问题。彭飞去师机关报了到后继续休假，带着冬冬。

海云得知这些情况愤懑至极：安叶早不上班晚不上班，这节骨眼上上班，哪怕等冬冬上了学呢？这么大的男孩儿正淘，天天在家，儿子想一个人静一静都不可能，真不知她是怎么想的，她也真是忍心！跟湘江商量让儿子带着冬冬回家，家里好歹有人帮他分担。湘江说除非彭飞自己提出回来，他们不便插手。其实海云明白，但就是止不住心疼，一想这种心情下儿子还得天天带着个孩子，肯定还得买菜做饭，心就疼，痛，绞痛。无数次想给安叶电话，无数次拿起后放下，心情如老牛掉枯井有劲没处使那般绝望，区别只是，故事里那伤痕累累的老牛最终跳出枯井重见了天日，她一点无法预知等待自己的是什么样的未来。

经过思考，海云决定以后等安叶下班在家时，往他们家打电话。单给彭飞打没用，他永远报喜不报忧；单给安叶打不敢，怕万一哪句话说不好，殃及了儿子。趁他们都在家时打，"顺便"跟安叶说两句，听一听她的口气，感觉一下他们家的气氛，捕捉一下可能的蛛丝马迹。

这天晚饭后，安叶洗完碗从厨房出来，听彭飞在客厅接电话，声音朗朗："……我一个团的兵都能带还带不了个孩子？放心吧妈！……他在！"扭头高叫："冬冬，奶奶电话！"安叶苦笑，冬冬接完电话，就该她了，这段时间，回回都这样。婆婆的心理活动她清楚，但不明白她为什么就不能直着问。只要她问，她保证说，一五一十。她不问。她问了她说，是如实汇报；她不问她主动说，是告状挑唆。目前她和彭飞关系紧张得一触即发，她得竭力避免去"触"。

冬冬电话中跟奶奶叽叽哇哇："奶奶我跟你说，明天许纯和张正刚来，晚上住我们家……"安叶一愣的工夫，彭飞抽走了冬冬手里电话："噢妈，这事忘跟您说了，一团老张的儿子和许宏进的女儿，让我帮着带两天。他们任务提前了，家里人一时赶不过来，原定两天后这俩孩子的奶奶过来。……孩子妈妈出差了，也是赶巧了。……没问题！……其实一个孩子反而不好带，为什么？他没伴啊，没伴就得总缠着你。三个人一起，互为伙伴，互为保姆……"安叶站后边听，等，等待婆婆召唤，却例外没能等到。在彭飞放下电话那一刻，安叶心陡然提了起来：婆婆下一步预备怎么对付她？

得知儿子这两天一个人要带三个孩子海云激动万分，湘江安慰她："一个羊是放一群羊也是放……"等于火上浇了油，海云冲他怒吼："你说话能不能过过脑子？换你，你的战友、同学去执行任务，你只能在家替他们带孩子，你什么心情？"不等湘江再说，宣布了她的决定：她要去彭飞家。百闻不如一见，不见她就放心不下。不征求他们意见，不通知，免得他们反对——反对不成，造假！

次日安叶提前下班回家，心提溜一天了，惦记在家带着仨孩子的彭飞。到家他们已从食堂吃完饭回来了，两个男孩子看动画片《奥特曼》，女孩子自己跪沙发前玩洋娃娃，厨房里彭飞在切西瓜，一切井然有序，安叶放下心来。

发现问题是给冬冬洗澡时，冬冬左半边屁股肿得老高，五个指头印清清楚楚，"爸爸打的！"

安叶把彭飞叫进厨房，关上门质问。彭飞耐心做了解释：他带他们出去玩，他们乱跑，三个孩子他一个人，顾东顾不了西怕出事，就教训了冬冬，杀鸡给猴看的意思，总不能打别人的孩子。其实都不能算"打"，不过照着肉厚的地方拍了一下，压根没想到会肿。安叶面无表情听他说，他说完后她说："明天能不能带他去医院？你要不行我请假！"纯粹借题发挥没事找事——就是打肿了又能怎样？打烂了都没事，不过一瓣屁股！"至于这么夸张吗？"彭飞冷笑出声，安叶压不住心头怒火，声音一下子提高："我担心的是他的头！你打哪儿不好打孩子头！"彭飞气噎。对天发誓，他没打冬冬头，不过是"胡噜"了一把。如果把"打"屁股说成"拍"了一下有点文过饰非，那么，他没打他头千真万确——冬冬也是他的儿子！但是此时此刻，不论他怎么说，安叶都不会相信，他只能选择不说。他的"不说"在安叶眼中，像是一种"我就这样了"耍赖、论堆。

"彭飞，"安叶说，字字千钧语重心长，"你停飞，你难过，我也难过，为你的难过而难过；但是，事情既然已经如此，希望你能有一个积极正面的态度尽快调整自己，不要城门失火殃及池鱼，我没关系，冬冬不成，他还不到七岁，他没这个责任没这个义务更没有这个能力为你分担替你承受。"

夜深了，安叶带女孩儿睡小屋冬冬单人床上，彭飞带两个男孩儿睡大屋大床。女孩儿在床那头发出熟睡的轻匀鼻息，安叶辗转毫无睡意，心乱如麻，生气，发愁。天热，门窗都开着，隐隐地，大屋传出来某种声音，那声音为她陌生。她下床赤脚摸黑过去：大屋屋内月光通明，大床上，冬冬右侧卧位熟睡，彭飞右胳膊肘支着身体侧孩子身后，左手轻抚孩子左边屁股，右手捂嘴，呦哭，安叶听到的是哭声。她从未听他这样哭过，陌生的同时，心下惊骇，转身，蹑手蹑脚逃也似的离开。

海云上火车走后，湘江越想越觉不妥。海云心情他理解，可是如若她到那边真看到了她不想看的，或者说她的不期而至让安叶不高兴了——安叶极有可能不高兴，于情于理，她该着不高兴——海云能受得了吗？还是得通知彭飞，让他们有所准备，一切得以对海云好不好为基本原则。在湘江心中，海云的分量重过儿子一家三口加在一起。

湘江电话打来时彭飞还在床上，听说妈妈要来放下电话腾地跳起，三把两把套上衣服穿上鞋，穿戴整齐后一时想不起该干什么——该干的事情太多！家里头乱七八糟满地的玩具画书，三个孩子留下的狼藉他还没来得及清理收拾，屋子得打扫，澡得洗，胡子得刮，还有，得采购把冰箱填满。家里什么吃的都没了，早晨冬冬叫他说是饿了，他打发他去食堂吃的——对了，冬冬哪儿去了？这都快十一点了都走俩小时了得赶紧找他回来，奶奶到时他不能不在！还有更重要的一件事，通知安叶，这是电话中父亲格外嘱咐的，放电话前父亲的最后一句话是："跟安叶说，你们俩不能让你妈有一丁点的不愉快！"

安叶办公室没人，手机不接，可能正有什么事没听到。彭飞没时间再给她电话，发短信通知她让她赶紧回来。行动前在脑子里大概做了个计划：先采购，采购的同时找冬冬，回来后父子一块儿收拾卫生——包括个人卫生——完后，他去车站接妈妈，这时安叶差不多该赶回来了，在家做饭。

安叶没有回来。铃声确实是没有听到，她正在开会把手机调成"静音"；短信是看到了的，为什么让她回去，几点前回去，回去干什么，清清楚楚明明白白。她看完后放下手机，继续开会。

彭飞在一个他无论如何想不到的地方找到了冬冬：食堂后平房的房顶

上！他怎么上去的？能上去却下不来了。彭飞顾不上发火质问，跑来跑去找人、借梯子、扛梯子心急火燎，等把他从房顶上弄下来，一小时过去了。真想痛揍他一顿，真该痛揍他一顿，没敢，因为他不经打，因为他奶奶马上来。

找到儿子直奔服务社采购，采购完回家把东西往门口一堆，吩咐儿子在家好好收拾房间关键是好好洗个澡——冬冬脏得不能看，满头满脸满身的土、泥、汗，早晨刚换上的小背心像是这辈子就没洗过——等妈妈回来后，告诉妈妈他去车站接奶奶去了，叫妈妈抓紧做饭。

彭飞接妈妈回家。在车站接到妈妈后以天太热为由，坚持带妈妈先去了附近一个茶馆，要壶菊花茶，让妈妈喝点水，歇口气再走，心里头是想给安叶多腾出点时间。指望冬冬收拾房间是白日做梦，他惟一希望在安叶身上。希望妈妈进家时家里头不说窗明几净，至少看得过去；餐桌上，有做好的饭菜。总之吧，让妈妈感受到家里头秩序正常，他正常，一切正常。

到家后彭飞为眼前的一幕傻掉：他走时家里什么样，现在还什么样，只能更糟。厨房里他买的东西——里头有肉——由于没及时放冰箱，血水流了一地。冬冬也是，走前什么样现在还什么样，区别只在，他走时他是醒着的，此刻他睡过去了，呼呼大睡。

安叶不在家。

看到彭飞的短信后安叶继续开会，人在会上心止不住时时溜走，一会儿溜到彭飞身上，一会儿到婆婆身上，一会儿到自己身上。她努力集中精力开会，做不到。胸中怒火熊熊燃烧，为彭飞短信的内容，语气，思路。他知道她在上班，知道她珍惜这次机会，知道她失去那一切时的苦痛，却还能够这样不假思索、不容置疑、不管不顾，上着班说叫就叫她回去，叫回去给他妈做饭。他的事、他妈的事再小也是大事，她的事再大也是小事，这就是他们一家和他的思维逻辑思维习惯。面对如此严苛她一直顾全大局努力配合，只因为她爱他，爱他就要爱他的一切，但有前提，这前提就是：互敬互爱感情对等。

　　丁洁注意到会上安叶的心不在焉，中午吃饭时问她怎么了，面对领导兼朋友的关切安叶眼圈红了，千言万语不知从哪儿说，半天，没头没脑冒出这么一句："你婆婆什么样？"丁洁不明白："什么'什么样'？"安叶一字一字向外蹦："事事过问事事插手。没事还好，但凡有事，一天八个电话，八个电话都不放心，还要亲自来，来检查工作，事先不商量，不通知，突然袭击……"

　　丁洁听完后嗟讶不已："我可得把你这教训记着，将来跟我闺女说说，女人结婚不能找——"想想，概括总结了出来："不能找母子关系特别好的、母亲又有文化的独生子。"说完同安叶开玩笑："照这条件你们家冬冬悬，独子，母子关系好，母亲有文化。"安叶目如寒冰："我不会。因为我已然知道这样做会使孩子们多么为难，会使自己显得多么讨厌。"

　　丁洁没说话，心里想：甘蔗真的是不能两头甜啊。

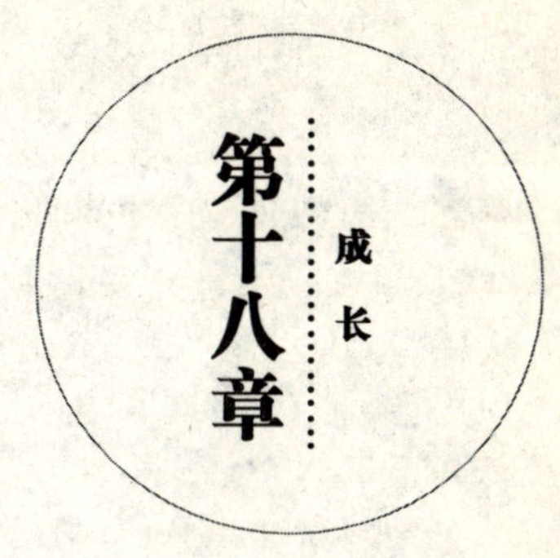

成长

第十八章

　　晚风习习，安叶下班骑车回家，神清气爽。一男人骑车从身后越过，越过后回转头盯住她看了一眼。安叶微笑了：前前后后地看清楚她，他满意还是失望？从背后看大概是满意的，否则他不会有进一步验证的雅兴；从正面看肯定是失望的，人家想看的是妙龄美女。她三十多了，且比同龄人——报社同龄人——显得还要老些。从前，做丈夫家属儿子妈时，她从不在意这些，早晚洗了脸，搽上点"大宝"脸霜就算完。女同事们一致惊叫说那怎么行？作为熟女，每天基本的面部皮肤护理至少六道程序！遂指点她眼周、额上细纹——时间长了彼此就不再客气——谆谆告诫，这里、那里的皱纹现在还是假性皱纹，及时补水、用精华素可以挽救。安叶分辩说自己以前从来不用那些从不长皱，引众人嘲笑：以前？以前你婴儿时"大宝"都用不着皮肤照样光滑如玉。让安叶惭愧，为自己的落伍；也让她愉快，为能够重新融入其间。更让她愉快的是，她工作能力不减当年，不用谁说，从丁洁和同事们的热情中就能感觉出来。

　　在今天之前，确切说是，收到彭飞短信之前，她的愉快是不纯粹的，上班时愉快，下班时沉重，离家越近越沉重。不管彭飞多么不争气说话多么伤人，她都做不到对他完全视而不见。是彭飞今天的这条短信彻底去除了她的歉疚：你不仁我不义两不相欠。

　　安叶坦然开门，进家。

　　他们仨正在吃饭，婆婆背对门安叶看不到她的脸，但仅只是她的后背她的存在，就让她坦然了一路的心开始发慌。一度想逃，说在外面吃过了——没勇气与婆婆面对面吃很可能还是她做的饭——转念想这样更不好，有挑衅嫌疑。最终决定，大大方方坐下，用餐。一切仅在几秒之间，几秒之间，婆婆回过头来，安叶抢先热情招呼："妈！"

彭飞跳起来给她盛饭，嘴里一迭声道："赶紧洗手！吃饭！"热情亲昵。安叶去洗手，看肥皂水打着旋流进下水孔，在心里叹：彭飞太粗线条了，或说太单纯了，他想给他妈表演他们夫妻和谐关系好，他妈想看到的哪是这些？

晚餐在婆媳"您路上辛苦了！""你工作还习惯吧？""您身体怎么样？"等等的虚与委蛇中结束，直到安叶收拾碗盘进厨房，妈妈和冬冬去客厅，婆媳分开，时刻准备救火的彭飞紧绷的神经方松下来，对安叶不无感激。

下午他曾找机会出去给她电话，她不接；连着打，连着不接。安叶的不理睬政策总算使彭飞开了点窍：安叶不高兴了，她有不高兴的理由。妈妈不请自到，事先不通知，不管怎么说，都有突击检查的意思。检查针对谁？安叶。妈妈对安叶的不满他理解：这么长时间没上班都过来了，怎么就不能再忍几天，帮你丈夫过了这个坎再说？进门后的第一印象更如一个大大的惊叹号，肯定加强了她来前的所有预料：这安叶真的是什么都不顾了，不光不顾丈夫，儿子也不顾——这是妈妈检查后得出的结论。这时彭飞也想到，这结论对安叶不公平，是事实不是实情。晚饭他食而不知其味，神经随着钥匙的开门声绷起，生怕婆媳一见面就交锋——他还没做好各方的安抚工作。结婚这么多年头一回结结实实体会到什么叫做"夹板气"：夹在两块硬板之间，两板相向用力挤压，他被固定其中不得动弹无以作为，喘气都困难。

彭飞借去厨房帮安叶收拾的机会，替妈妈做解释、道歉工作："妈妈不打招呼就来是不对的。不过替她想想可以理解，我是她惟一的儿子，我这种情况她肯定着急，你也是母亲……"她却连争辩都不屑于——漏洞太多；再怎么急，打电话通知一下的时间应该有——她看穿了他，看穿了妈妈，她打断他："我对这事没兴趣。尽管我和你妈对这事的认知上有着本质差距。她认为这是她儿子的家，她儿子的家就是她的家，到自己家用不着征得别人同意。我不这么认为。但是，又能怎么样呢？来都来了，仅为争个理论上的高低对错，于事无补不说，徒然使三个人都不愉快，何苦？"彭飞张口结舌，片刻，找出了一个安全话题："晚上怎么睡呢？"安叶干干脆脆道："各人带着各人的儿子睡。"

这天，安叶骑车下班回家，离家越近心越沉。婆婆来两天了，两天里安叶到点下班一秒不耽搁。不是想表现，没这个动力，是想多给婆婆一点时间。她来肯定有事，有事早说，早说早好，对谁都好。两天了，她不说，真不知她怎么想的；就是想制造这种引而不发的效果，让你在等待中压抑、焦虑、乱了方寸？安叶几次欲揭竿而起，被理智劝住，既然婆婆在用这种方法等你主动出击，你就不能主动，谁主动谁被动！

晚上，冬冬睡着后，彭飞进来叫她，说是"妈妈要和我们谈谈"。这天报社很忙安叶累了一天，给冬冬念故事差点睡着，好几次念错了行被冬冬指出。一听婆婆要"谈"，睡意全无：来了，该来的终于来了。她一骨碌翻身下床，换好衣服，深吸口气，精神抖擞上战场，心里头呼喊：让暴风雨来得更猛烈些吧！她压抑得实在太久。

客厅空调开着，清凉如深山幽谷，海云坐一张单人沙发，夫妻二人不约而同在长沙发上并肩坐下，未及坐好心里同时咯噔一声：收拾得干干净净的茶几上，紫绒首饰盒静静反射着灯的光。没容他们细想——细想也想不出什么，他们早把它忘得精光——海云说了："今天周末，安叶明天不上班，可以晚点起，所以我想，我们今晚谈谈。"安叶羞惭不已，为之前自己的"小人"，赶紧慌慌张张表态："我没事妈！……这，这项链——"

说不下去，找不到说下去的合理入口，问自己：为什么要说"项链"？又问：不说怎么办，杵到眼前的东西装看不见？

海云等了会儿见她没有要说下去的意思，就说："噢，项链是我扫地时从沙发底下扫出来的。"

屋里一下子静下来，只有空调风嗡嗡。彭飞沉不住气了，转问安叶："项链我当时不是给你了吗？"关键时刻彭飞舍人为己的卑鄙令安叶愤怒："你给我我没要！"彭飞更愤怒："送你的东西你就应该收好！"安叶说："我不要的东西干吗要收？"于是海云很快地问："为什么不要？"让你没时间回避。

　　安叶根本不想回避。"妈，"她郑重地叫，叫得彭飞头皮一紧，这时听安叶问："您为什么要送我项链?"海云不知如何作答，安叶替她答："因为您不信任我，您以为只有您才关心您的儿子。"海云听罢的第一感觉是：痛快！棋逢对手的痛快。她痛快她也痛快，把茶几上项链收回手里，眼看安叶："是不是呢?"安叶断然否认："不是。"

　　海云失望。要痛快就痛快到底，换句话说是，诚实到底。安叶不诚实了，且不管她有意还是无意。海云决意开诚布公直言不讳："那我来后看到的这些事，是怎么回事?"

　　她终于问了——她终于可以说了！安叶说，从头至尾一五一十说。海云屏住呼吸听，其间彭飞几次想插嘴都被她用手势制止，直到安叶说完，她转看儿子："她说的都是事实吧?"彭飞阴着脸："表面上看，是。"海云生气道："有话直说，别玩文字游戏！"在彭飞字斟句酌准备说时，安叶提醒他："别说什么我撕开了你'结痂的伤口'啊，因为你的伤口根本就没结痂所以也就谈不上撕开！彭飞，你怎么想我没关系，但对自己要诚实，现在，当着妈的面你说，诚实地说，你真的不想再飞了吗?"彭飞怒道："我想不想是我的事——"安叶冷笑："——而不是夫妻两人的事，如果我这么认为，就是为了追求事业成功的男人！"彭飞悲愤："安叶，我一直以为无论我怎样你都能理解我，包容我，我的优点，我的缺点，我的工作给你带来的种种不便，甚至是我的，穷困潦倒——"

　　"穷困可以，潦倒，不、行！"

　　说话的是海云，声音很高，把三个人包括海云自己同时吓了一跳。镇定一会儿，海云对安叶说——看都不看儿子——"好孩子，告诉我，你现在对他失望了，是不是?"安叶微微点头，海云也点头："我也是。"彭飞愣在一边，感到迷惑。这时海云又说："谢谢你安叶——噢对不起，我不该说谢谢。我想说的是，你做得很好，但还不够：他懦弱的时候，更需要你的坚强和坚持啊。"彭飞很想插言问他怎么懦弱了，没机会，两个女人看都不看他，仿佛屋里没他。

海云声音越发温和，只对安叶："这些事为什么不早跟我说呢？不想让我掺和？……你说我不相信你，其实，你也不相信我。尽管你也是母亲，但冬冬还小有些心情你体会不到：你把你的儿子从一尺来长养到一米八多，感情肯定很深，他离开家上大学就此远走高飞时，你会非常难过；他恋爱结婚有了自己的小家时，你会——"顿了顿，"失落。"安叶的心被坦诚灼烫，怔怔看婆婆，婆婆仍在说："但你能因为这些就一辈子把儿子拴在自己的裤腰带上吗？不能。他有他的一生。爱他，就要放开他。说这么多的意思是，安叶，当你们结婚的时候，就意味着我把彭飞交给你了，希望你对他负责，尤其在他懦弱的时候。"

彭飞终于有机会开口："我怎么懦弱了？"海云转脸向他，一字字道："害怕努力了后再失败，就干脆先行放弃努力，这不是懦弱是什么？听安叶的，先治病。这事就这么定了！"

……

海云要走了，带冬冬走。安叶舍不得，没有更好的办法。彭飞目前的状况需要夫妻二人同心同德全力以赴没有更多精力照顾儿子。婆婆家营区对面有一所当地最好的小学，商量后决定先让冬冬去那边。

彭飞和安叶送海云和冬冬进站，在车门口告别。海云捏捏儿子胳膊："肉都松了。多少斤了？"彭飞心虚搪塞支吾，海云不放过："飞行员，你这个身高、岁数，体重标准多少？"彭飞说了，海云道："肯定超了。"彭飞惭愧得抬不起头，海云便不再说他，"到时间了，你先把东西送上去，带着冬冬，我跟安叶说几句话。"

一俟与儿媳单独相对，海云话却说不出了，张了张嘴，合上，又张，又合。安叶打破僵局："妈，冬冬交给您了。"一句话提醒了海云："彭飞交给你了！"

这就是她要说的话。说出来便似乎再没什么可说的了，二人四目相对，无言；风儿吹来，吹拂着她们的头发。火车即将开启的哨声响，海云对安叶笑笑，转身走，安叶本能搀送，这时刻，她伸出的手被婆婆一把抓住，几乎同时，听她急急忙忙说："安叶帮帮飞飞请一定帮他！能不能飞不是关键，关键的是不能让他从此趴下，他才三十出头他走到今天很不容易他以后的路还很长，这时妻子的帮助支持不离不弃对他很重要非常重要至关重要比谁都重要——"话未说完猛然松手，扭头向车门走，但安叶仍清楚看到一颗硕大泪珠由婆婆滞涩晦黄的脸上滚落……

彭飞重返蓝天。是中医医学科学的作用，也是意志力的作用，夫妻二人的共同意志。药疗食疗，正方偏方，同时遵医嘱辅以体能锻炼。彭飞负责锻炼，其他的安叶负责。那段日子，浓重的煎中药味终日充斥彭飞家楼道。同时食疗抓得很紧，思路是"宁可信其有"，不怕没用，无害就行。比如某偏方说：母乌鸡加麻黄、牛蒡子炖煮喝汤吃肉——安叶定不放过。母乌鸡须是活的，安叶就寻遍各菜市场找活的；杀鸡不能用铁器，得以"捏或勒"的方法致死，卖鸡的小贩说这辈子他就没这么杀过鸡，让安叶自己来；安叶不敢"来"，代价是多付了一半钱对方方才出手……

拿到"适合飞行"的体检表，彭飞由衷对妻子："安叶，能有今天，多亏了你。"安叶摇头："全亏了我。"彭飞大笑，安叶浅笑。此时他们正一起收拾彭飞返部的行装，彭飞不日将回三团报到。这之前夫妻二人方向一致、步调一致、悲喜一致，到达目标后却出现了巨大的不一致。仿佛相互搀扶着登上一座山峰，一个人即将踏着这山峰登向前方的更高峰，另一人不能，前方的更高峰不属于她与她无关；她的责任、使命、价值，到此止步。站在山顶茫然四顾，无端地，一句诗蹦进安叶脑中：好一似食尽鸟投林，落了片白茫茫大地真干净……

报社最终没有接纳她。在安叶第一次跟丁洁说要为彭飞停飞事推迟入职时，丁洁就对自己的决定是否正确开始怀疑了；以致安叶来上班时她把"入职"的提法换作了"先适应适应"。公道说，那段时间安叶干得很好，能力、热情不减当年，由于年龄原因，比当年成熟。可惜好景不长，她的精力很快重新被彭飞牵扯。她理解安叶割舍不下彭飞的心情，都是女人；但是，不舍不得，世界是公平的，两头甜的幸运儿是少数的。作为总编辑，丁洁不能拿工作冒险。

彭飞走后，摆在安叶面前眼前有三条路：一、带冬冬随军跟彭飞去三团做全职家属；二、带冬冬在这里找工作上班；三、不带冬冬在这里找工作上班。彭飞认为第二条不太现实，如彭飞在师机关工作，夫妻二人可以倒换着接送孩子有个照应；让安叶一个人上着班带孩子，肯定不行——寄宿都不行——搞得不好，两头误。

其实安叶也明白，她只有两条路可选。不是没想过带孩子随军过去做全职家属，但不敢，一想，就想哭。最终商定保持现状，彭飞去三团，冬冬在奶奶家，安叶在当地找工作。彭飞不无苦涩："一家三口三个地方。"安叶也不无苦涩，原因不同："能不能找到合适工作还两说着呢。"

彭飞走前，找了罗天阳，请他收容安叶。"收容"是他的用词，对朋友用哀兵政策效果较好。不能再找丁洁，没用，更没脸。此时罗天阳公司做得很好，安插个把人没有问题，除非他不想帮忙。他没理由不帮忙。

罗天阳不帮忙。首先，他们是股份公司，他上头有董事长董事会，他只是股东之一。就算他力促此事并促成，安叶能保证她干得好吗？民营企业招人得格外慎重，人员素质低、流动快，对企业是伤害。他不怀疑安叶的素质，但怀疑她的稳定。当然，如果安叶肯到公司做保洁做前台，那没问题，一句话的事；但她不能。以她的能力和心气，她至少得做到中层以上得成为公司骨干，到那时她要说走就走说撂就撂，对公司工作肯定有影响。若不是熟人，他们可以依照劳动合同法告她，是熟人，告还是不告？不告，董事会通不过；告，熟人变成仇人。当然后面那些话他不会跟彭飞说，只说他担心安叶不稳定。

彭飞替安叶打包票，说安叶这一次报社就职未果是因为他，他意外得了病，他不可能总意外得病。罗天阳思忖片刻决定直言，不论从哪个角度说，这事的最好解决方法是以诚相见。

罗天阳直言，语气和缓态度坚定："你是不可能总得病，但可能、不，是肯定，还会有别的事！我理解你对安叶的理解，但我要说，你这不是帮她是害她，我的意见与你相反：与其饮鸩止渴，不如换个思路另做选择。基于三点：一、如果再遇到你所谓意外，你能为安叶的工作放弃你的吗？……不能。不说主观上你们怎么想，首先客观上就不允许。二、你还会不会遇到意外？……答案百分之百，会；你们的那些意外不是意外是常态。三、综上所述痛定思痛，你现在惟一要做的、能做的是什么？……想办法帮安叶调整心态面对现实。"

与当年于建立的那番肺腑之言不谋而合。从罗天阳那里回来，彭飞没像找丁洁那次那样瞒着安叶，而是如实相告，他怎么找的罗天阳，罗天阳怎么说的，和盘托出。不发表任何带个人倾向的意见，只说罗天阳怎么说。慢慢渗透，让安叶慢慢认识慢慢习惯，得有个过程。罗天阳说得对，于建立说得对，是他自己的思想方法又出问题了。聪明人最大的聪明，是能够汲取他人、前人的生活经验；男人做事，最忌感情用事优柔寡断，害己害人。

安叶送彭飞进站，二人无语，确切说是，安叶无语，一路上不管彭飞说什么，她只是应一声表示听到了，不接茬儿，直到彭飞寻遍话题再无话说。彭飞上车了，安叶转身往回走，踽踽独行，彭飞看得心痛，跳下车追上她抓住她："安叶，罗天阳说得有一定道理，你再考虑考虑，现实摆在这儿我们得面对现实——"安叶纠正他："得面对现实的不是'我们'，是我。"彭飞便不再说。

这几天一直这样，碰到敏感处痛处，他就会把他刚才的那些话拿出来说一遍，但凡她稍加反驳，他就不吭，如是反复。之前安叶没怎么多想，分手在即，一个模模糊糊的感觉突然厘清：彭飞变了，或者说，没变，他还是他，并未因为她的又一次全盘付出有丝毫改变。想到这儿心跳了一跳，抬头看他，想从他眼睛里搜寻答案，那眼睛已提前避开，安叶心直沉下去，绝望得明白：夫妻之道，单方面无条件付出绝非上策，平衡为第一要义，那样至少，不会失去自己。

安叶走了，彭飞一直趴在窗口目送她直到消失，潮热一阵又一阵冲上眼窝，都被他硬生生压了回去，他对自己说：彭飞，现在的情况是这样的，只要你能挺过去，她就能挺过去。一如当年父亲针对他的问题对他母亲说。那话他并没听到，但是相同的道路、相通的血脉，决定了他们父子思维如出一辙。

彭飞到部队后让司机把东西给他送宿舍去，直接奔飞行教室，司机告诉他"于政委在飞行教室上政治课"。彭飞从教室后门进去，于建立背对他在黑板上写字。于建立的字不好看，好认，他写的是："热爱"。写完，回头："这就是今天我们这堂课的主题——"忽然他住了嘴，他看到了站在教室后头对他微笑的彭飞。飞行员们顺着于建立的目光回头看，顿时，屋里嗡声一片。于建立笑微微道："今天的课，我建议由彭副团长来上。"鼓掌声骤响，于建立在掌声中继续："请彭副团长以他自身经历，战胜疾病重返蓝天的经历，来诠释我们今天这堂课的主题！"

……

彭飞由三团副团长提拔为团长时，安叶已是一家大公司的销售总监，冬冬是少先队中队长。为冬冬海云请了保姆，家务负担减轻很多，冬冬给老两口的晚年生活也添了不少快乐。总之，一家三口各就各位各得其所各有斩获，一切看起来都还不错，至少表面如此。

彭飞去师里开会，一个星期，意味着，可与安叶有一星期的团聚。同行的是作训股长和参谋，带车去。提前几天就通知了安叶——她很忙，得提前通知她这周不要安排出差——走前又给她打了个电话提醒，电话中她态度非常热情，为进一步表示热情，主动邀请彭飞一行晚饭在家家宴，让他的下属们"尝一尝嫂子的手艺"。放下电话后按说彭飞应该高兴，老婆这么忙对他的到来仍这样重视，邀请他下属共同家宴更是对他工作的支持，却高兴不起来。不得不对自己承认，他从安叶夸张的热烈中，感受到的是客气、生疏，再说白一点就是，因为关系不那么好了，方需努力表现出好。

安叶把"彭飞"二字记在她办公桌前台历相应的时间表格里，那台历上记的事情密密麻麻，为强调提醒不致让"彭飞"淹没，特地在"彭飞"后头打了感叹号，犹嫌不醒目，再用红笔圈出。接彭飞电话时她迅速看过台历，下午没事——没什么重要的、非她不可的事——如此，中午吃完饭她就去超市采买，完了直接回家，做饭，下午就不来公司了。

敲门声响，来人是安叶的助理徐可可，一个美丽的聪明女孩儿，经安叶面试招来的，第一眼见到就令安叶喜欢，谁都喜欢赏心悦目，包括同性之间，更何况随着经济发展中国已敢于正视并公开实践：色——不论女色男色——是拉动国民经济的重要资源。当然，最佳选择是内外兼修，一个部门，有一两只花瓶可以，都是花瓶，活儿谁干？徐可可内外兼修。

面试时，安叶给她出了这样一个题："一个客户说，你只要把这瓶白酒喝下去，五十万的订单就给你做。A的反应是，为了五十万的订单，喝！B的反应是，以喝不喝酒来做决定的人，要么没诚信；要么没素质，不值得与之打交道。选择了拒绝。如果是你，如何选择？"徐可可很快道："在确保这瓶酒喝下去对我本人没有伤害时，我选择接受他的条件。"安叶不无意外："如果你喝了酒对方却不兑现承诺呢？"女孩儿头一仰："我也没损失什么呀！"安叶大悦，当即面试通过。在日后工作中可可以她的出色表明，安叶看人眼光很准。

可可报告了安叶一个好消息，著名影视制作人章纪南的助理来电话约晚上见面，之前她们与他们有过合作意向，关于电视剧植入广告。电视剧植入广告前景、利润、可行性都好，但风险也大，从运作到播出时间跨度很长，可控性差。如果将客户双方都谈下来了而电视剧没拍成，抑或，拍成了不能播出，广告投放方就不会付钱，而公司在与客户双方打交道时肯定会有费用发生，这就是损失。避免损失的关键在于，选准项目，"准"的依据是，制片方过往的口碑，章纪南口碑很好，公认的项目质量保证，这一单如能够拿下，利润可观。仓促约见主要因为投资方因别的事情从山西过来，提出希望三方见面谈谈。

中午下班，安叶专程回家换了衣服，"凯撒"三件套，六千八百元，穿上知性、优雅、飘逸，走前最后对镜照照，镜中人面庞细腻光润。现在安叶早晚洁面后护肤，用的是法国"娇兰"的顶尖级产品"御廷兰花"，一套上万。这档次的消费对安叶是小意思，只要效果好。

徐可可自然也精心捯饬了一番，却看不出丝毫人工痕迹，只让你觉得她越发光彩照人。去的路上，安叶叮嘱徐可可万一对方要求喝酒，请她替她挡着点；徐可可不仅内外兼修，更有一个从前连她自己都不知道的生理优势，对酒精没感觉，喝酒如喝水，安叶恰恰相反，喝点儿就醉。可可点头表示这是一定的；安叶又进一步叮嘱，"挡"要挡得艺术，不能让对方有不好的感觉。她太想拿下这单业务了，决心毕其功于一役。

结果安叶还是醉了。尽管有徐可可保驾，章纪南保护——章到底还算是文化人——仍无法抵挡山西煤老板的粗犷无羁财大气粗。他提出与安叶对喝——在发现大部分酒是由徐可可替喝之后——安叶一杯他三杯。杯是啤酒杯，酒是五粮液。这时安叶已经不行了，但对方说，喝了签合同，不喝不签！当下心一横，仰脖将整杯火辣液体大口灌下，煤老板也不含糊，说到做到，包间里一派欢声笑语掌声叫声，安叶挂在衣架包里手机的来电铃声，尽被淹没。

电话是彭飞打的，从家里打来。他打电话时作训股长与参谋、司机站在门口面面相觑，留不是、走不敢。来的路上团长说"晚上到家吃饭"，"你嫂子提出来的"。他们都很高兴，谁都渴望在"家"的独有氛围中，与自己领导进行亲切、亲密的近距离接触，以迅速拉近彼此关系。既是嫂子主动提出，那么家里等待他们的一定是灯光通明香气四溢，还有茶，还有水果……结果，到家时敲门不开，团长自己掏钥匙开了门后，屋里黑乎乎阒无人声。开灯一看，这"家"根本就没有丁点迎客的迹象，处处凌乱。门旁就是一堆鞋，女鞋，高跟的，平跟的，黑的，白的……小司机没留意，进门就结结实实踏上一只，吓得赶紧弯腰扶起看，那鞋已然被踩出一道根本就不可能复原的深刻皱褶，他悄悄把鞋放好没敢立刻报告，这会儿团长脸色难看得要命。团长打电话，想是给嫂子打，连打数遍不通，气得摔了电话冲他们一挥手："走！"这时已快八点了，师部招待所食堂早下班了，最终，他们去营区外最近的快餐店吃了一点儿。所谓吃了"一点儿"不是不饿，是因为团长没怎么吃，想是气的；团长不吃他们哪好意思吃？每人匆匆扒拉了几口完事。

司机把彭飞送到家就与股长、参谋去师招待所了，彭飞站楼门口没马上进去，还在车上他就注意到他家仍黑着，那时他就开始思想斗争，是去招待所还是回家？最后决定回家，到家门口了还住招待所，势必会引起猜度，影响不好。

彭飞站楼门口，一手叉腰一手拨电话，按了"扬声"，电话长长的"嘟"声响亮，一声声响到自动挂断；马上再拨，再断再拨，用重拨键拨，一键按下，重重地，狠狠地。他太生气了，太太生气了。不是为安叶在下属面前丢了他的面子，那面子实无大碍，是因为安叶这已经不是第一次了，也不是第二次第三次是屡屡次了，情况各有不同，性质完全一样：她根本就没把他、没把这个家放在心上——

回三团次年五月，部队安排他休假。他同她商量她是否可请几天假跟他回家一趟？一块儿回去看看父母和儿子。她说不行，说她的年假在春节期间一起休了，不好再请假。结果一个月的假期，彭飞两边跑，看完了父母儿子还得给妻子留几天，她需不需要另说，作为丈夫他有这个责任，否则都任性任其下去，家不成家。还有一次他来师里开会，会是周一开，他周六走，想回家与她度个周末，事先电话里也跟她说了，结果到家一看，大白天的，她在睡觉，乱七八糟的家里弥漫着浓重的酒气，不用说，头天夜里又跟人喝酒去了，又喝多了！再一次，也是他来师里公干可回家住几天，提前也通知了她，等他到家，等着他的是一张纸条，她临时有要务飞去外地了！你忙，再忙，能不能打个电话？是是，你留了纸条，但是想没想过别人兴冲冲回来扑了个空，是什么心情？还有——多了，一言难尽罄竹难书！

电话一直没有人接，彭飞一直重拨，意志坚定百折不挠。如果不是小苏从楼里出来看到他，叫他，他能一直拨到手机没电或对方手机没电。

　　小苏全家早不住这儿了，她怀孕不久罗天阳就在郊区买了别墅，现在儿子一周岁整，家里请了保姆，罗天阳父亲去世后他把母亲接了过来，指挥着保姆帮他们带孩子。师里的房子小苏还留着，中午可来躺躺，工作忙回不了家，也有个住处。自搬走后，她和安叶难得碰上，碰上也是来去匆匆，安叶很忙。最近幼儿园迎接上级检查，事情多，这段时间小苏就住师里不来回跑了，从师里到她郊区的家太远，即使有车，也得四十分钟，还得是道路畅通。今天幼儿园放学后，小苏召集老师们开会部署迎接检查工作，开到七点，回家做饭吃饭，就到了这时候。她每天吃完晚饭都得出去快走至少一小时，生孩子后一直胖，为恢复从前的苗条，减肥是她当前的重要生活内容。

　　知道了事情来龙去脉，小苏斜眼看彭飞："哟哟，老婆没在家候着，彭大副团长就不高兴了哈？"彭飞脸色越发难看："对不起，本人现在是团长。"小苏一声尖叫："团长了？这么快！"看来是真不知道，安叶压根没告诉她。要换别的女人，这么大事，给她自己长脸的事，不早变着法儿四处宣传去啦？小苏对此也不解，只是身份不同，没彭飞那么强烈的感情色彩罢了，本着与己无关与人为善的原则，替安叶做解释工作："我和安叶难得见面，我不常在这儿住，加上她很忙……"一句"她很忙"给火上浇了油，彭飞道："在哪儿忙？忙什么？忙喝酒！上次我回来她喝到半夜才回，一屋子酒味呛死个人！就她喝酒这事，我已经、已经、已经——"咬牙切齿，小苏美目圆睁，期待他说出个解恨的词儿来，他最终说的是："——忍无可忍了！"小苏扑哧笑出声来，彭飞嗔怒："你还笑？！"小苏忍住笑摆手：

"对不起对不起，接着说，说哪儿了？对，你已经'忍无可忍'了，然后呢？"彭飞恨恨："我知道你工作压力大，但是再大，能大过我去？身为飞行团主官，训练，任务，安全，哪一项你都不敢有丝毫懈怠。飞机一上天，你的心就跟着上了天，直到飞机平安落地，你的心才能放下来，天天天天！"

小苏和稀泥："人不就回来得晚了点吗？ 你多长时间没回来了？得有小半年了吧，人家安叶说什么了吗？不能说你想不回来就不回来，你想回来了人家就得在家全天候着，是不是？"彭飞推心置腹："小苏，你说她这是何必呢？一个女人——"这话小苏不爱听，女人怎么啦？男人靠女人叫"吃软饭"，女人靠男人就不是？虽然现在贵为罗总夫人，小苏一直坚持工作，从前她工作是为钱，有了钱才知道工作不仅是为钱，她的工资收入与请保姆的费用基本相抵，为钱她不如在家呆着，还能省下天天横跨城区来去上班的汽油钱。在成为有钱人后，她开始追求精神，开始理解安叶，当下对彭飞掷出一句："时代不同了男女都一样！"

真理出手一剑封喉，彭飞愣半天后感慨："我发现，在中国还是做女人好，进则女强人，退则贤妻良母，永远立于不败之地。就这，还遍地的妇联遍地的娘家人，我就想不通，偌大中国，怎么就没有男人的娘家人？"小苏喊一声："你找娘家人干什么？""男人就不是人就没苦恼？""别的男人，可能有；你就是有，也是无病呻吟。一直干着自己喜欢的工作，35岁就当上了正团——""我当正团大半年了那时还不到35！我以为我老婆会为我骄傲，结果呢，跟你她都没说，为什么？她无所谓，不在乎，压根没把这事当事，不把我的事当事，不把我的事当她的事！我们这个家越来越不像家，你来我走，我来你走，像个旅馆，还不如！"小苏表示同意："是，旅馆还有人伺候！"彭飞闭嘴，总算意识到自己找错了谈话对象，或说找错了谈话题目。
　　……

小苏送安叶到家前，彭飞正忙着打电话。一个人在家百无聊赖，打开电视翻看，看到一起本地车祸报道，被撞人为三十多岁女性，身份不明，伤势严重已送往医院，当即想到安叶，安叶正是三十多岁的女性。忙打安叶手机，听着耳边"嘟——嘟——"表示电话接通却没人接的长音，脑子里浮想联翩：安叶手机搁在包里，人在急救室抢救……果断收线拨122，问清受害人送到哪个医院后，拿起帽子扣上大步向外走，安叶就是在这时回来的，后面跟着小苏。

　　小苏在营区健步如飞减肥，看到了安叶，确切说是，听到了她无人接听的手机铃声。第一次她没有理会，走了过去。转一圈再到这里，手机铃还在响，还是没人接，不免好奇，循声过去，发现了躺路边长椅上呼呼大睡的安叶，包在手边，手机在包里，包口大敞。

　　二人牵牵绊绊上楼，安叶走几步就得扶住楼梯喘，抱歉地诉苦："难受……""难受还喝！""就喝了一点……"于是小苏不再说，跟喝成这样的人说什么都是白费唾沫。到家门口，看安叶颠三倒四地从包里翻找家门钥匙，叹："别找了，家里有人，彭飞回来了。"边说边举手敲门，被安叶一把按住。听说彭飞在家她吓得酒醒了不少，抻衣襟、将头发、挺直胸，得给彭飞一个好的精神面貌。小苏不忍看她做无用功："行啦。"边举手敲门边道："进屋走直线，进去赶紧先找个地方坐下——"话未说完，门不敲自开，彭飞一头撞了出来。

　　彭飞和小苏同时愣住，惟安叶镇定沉静，对彭飞微笑着打招呼："彭飞，你回来了？什么时候回来的？"彭飞避开直冲门面的浓重酒气，扭头问小苏："她喝了多少？"小苏眼睛担心地看安叶晃晃悠悠进屋，嘴上敷衍："喝是喝了一点……"话未说完扒拉开彭飞一个箭步冲了进去——有惊无险，安叶没摔倒，被高跟鞋崴了一下——安叶将两只高跟鞋先后蹬掉，同时甩开小苏的手，埋怨："你干吗？难道……我走得不直吗？"彭飞对小苏低吼："这也叫喝了'一点'?!"脸色铁黑眼睛冒火，仿佛小苏是同谋犯教唆犯，吓得小苏不敢再和稀泥——本还想说安叶也是人在江湖迫不得已——先撇清自己："是她自己说的喝了'一点'我又没在场我怎么知道？"话刚落音"啪"一声脆响，二人齐齐扭头：安叶端坐餐桌旁椅子上，脚前，一地摔碎的玻璃杯残骸。她注意到了那二人的注视，微笑着不好意思解释：“对不起……我想喝水，不小心……”就要起身收拾，彭飞大步过去把她推回到椅子上喝令她坐那儿别动，她没穿鞋，脚边是一地的玻璃碴儿！彭飞去厨房，安叶晃晃悠悠起身想去帮忙，被小苏一掌按下，紧急道：“我不能再在这儿待了。你就老实坐这儿，差不多的时候就去睡觉——”彭飞转来的脚步声传来，小苏抓紧撂下最后一句：“好自为之吧！”溜之大吉。

彭飞在厨房、餐厅、卫生间之间穿梭，清扫地面，洗涮毛巾，拿盆接水，拿壶兑热水，让她擦把脸洗洗脚赶紧睡；澡肯定不能洗了，站都站不住，怎么洗？

安叶笔直坐椅子上看彭飞忙活，看彭飞端盆走来，便伸出双手去接，微笑着连说谢谢。彭飞一言不发挡开她的手把盆放下，捞出里头的毛巾拧干，一手按住她的头，一手拿毛巾替她擦脸；安叶从没有过这待遇，不习惯，不好意思，没话找话：“彭飞啊，你今天的发型真好！在哪儿吹的？真好看！早这样多好？一年到头穿军装，全身上下就这么点自留地儿，还不注意美化，那怎么成？军人嘛，更要注意仪表。……他们给你喷发胶了吧？”伸手去够彭飞的头，气得彭飞湿着手一把把帽子摘下扔到安叶手边的桌上；安叶一愣，使劲闭眼，又睁眼，以使眼神聚焦，总算弄清楚了状况，微笑：“对不起，”伸手摸着手边彭飞的大檐帽，“远看，真的很像现在流行的一种发式，你的头发以后真的就可以照着这种样子……吹！”彭飞真是“忍无可忍”，呵斥：“行了！你看看你自己现在成了什么样子！浑身酒气醉眼矇眬还、还光着个脚丫子！”

安叶低头看看自己没穿鞋的脚：“噢，我不过是……有点热，我穿鞋去。”起身就走去穿鞋，彭飞没防备，眼睁睁看她把盆子踢翻，水流满地，只好去卫生间拿拖把，出来时看安叶穿着一大一小两只拖鞋摇摇晃晃过来，大拖鞋是他的，她穿着太大了，绊了一下，绊得双臂张开前扑，说时迟那时快，彭飞扔下拖把一个箭步冲过去把她扶住，安叶微笑着表示感谢，彭飞难过之至：“安叶！安叶，我知道现在社会上兴这个。但是，差不多行了，你胃不好，一次次地这样喝，实在让我担心。其实，你不工作又怎么样？我一个人的钱，够了……"安叶当即大怒："你——"话未出口，捂住嘴冲进卫生间，接着就是很饱满的一声"哗"，大量胃内容物与马桶水面的撞击声；"哗"完了开始"呕"，高一声低一声，翻肠倒肚，透过卫生间门，看妻子双膝跪地头埋马桶里肩背耸动着"呕呕"，彭飞心头一片苍凉……

于建立坐办公桌前看文件，文件很短，一页纸都不到，他看了很久，久久地看。"政委，您找我？"于建立从文件上抬起头，彭飞来了，站他对面，眼睛明亮身姿挺拔神采飞扬，在于建立眼里，彭飞一点没变，二十年前在预校时，他就这样。当然不可能，人再怎么保养，二十岁和四十岁也不会一样。是于建立自己岁数大了，岁数大了，看比他年轻的人的岁数，会有误差；不过这误差也许来自职务。二十岁的班长可能是老班长，四十岁的副师呢？放眼全军，都是年轻极了的年轻干部！于建立用右手中间三个指头把桌上的文件向前推推："你的命令来了，"一顿，"彭副师长。"彭飞一个字也说不出，于建立接着又道："我的命令也来了，转业。"说罢眼圈红了，彭飞的也红了。于建立从桌后站起，走出，到彭飞对面："彭飞啊，如果我说看到你进步比我进步还让我高兴，那是假的；但我说能在离开部队前看着你上去我非常高兴，那是真的！"彭飞一把抱住了兄长似的老领导，于建立泪水哗地就出来了，饶是如此仍没有忘记对彭飞最后的叮咛："到了师里，你们夫妻的分居问题迎刃而解，跟老婆好好过，有话好好说，人这辈子，家庭很重要的，嗯？"

彭飞答应了"嗯"。心里丝毫没底。安叶这时已升为公司总经理，忙得分身乏术，一年里有半年在各地飞来飞去，航迹已达大洋彼岸；他去师里工作，两人空间上的分离是迎刃而解了，情感上的疏离呢，是不是也能？

彭飞副师长回家。参加"2007－和平使命"中俄联合军演，半年没回家了。车驶进营区，亲切熟悉的气息扑面而来：高大笔直的白杨，姹紫嫣红的花圃，洁净如洗只属于军营的柏油马路……久违了！演习很顺利，运输师受到总部通报表扬，作为分管作训的副师长，彭飞功不可没。这一点领导和同志们有数，他更有数，但从他的态度上任何人休想看出分毫。不是作秀不是城府，是长期部队工作养就的军人素质，"副职是正职的影子，有了成绩，影子在后；出了问题，影子在前"。年轻的副师长彭飞，已相当成熟。

彭飞下车进楼。家已搬进师职楼，四室一厅使用面积一百三十平方米，他和安叶两个人住。敲门，没人应；再敲，还是没人。彭飞快快拉开手包，翻出家门钥匙自己开门，进家。

彭飞站家门口逡巡：家具仍是原先住小屋时的家具一件没添，整个家因此显得空荡荡的；沙发前茶几上扔着电视遥控器、书报等杂物，中间立一只茶杯，茶杯中下部是一圈圈浅褐茶渍，杯底茶叶叶片干涸；放眼望去整个家灰蒙蒙一片，尤其临门的餐桌，桌上灰尘的厚度肉眼可见，显是许久无人光顾；花倒有几盆，土裂成龟背，蔫黄的植物苟延残喘，用尚存的最后一点绿意挣扎着支撑起这个家的人气。彭飞看着，心中悲哀远多过愤怒。他进家，没换拖鞋，且不说值不值得——家里的地一踩一个脚印不比室外干净——只说门边那些灰头土脸的拖鞋，穿上只怕会脏了他的袜子。

电话铃声打破家中死寂。电话在沙发拐角的小茶几上，一红一蓝两部并排；红色是安叶的地方线电话，蓝色是彭飞的军线电话。由于无灯显、铃声相同，来电话很难在第一时间分辨出是哪部在响，平添不少麻烦。安叶说过，彭飞也说过，有空一定要想着换一部。这话说了多久了？好久了，至今依旧。

彭飞去接电话，当然接蓝色，拿起后铃声仍响。他放下电话，并不去接响着的那部，随它响。不是缺德，是求实。明摆着找安叶的电话，安叶不在，他接与不接的区别只在，是由他告诉对方，还是由对方自己意识到；他认为后者更合理，省他的力气，省对方话费。

彭飞在厨房找吃的。从早上八点到现在，十多个小时了他基本没怎么进食，节约着肚子一心一意等着进家的这顿"接风宴"。接风宴是安叶提出的——他不可能提这种非分请求——说得掷地有声斩钉截铁，还在电话中征求彭飞意见以决定接风宴的菜式，边听边记，边还说："慢点慢点！……

剁椒鱼头我看算了吧，天开始热了，辛辣东西少吃……"如此生动逼真，谁能不信？她却再次失信。彭飞很生气，不生对方的气，生自己的，类似失信已是N次，该吃堑长智的是他，狗改不了吃屎的是他。打开冰箱，里面有两枚干瘪的梨，半瓶豆腐乳。

　　自生自灭的电话铃再次响起，彭飞摔上冰箱大步过去抓起红色电话，此刻，这是惟一的、也是最好的发泄渠道。他运足气，预备等对方说出找谁后，告诉他们：她不在！什么时候在不知道！不要再打电话来骚扰！不承想对方没说找谁，而说："请问是安总家吗？"优雅到甜腻的男中音。彭飞愣住，这是不是"安总家"他真还得想想；是，也不是；严格较真，不是。但这话你能跟陌生人说吗？无趣；同理，向陌生人发泄，也无趣。如同破了的气球，彭飞于瞬间瘪了下来，简洁说句"安叶不在"，挂了电话。

　　家里头开水都没有，不，自然不会有。彭飞在厨房找烧水壶，客厅电话铃又响，彭飞在响了停、停了响的铃声中，找出壶，灌上水，坐灶上，打开火……有条不紊。蓝色火苗舔着壶底，水壶发出了咝咝加热声，突然，起起伏伏的电话铃中现出了别样声音，他的手机。手机在客厅，他快步过去接起，师长打来的。师长在办公室最后审阅这次演习的总结报告，有些数字要进一步跟他核对，得知他在家，让他用军线电话打来。保密纪律规定，军人不得用手机谈工作。与师长通完话刚放下，铃声又响，本能以为是师长，接了，耳边传来的是女声，那女声惊喜地叫："安总！"银铃般清脆，年轻女生——年轻女生也有不能为男人包容的时候——彭飞对电话大吼："我这是军线电话！"对方怯怯分辩："那个电话总打不通……"彭飞不容她说完，咣，摔了电话。

　　彭飞大步在客厅走，到头，向后转，再到头，再向后转，仍是烦躁，一个立定，在窗前站住，大力推开窗子。户外空气"呼"地扑面涌来，彭飞深深吸入几口，方觉出家中空气有多么的不新鲜。正值晚饭后休闲时间，营区喇叭里传来符合此时段气氛的歌曲，听着耳熟，不知何人唱的何歌，但有一点可以肯定，是情歌。什么"感情是用来浏览，还是用来珍藏，好让日子天天都过得难忘？熬过了多久患难，湿了多长眼眶，才能知道伤感是爱的遗产?"彭飞不是每个字都听得清楚，但意思清楚，无非情呀爱呀之类的无病呻吟，此时此刻他对此格外反感，想也不想走到茶几前拿起蓝色电话拨了个内部号码，通了，上来就说："俱乐部吗？外面的曲子是不是你们放的?"对方显然不满他的态度，以问作答："你谁呀?"潜台词明确：管得着吗?！彭飞回答："彭飞。"对方到底是年轻人，脑筋快转弯快，一秒钟内就把大咧咧的不恭转化成下级对上级的标准军人姿态："彭副师长！有什么指示?"彭飞道："你们那里是不是只有港台歌曲?！"他并不知道那是港台歌曲，蒙的，蒙得完全正确，此歌是香港歌手陈奕迅的《爱情转移》。不等对方回应，彭飞扣了电话，片刻，陈奕迅的款款深情被无情掐断，又片刻，雄壮浑厚铿锵有力的歌声轰轰烈烈响起："咱当兵的人，有啥不一样，只因为我们都穿着朴实的军装；咱当兵的人，有啥不一样，自从离开家乡，就难见到爹娘……"彭飞惟有苦笑，关上窗子将歌声挡在外头，烦躁却仍与时俱进。

水开了，水壶发出尖锐的哨声，彭飞关火灌壶，刚灌半截，听到一声不祥的"啪"，接着，水从暖瓶下流出。暖瓶炸了，很久没盛开水了，该先倒入少量温水晃晃匀再灌开水。彭飞扔破暖瓶，擦水，另找暖瓶……手下很忙，心头很空，空空荡荡，不知道前途在哪里，路在哪里。当年安叶坚持工作，他同意了，不光口头同意行动上也支持：冬冬一直在奶奶家，由他的父母带！本想以理解换取理解以诚意换取诚意，不承想换来的是家不复家。

小苏进来时彭飞正提着烧好的开水从厨房出来，二人同时被对方吓一大跳。安叶给了小苏一套家门钥匙让她帮着定期来浇浇花，这段日子幼儿园搞教改，小苏虽然一直住师里但是忙得忘了过来，今天来是第一回。她没想到彭飞在，穿着套小碎花的人造棉家居服就从家出来了，衣服旧得都有些酥了。她和彭飞现在是上下级关系，彭飞是副师长她是师下属职工，下级在上级面前穿着应该讲究，这身衣服让她觉得自己在领导眼里像个家庭妇女。

小苏望着彭飞不知所措，在不停拉衣角、抻裤腿的小动作中，磕磕巴巴跟彭飞解释她出现在这里的原因，彭飞看出了她的不自然不自在，参不透为什么——男人难得参透女人这种深层次的曲折幽思——他从没觉得自己是小苏领导，在他脑中的编制序列里，压根没有幼儿园这档子事。参不透不参，也没心情"参"，有礼有节打招呼、表示感谢后，就做出送客姿态，他现在不想跟任何人敷衍。给自己倒了杯水——不给对方倒——坐下，拖出茶几下层的一个饼干桶，打开，拿出片饼干对小苏示意一下，塞嘴里。

小苏明白他的意思，却不动，只瞪大眼睛看他。半年没见，他瘦了，黑了，瘦得精当黑得霸气，肩上两杠四星金光闪闪。作为师属员工，她对这次演习的紧张艰苦屡有耳闻，年轻副师长彭飞的压力不难想见，半年时间的辗转驰骋风尘仆仆，回到家怎么吃这个、是这样?! 她走过去，夺下他手中的饼干桶盖上："我给你做饭，很快。"得知家里没东西可做，又说："我回家做，做了给你送来。"

安叶到家时彭飞正躺床上小憩，实在累了，加上饿，躺着要好过一点，不想躺着躺着睡过去了，睁眼时发现天完全黑了，客厅灯亮着，有说话声，是安叶。是对电话说话，声音因此很大，彭飞可能就是被这声儿吵醒的，他没马上动，躺在夜暗里听，安叶声音断续传来。

"……全国展销会在当地开是送上门的好机会，一定要参加! 给可能成为我们客户的与会者每人一份小礼品，不要太贵，别把人吓着，目的就是表示个尊重和在意……"声音喑哑干涩，不知说多少话才能说成这样，彭飞起身，向客厅去。客厅里，安叶面向阳台接手机："真丝纱巾怎么样? 三四百一条，不过分也不寒酸。……就是送给男的，他们拿回家去献给夫人、女儿或者女朋友，是女的就喜欢真丝制品，女的高兴了男的只能更高兴。"对方不知说了句什么，惹得安叶大笑："这可不是什么经验之谈，我们家那位，压根没长这根筋。"笑声也喑哑，彭飞判断得不错，安叶下飞机后打开手机，来电一个接着一个，从机场到家一直在说话几乎没停过。彭飞顺路端起他为自己倒的那杯水，送她手边。

安叶吓一大跳，接过水匆匆打发了电话："彭飞! 你什么时候回来的?

吃饭了吗？……我也没吃，正好！我来做，咱们一块儿吃！"说着往厨房去，被彭飞拦住："算了。"安叶不同意："那不行！"彭飞和蔼道："我的意思是，巧妇难为无米之炊。"安叶愣一下，旋即不好意思，接着虚张声势："你说你，回来怎么也不先打个电话？"彭飞静静道："要是我打了呢？"安叶道："那我肯定会好好做一番准备，至少是，四菜一汤。"彭飞说："我给你打过电话告诉你我今天回来，8号打的。"安叶笑起来："用你们的术语说，这得叫做兵不厌诈吧？"彭飞不笑："电话是下午两点半打的，当时你正在跟湖南的客户谈业务，一小时后你要乘飞机去昆明，你对我说这些大约是为了告诉我你很忙，叫我长话短说。"安叶笑不出了，这么说是真的，她怎么就一点印象没有呢？顾不得反思，先把眼前这一关过了再说，一眼瞥到司机放茶几上的纸袋，里头是麦当劳，那边下属送她上机场买了给她当午餐的，为营养均衡，还搁了几只苹果。安叶匆匆取出让彭飞先吃点垫垫，她马上去服务社采购，保证他吃上"接风宴"，边说边向外走，坚决推开了彭飞的百般阻拦。

汉堡也许还有炸鸡的香气透过纸袋纸盒传出，肚子越发饿，忍住不吃。怕万一吃开了头打不住，吃饱了，不好交代。他和安叶的关系现在已然脆弱到一碰即断，或说一触即发，她既然在尽力向积极方面努力，他就要尽力配合。肚子却不配合，饿得泛酸，要不，先来一口垫垫？就一口！小心翼翼打开一个纸盒，里头是三层高的巨无霸，打开另一个，六块黄澄澄的麦乐鸡，不用说，还有薯条；另有苹果三枚，红得发紫，想来是外国品种。彭飞经研究后决定，这"一口"是鸡！手都顾不上洗用餐纸垫着将鸡块拈起，正欲往嘴里送，门外传来叫声和踢门声，是小苏，彭飞睡得完全忘掉了那茬儿。小苏两手手腕上套着两个装满餐盒的袋子，腾出的两手端一只砂锅，家庭妇女的服装换了下来，下着白色七分裤上着黑黄豹纹紧身衫。这时的小苏减肥早已成功，身材比以前还好，不仅苗条，而且丰满，这身衣服更是恰到好处突出了她少妇形体的凸凹有致，脸上化了淡妆。

小苏的焕然一新太明显了，且针对性明确，彭飞下意识有点慌，有点尴尬，一时间站那里不知该说什么，做什么。小苏嗔叫："愣那儿干吗？倒是接一下啊！"彭飞赶紧接下她手里的砂锅，小苏把两个大袋子放餐桌上，甩着勒得通红的两手腕娇啼："勒死我了……"突然住嘴，发现了麦当劳，腾腾腾过去收起，嘴里道："跟你说等一会儿，一会儿都等不了吗？吃这！严格说，这就不能叫饭，纯粹是饲料，配方饲料！"一个声音——女声——响起："我让他先垫一垫的，我马上做饭。"

是安叶！小苏吓得有一秒钟没敢回头，此情此景此刻，就是心中没鬼也有鬼了，于三人都是。小苏比彭飞先缓过神来："安叶！啥时候回来的？"安叶上下打量小苏由衷赞："小苏，你今天真漂亮！"小苏沉着应对："人，还是衣服？"安叶比她还要沉着："人和衣服。"两个女人明枪暗箭时彭飞缓过了神来，拖椅子、摆桌子，做坦荡状："正好安叶，小苏做了你就不用做了。小苏，来，坐下，一块儿吃！"

小苏看安叶，安叶没表情，没丝毫挽留她的表情，她知道她心里想什么，爱想什么想什么，我苏某行得正、坐得端。此刻小苏彻底镇定，先对彭飞妩媚一笑："不用了彭副师长，我吃过了。"又对安叶："安叶，能出来一下吗？跟你说几句话。"

两个女人来到楼门口，站住。小苏语重心长说："多关心彭飞。"安叶答："谢谢提醒。"一停，"也谢谢你对他的关心。"小苏道："你什么意思？"安叶不说话，不必说，小苏一笑："趁你不在家跑来给你丈夫做饭送饭，还穿得这么——你说话——漂亮，是这意思吧？"安叶仍不响，小苏点着头："看来是了。跟你说安叶，彭飞演习半年回到家，家里女主人不在没吃没喝我作为你的朋友碰上了，尽我所能替你照顾他一下，应不应该？至于'漂亮'，我就是愿意让人觉得我漂亮，看着我舒服，不仅对彭飞，对所有人，男人女人熟人生人一视同仁！安叶，这事我早就想劝你了，你和彭飞——"安叶开口冷冷打断："是我的，抢不走；不是我的，留不住。"小苏气得无话，片刻，扭头就走。

月光如水泼洒，小苏周体仿佛披了层纱，身姿曼妙摇曳着融于夜色。安叶看她走，目光如冰寒冽：小苏说的是实话，但只是部分实话，没说的那部分是，她爱上了她的丈夫。往好里揣测，不是故意隐瞒，是潜意识。且不说彭飞是她上级，就不是她上级，她对他动心也在情在理。以他的权位、年龄、业绩、能力、姿色，同性都会暗生倾慕，何况异性？子早就曰过："发乎情，止乎礼。"这话的意思得分两层来说：一层，提醒人"发情"时不能逾越礼法界限表达，苟合；再层，承认了人对法定异性之外的异性也会"发情"的客观存在。并不是说小苏就不爱罗天阳了打算改弦易辙了，对她、对很多人来说，没有"只爱"，有的是兼爱，博爱，更爱：偶然心动，片刻走火，长久迷恋，疯狂追随。明火执仗巧取豪夺不对，如是暗恋，没有错。暗恋以它特有的甜蜜悲壮，给人们平淡如水的生活增添了多少一圈又一圈的激情涟漪？只要人家没有弃暗投明，你就无可指责！

　　安叶回家。彭飞正在桌旁吃小苏送来的菜肴，吃得不亦乐乎，见她回来，梗着脖子咽下嘴里的一大口食物，招呼："快来吃，你俩说什么呢说这么长时间，菜都凉了！"安叶洗了手，倒杯水，拿过自己的麦当劳吃，彭飞瞪大眼睛看她，桌上的菜质高量足，再来俩人都够！安叶两手捏起汉堡，笑笑解释："不吃浪费了。"咬了一口，电话响，她示意彭飞接电话，彭飞头摇得拨浪鼓般："你的。"

　　安叶一手拿汉堡一手接电话，响的确实是她的电话，找的却是彭飞。安叶不无奇怪，到餐桌前对彭飞："找你。"彭飞放下筷子起身，忽想起什么，问安叶："谁？"安叶说："女的。"彭飞又问："是不是南方口音？"安叶回想一下，点头："港台口儿。"彭飞一摆手，复坐下："我不在！"安叶好奇："为什么？"彭飞只做手势叫她快去。

　　安叶处理完电话回来，笑微微道："是谁呀这位？"彭飞正忙着啃排骨，话说得呜呜噜噜："记者。这次演习时认识的，自打认识了就盯着我要采访，对我很热情，分手时一定要我的电话号码，我就把你的告诉了她。这样打起来方便些，她跟你一样，是地方线。"安叶一笑："想得还挺周到！她长什么样？"彭飞想了想："什么样我说不好，但可以说长得不错，很不错。"安叶进一步："想必也很年轻？"这次彭飞毫不迟疑："年轻！二十出头？也许没出头，这个我还没细问，等下回见面的时候一定想着问问她。"

安叶掩饰不住语气里的质问："还下次——见面？"彭飞无辜道："啊，既然别人有这个要求，我当首长的架子也不好太大了是不是？"安叶低头沉默，片刻抬头："你是不是跟人家诉说你的家庭不幸了？"彭飞眨巴着眼："什么意思？"安叶把手中汉堡往盒子里一摔，同时起身摔下一句："无缘无故她那苍蝇不会来叮你这个蛋！"头也不回走。

　　彭飞一个人在餐桌边吃喝，情绪很好，固然小苏菜做得好，但他情绪好跟菜没关，他情绪好是因为安叶情绪不好：安叶吃醋了。她能吃醋说明她还有救，说明他们的婚姻还有救。

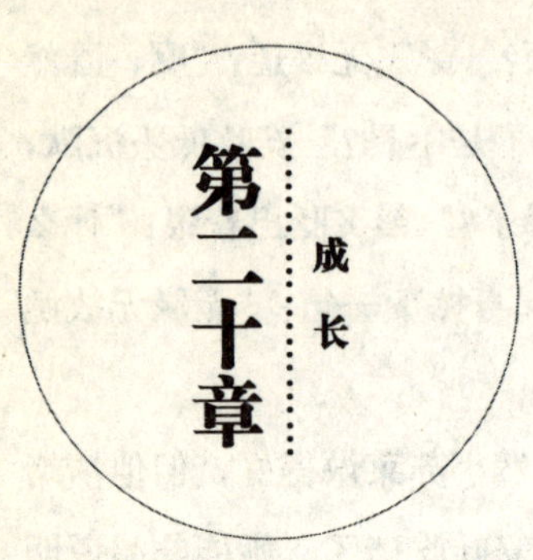

成长

第二十章

安叶提出离婚。安叶一提出，彭飞积极响应，当晚就从卧室搬驻客厅，他睡沙发，床让给女士。家里头另有冬冬的单人床，上头堆满杂物，彭飞懒得收拾。头一夜睡沙发很不习惯，噩梦连连。其中最噩的一个梦是，他驾驶伊尔－76运送新兵进藏，与老鹰相撞，四台发动机一齐停车，飞机如同折断翅膀的鸟儿飘落他束手无策；在飞机与地面相撞的一刻他大叫一声，把自己从噩梦中叫醒，把安叶从卧室里叫出。安叶疾步来到身边连问怎么啦，他本能一把抓住了她的手——如同受到极度惊吓的孩子抓住妈妈——满身大汗气喘吁吁诉说，安叶听一半抽出手起身离开，边说："不过是个梦。赶紧睡吧，明天还得上班。"那一刻，彭飞方从梦中彻底醒来，清醒意识到他身处的现实状态。

安叶到卧室门口站住，转身，对沙发上的彭飞："睡得不舒服容易做噩梦，那沙发才一米七，你睡着太短。"一小股暖流从心头淌过，但随即为清醒冰冻，他回答："要不你睡?"安叶不理会他的无聊："床是双人床。"彭飞断然地："那不行，这是原则问题!"安叶微微一笑："彭飞，你不觉着你这个举动太虚张声势了吗? 你我心里都清楚我们同床异梦有多久了，换句话说，我们形同夫妻有多久了，再说白点儿，你有多久，碰都没碰我了?"彭飞咕噜："我做人，讲原则……"安叶打断他："据我所知，你们男的即使没感情也得有夫妻生活，除非他，另有渠道。"彭飞叫："怎么，你还真的认为我有外遇?"安叶冷笑："外遇? 你要能有外遇说明你还有救。不，彭飞，你没有外遇，你不需要。你不需要家庭不需要感情不需要女人，你是一个无血无肉的工作狂，是机器! 军事机器!"一口气说完转身进卧室

"砰"地摔上门，彭飞目瞪口呆片刻后才想起反击，从沙发上跳起推卧室门，门锁上了。他挥拳梆梆梆砸，里头安叶说："对不起，我已经脱衣服了。"声音安详。

安叶提出离婚事出有因，那"因"比起从前他们经历的许多事来说，并不更为严重，只是他们的婚姻之驼已然极度疲惫，疲惫到朝它吹口气儿它都得摇晃一阵，更何况那不是一口气儿是一场狂风骤雨。

起因是湘江打来的一个电话。海云要住院做心脏支架手术，她住院湘江当然要去陪床，保姆肯定也得跟着忙活，剩冬冬一人她不放心。正好暑假，让冬冬回家，也看看爸爸妈妈。军里有顺便车过去，可把冬冬门对门送到，28号到。彭飞在电话里满口答应，尽管师里刚刚领受了运送航天飞船相关系统的任务，20号出发彭飞带队，但他没说。羞于说。工作、任务是常态的，父亲当年怎么应付过来的？他不在，家里头还有安叶。固然安叶也忙，忙不是理由，他父母帮着带冬冬带了六年，作为母亲，这一次，轮也轮到她了。

晚上下班到家，彭飞跟安叶说了冬冬要来的事，安叶失口叫，她28号在北京，公司参加了一个一亿两千万的招标项目，29号开标，她28号前必须赶到。彭飞忍耐着听完后提醒对方："安叶，你不光是安总还是孩子的母亲！"安叶极快回道："你是孩子的什么？"彭飞倒抽口气："是是是，我也有责任。我知道你也忙，但是，毕竟我们的工作性质要特殊一些——"安叶一口打断："特殊什么？特殊在哪里？罗天阳说得对，彭飞，你生不逢时。你渴望在战争中建功立业，可惜战争与你无缘，现在，中国，是和平年代！我这么说丝毫没贬低你工作重要的意思，我只是想让你明白，我们的工作，经济建设，同样重要！"彭飞瞪目结舌，安叶此前从未说过的这些话让他意识到事情可能要有一点麻烦，摆摆手："安叶，其他的事今天暂时不讨论，这一次，你留下。"口气温和，态度坚决。

小苏来了，送还安叶家钥匙，专拣安叶在家时送，下班时她看到安叶的车驶了过去。不敢贸然再来他们家，万一再让安叶撞上她和彭飞单独一起，后果不堪。心中没有鬼也怕鬼叫门，况且，她心中是不是有一点安叶以为的那意思呢？她坚决不承认她想跟彭飞怎么怎么样，但想给对方留下个好印象那是肯定的。固然他是她领导，但当她穿着家居服在路上看到了师政委、政委并没看到她时，她却主动上前打了招呼。论职务政委比彭飞高，论业务政委跟幼儿园联系多，她怎么就不怕在政委面前像家庭妇女呢？人皆说小苏真实，真实先得诚实，诚实先得对自己诚实。这么诚实地一想，小苏心中不免抱愧。去安叶家送钥匙是由头，思想深处，是要当着彭飞安叶夫妻的面，用行动表明心迹。去前很费了一番思忖，穿什么，说什么，什么表情。原则是，庄重大方不卑不亢。依据这原则，小苏穿了身职业套装，上衣短袖小翻领，下身筒裙裙长至膝，铁灰色，素雅知性。饶是如此，到彭家门口仍没敢马上敲门，先深吸口气定了会儿神，因她拿不准安叶会是什么态度。敲门时，边敲边不自禁高叫"安叶"，既欲盖弥彰又画蛇添足，心里头打着小鼓。

怎么也没想到安叶对她的到来会如此热情，旱天逢雨般，一把拉住她的手往屋里头拽。小苏做了各种思想准备独独没这个准备，被拽得跟跟跄跄——筒裙太窄迈不开腿——形容相当狼狈，全没有预先设想的庄重大方不卑不亢。彭飞在客厅，脸板着，见到小苏淡淡一点头，招呼都没打。小苏有一点明白了，俩人刚才八成是在吵架。及至安叶急急忙忙说，说完，小苏开始为难，安叶是想让她来做裁判！这裁判可不好做，什么裁判都不好做，夫妻裁判更难，尤其这样一对特殊夫妻。一边是领导，一边是朋友，就算她能够做到铁面无私秉公办事，但等到人家夫妻和好了怎么办？她等于得罪了双方！正在小苏思忖支吾患得患失时，那两人又开始吵，吵给她听，也算是游说裁判的方式。

"记得那天夜里，在失去工作、被评为优秀家属的那天夜里，听着窗外的风声雨声，我一次次地想，我是谁？""太酸了安叶！咱的年龄已不适合再念这类感时伤怀的抒情诗了，那都是人家少女诗人的事！再者说了，你现在不仅找到了自我，而且已然是别人的参照系数别人的说明书了——现在师里每次向地方官员介绍我时最后都会缀上一句，著名女企业家安叶的爱人——干吗总爱旧事重提呢安叶，是不是真觉着在幸福的时候回忆痛苦的时候就分外地幸福？"

安叶怒不可遏，电话不合时宜响，她一把抓起扣上，仍响，是彭飞的电话，她照样抓起就扣。彭飞警告："不要动我的电话！"声音不高，但严厉、阴森、可怖，吓得小苏只想拔腿逃跑，后悔不该来，趟上了这浑水。正在想着怎么自然脱身，电话铃再响，安叶居然还敢伸手去拿电话，小苏一个侧身挤将进去，把她和电话隔开。彭飞接起电话，小苏拦在安叶面前苦劝："都让一步，啊，让一步。这样吧，冬冬回来我带。"安叶愤怒："不仅仅是为了冬冬！"小苏知道，却不想听她说，那些陈年旧账翻起来还有个完吗？装傻打岔说："放心放心，幼教专家给你们带孩子尽管放心！"那边彭飞接罢电话，小苏转对他道："彭副师长，刚才我们商量了，冬冬交给我带。是吧，安叶？"安叶定定道："冬冬的事不算什么，实在不行花钱请个人来就是。"彭飞缓解气氛："小苏啊，冬冬我考虑还是得拜托你，时间这么仓促，请个合适的人不容易，先谢谢你了啊。"

电话又响，两部同时。两人同时抓起属于自己的电话，不同的是，安叶抓起后扣上，彭飞没扣，被安叶按死。彭飞登时大怒："你——混蛋！"安叶手按住电话，嗓音哆嗦得几不成声："我……混蛋？这就是你对我的评价吗，混蛋？"电话在安叶手下响起，彭飞不再说话，用行动说，一手按住电话一手抓起安叶的手把她往旁边搡，用的力气大了些，安叶向后猛倒，双臂张开竭力保持平衡，终还是一屁股蹲儿倒在地，发出一声沉闷的"嗵"。却一点没觉疼，所有的感官神经血液为愤怒燃烧，耳边轰轰作响，眼前一片雾障，如狂怒的母兽从地上跳起，在小苏尖叫声中冲过去一把揪下彭飞正通着话的电话线——小苏尖叫是因为她听到了彭飞电话内容知道事情非同小可——接下去的一幕更吓得小苏心跳停止了片刻：在通话断掉的刹那间，彭飞对准安叶的脸出手就是重重的一掌！小苏本能冲过去扶安叶，用足了力气的腿为狭窄筒裙挡住，上身却止不住前扑，于是不可避免，整个人像一袋子面粉重重摔了出去，结结实实砸在安叶身上，呆若木鸡的安叶被砸倒在地；小苏自己还好，有安叶垫底。

楼下传来明确的汽车喇叭声，彭飞对电话说句："车到了我马上过去！"

放下电话向外走，这时方注意到两个纠缠地上的女人，低低解释一句：
"一架飞机没有按时返航，刚才得到消息是被山区地区性雷电击中，飞行
员冒着极大危险把飞机开了回来迫降在了备降场我马上去。"

　　是夜，彭飞回来后，安叶提出离婚，彭飞表示同意并马上付诸行动，
从卧室搬了出去。

　　冬冬来后在小苏家住了一周，安叶从北京回来后整个暑假跟冬冬一
起。白天安叶上班，他在家写作业看电视玩电脑，或去院里玩儿，中午她
赶回来给他做饭，晚上也是。冬冬十二岁了，大孩子了，听话懂事，张口
"好的妈妈"，闭口"谢谢妈妈"，有礼貌有教养。安叶本应感到欣慰，感
到的却是不安，孩子懂事固然好，但是难道，懂事的同时必是……疏远
吗？对，疏远，她感到的是疏远。晚上睡觉，他绝不会再像小时那样央
求："妈妈再陪我一会儿，就一会儿，一分钟！"一分钟过去又一分钟，又
一分钟，每次要如是反复折腾至少半个小时；现在他洗澡时要关上门插
上，家里头就母子两个，防谁？是不是男孩子到了十二岁，都不愿在妈妈
面前裸体？但愿是！整个暑期她尽量把去外地的工作推掉，有一次无论如
何不能推的，她带上了冬冬。说来难以置信，父亲是飞行员驰聘蓝天十数
年，冬冬却头一回坐飞机，第一回就碰上了空中大客A40。除非国际航
线，安叶也是第一次在国内乘A40，心里头非常高兴，为冬冬的高兴而高
兴。着迷地看着他惊喜，看着一个男孩子对各种现代设施谨慎而准确迅速
的熟练运用，开启座位前的电视，用耳机听音响，打开妈妈头上方的读书
灯以方便妈妈看东西……即使如此，直到暑假结束离开，冬冬对妈妈始终
彬彬有礼，不越雷池一步。她曾试着跟他套近乎："冬冬，有没有女朋友？"
冬冬只"喊"了一声，神情严肃，带着反感。其实话一出口安叶就后悔，
明知二人间没探讨这个话题的基础，硬上，不是找钉子碰？

　　冬冬走时安叶很想去送，没去。工作肯定忙，但时间可以挤，她是不
想去。离婚的事彭飞还没告诉他们家，他不说她不说。至于他会怎么说她
无所谓，哪怕说错都在她——他肯定会这么说——事到如今，她连一点想
在彭家讨得公道的热情都没有。这种情况下单独去他家，这事不能说，还

能说什么？再说什么都虚伪，都难受，都多余。惟采取驼鸟政策，回避。电话中硬着头皮说因为工作不能亲自去送了，她会派专车，派最可靠的司机，像冬冬来时一样，门对门送到。

冬冬走后彭飞执行任务回来，二人就离婚细节进行了进一步探讨。房子是部队营房，只能是安叶出去。安叶马上着手买房，这对她不是问题；争论的焦点在儿子归属。彭飞认为安叶不是个合格的母亲，安叶认为根在彭飞，如同"三个和尚没水吃"；如果只她一人带儿子别无指望，重要的，别无攀比，她定会想办法把儿子安排好——这一暑假冬冬跟她就过得很好。而让彭飞一个人带儿子，断无可能。彭飞本想提出他父母可帮着带，后想了想没有意义，安叶如果打定主意不松口，最后只能到法院判，法院判明摆着会偏向安叶，她不仅是母亲，还是个经济基础雄厚的母亲。细节商量好后，安叶负责起草离婚协议书，彭飞给领导打报告。军人离婚得报告，审批，程序不少，需要点时间。好在安叶不急，买房子也需要时间，更重要的，冬冬明年夏季小学毕业，毕业了过来上中学，小学就不要转了。一切商定后彭飞提出，这之前，离婚未成事实之前，可否先不要让别人知道？这个"别人"包括双方父母和儿子。安叶欣然同意。彭飞出于何种考虑她不管，在她，过程越简短越单纯越好，一俟离婚证到手，带上儿子就走，把与这里的有关记忆、有关熟人以及可能的七嘴八舌流言飞语，抛在脑后、身后。

秋去冬来，既然双方决定事情没成之前维持表面现状，那么春节探亲问题不可避免摆到面前。这次，两人意见出奇一致很快达成共识：一起先去彭家，年初二，带儿子一起去安叶家。心里不约而同想到的还有：这是最后一次同两家老人一起过春节了，也算给他们的婚姻画上个句号。安叶想得要更细些，她想，这个春节对婆婆一定要好上加好。别人婚姻破裂会心疼孩子，她还心疼婆婆；妈妈那头都不必太过在意，妈妈对她的小家介入不深，婆婆呢，光帮她带孩子就带了六年；不久的未来，她却要把孩子从她身边永远带走。

安叶想到做到，做的比想的还好。

　　2008年1月中下旬开始，持续的雨雪冰冻使南方十多个省区大面积交通瘫痪，灾区里头的人生活物资紧缺，断电断水，灾区外头的人急着回家过年，正值中国特有、世界第一的人口大流动春运高峰。一时间公路堵塞、铁路中断、民航受阻，军委要求：空军部队要开辟出一条天路。具体落实，这天路当由运输师开启。接到任务，全师在外休假疗养的人员都在第一时间归队，副师长彭飞的春节假计划自然取消。

　　安叶的到来使海云喜忧交加。喜的是，儿子回不来，儿媳仍能按原计划回来，多个人多分节日气氛倒在其次，重要的是，她希望安叶冬冬母子多一些团聚。固然她对冬冬很好，但母爱不可取代。忧的是，儿媳回来，初二就得把冬冬带了走。尽管本来就是这样安排的，但，儿子携老婆孩子去岳父母家过年走得快快乐乐，他们老两口除了寂寞点只会高兴；如果儿子回不来是因为要执行紧急危险任务，同样是只剩老两口在家，母亲的感受全然不同：她会牵挂儿子，这时家里有个孙子分散一下注意力，会好很多。

　　保姆回家过年了，三十晚上，安叶一个人做了一桌年夜饭，还开了红酒。吃完，一块儿下楼放爆竹，安叶买的，花了近五千块钱。湘江和冬冬两个男人负责点火，海云和安叶两个女人站一边看，冬冬不断发出快乐的尖叫，烟花映照下，大人们也都笑脸如花。但除了冬冬，三个大人从来没有过片刻的彻底轻松，担忧的事情偶会忘记，分量一直在，沉沉地压在心头。烟花还未放完海云就急着回去"看春节晚会"，到家后打开电视，却把频道拨到中央新闻台看关于冰灾的滚动新闻，不全是"新"闻，有很多是重播的"旧"闻，仍坚持要看，任安叶、湘江怎么劝，没用，理由是"今年的春晚不好看"。

　　电视屏幕上，不断可看到为他们熟悉的空军运输机，似乎有一瞥，还看到过彭飞，但不能确定。他们运送御寒物品，食物，照明蜡烛，发电装置……航迹遍布陕西、山西、广西、贵州、湖南、湖北、哈尔滨、呼和浩特、佛山……机场飘着雪，总有人在扫，飞机时而冒雪起飞。安叶曾让冬冬试着去说服奶奶换个台，春晚节目不好看就看电影，比如，HBO，被奶奶粗暴拒绝，吓得冬冬也不敢靠前。冬冬不敢，湘江、安叶更不敢。

安叶、冬冬是初二下午的火车，上午打电话做最后核实，火车按时出发。安叶希望火车不走，由客观做决定让他们留下。她实在为彭飞担心，和公婆一起，仿佛与共同感到寒冷的人聚一起，可相互取暖；更重要的，这种时刻撇下两位老人尤其婆婆，实在不忍。出发前的最后一刻，她决定了不走。

海云对安叶的感激之情溢于言表，加上共同的担忧，二人关系不期然间亲密起来。常常，湘江带冬冬出去玩，婆媳二人在家边做饭边说话，有一次说得投入，鱼都烧煳了。

那次，安叶与婆婆探讨母子关系，出于自尊，没直接说出自己的不安，而是从彭飞小时候什么样问起，心里想的是，有对比才有鉴别。一个有心，一个无意，一个说得起劲，一个听得入迷，结果，鱼煳了。发现鱼煳了婆媳又笑又叫，关火刷锅一通忙活。那一刻婆婆的快乐发自内心，安叶的苦涩装满内心，对比鉴别的结果：彭飞对他妈比冬冬对他妈要亲得多得多！彭飞对妈妈无话不说，彭飞从小到大洗澡从不插门除非他父亲在家。但是也许，人和人不一样，哪怕亲父子？

抱着一线希望安叶问婆婆，这样问："妈，您觉得冬冬和彭飞小时候，像吗？"海云凝神想，眼睛里渐渐浮出笑意，笑意渐渐扩展脸上成了笑纹，安叶沉住气等，心里焦急。海云终于说，压低了嗓门，其实全没必要，家里只她们两人。笑着，她说："冬冬比他爸小时候，可'黄'多了！"

像彭飞小时候一样，海云对冬冬进行过性教育，不一样的是，冬冬在这件事上的求知欲比彭飞当年要强，不仅要知其然，一定要知其所以然。比如你跟他说，生孩子光有女人不行，得男人女人一块儿，他就一定要问清楚"怎么一块儿"。安叶笑，这问题是不好回答。海云也笑，分析说："现在的孩子和你们当年又不一样，你们那时电视刚刚普及，他们现在，电视，电脑，网络，手机，铺天盖地。"

刚开始冬冬问"怎么一块儿"海云还能打岔糊弄过去，去年，他十二岁时，怎么也糊弄不过去，坚持对"怎么一块儿"的细节过程追根究底。

海云为难了，不知该如何跟孙子启齿；想把这任务交给湘江，被坚辞，以湘江严肃正派的正面形象，怎么可以跟孙子说这些个？

　　一次冬冬跟海云去超市，海云在书架前翻书，冬冬去音像那里看碟，过会儿跑来对海云说，有婚前性教育的碟。海云想了想，表示同意。实施时遇到点困难，严格说有心理障碍。让冬冬去拿，他坚决不肯；替他想想也是，一个穿着校服的红领巾，拿这做什么？但让她这样一个老妇女去拿，也有点不伦不类。两相比较，海云好一点。海云去拿碟，冬冬提前跑开老远，表示着与海云所作所为甚至与她这个人，没任何关系。海云一个人提着筐去收银台交钱，冬冬在收银台外头等。别的东西很顺利地过了，到那碟时，收银员翻来覆去看，海云做贼心虚，编好谎话预备着对方发问时答："女儿结婚！"结果人家是在找价标，找到后"嘀"地一扫，看都不看她一眼，扔进了口袋。

　　祖孙二人回家——直到出了超市，冬冬方肯与奶奶走在一起——到家恰好湘江不在，冬冬直奔客厅，急急忙忙拆碟片包装，开电视，插碟片，不知激动兴奋还是不好意思，小脸微微泛红——此时海云也在客厅，想跟着一块儿开开眼——冬冬插好碟片后朝奶奶看了一眼，那一眼看得海云暗叫惭愧，赶紧起身退出。刚出客厅，客厅门就在她身后紧紧闭合。海云向卧室去，路过厨房特地进去叮嘱保姆："小英啊，冬冬在客厅学习，不要过去打搅！"

　　海云靠卧室躺椅上翻报，一版还没看完，冬冬哭丧着脸过来："骗人的！什么都没有！"海云想，不能啊，正规超市买的。急去客厅亲验，碟片画面清晰，解说字字清楚：一男一女走进卧房，这时的解说词是"做爱前，夫妻应相互抚摸……"那对男女随着解说词"相互抚摸"，都穿着整齐；"抚摸"过后该进入主题了，关键时刻，画面一转，"解说"成了"主持"，一个中等姿色的中年妇女正襟危坐，姿态如《新闻联播》主持："丈夫对妻子一定要体贴……"这知识还用得着她教吗？冬冬和他的同性同学之间早就切磋过不知多少回了！海云不禁笑了起来，冬冬也笑，带着遗憾和无奈。

听到这事安叶哈哈大笑，同时眼泪哗哗。笑是真笑，哭是真哭——只不过外人会以为那泪是笑出来的——儿子跟奶奶这么近跟妈妈那么远，哪个妈妈听了，能一笑置之？怕婆婆看穿自己，安叶找话来说："妈，我就奇怪，咱也是从那个年龄过来的，咱知道，女孩儿对这种事真不那么上心，男孩儿天性就'黄'吗？"

海云微笑摇头："别说，这事我还真想过。女孩儿说男孩儿'黄'，要我说是站着说话不腰疼。这种事不用她们操心她们当然不急，男孩儿行吗？不搞清楚技术细节关键时刻上不去，他肯定着急上火，肯定焦虑。"安叶的心为婆婆话语灼痛：什么样的人才可以对生命有着这样深睿、清澈、纯粹的理解和尊重啊，此生，她只见过这一个。而这一个与她，却将要从此天各一方形同陌路！婆婆笑着又说："不过咱冬冬焦虑得也太早了点儿，啊？这事儿他不说，你别问。"

晚饭后，安叶收拾好厨房出来，客厅电视机前罕见的只有公公和冬冬。婆婆在卧室给自己摆药，见安叶进来，一笑："人老了，零件用久了，就开始出问题了，不是这，就是那。"安叶坐下，看婆婆把五颜六色大小不一的药片、药丸、胶囊，从一个个瓶里倒出一颗或数颗，分放进一个个小药盒。婆婆似是感觉到了什么，从花镜上方看安叶，用目光问：有事？

安叶有事。她知道婆婆不同寻常，没想到她会如此不同寻常，她简直就是座不起眼的宝藏，知道的，会受益无穷；不知道的，会擦肩而去。慢说她们即将不是婆媳不必再较劲，就算还是婆媳，在这样的宝藏面前，为了所谓自尊而舍本求末，未免愚蠢。

安叶跟婆婆说出了她的不安，在说的过程中进一步确定了某种感觉，冬冬的疏远里还有一种隐隐的敌意，她觉得她失去儿子了，现在，她该怎么办？

她刚开始说海云就住了手，静静听，听完后道："安叶啊，这事我一直想跟你谈一直想一直不敢。为什么？人物关系摆在这儿，我说了，你第一反应很容易是，她是不是不想帮我带孩子了？我愿意带冬冬，他给我们晚年生活带来的乐趣远远超过麻烦，其实一点不麻烦，家里头仨大人呢。但是，我还是希望你自己带。很多人以为孩子小不懂事，跟谁都行，哪里是？孩子越小才越需要父母尤其母亲！"停了停，"人都有攀比心理，尤其小孩子，你对他再好，你给他你的全部，但是你没办法把你没有的东西给他——别的同学都能跟爸爸妈妈一起，他为什么不能？"

安叶禁不住问："冬冬说什么了？"海云摇头："这还用得着说？"安叶急急道："您没跟他说我工作忙——"海云打断她："说过都说过你自己不是也说过？但这并不能改变什么，亲子关系是打孩子小时候形成的，老话说，狗养的狗亲猫养的猫亲不养的不亲！"马上又替她开脱："当然当然，在不能两全时你选择工作没错，这里头没有是非对错。"安叶默然，海云说："你我的情况不一样，我当时情况特殊，你不必像我做得那么极端，但是安叶，咱能不能尽可能兼顾一下呢？"

安叶说了——事先没打算说——她说："妈，等冬冬上中学，我接他过去。"海云没想到："彭飞什么意见？"安叶答："他同意。"一个字不敢多说，生怕说漏了，婆婆现在整天为彭飞提心吊胆，这时不能再给她任何负面信息。海云有好一会儿不说话，然后问："这事你们什么时候定的？"安叶小心道："就来之前。我跟彭飞也说了暑假期间跟冬冬在一起的感受，就商量着把冬冬接过来。"海云点点头："你们一定要有思想准备，有具体安排、长期打算，孩子需要稳定，不能让他跟着你们变来变去。"安叶点头，起身向外走，这个话题说下去她怕出问题，走着，听婆婆在身后自言自语："没关系，又不是从此见不着了。放假的时候，让冬冬回来看我们；再不成，我们过去看他……"安叶没敢吭声，快步离去。

抗冰雪任务结束，彭飞没能马上回家。部队总结，评功评奖，师领导去北京参加相关会议；一切结束，研究新一年的工作部署，一晃，两个月过去了。四月，组织上安排他去杭州疗养，一个月，疗养也是任务。疗养结束前他请了几天假回家，提前没说，故意不说。

他的意外到来让妈妈高兴得像个小孩儿，跑来跑去，招呼这个支使那个。"小英啊，拿出条鱼来化着！……别拿河鱼拿海鱼，冬冬爸爸不爱吃河鱼！"仍不放心，亲去冰箱翻找，边不停唠叨："一个鱼，一个海米炖冬瓜，一个梅干菜蒸肉；冬冬他爸爱吃肉，猪肉，肥猪肉，跟他爷爷一个样！"湘江接道："可待遇不一样，我早忘了肥肉是什么味儿了！"海云斜他一眼："他多大，你多大？已经奔七十了老人家！"湘江说："歧视老年人呀！"海云说："该歧视就得歧视！"湘江被堵得没有话，这时海云找出鱼、肉，绕过湘江放进水池，边道："你在这里戳着干吗？帮不上忙净碍事！去，买花去，花都蔫成这样了没看见啊！"

彭家一年四季常有鲜花，最多的是百合。买花是湘江的事，从前他还工作时，若离家时间太长，花蔫了，不扔不行了，海云也不会去买，她是喜欢鲜花，但没喜欢到自己给自己买的程度，又不是生活必需品。湘江发现妻子喜欢花是彭飞十岁那年，他一个战友从云南给他带了些云南特产，其中有一束百合，云南百合朵大香浓，开得也久，战友说"嫂子是文化人可能会喜欢"。湘江不以为意，例行公事把东西一股脑拿回家上交，没想海云对百合情有独钟。比如，要依他，随便找个广口瓶子能插进去就行，海云不干，专为这一束花跑出去买了花瓶。换水剪根精心照料，足有半个多月，一进家门百合的清香扑鼻而来。最后一朵百合不可避免枯萎时，湘江感到了海云的遗憾。从此他把这事记在了心上，实在买不到百合就买别的花代替，总之，尽量不让花瓶空着。

湘江奉命来到海云身边，一伸手："钱！"海云边摇头叹气边掏钱包："唉，给我买花还得我掏钱。""我不是没钱嘛！""你要吗？要都给你！我正好不想管了！""那哪行！你不管谁管，你是咱家家长！"

看着听着老妈老爸斗嘴玩笑，彭飞感到温馨，还感到伤感。现在安叶基本不在家住了，有时会回来取东西，总趁他不在时来，每每等他到家，她人已走，只留下她曾来过的痕迹。春节安叶没带冬冬离开，使彭飞感激的同时，对她越发留恋。离婚报告早写好了，锁办公室抽屉一直没交。他对自己说，这是大事，不能凭一时冲动激情处理，要冷静；现在不得不对自己承认，他依然爱着安叶。但是，婚姻只有爱情不够——这话早在当年，他们结婚前父母就曾说过，可惜当时他年轻气盛，以为自己可以例外，以为一切尽在掌握之中，哪里是？

　　他在家里住了三天，最后一刻下决心与父亲谈，谈他和安叶。几十年与父亲明争暗斗，事业上谁胜谁负尚未见分晓，但在家庭上，他输了。即使同安叶离婚还得再婚，还要面临家庭问题，他想问父亲，这方面要想成功，关键在哪里？火车是下午四点，妈妈在他房间检查他的箱子，冬冬上学去了，父亲一个人在客厅，机会难得。几天了，他一直想跟父亲谈，鼓不起勇气，此时不谈再没有机会。他找出茶杯，细心用开水烫过，捏一撮花茶进去，父亲爱喝花茶；先倒上半杯水，等叶片舒展开来，再将茶杯续满。彭飞端着茶杯向客厅走，猛地剧烈一晃，茶水由杯中泼洒，随后不久消息传来，四川发生7.8级大地震。

　　彭飞走后的下午，湘江海云坐在电视机前没挪窝，播音员海霞一直在播地震有关新闻，忽然听她说，空军某运输师两架伊尔－76抵达北京南苑机场，将运送兵员、救援车及12条搜救犬到灾区。湘江本能看钟，17时左右，与地震发生时间相隔不到4个小时，禁不住叫："去掉航程所需时间，他们这两架飞机等于是地震后瞬间出动！"海云没应，她在想彭飞快到部队了，到部队后该紧张了，这两架飞机就是他们师的。

　　一切如海云所料，震后灾区道路阻隔、桥梁坍塌，打开空中通道抢救灾区群众刻不容缓。彭飞所在师是全军重要空中战略投送力量，被要求启动应急预案，中止训练飞行，收拢在外飞机，休假、外出、疗养人员一律归队，转入战斗状态。

　　接下来的日子，海云比年初抗冰雪在电视机前呆的时间还长，彭飞时有电话打来，彭飞来电话那天，海云的情绪定会轻松一天；但不管再怎么牵挂，他们从不给他电话，他如在飞，打也打不通；如没在飞，你知道他是在工作还是休息？

　　深夜了，海云坐在电视机前看军事频道，播音员说："⋯⋯这是一场与死神比速度、与时间抢生命的紧急大空运。空军某运输师选择最近航线，加大油门飞行。在进入四川上空时遇到强气流和雷阵雨的恶劣天气，一个个巨大的浓积云像石林一样挡在航路上，红色的结冰警告灯闪个不停⋯⋯"湘江叹口气，过来："时间不早了，睡吧？"海云眼睛盯着电视："马上。"电视里播音员在说："……飞行员凭着丰富的经验和技术，一次着陆成功。接着快速卸载、连续往返、昼夜兼程，震后第一天就把6900名救援人员和210吨救灾物资运到灾区一线。"总算这段报道完了，海云方关了电视离去。

5月31日成都军区某陆航团一架直升机失踪，三天后在大山里找到，飞机失事，机上人员牺牲无一幸免。此飞机失事彼飞机就也可能失事，夫妻二人心照不宣，都绝口不提。

这天清晨，湘江醒来，醒来时海云不在床上，细听，客厅传来了低低的电视播报声，不用说，又看电视去了，也不知道什么时候去的。湘江没马上起来，他得想怎么劝劝她。慢说她是个老年人，病人，就是年轻人，健康人，这么没日没夜地看电视，也受不了。到客厅时心里稍感安慰，海云靠在沙发上睡了。他去拿床夹被过来给她盖，盖时发现了异样，伸手去摸，海云人已冰凉……

安叶接到消息第一时间驱车向这边赶，她赶到时海云遗体已由部队来人送入殡仪馆冷藏；冬冬没去上学，关自己屋里插着门谁叫也不开；湘江一个人佝偻在沙发里发呆，面前电视机旁花瓶里的花已经蔫了，花瓶下散落着花瓣，被湘江于突然间瞥见，登时吼起："小英！"小英从厨房向外跑吓得差点没绊个跟头，路过餐厅看到了刚刚进门的安叶，招呼都没顾上打直奔客厅："叔叔？"湘江说："去给阿姨买花！没看到花蔫了！"小英"噢"了一声没动，习惯地等着拿钱。湘江反应过来后两手在身上上下下摸索，突然，放声大恸："我没钱……"安叶走了过去，湘江认出她后跟她哭诉："安叶，我没钱，我不知道钱在哪儿，钱都是你妈管……"昔日那个坚定果敢强悍的将军哪里去了？此刻的他仿佛一个无助的孩子，一个很老的老人，软弱，张皇，六神无主，伤心欲绝。

海云去世是凌晨四点，那一刻彭飞正在成都军用机场空勤楼熟睡，妈妈心脏停止跳动的一刻他猛地惊醒，做了个噩梦。梦中情景依稀是十五岁那年妈妈被卷入不良少年混战那次，不同的是，梦中的他没能保护好妈妈，让他们把妈妈打了，看着妈妈向后倒下的一刻，他大叫着从梦中醒来。醒来后心扑通扑通跳，想马上打电话到家里听听妈妈的声音，随后清醒，放下了这个荒唐念头：现在打电话，妈妈没事也得让他的夜半铃声吓出事来——不过是个梦！闭上眼接着睡，清晨六点就得起床，空降救灾物资。七点，彭飞率队驾机出发。灾区某磷矿有5000多名群众被困，已断水断粮60多个小时，他们去实施空投救援。磷矿地处山谷，航路复杂，空投点两侧有4000多米的高山，指挥部惟一能提供给飞行员的就是矿区的经纬度。彭飞所驾的伊尔－76最小转弯半径也要5公里，在高山峡谷间飞行有半点闪失就是机毁人亡。机组飞抵空投区域，彭飞命令："接近矿区上空！下降高度！"飞机高度表下旋，4800，4700，4600……机体与附近高山平行，无线电高度表发出刺耳的语音警告："已过最低安全高度！已过最低安全高度！"但在这个高度空投，准确度难保，投了基本等于白投，彭飞果断做出决定，谨慎驾机，在4000米高度实施空投，食品、药品和矿泉水带着降落伞在空中散开，如朵朵祥云……

执行完这天最后一趟任务走下飞机，是下午五点，彭飞等不及回机场空勤楼，一下飞机拿出手机就拨家里电话。电话是父亲接的。

电话响时安叶要去接，被湘江喝住，一生从戎养成的军事素质于瞬间凸显：电话有可能是彭飞的，彭飞不知道安叶在家，更不知道她为什么在家，现在什么都不能让他知道！湘江接起电话，彭飞声音传来："爸！我妈呢？"湘江道："你妈休息还没起。"声音平静，只比平时略低；安叶痴痴看，如在梦里。

那边彭飞上了空勤车，由于任务完成得不错，心情不错，听说妈妈还在休息，对父亲笑道："那正好，我正好想跟您说点事。爸，您和妈妈，怎么把关系处理得这么好？"湘江没马上回答，他必须长话短说，否则他坚持不到底，得先想好怎么说再说。想好后他说："心中有她，一切皆有。"不待回答，挂了电话。

由于彭飞心中的父亲性格一向乖戾，对此他一点没感觉到异样，更不生气，相反，父亲的"言简"在他身上的作用是"意赅"。此刻，爸妈家常年飘香的百合，安叶常挂在嘴皮上的"感情对等"，以及所有类似他熟视无睹、置若罔闻的点滴，都有了新的意义，换句话说，他知道该怎么做了。父亲的指点一语中的，他的问题就是心中没有，他认为安叶为他做的一切都是理所当然，作为一个男人，这是自私；作为一个丈夫，这是残酷。想到这里彭飞笑了：看来不论从事什么职业都得边实践边学习，做丈夫也是同样。没关系，他还年轻，还来得及，他知错就会改错会迎头赶上，他不能就此认输败给父亲让妈妈失望，不论事业，还是家庭。

空勤车驶出机场，身后，辽阔的军用机场上，飞机昂首向天……

图书在版编目（CIP）数据

成长/王海鸰著． - 北京：作家出版社，2010．10
（2010．12 重印）
ISBN 978 - 7 - 5063 - 5515 - 5

Ⅰ．①成… Ⅱ．①王… Ⅲ．①长篇小说 - 中国 - 当代
Ⅳ．①I247.5

中国版本图书馆 CIP 数据核字（2010）第 160208 号

成　　长

作　　者：王海鸰
责任编辑：汉　睿　朱　燕
封面设计：视觉共振设计工作室
版式设计：任凌云
出版发行：作家出版社
社　　址：北京农展馆南里 10 号　　邮码：100125
电话传真：86 - 10 - 65930756（出版发行部）
　　　　　86 - 10 - 65004079（总编室）
　　　　　86 - 10 - 65015116（邮购部）
E - mail：zuojia@ zuojia. net. cn
http：//www. zuojia. net. cn
印刷：紫恒印装有限公司
成品尺寸：152 × 230
字数：250 千
印张：18.75
版次：2010 年 10 月第 1 版
印次：2010 年 12 月第 3 次印刷
ISBN 978 - 7 - 5063 - 5515 - 5
定价：28.00 元

王海鸰已出版作品

《爱你没商量》（与人合作）长篇小说
1992 年 12 月出版
华艺出版社

《不嫁则已》长篇小说
2003 年 7 月出版
长江文艺出版社

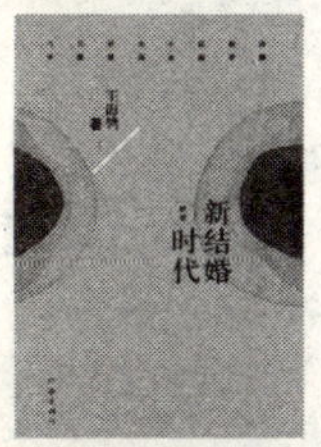

《新结婚时代》长篇小说
2006 年 9 月出版
2010 年 6 月新版　作家出版社

《牵手》长篇小说（王海鸰文集）
1999 年 5 月出版
2007 年 7 月新版　作家出版社

《大校的女儿》长篇小说（王海鸰文集）
2002 年 1 月出版
2007 年 7 月新版　作家出版社

《中国式离婚》长篇小说（王海鸰文集）
2004 年 9 月出版
2007 年 7 月新版　作家出版社

《新结婚时代》 长篇小说 （王海鸰文集）
2006 年 9 月出版
2007 年 7 月新版　作家出版社

《相伴》 电视文学剧本
2009 年 9 月出版　作家出版社

《成长》 长篇小说
2010 年 10 月出版　作家出版社